Trans+

Trans+

Trans+

Trans+

Strange & Mesmerizing

SM
38

時空錯亂大飯店
The Paradox Hotel

作者：羅柏．哈特（Rob Hart）
譯者：黃彥霖
責任編輯：林立文
封面設計：高偉哲
電腦排版：張靜怡
法律顧問：董安丹律師、顧慕堯律師
出版：小異出版
台北市 105022 南京東路四段 25 號 11 樓
TEL：(02) 87123898　FAX：(02) 87123897
www.locuspublishing.com
發行：大塊文化出版股份有限公司
台北市 105022 南京東路四段 25 號 11 樓
讀者服務專線：0800-006689
TEL：(02) 87123898　FAX：(02) 87123897
郵撥帳號：18955675　戶名：大塊文化出版股份有限公司

總經銷：大和書報圖書股份有限公司
地址：新北市新莊區五工五路 2 號
TEL：(02) 89902588　FAX：(02) 22901658
初版一刷：2023 年 9 月
定價：新台幣 450 元

時空錯亂大飯店

羅柏・哈特——著　黃彥霖——譯

THE PARADOX HOTEL

ROB HART

目次

量子圈套……011
薛丁格的屍體……049
事件對稱性……081
苦難守恆定律……109
斷裂的時間箭……151
廣義相對論……187
狹義相對論……239
混沌理論與推測……273
真諦……313
擺脫困境……353
僧伽……381
萬有理論……403
致謝……409
解說　暴風雪中的時間旅行／林斯諺……411

量子圈套

血滴在藍色地毯上，向下滲入纖維，由紅轉黑。起先滴速緩慢，後來因為我的頭骨向內擠壓，便成為涓涓細流。彷彿有一隻手捏緊了我的大腦。我的身體渴望放鬆緊繃的肩膀、釋放膝蓋的壓力，想要躺下入睡。

只不過，等待我的不會是睡眠。

也不會是死亡，而是介於兩者之間的狀態。

一種永恆的失神。

這一刻已追逐我多年，是所謂的第三期。我的知覺終於鬆脫，失去抓牢線性時間的能力。

鼻血停了，但是地毯上仍傳來敲擊聲。

比血滴更重，來自走廊另一頭，逐漸靠近。

是腳步聲。

也許我還是有辦法抵抗。要是此刻能有一把**時妥寧**，或者一根櫻桃棒棒糖，那就好了。還是我該放聲大叫？我張開嘴巴，除了血之外沒吐出任何東西。

腳步聲越來越近。

這就是我的大腦即將短路的瞬間，異時症的第三階段。沒有人知道為什麼會這樣，主流的觀點是：我們的腦袋意識到自己處於量子狀態，頓時無法負荷。另外有些人則認為我們目睹了自己死亡的瞬間。說真的我不在乎原因，只知道結果不怎麼討喜：只要身體還活著，我便會永遠處於眼神呆滯的昏迷狀態。

壓力增加，更多血液湧出。也許我會先失血過多而死。一點點小確幸。

我很快就會消失了，或許在現實世界中也是。時間流已經破碎，我是唯一能修復的人，現在卻躺在地板上等死。抱歉了宇宙，救不了你囉。

我再次時移，記憶在腦中咯噠作響，彷彿錫罐中的石子：我坐在自己床上，廚房裡爆炒大蒜和辣椒醬的香氣飄上樓；我從大學畢業，走過體育館舞臺，掃視摺疊椅之海時感到新買的高跟鞋拉扯腳上的皮膚。

第一次讓梅娜吻我時，我們兩人單獨待在俯瞰大廳的看臺上。有櫻桃的味道，以及我至今所需的一切。

腳步聲停下。

我感覺得到——被迫位移的空氣、另一個人體的引力——我感覺得到對方就站在那裡，看著我在藍色地毯上蠕動。現在做什麼都來不及了，都結束了。但我不會躺在這裡等死。

我使出最後的力氣，撐起身體……

噠，噠，噠。

坦沃斯醫生拿著筆，舉在平坦桌面上方一寸的位置直視我，臉上的表情彷彿我會咬他似的。今天才剛開始。

我花了點時間才搞清楚自己身在何方。日光燈色白到有些發藍，映襯著天藍牆面與深藍色的拼接亞麻地板。這個房間很大一部分都是藍色，給人一種平靜感，至少這是他們告訴我的作用。桌上有臺小型平板電腦，牆上掛著來自醫生家鄉孟加拉某大學的文憑，翻蓋紙盒裡放著吃到一半的三明治。除了這些，房間裡再也沒有其他東西。我聞得到刺鼻醋味和起司臭，胃袋因此發出低吼。盧比一如往常懸浮在我肩膀上方，有點靠得太近。

「簡諾瑞[2]，妳剛才人在哪裡？」坦沃斯問。

「就在這裡呀。」我說。基本上是撒謊，但也不是全在瞎說。因為我剛才時移去的那個地方已經消失了。好像跟地毯有關？我伸手去撈，不過記憶如煙在指間消散。大概不怎麼重要。

「看起來不像。」坦沃斯的語調有種高傲的鼻音，似乎鐵了心要配合辦公椅發出的吱嘎摩擦。

「感覺妳在別的地方。」

「各人觀點不同囉。」

坦沃斯嘆氣。「行為沒有改變。好吧，至少這是已知的問題。」

他抬起自己矮而結實的身軀，起身轉向一旁的櫥櫃。藥瓶碰撞的聲音令我振奮。他把一罐橘色瓶裝的時妥寧放在桌上的三明治旁。

「我要增加藥的劑量。」他說。「十毫克，早晚各一顆。如果時移次數很多，可以吃第三次，

---

2 編註：January。英文中的一月，源自古羅馬神雅努斯（Janus）。該神常被描述有兩張面孔，展望過去與未來。

但是二十四小時之內不要超過三劑。照妳的體重……。」他舉起手，張開手指來回擺動。「我判斷一天超過二十毫克就可能會出現副作用。」

「怎樣的副作用？」

坦沃斯沉入椅子中。「攻擊性、易怒……」

「那看來我已經過量了。」

他皺著眉。「心悸、神智不清、幻覺，更別說妳的腎臟會不太高興。」

「知道了。」我伸出手，差點要去搶桌上的三明治，不過最後仍抓過瓶子塞進口袋。「反正有需要就吃，就當糖果吧。」

他的臉色沉了下來。「妳都不會累嗎？」

我聳肩回應。

「上次掃描的結果出來了，我有東西要讓妳看。」他拿過平板、喚醒螢幕，然後把裝置轉向我。上頭有個模糊的橢圓形，綴滿綠、藍、紅色色塊。「這是從來沒接觸過時間流的同齡女性大腦。」然後他滑動手指，叫出另一張掃描影像，橢圓形中央的顏色稍淡。「這是妳的大腦，看得出哪裡不一樣嗎？」

「我又不是醫生。」我對他說。

「下視丘明顯退化。雖然還不確定原因，不過我們認為應該跟視叉上核有關，這個部位負責調節身體的晝夜節律……」

我舉起一隻手。「醫生，既然都說不確定原因，就不要再說你知道哪裡出問題了。我還是第一期。」

他用筆敲了敲平板的螢幕。「沒有人在喪失這麼多功能之後……」

「但是你不曉得成因，那又怎麼知道衡量基準在哪裡？」

他一時啞口無言，話說得斷斷續續。「簡諾瑞，我這麼做是為妳好。」

「我有藥了，醫生。」我說。「如果進入第二期，一定第一個告訴你。」

他把平板電腦扔在桌上。「時妥寧不是解藥，只是暫時防範必定會發生的結果。其實連妳來這裡都讓我很擔心。我知道這裡應該是安全的，但是妳自己看時鐘，這裡很明顯有輻射洩漏，妳應該要離這裡遠遠的才對。為什麼不退休呢？妳的職等已經夠高了，妳現在需要的是搬去某座濱海社區，每天讀點書、找個伴。」

我把雙手平放在桌上，俯身向前，一個字、一個字清楚地告訴他。「不要告訴我我需要怎麼做。」

「妳很清楚進入第二期代表什麼意思。」他的語氣中帶有懇求。

「我還在第一期。」

「簡諾瑞，我不是笨蛋。」

「搞不好你就是。再說了，我喜歡這裡。」

「妳確定？看起來不像。」坦沃斯的視線停在我肩膀上方。「你對這件事有什麼看法？」

盧比呼呼地飛近了些。我好想揮手把它砸在牆上。其實也沒什麼特別原因，純粹因為我很常有這個念頭。它發出輕柔的嗶聲，然後以故作高雅的紐西蘭口音回答：「報告坦沃斯醫生，沒有特別值得提出的部分。」

坦沃斯翻了翻眼睛。我想不出什麼好聽的髒話，也懶得去編，於是起身，拍了拍口袋裡的藥瓶，瓶子再次發出令人愉悅的晃動。「感謝賜藥，醫生大人。下次見。」我對肩膀上的無人機揮了揮手。「盧比，閃人了。」

「簡諾瑞……」坦沃斯開口。

「怎樣？」

他再次看著我，可能已經準備好要說什麼極度關懷的高深話語，不過最後想想還是放棄。

臨走時，我意識到自己其實可以處理得更好一點。

其實我可以拿走那個三明治的。

我應該要感到愧疚才是。他說的沒錯，我的確不該來這裡。

但是我怎麼可能去別的地方呢？

我走到俯瞰飯店大廳的欄杆扶手前，環視我的領土。

這裡整體空間設計採用世紀中期的現代風格，充滿俐落直線與圓角，給人一種既懷舊又未來的感覺。圓筒狀的大廳巨大得令人暈眩，從我下方一百英尺處向上延展，越過我後再攀升一百英尺。同心圓狀的走道從頂層的餐廳與酒吧開始持續下巡，經過一層又一層的辦公室與公用設施。電梯與斜坡走道將一切設施連結起來，彷彿垂直打造的購物中心。整個空間的焦點是一根鉤住天花板的黃銅棒，向下插入大廳深處，末端是一只巨大的黃銅天文鐘，懸在距離地板幾英寸的位置。

梅娜從大廳深淵對面的水療室走出來，穿著服務生的黑白制服，手上端著空的飲料托盤。她將波浪鬈髮在腦後繫緊成馬尾，臀部精準的擺動方式令我想到獵豹行走的姿態。我的心歪歪斜斜飄過我們之間的空蕩，想要叫住她，不過還來不及開口，她已彎過轉角消失蹤影。

梅娜。

我知道剛才出現在那裡的不是真的她。

但她同時也是我不能離開這裡的理由。

假如我走了，卻再也見不到她了，怎麼辦？

我要怎麼向坦沃斯解釋這件事？要怎麼向任何人解釋？

假如說了，他們一定會逼我離開。

有那麼一瞬間，我想起每次看到她都會想的那件事：只要坐五分鐘電車，只要這樣就夠了。但我必須願意打破自己誓言遵循的規則，且或許會在過程中摧毀現實世界。

在某些日子裡，這樣的代價似乎很值得。

「強烈暴風雪即將來襲。」盧比說。「已達警報條件，天氣惡劣，不適合外出。」

恍惚狀態被硬生生打斷。我鼻孔噴氣，轉向無人機，它看起來就像飄在半空中的雙筒望遠鏡。它轉向我，鏡頭上被我黏了兩只玩具眼睛，現在正咕嚕嚕地轉。

「很煩欸你。」我對它說。

「我有職責在身。」

我該開始工作了。大廳的鐘顯示上午九點十七分。我看著秒針行過鐘面。

9:17:24

9:17:25

9:17:26

9:17:25

9:15:26

9:15:27

9:15:28

我注意到大廳周圍的動靜。許多人拖著帶滾輪的小旅行箱從通往**愛因斯坦**的隧道走出。天文鐘旁圍繞著三張工作桌，桌前的隊伍線條顏色也越來越深。坎米歐坐鎮接待臺，而其他入住窗口也都有員工負責。話雖如此，每個人似乎都被困在過於瑣碎的小事上。不是我所樂見的情況。

「阿盧，那些人是怎麼回事？」

「愛因斯坦似乎有狀況，很多航班暫停起降。」它說：「另外，我收到老瑞的留言，他有事找妳。」

「什麼事？」

「沒說。」

「我不是告訴過你要叫他們把話說完嗎？你應該要主動聯絡他，把細節問清楚。」

盧比安靜地飄浮了幾秒鐘，然後才回答：「我不想。」

「真是謝了喔。」

「是妳自己把我設定成這樣的。」

我伸手朝它揮去，但被躲開了。

「妳動作要快一點。」它說。

隨便啦。我沒搭電梯，而是沿著蜿蜒的斜坡走道走至大廳，帆布鞋在大理石地板上吱嘎作響。其中一面牆上掛著巨大的橢圓形螢幕，顯示著接下來的航次。

QR3345——古埃及——誤點

RZ5902——蓋茨堡戰役——誤點

ZE5522——三疊紀——誤點

HU0193——文藝復興——誤點

看來今天會很漫長。

前往老瑞辦公室的途中，我注意到咖啡保溫桶旁站了個男的，突然覺得有些不太對勁。那個人沒帶行李，一邊喝著咖啡一邊四處環顧，似乎在找誰。他身形高䠷，帥得像電影明星，機車靴配皮夾克；要是換做其他人，或許還撐不起那件外套。他也許是客人，但是和其他人相比又有些太邋遢；他的衣著時髦，卻非名牌。下榻這裡的男性顧客通常打扮得像要趕往遊艇俱樂部的緊急會議。

「盧比，看到那邊那個帥哥了嗎？」我問。

「妳應該很清楚，身為人工智慧體的我沒有美醜的概念吧？」

「阿呆，站在咖啡桶旁邊那個啦。」我說。「幫我盯著他。」

「有什麼原因嗎？」

「直覺。」

老瑞的門留了縫，於是我直接推開，發現他正在講電話。桌面一片狼藉——文件、食物包裝紙。誰知道呢？搞不好裡頭還躲了隻貓。他抬起頭來，對著我聳高肩膀，好像在問，*幹麼不敲門？*

我聳了聳肩做為回應，彷彿在說，*你認真的嗎？*

他的注意力重新回到電話上仔細聽，任我在凌亂的空間裡仔細瀏覽自己最喜歡的那樣東西：一面他一直釘在牆上的西西里島旗幟。旗子半紅半黃，中央有個女人的頭，頭周圍長著三條沒有身體的腿。我跟他說過很多次，這面旗真的應該成為女同志的代表旗幟才對，但是他不同意。

「對，這我都懂。」他對著電話大吼。「對，但我們現在就是人手不足，而且……不是，你聽我說……好，隨便，隨便你。就這樣！」他切斷通話，把電話摔在桌上，然後向後靠上椅背，並用兩隻手按住臉，彷彿想捏爆自己的頭。

老瑞以前在大學時打的是攻擊線鋒[3]的位置，雖然那段日子已經過去很久，他的體型仍保有令人生畏的厚度。要是在平常，他的性格魅力會如身形體積一樣張揚，可是今天時機不對。他的膚色顯得灰白，通常以髮膠向後梳成服貼尖刺的白髮此時亂糟糟，薰衣草色正裝襯衫上滿是皺褶，而且整個人聞起來像在鬍後水裡泡了一遍。現在的他真的很像一夜情過後剛到家，一身凌亂，不過因為他唯一的人生伴侶便是這份工作，所以我知道我們兩個應該都要倒大楣了。

「小簡，人類歷史上規模最龐大、死傷最慘重的戰役是哪一場？」他問。

「我有一次得在諾曼第大登陸之後去抓人，」我說。「那次挺難熬的。」

「那我要訂一張單程票去那裡，面對戰爭都比留在這裡好。」他嘆口氣。「那些王八蛋說要提早到明天。」

「什麼東西要提早到明天？」我問。

「投標大會。」

我的靈魂瞬間蒸散大半。投標大會。這場籌備噩夢已經令我好幾天晚上睡不安穩，如果照原定時間下週舉行，至少還有點時間準備。怒意彷彿電流竄過我的身體，我真想把大拇指戳進他眼窩，那樣應該會比較爽。但是拿這件事對老瑞發飆也沒有用。這個可憐的傢伙只是飯店經理，他對這項變動的氣憤程度顯然不比我低。

電話的另一端是時安局[4]，我知道應該對誰生氣。

「丹比居知道了嗎？」我問道。

「他要我冷靜五分鐘再打給他。」

「我只會等兩分鐘，而且已經算很大方。」

老瑞向後靠上椅背。「好想喝一杯。現在喝酒會太早嗎？」

3　美式足球中進攻時負責保護傳球者並替跑者開路的球員，五人一組。

4　原文為ＴＥＡ，時空安全局（Time Enforcement Agency）的縮寫。

我看到桌子邊角上放了一張樂透彩券。老瑞喜歡賭馬，但是技術不怎麼樣。我敲了敲那張彩券。「我跟你說，你還是把這些錢堆成一堆點火燒了吧，至少能取暖。」

他一手抄起那張彩券，另一隻手伸向膠帶臺，把彩券貼在電腦螢幕底端。「人要有夢想啊小鬼。我有把握，這次就要轉運了。」他左右張望了一下。「絕對是最大獎。如果中了我就要退休，搬去墨西哥之類的地方，被美女環繞，喝五顏六色的飲料，永遠不要再穿長褲。」他自顧自地大笑。「到時候妳就跟我一起走好了。」

這句話同樣引起一陣笑聲。「你覺得喝幾杯插了小雨傘的飲料就能改變我的個性嗎？」

「我希望妳這種炸藥性格到死都不要變。但是妳應該也知道，妳不可能永遠待在這裡。」

「我們走著瞧。」我說。

皮衣猛男離開了。接待桌前的隊伍似乎比剛才更長，還是很多上流階級的藍血客人[5]，不過現在更多了穿著紅、綠、紫色閃亮制服的各家航空員工。這情況代表我們很快就要客滿，所幸機組人員通常很有禮貌。相同階級的團結心萬歲。我溜到坎米歐身邊，伊[6]一如往常看起來就像有生命的雕像，五官銳利帶稜角，將近七英尺的身體上方頂著一顆光頭，配戴沉重玉質耳環。

「情況如何？」我抬起頭伸長脖子問。

坎米歐正在服務一名年長女顧客，伊對她微笑著說道：「不好意思，請您稍待一下。」然後轉頭對我說：「客房已經超過半滿，不過我聽說航班至少會停飛一天，所以這些人應該很快就要開始互相殘殺了。」

「欸欸欸，不好意思。」年長女性說道。

我們轉向她，雙雙看向她的珍珠項鍊、名牌滾輪旅行包和粉紅色絲絨運動服。

「女士，很抱歉，如我剛才所說，因為現在情況有些特殊……」坎米歐開口。

那個女人的聲音彷彿吱吱叫的塑膠玩具被絞進廚房水槽的廚餘粉碎機。「我一年多前就訂好這趟行程了耶，剛才他們說航班延誤，卻講不出要延多久，然後現在你又要告訴我沒辦法拿到本來訂好的房間？我訂的是超級豪華客房，我今天就要住到超級豪華客房。」

「我瞭解。」坎米歐聖人般的耐心令我肅然起敬，因為我已經想要伸腳踢翻那女人的昂貴旅行包。「非常抱歉給您帶來不便，我可以在您入住的這段期間提供住宿免費及餐點。」

「我要找你們經理。」

坎米歐碰了碰耳朵。「老瑞？有一位竹本小姐想見你。可以是嗎？我立刻請她過去。」伊舉起一隻纖細嬌貴的手，攤平掌心，散發零威脅感地伸向老瑞辦公室的方向。女人哼了一聲，拽過包包，腳步蹣跚地走了開來。

---

5 「藍血」一詞出自西班牙文，用來隱喻出身高貴的人。中古世紀的歐洲貴族不必勞動，因此可以保持皮膚白皙，能夠看到青色的血管，就彷彿有藍色血液。

6 原文使用「they」做為非二元性別的第三人稱代名詞。鑑於中文不適合以「他們」稱呼單一個人，因此改用性別模糊的「伊」字代替。

「老瑞真的說要見她嗎？」我問。

「當然沒有。」坎米歐露出狡黠的笑容。

——此時伊的臉色突然沉了下來，彷彿用舌頭清理牙齒縫隙，卻舔到某隻被擠壓後剩餘的蟲子殘骸。我再次轉頭，看見一名身穿亞麻束腰長外衣的年長白人男性，頸脖圍著金線編成的帶子，腰間繫著金色繫繩，大概是準備去古埃及卻無法出發的旅客。

穿著古代裝束的人在這裡其實並不罕見，問題在於，男人用了古銅色化妝品來加深自己的膚色。

我們的服裝設計師富美子有一條嚴格規矩，就是不做任何膚色調整，她稱之為「禁塗黑臉」政策。

最糟糕的是，眼前的老男人看起來似乎十分驕傲，臉上掛著微笑，彷彿剛在牆上塗鴉的孩子。化妝品在他皺紋周圍結塊龜裂，脖子上還漏了個地方沒塗到，在在突顯一塊塊蒼白的膚色。

我朝坎米歐瞥了一眼。伊的皮膚有如杏仁，五官銳利如鷹，很可能就來自那個地區；或者伊也可能像我一樣，單純因為看到這個景象而暴怒。他媽的，都已經二〇七二年了欸。

老人似乎察覺到我們的不快，說起來也不是太奇怪的事，畢竟我們死盯著他的模樣宛如兩座凍結的雕像。他微微聳肩說：「入境隨俗嘛，不是嗎？去底比斯就要像個底比斯人。」

我可以看到坎米歐的下巴蠕動，反覆啃咬該怎麼回話，最後在臉上逼出一絲笑容，並對老人點頭。這就是在這間飯店裡接待客人的麻煩之處，要是反駁得太過，他們就會提醒你「他認識誰誰誰」，而且最糟糕的是，他們都沒有騙人。

「的確如此。請問先生需要什麼協助嗎？」坎米歐從嘴裡擠出幾個字。

「我的班機延遲了，想問一下現在是什麼情況，之後如果有新的資訊，你們能不能直接打房內電話通知我……」

我轉向坎米歐，以「我深感遺憾」的姿態聳了聳肩，便留伊一個人自生自滅。反正我也幫不上什麼忙。為此我得到伊惡狠狠的一眼，不過那表情也有可能是在看老人就是了。結局相同，差別不大。

我對盧比揮了揮手——不必開口，它便打開側邊的一個小洞，遞出我的耳機。我把耳機放進耳朵裡轉了幾下，確保它不會掉下來。「打給丹比居。」

他幾乎是立刻接起了電話。「五分鐘到了嗎？」

我朝著裝咖啡的保溫桶走去。「欸，艾嶺，你是有什麼毛病啊？」

「妳也太可愛。」

「怎樣說？」

「居然覺得我對這件事有反駁的餘地。」

我抓過紙杯放在保溫桶下方，發亮的桶身照出我扭曲的倒影——身形細如鉛筆。我扳過出水口上的開關：什麼都沒流出來。我把桶子朝自己的方向放斜，但裡頭連一滴也不剩。我把保溫桶放回原位，牆上的某盞壁燈突然微微閃爍了一下。天啊，這地方真的是要解體了。「你是時安局的負責人耶。」我對他說。

「噢對，而且文斯·提勒和沙烏地阿拉伯的王儲都很尊重我負責人的身分。」他說：「妳知道那些要舉辦抗議活動的團體吧？他們發現大會日期了，打算進行示威，所以我們的計畫得跟著調整。」

「你這樣也太不夠朋友。」

「別擔心，我派了人過去幫忙。」

「好吧，看來我們從來就不是朋友……」

「小簡，妳需要幫手。」

「那你就自己來啊，不要又塞一個實習生給我。之前來的那幾個不讓他們脫鞋子就沒辦法數到二十欸。」

「別擔心，這次這個小子很厲害。我覺得他有點像妳，但是沒那麼討人厭，妳王八蛋的程度真的是二十四小時全年無休。」

「我偶爾也是會睡覺的。」

艾嶺大笑。「妳就算睡著也還是很討厭，可能都在夢裡踢人或者搶小朋友的棒棒糖。」

我考慮反駁，不過反正我說什麼他大概都不會信。而且話說回來，他好像也沒說錯？

「叫你那個小鬼到**時時刻刻**找我。我大概需要六加侖的咖啡才撐得下去，等著收帳單吧你。」

我沒等他回應就拔掉耳機，塞回盧比身上。我最後一次環視大廳，感覺胃扭成了死結，因為我知道接下來得先經過一段好長好長的悲慘日子，情況才會稍微好轉一點。

現在得上樓才喝得到咖啡了。我暗自祈禱，希望姆巴耶還沒上班，不過想想又覺得祈禱能有什麼用呢？那個王八蛋一定會在。

我伸進口袋掏出一根櫻桃棒棒糖塞進嘴裡，好好享受那甜蜜的滋味——接下來兩天就沒什麼空檔能享受任何味道了——然後往樓上走去。

時時刻刻裡幾乎空蕩，只有幾個人散落在排列成陣的桌子之間，滑平板、喝咖啡，在擺盤華美的豐盛早餐上東挑西揀。姆巴耶坐在吧檯後方，桌上放著一杯濃縮咖啡和吃了一半的可頌。他單手撐著下巴，彷彿陷入沉思，渾身肌肉在白色圍裙裡繃緊緊的樣子讓我想到那尊雕像。叫什麼來著？是「思考者」嗎？

若是在不久前，我會說姆巴耶是我的朋友。

但我現在已經記不太得那是怎樣的時光了。

他看到我走近，立刻起身微笑。「早啊，簡諾瑞！今天好嗎？」

「還好。」我說。「咖啡。」

我拉過高腳椅，此時檯面上已經多了一只馬克杯，等到我坐定，他正從不鏽鋼保溫壺往杯裡傾倒熱氣騰騰的黑色液體。

「一樣整壺留給妳，沒錯吧？」他邊問邊對我眨了眨眼。

「嗯哼。」我刻意確保這兩個音節銳利如刃。

他的笑容有些動搖，但還是將它重新堆回臉上。「早餐想吃什麼？我推薦今天的特餐。不過點特餐需要等一會兒，如果想吃其他東西我也都能做給妳。」他伸出一根指頭指向我。「妳喜歡藍莓對吧？我剛進了一籃很漂亮的藍莓，可以做幾片藍莓煎餅，旁邊再放一整碗新鮮藍莓。」

姆巴耶是世界級的法式料理廚師，他做的鬆餅足以打趴任何人的作品。再說，我的胃肯定早就開始運轉，都是因為坦沃斯桌上那份三明治……

「我不餓。」我說。

他點點頭，開始說其他事，不過又立刻停了下來，轉頭離開。我叫住正走向廚房的他，問道：「可以請你再給我一個杯子嗎？我在等人。」

他點點頭，雙唇的線條扁平而沮喪，他在吧檯底下一陣翻找，拿出另一只陶瓷馬克杯擺在我的杯子旁，彷彿它會碎掉似的。他斟滿杯子，然後放下咖啡壺。他在吧檯後方徘徊遊蕩，而我逕自拿起咖啡——依然燙得難以入口，但我還是喝了，感到嘴唇灼燒，然後把所有注意力都放在咖啡上，希望他讀懂暗示、默默離開。

一陣子後，他的確照做。

我獨自安靜地坐了一會兒，接著便聽見一陣**喀噠喀噠喀噠**。那聲音讓我想到沿著軌道爬升的雲霄飛車。沒有必要四處尋找聲音的來源；此時穿過腦中的細微電擊感告訴我：這是時移。我短暫想了一下可能是什麼，但最終還是懶得去理，反正很快就會知道了。

半杯咖啡之後，我伸手去拿咖啡壺，想重新加熱，此時便聽到：「請問妳是簡諾瑞·柯爾嗎？」

一個白人小鬼穿過桌子之間朝我走來，外型完全不像為時空安全局工作的聯邦探員，更像渴望獲得掌聲的音樂家。中等身高、中等身材，穿著整齊乾淨的藍色馬球衫還塞進褲子裡，不過雙手前臂布滿錯綜複雜的刺青，抵銷了衣著散發的笨拙感。刺青上有很多花、幾條魚，色彩繽紛。他戴著粗框眼鏡，深色頭髮向後服貼，是那種看起來自然隨興，但其實花了一整個早上整理的髮型。他伸出一隻手說：「尼克．莫羅。」

「尼克。」我以堅定而短暫的態度回握。「要咖啡嗎？」

「謝謝。」他拿起杯子湊至嘴邊，試了試溫度，完全無視右手邊裝著糖和奶精的小籃子，我將此視為性格良好的象徵。

「丹比居有警告你要小心我這個人嗎？」我問。

他從容地喝了一口咖啡後才回答。「他說妳比較易怒。」

「他才不是那樣講。」接下來就是成敗關鍵。我現在心情好，大方給了點提示。「誠實很重要。他到底說了什麼？」

尼克笑了起來，鼻子噴出細微的氣流。「他說妳是他共事過最好的探員之一，能和妳搭檔是我走運。他同時也說妳這女人有夠令人討厭。」

我往他肩上拍了一下，他沒料到這個動作，整個人猛然往前抖。「說真的，他客氣了。」我坐在椅子上轉了半圈，揮手比向空蕩的餐廳，彷彿倦怠的魔術師。「歡迎光臨悖論飯店。以前來過嗎？」

「沒有。」尼克說。「第一次。」

「等一下就帶你瞭解這裡的情況。首先，你知道自己為什麼會來這裡嗎？」

尼克點頭。「丹比居大致說過，因為要支援投標會。」

說是投標會，其實更像是該死的跳樓求現大拍賣。

事實證明，時間旅行貴得要死。政府在這整個地方——這座飯店、愛因斯坦跨時空港，以及周圍所有附加土地——投入的資金遠超過能賺得的收入，即使有富到流油的員外付了數十萬元去看《哈姆雷特》初次公演，或參觀古亞歷山卓圖書館，也無法轉虧為盈。於是，聯邦政府決定邀請一票兆萬富翁前來提案，打算將這地方民營化。

「不過本來訂在下星期，對吧？」他問。「為什麼提前了？」

「有團體在計畫抗議活動，說時空港不應該成為私人企業。」我向他解釋。「我很肯定，和這件案子有關的人都不想在開車進來時穿過一堆舉牌吶喊的群眾。不過說真的，那件事已經成了我最不需要擔心的變數，同時也是我覺得壓力最小的一點。」

「門外有群嬉皮神經病想要闖進來，妳都不擔心嗎？」

這用詞非常有趣，令我不禁去想他的政治立場為何。我現在最不需要的就是去應付細藍線[7]有多強悍之類的屁話。「那些所謂的『嬉皮神經病』絕對有權利抗議這種極其愚蠢的政策，把這個地方的掌控權交給以賺錢獲利為唯一目標的人，本來就是非常荒唐的想法。」

尼克聳了聳肩。「不過，現在的情況不就是我們補助了一群有錢人、讓他們去度假嗎？這不可能一直持續下去。而且不管由誰經營，時安局應該還是會負責監管，對吧？」

「重點不在度假，重點在於這裡有很多能改變世界的科技。」我說。「然後，你說得對，時安局還是會負責一樣的職務。我相信，最後不管是誰拿下這裡，他們都得立下必須遵守規則、不破壞時間線之類的承諾，但要他們不去嘗試將投資報酬最大化是不可能的事。」

「而妳——」尼克斟酌、思索著用詞。「——得跟著一路陪玩下去。」

他說完後身體便畏縮了一點，我不知道他是想要搞懂我的立場，還是直接挑戰我。「我們的工作是看好那些想要破壞遊戲室的嬰兒。」

「所以我負責什麼位置？」他問道，有點過於急切想要表現自己臣服的意願。

我稍微朝他挑了挑眉，才說：「鑑於情況非常複雜，丹比居覺得我會需要幫手。我在這個世界上信任的人不多，丹比居就是其中之一。所以如果他認為你有能力，你可以視為那是很高的讚美。」

他的臉頰紅了起來。原來是個喜歡獲得認可的人，非常好。

這時，尼克注意到盤旋在幾英尺外的盧比，便朝它偏了偏頭。「ＡＩ無人機。」他坐在位子上傾身去看無人機的底盤。「為什麼它被貼了塑膠眼睛？」

「售後改裝。」我告訴他。「讓我知道對它講話的時候要看哪裡。」

「還會損害我的視力。」盧比說。

「我用鞋子丟你的時候你也都躲得開，顯然沒有太大影響。」我對它說：「跟尼克說『嗨』。」

「嗨。」盧比說。

「這種機器一般不都會用女性語音嗎？」尼克問。「而且為什麼它有口音？」

---

7 「細藍線」（the thin blue line）是警方的別稱。這種說法起源於十九世紀的英國，支持者認為警方就像一道細窄的藍線，是維持社會不致暴亂的壁壘。

「因為讓無人機助理綁定女性語音是性別歧視，所以我就改掉了。至於口音，我只是覺得這樣會比較有趣。盧比，表演你的特技給他看。」

盧比呼呼地飛近了些。「尼克．加斯頓．莫羅。二十七歲，擁有史丹佛大學犯罪司法學位，畢業時成績為班上第一名。加入時安局兩年，目前住在沃特敦。你對蝦子過敏，目前正在網路上競標一雙第十三代的古著喬丹鞋。不過說實話，我認為這雙是仿冒品。你正在使用某一款約會App，不過有一陣子沒登入，我建議找時間看一下，因為你和某個人配對成功了，就自我介紹的部分看來很登對——我估計合適程度達到百分之八十一。我還知道你喜歡怎樣的色情片，不過要是說出來，應該會讓你很尷尬。照你目前的脈搏看來，也許我該說『更加』尷尬。」

「加斯頓是哪門子中間名？」我問。

「因為那個是……我外公的名字。不過……這還真是準到讓人起雞皮疙瘩。我知道這時代已經沒有隱私可言，但還是……靠。」

「人工智慧就是這樣囉。」我對他說。「盧比就像是個會飛的祕書，負責回答問題、提醒我時間、做筆記，基本上就是個煩死人的傢伙。」

——它偶爾也能幫忙告知我是否有好好處在時間流中，但我沒把這件事告訴尼克。

「我夠盡忠職守才會讓妳這麼煩。」盧比說。

我伸手將它揮開。「我帶你認識一下這裡吧。」我起身，伸出一手。「這裡是時時刻刻，負責的主廚是姆巴耶．迪耶羅，他設計了餐廳的菜單以及飯店內提供的所有食物。記得要吃他的番茄燉魚飯，那是塞內加爾的燉魚料理，好吃到彷彿不屬於這個世界。」

「我去過迪耶羅在皇后區的餐廳，」尼克說。「要等三個小時才有座位。」

「三個小時？」我的笑聲可能有點高傲的意思。

他無所謂地聳肩。「我喜歡吃東西。」

我朝廚房瞥了一眼。「你晚點自己去認識他。別說是我叫你去的。」

尼克聽了之後沒有特別評論，我覺得這點非常好。我帶著他穿過玻璃門來到半圓形的看臺上，這裡是大廳上方的最高點，往下看會有些暈眩，不過我還是看了。入住櫃臺前的隊伍依然很長。好極了。

我帶他走入一條螺旋狀下捲的步道，逐樓指出各項設施。「大部分都是一般飯店常見的設施，不過也有悖論飯店的專屬服務。我們的服飾出租店能提供特定年代的服裝，飯店也有自己的醫師與醫療室——畢竟要是有人帶瘟疫回來就麻煩了。我們還有一位語言專家，能夠透過耳機提供翻譯。目前都還跟得上嗎？」

「語言專家、醫生、服裝師。」尼克說。

我們來到大廳。坎米歐朝我瞥了一眼，一邊聽著某位老人抱怨他的房間——至少這人不是一張種族主義活招牌。「你沒聽懂，我說我的房間裡『有鬼』……」男人說道。

「先生，我向您保證……」我們往安全部門辦公室走去，他們的其餘對話也隨之淹沒在喧囂之中。

我朝他們的方向點了點頭。「那個非二元性別的高個子叫坎米歐，伊什麼都曉得。如果你有疑問，問伊就對了，答案絕對讓你滿意。」我指向路對面的房間。「那是老瑞的辦公室——他是經理。旁邊那間是安全部辦公室，我們等一下就會過去。」

我指向往左右大樓延伸的兩道走廊。「往右是愛特伍樓，往左則是巴特勒樓，兩棟各有兩百零六間客房。愛特伍是雙號房，巴特勒是單號房。懂了嗎？」

「愛特伍雙，巴特勒單，總共四百一十二間。」

「好，我知道了，你數學很好。」我說。「接下來去樓下。」

我們往下移動一層樓，進入地下層，來到環繞宴會廳的圓形廊道。走廊外側排列著會議室、廁所和儲藏間，將中央的舞廳團團圍住，內圈則是一道巨大的橡木牆面，裡面便是這座飯店的心臟。我帶尼克走入那座圓弧狀的空間，內裡寬敞、空曠又昏暗。

「這裡是勒芙萊斯廳，是我們平常舉辦活動的場地，明天的會議也會在這裡舉行。」我對他說。

「這是最下層了嗎？」尼克問。

「底下還有一層地下掩體。當初他們蓋飯店時希望能有個避難處，以防時空港萬一爆炸，不過現在大多用來當儲藏空間。」

「大會幾點開始？」

我試著回想自己制定的行程規劃。一個小時前，這個計畫還只算初步草擬，看來現在得直接上場了。「我會告訴他們早上十點開始，他們會不會準時，就不在我的控制範圍了。」

「有多少人會在這裡？」

「這個空間的容納上限是四百五十二人，我會把與會的全部人數限制在一百人以下，然後請各團隊回報要帶多少。」

「妳知道丹比居沒告訴我什麼嗎？」

「嗯？」

「妳有夠樂觀。」

「這份工作做得夠久，你也會有一樣心態。」

當我們回到大廳、走出電梯，腦中突然再次衝過一陣電流。接著，三隻和雞差不多大小的恐龍跑過我們面前，黑色爪子敲擊堅硬地面。

牠們看起來像是寶寶時期的伶盜龍。其中一隻停下腳步，抬頭歪脖看我。我轉頭去看正在觀察大廳的尼克，他顯然沒看見什麼恐龍。當我回頭，牠們都消失了。

遮掩其實沒有意義。「我也會特技，」我告訴他。「過陣子我會變出三隻恐龍。」

「這特技滿奇怪的。」

「天分是沒得挑的。」我們朝安全部辦公室的方向走去。「所以丹比居跟你說過我有異時症？」

「說了。」尼克說。

「有什麼想法嗎？」

他不置可否。「我知道那很少見，也聽說會很慘。」他停了下來，考慮是否該提出我知道他想問的問題——然後他便問了：「那是什麼感覺？」

「你記得以前在培訓學院學的**超簡易時空旅行守則**嗎？」我說。「時間符合塊狀宇宙[8]模型——所有已發生或者將發生的事件，都早存在於一個立方體中，而我們之所以將這些事件視為線性發展，是因為我們以直線穿過這個立方體。」

「也就是時間之箭[9]。」尼克說。

「對，時間之箭。所以有了異時症之後，你的箭就會稍微沒那麼直，變得有點像鋸齒狀，讓你能夠接觸到過去和未來的時間點。那種感覺有點像既視感，你會看到某些好像已經看過的事物，轉眼即逝。閃現的情況通常只會持續一、兩秒，有時會長達一分鐘。其實沒那麼糟，久了就習慣了。」

「而妳現在只是第一期。」

「沒錯。」我向他說出錯誤的資訊。

你遲早也會習慣第二期，不過和第一期比起來感覺就糟很多，而且會讓你非常困惑。因為鋸齒的幅度會變得更劇烈，你的認知會完全跳回過去的時間點。你可能原本正常地過著自己的生活，然後突然間——砰！——走上自己高中的走廊，或者身處某場創傷至今的糟糕約會中，不然就是在十年前工作的辦公室裡替文件歸檔。你會很難分辨什麼時候是時移、什麼時候是現實，非常容易迷失其中。等到好不容易掙脫，無論你在時移中過了多久，現實的時間都完全不會前進。在旁人看來，你不過是突然閃神了一秒鐘。

有些時候，你的大腦也會跳至未來，不過回到現在後就很難記得發生了什麼事。那感覺就像從夢中醒來。越試圖回想，記憶便越消融。因為那些事情都還沒發生，還不是真正的記憶。

這時距離第三期也就不遠了。你對時間的認知會混亂、歪斜，令大腦沸騰，唯一能做的就是盡可能遠離時間流、吞一顆時妥寧，等待藥效發作。

尼克問：「那妳現在還在這裡？妳覺得這樣安全嗎？」

「你問這個問題是出於關心，還是因為丹比居說了什麼？」

他沒說話，也算是給了回答。

一個聲音從我們身後說道：「簡諾瑞。」

我們雙雙轉頭去看，是門僮布蘭登。這個傻乎乎的黑人小孩，身上的制服一如往常有點凌亂，襯衫沒塞好，多了條尾巴掛在外面。他戴著一只耳塞型的迷你耳機，播放的音樂之大聲，連我都能隱約聽見裡頭發出的重擊。他打開手裡小糖果的包裝，把一顆糖扔進嘴裡，然後將方形的小蠟紙塞進自己口袋。他常說自己吃糖是因為口乾，在我看來，他的嘴巴應該隨時都是乾的。那包裝紙沒塞好，掉在地上。他彎腰撿起。

「嘿，怎麼了？」我問。

他走到我旁邊，警惕地打量尼克。我簡單介紹一下，兩人握手。然後布蘭登便問：「所以是真的嗎？」

---

8 簡單來說，塊狀宇宙（block universe）是以空間來解釋四維宇宙的概念，將整個宇宙視為一個巨大方塊體，並以時間取代其中一個空間維度（例如保留長與寬，但取代高度），而過去、現在、未來的所有事件都已存在這個方塊體中，因此若是我們往一側看便能看到宇宙大爆炸，往另一側則能看見未來。

9 arrow of time，意即時間有其方向性，指向未來。

「什麼東西是真的？」

「我們所有人都快沒工作了？」

「誰說的？」

「大家都在傳。」

我聽過這個傳聞。無論明天是誰在投標會勝出，都必須盡可能與時安局好好相處，但是這間飯店和員工就沒有那樣的地位。布蘭登朝尼克點了點頭。「所以，呃，以後的主管是你嗎？」

「我只是來幫忙投標會。」尼克瞇起眼，開始注意到緊張的氣氛。

「不用太擔心。」我告訴布蘭登。「不管發生什麼事，那些混蛋都需要有人幫他們換尿布、唱搖籃曲給他們聽。」

他瞇起眼睛，彷彿想要說點什麼，不過最終搖了搖頭。「嗯，好吧。今天很多客人，我要去忙了。」

布蘭登往愛特伍樓奔去，而尼克等到他走遠聽不見了才開口問：「毒品嗎？」

「那傢伙隨時隨地都在嗨，但是工作能力很好。有問題嗎？」

「沒有。」尼克這麼說，而我也信了。這抵銷了他剛才說的那句「嬉皮神經病」。

我舉起手錶感應，進入安全部辦公室，然後告訴盧比：「記得幫尼克更新權限。」

盧比嗶了一聲。「完成。」

「乖狗狗。」

「說這種話很看不起人，而且沒禮貌。」

走進辦公室，我簡單向尼克介紹了一遍環境——監視器影像、電腦設備，還有放在正中央的全像投影桌，我在此叫出了飯店的3D示意圖。飯店的主建築看起來像只桶子，頂部寬大，然後逐漸向下收攏至略窄的底部。兩棟翼樓各自從主建築左右長出，自中心點往相反方向稍微彎曲，如果它們繼續延伸，整座飯店看起來就會是一個無限的符號。我用手將圖像拉近推遠、旋轉放大，和尼克一起看過基本樓層圖。

等尼克掌握了投影桌的使用技巧，我便放手讓他自己操控立體模型，熟悉一下環境。他放大了一間超級豪華套房，正在檢視格局。我轉向盧比，朝它打了個響指。

「通知所有抵達的隊伍，一個小時後在勒芙萊斯集合。我想要開始和他們接觸，看看我們之後要和哪些阿呆打交道。然後你整理一張清單，列出哪些客人曾經、或者之後會去……伶盜龍是哪個年代？」

「白堊紀晚期。」

「就是這個。然後仔細看監視器的影像。」

「找到了。」它說。「昨天有一架航班去過，預定明天還有一架，我會檢查行程中有沒有可疑的地方。」

我晚點得盤問所有訂購了白堊紀晚期行程的客人。真是太好了，反正我現在這麼閒嘛。我留尼克去研究飯店結構，獨自前往大廳，途中經過一條漫長人龍。幾名門僮拖著包覆收縮膜的大型家具朝巴特勒樓而去，擠歪了等待人群的隊形。這景象每次都令我驚愕不已，即使只是下榻幾個晚上，還是很多人會帶著自己的家具入住。當有錢人一定很爽。

我往愛特伍樓的電梯走去。一對年長的白人夫婦正在等電梯：男人一頭銀髮，穿著海軍藍的絲質休閒西裝外套，而女人看起來像是全身塗滿膠水之後又跳進堆滿珍珠的房間裡滾一圈。我低頭看著自己，破牛仔褲、白T恤、破舊西裝外套，不只不像員工，根本可以說和這個地方格格不入。我很確定他們看不見我，對他們來說我的存在其實和鬼魂差不多。

「我們付了這麼多錢，這間飯店的品質真的有待加強。」男人說道。「而且員工的態度實在不怎麼積極。」

「喔對，真的很不應該。」女人說。

「讓政府經營就是會這樣。」他說。「妳知道他們這趟行程收了我多少錢嗎？」

「我知道啊，老公。說真的，這是時空旅行欸，反正怎樣都不會遲到啊。」

她說這句話似乎想逗他笑，但沒有成功。「還有餐廳的菜單。評價很好，但是食物看起來真的有點太……」他斜眼瞄向我。「妳懂我的意思。」

「就說『太過獨特』就好，」我對他說。「這樣你還能維持一副彬彬有禮的假象。」

「不好意思，妳說什麼？」他的語氣不像是對我的回答提出疑問，而是在質疑我這種地位的人竟膽敢這樣和他說話。妻子將頭撇向另一邊避開我，臉紅得彷彿甜菜根，不想被扯進我們的交戰之中。此時我果斷放棄等待，改往樓梯走去。我完全不想和這些人困在同一個密閉空間，就算只有一下子也不想。依照剛才的氣氛發展下去，電梯肯定會被卡在半途。

離開電梯區時，我聽見她用安撫沮喪幼兒的那種語調安撫男人。「老公，沒關係，下次我們叫一份正常的牛排就好。」

∞

五樓走廊空無一人。我在藍色地毯上疲憊跋涉，往自己位在盡頭的房間走去，不過走至半途便停了下來。我站在五二六號房外，腦袋一陣劇痛，和時移的感覺有點像，可是又不太一樣。不像閃電，而是沉悶敲擊。彷彿大腦裡有發疼的蛀牙。

房間的門開了條縫，所以我輕輕敲門。房內傳來一陣緊張的窸窸窣窣，接著緹耶菈便來應門。她的黑髮向後紮成緊繃馬尾，身上的灰色女僕制服打扮整齊。她上下打量著我，一臉困惑。

接著便換我疑惑了。因為我的視線越過她，在垂直門框和她側腹之間的夾縫裡看見有人躺在床上。

為什麼她打掃的時候房裡還會有人？

然後我就注意到一道腥紅的血跡從白色床單上流出。

「怎麼了嗎？」緹耶菈問。

血。一定是血。緹耶菈若無其事地站在我面前，彷彿她此刻最大的煩惱是我打擾到她，讓她沒辦法專心去聽耳機裡播放的聲音，無論她到底在聽什麼。

「妳狀況還好嗎？」我問。

她環視四周，聳了聳肩，目光流暢滑過屍體、重新走回房內，用抹布擦著梳妝臺。她沒關門，所以我跟著她走了進去，繞過裝滿清潔用品的推車。

沒錯，床上有具屍體。

而且就是那個人。先前在大廳看到的那名皮衣帥哥。

「妳需要什麼嗎？」緹耶菈有點不耐煩了。

我停頓了一秒才給出答案。「客人說在這裡掉了一只耳環，妳有看到嗎？」

她知道我沒有在指責她，不過還是有了點火氣，牙買加口音變得濃重起來。「我在四七〇找到一條充電線，在三一二找到一個皮夾，但都馬上交給前臺了。」

「好。」我佯裝四處翻找，好像覺得是她疏忽了沒看到，這個舉動令她惱火，不過能讓我更靠近屍體。

那個景象著實令人難以消化。床鋪顯然已經整理完畢，男子四肢大張躺在床單上，直盯天花板，而血液正從他脖子上一道深紅的切口中滲出。傷口是鮮豔的腥紅色，才剛劃開沒多久，正汩汩滲著血。

這一定是時移。我看到的是未來的某一刻，他本人現在可能還在這間飯店的某處活蹦亂跳。此刻出現了一道有趣的道德問題：時間旅行的所有規則都奠基於同一個基本概念，那就是我們不能介入、也不應該介入任何已經發生的事件，以免打亂時間流，否則可能引起震盪和變動，進而危害到現實的結構。但是，卻沒有任何規則限制我們不能干涉「尚未」發生的事。這一部分是因為我們還沒找到前往未來的方法——至少還無法超越接近精神分裂狀態的偶發性神遊之旅。但是根據塊狀宇宙模型，我對未來做出的任何改變本來就已經存在，不是嗎？

而這又會延伸到自由意志和決定論等一系列令人不安的問題。算了，這種討論就留給外套手肘上貼著皮補丁的人吧[10]，我只想要舒舒服服地過日子。

不過，可憐卑賤如我，倒也不至於對這個情況視而不見。

「我這裡快打掃完了。」緹耶菈說。「如果找到耳環，我會拿到樓下。」

「那太好了。」我對她說。「謝謝。」

走出客房，我朝自己位於走廊底端的房間走去，落單後便對盧比說：「我剛才要你監視的那個人，他在哪裡？」

「還在尋找。」

「你沒看到他嗎？」

「目前……似乎受到某種干擾。」

「立刻找到他。如果他靠近這棟樓的電梯或樓梯間，就立刻擋住他。」

「為什麼突然對他有興趣？」

「照我說的做就是。」

恐龍寶寶、即將死亡的屍體、無法出發的班機以及投標大會，這樣的組合通常會再召喚出幾杯龍舌蘭，但令人絕望的是，我已經戒酒了。

我需要再喝個一百萬加侖的咖啡才行；我需要另一顆時妥寧。

走進五〇八號房時我有點緊張，便在房內巡了一遍，確定所有東西都還在先前離開房間時的原

---

10 這裡指的是學者或教授。窮困的學者以前常穿便宜耐磨的粗花呢外套，即使手肘磨損了也捨不得換，而是貼上補丁補強，因此穿著手肘處縫有補丁的粗花呢休閒西裝外套就成了教授的刻板印象。

位。我通常會在早上出門前盤點整個房間——這是很好的心理運動，能保持精神穩定，知道自己身在何處——然後發現每樣東西都沒有變動，仍和離開前一樣。

進門的地方堆著一疊乾淨毛巾和盥洗用品，這要感謝緹耶菈。先前洗澡後使用的毛巾還掛在門上，喝水的杯子立在洗手臺邊緣，上方橫躺著我的牙刷。床鋪凌亂。畢竟都要再躺進去，又何必鋪床？捲簾被拉了下來，牆角的小張扶手椅就壓在捲簾的下襬上，這樣就不怕簾子不小心往上捲。堆在角落的髒衣服大約還是差不多份量，我最愛的紅色連帽衫依然皺巴巴地扔在最頂端。浴室鏡子邊框上夾著一張磨損而陳舊的明信片，上頭是秀拉的那幅〈大碗島的週日午後〉。

我走過去撫摸明信片，就像每次進入房間時會做的那樣。就只是想提醒自己它還在，並再次自問那個我至今沒有答案的問題。

這麼多人擠在水邊，到底都在看什麼？

盧比發問：「妳看到了什麼？」

我有點被嚇到。這該死的機器有夠安靜，很容易讓人忘記它就在旁邊。我拿出口袋裡的新藥瓶放在洗手臺上的角落。「沒什麼。」

它知道我在說謊。它能夠追蹤我的脈搏、聲調、措辭，每一種指標我都得花上一輩子才能學會如何從中分辨真話與謊言，而它的演算法裡早就內建全部的知識。

可是這都不重要。我剛才沒告訴尼克的是，盧比的其中一項工作是在我進入異時症狀第二期時通報時安局的醫療小組。不過，當我更新盧比的語音時已經找到辦法更改設定，讓它在向任何人通報任何資訊前，都必須徵得我的同意。

不知怎地，這項改動也讓它變得懶惰，有時甚至很煩人。

「去充電。」我對它說。

它飄落至電視旁的充電座，我把錢包和手機丟到床上，將破洞牛仔褲換成深色的寬鬆休閒褲，並把帆布鞋換成適合跑步的靴子。我進浴室塗了點睫毛膏，考慮要對頭髮做點什麼，但是發現自己實在沒那個勁。我以手穿過髮間，鬆開越來越大團的頭髮打結，不過最後還是直接罩了一頂波希米亞風格的寬邊帽子。

我將刀插進靴裡。那是一把黑色折疊刀，十年過去依然銳利得能切下某人的指紋。我接著調整手錶：左手腕的是門禁錶，能讓我感應進出這座飯店所有的門，右手腕則是從時安局學院畢業時得到的銀黑配色計時錶。我將這隻錶的錶面轉向手腕內側。

這樣妳就永遠不會忘記時間的重要性，監考官將手錶和畢業證書一起交給我時這麼說道，聲音充滿真摯。

對，在忘記換電池之前都會記得，我說。監考官聽了我的笑話，卻沒有笑。

我從桌子底下的工業用塑膠桶裡撈出櫻桃棒棒糖，塞滿外套口袋，然後便聽見浴室裡傳來微弱的碰撞聲。我愣了一秒才想到那是什麼：藥瓶。

瓶子還在洗手臺的角落，在我剛才放的地方。

我一定是聽見剛才自己放下瓶子時的聲音了。

異時程度若嚴重，要面對的其中一種情況就是聽覺有時會無法同步。例如我可能會在空無一人的房間裡沒來由地聽見對話片段，而這些對話可能即將發生，也可能才剛說完。我習慣了。不過這也證明我今天時移的次數的確比平時更頻繁，而且還看見那具奇怪的屍體。

應該是因為我今天還沒吃藥，一定是這樣。我吞了一顆，然後另外塞了一顆到胸前口袋。我一天最多可以吃到三顆，對吧？我又帶了一顆到身上，以防萬一。

接著我站到鏡前檢視自己，確定就算是以我的低落標準也還能出去見人。現在，我得找到那位皮衣帥哥。謀殺案可能干擾到大會，晚點再好好打扮也不遲。

我打開門，看到走廊上有所動靜。

兩棟側樓的造型都有點彎曲，所以沒辦法一眼看到走廊的盡頭。從設計的角度來說十分酷炫，對安全人員而言根本是噩夢一場。在視線可見的最末端，有個人影正從彎曲處探頭窺視。我花了一點時間才看出那是什麼。

我猜應該是個女孩，深色長髮遮得她面目模糊。她穿著綠襯衫、深色牛仔褲和一雙破爛運動鞋，與這間飯店的風格格格不入。我的心臟立刻在胸中失控亂跳，因為在這片綠色如茵的地球上，沒有任何景象比黑髮垂掛臉上的小女孩更詭異。不過我的恐懼很快就被沮喪取代。

有些父母會放任孩子在這裡到處亂跑，好像員工都該擔任保母一樣，我真的很討厭這種情況。他媽的，我可是執法人員耶。我轉頭要盧比跟上，然後便踏入走廊，準備把那個小鬼趕回房裡去，順便嚴厲地斥責那對父母。

接著，就在經過五二六號房前時，我的腦袋突然又冒出同樣的牙痛感。

……不該是這樣的。

那具屍體此時應該消失了才對。那是第一期的時移，我之前經歷過最久的大約一分鐘，但這次至少有十分鐘。我走近門邊，貼上耳朵，敲了敲門——沒人應。於是我逕自用手銇開門進入。

機車靴。深紅血液。四肢大張。盯著天花板。

屍體不應該還在這裡。而且時移裡出現的東西通常會移動。正當我傾身靠近屍體，便發現了剛才沒注意到的細節：在他的脖子與床罩間約一英寸的空間裡，憑空懸浮著一顆碩大的血珠。

這不是時移，我眼前所見的不是過去也不是未來。

時間看起來彷彿凍結在某一刻。

我從來沒見過這種事。

而問題，就在這裡。

薛丁格的屍體

「簡諾瑞？」

我轉向盧比，它正飄浮在房間另一端。我完全忘記它也在這兒了。

「我們為什麼要進空房間？」它問。

「所以這裡真的沒東西？」

它循著房間邊緣懶散地繞了一圈，可能執行了一連串掃瞄。我屏住呼吸，希望它能因此找出些什麼，任何東西都可以，但是最後它只是停下來說：「這是新的整人方式嗎？我真的不懂這是什麼意思。」

「你去走廊等。」

「什麼？」

「給我一分鐘靜一靜。」

它呼呼呼地運轉了一會兒，然後便安靜飄走。我跟上去關門，雙手抵住門框，深呼吸。在搞清楚到底怎麼回事之前，我不能告訴盧比，不能告訴任何人。

我回到床邊，手指刷過死去男子的肩膀——沒有感到任何阻礙。我將手壓進去，便直接穿過男人的身體、觸碰到床罩。但是我能感覺到自己的手被東西包覆住，彷彿身在泳池之中，水溫和皮膚的溫度如此接近，讓人幾乎無法分辨身旁到底有沒有水，只察覺到些微阻力。

不算什麼巨大發現，但是好過什麼都沒有。

這讓我知道眼前並非全然的幻象。

所以我無法接觸屍體。這意味著我沒辦法翻找他的口袋，搜尋任何能辨識身分的東西。他的脖子上沒有斑點，也沒有其他明顯外傷。他穿著長袖衣物，要是能觀察他的手臂就好了。不過右手袖子向上拉起了一點點，手腕內側較柔軟的皮膚上有刺青劃線。幾條綠色線條，還有一點點紫色。也許是一片花瓣？盧比的演算法又多了一條能縮小搜尋範圍的線索。

這半吊子的驗屍過程結束後，我又在床邊或地上找了一遍，想知道有沒有其他有用的線索。不過，畢竟在我抵達之前房間正在打掃中，而且這又是某種詭異的量子現象，因此即使一無所獲，我也並不難過。

我背靠著另一張床，坐到了地毯上。男人的臉偏往我的方向，張著嘴，眼神空洞。我挪動屁股轉個邊，讓自己正對上他的眼神。馬桶發出沖水聲，不過大腦裡的嗡鳴讓我知道那只是時移。

「老哥，你到底是誰啊？」我問。

他沒有回答。

嗯，好吧。要是他能回答，我就能省下不少事。

我打開房門，被盤旋在極近距離的盧比嚇到。

「妳到底在裡面幹麼？」它問。

「工作。」

「我想自己有義務告訴妳，妳的行為很明顯是在隱瞞什麼，而且……」

「你就是一臺會飛的烤吐司機，有意見也不用說出來。」

它沒回話。我希望自己能令它感覺受傷。它有感覺嗎？我是不是應該幫它加上一點感覺的程式碼，好讓我可以傷它的心？

待辦事項加一。

尼克還在我剛才扔下他的地方，對著飯店的樓層圖又捏又拉。他完全沒注意到我走近，於是我等了一會兒，然後清了清喉嚨。

「愛因斯坦那邊沒有這種玩具。」他邊說邊轉頭往身後看過來。「這東西我可以玩一整天。」

「實際走訪才是最有效的，能讓你熟悉整個空間。」我對他說。「半小時後就要在樓下初次會面，我還有點雜事要辦，你先去晃一晃，到時候直接到那裡集合。」

他似乎沒聽出我聲音裡的缺角與疲憊，不然就是意識到了，但不想說開。「是的老大，樓下見。」

我等到他帶上門後才轉向正在充電座上的盧比。「我不要接下來的對話留任何紀錄或錄音，包括任何相關搜尋內容也一樣，全部在檯面下進行，瞭解嗎？」

「瞭解。」

「咖啡保溫桶旁邊那個皮衣帥哥，我要看到他在那段時間前後的所有監視器畫面。」

盧比嗶嗶呼呼地響了一陣，接著迷你影像排列成的矩陣便放大成六塊帶有時間戳記的大型影像，呈現出男人的動向。他差不多在我和坦沃斯碰面時來到飯店，鬼鬼祟祟地在大廳周圍遊走，試圖放鬆神態掩蓋自己在找人的行為，然後走去喝了杯咖啡。我看見自己經過其中一架監視器的畫面角落，朝老瑞的辦公室走去。我注意到他，不過他沒發現，直到我的視線離開他，他才用極為專注的神情看著我走入老瑞的辦公室並關上門。這反應要麼是在看我包在牛仔褲裡的誘人翹臀，要麼就是他知道我的身分，而答案很顯然不是因為我的牛仔褲。

隨後他將咖啡杯丟進垃圾桶，看了看手機，便往愛特伍樓的方向走去。我看著他在畫面之間穿行，從其中一個影像中消失，又出現在另一個影像中。

然後完全消失。

他應該要出現在電梯前，人卻不見了。我耐心等待，覺得他可能正在鏡頭死角彎腰綁鞋帶什麼的，但是影片持續播放了一會兒，仍然不見他的蹤影，那條走廊上也沒有其他可以躲的地方。那是一條毫無遮蔽的廊道，從大廳通向電梯區。

「盧比，怎麼回事？他人呢？」

幾秒鐘過去。「時間戳記似乎發生了問題，數字一直在跳動。我正在想辦法搞懂為什麼錄影會受到影響。我……我不確定發生了什麼事。」

從無所不知的機器口中聽到這種答案從來不是什麼有趣的事。

「以前發生過類似的情況嗎？」

「我們曾經因為資料編碼的關係，在時間波動時遺失過幾幀畫格。不過當時只遺失了幾毫秒，從來沒有像現在這麼長。」

「你完全沒說過這件事。為什麼沒告訴我？」

「因為就統計學來說沒有太大意義。」

我把雙手平放在全像投影桌上，深呼吸，以免自己抓來手邊最近的東西朝它丟去。「現在有意義了。執行系統檢查，同時查看過去幾週內所有監視器畫面，看他有沒有出現在任何影像裡。然後我要你辨識他的臉、找出他的身分。先比對你能夠存取的所有資料庫，如果沒有結果，就駭進你無權存取的那些。我注意到他前臂有刺青，看不出全部的圖案，但似乎是花朵，也許這條線索會有幫助。」

「這項任務工程浩大，會需要一段時間，而且沒辦法保證能完全避開網路。」

「那就快點開始吧。你執行的時候去面壁。」

「妳是在處罰我嗎？」

「對。」

盧比發出呼呼呼的聲音，氣憤地轉過頭去，給了我一點隱私。我癱坐在旋轉椅上，滑向一臺電腦，在瀏覽器中開啟無痕模式頁面，這樣搜尋就不會留下紀錄。盧比大概會以為我在看色情片，因為那是我平常使用無痕模式的目的。不過這次我是在查異時症的案例研究。我排列組合各種關鍵字，尋找時移持續時間的最長紀錄。點了三、四十次滑鼠之後，發現自己所能找到的第一期時移紀錄都不超過兩分鐘。

我接著搜尋曾經提到時間停滯的時移經驗：一無所獲。不過這也在預料之內，我並不訝異。我其實可以把這件事告訴盧比，看它能不能查得更徹底一點。但是又有什麼用呢？

這不過證實了我最害怕的事：如果我的情況真的這麼嚴重，就會有人——很可能是丹比居，不過坦沃斯也正睜大眼睛密切注意這件事——強迫我離開飯店。而且從醫學的角度來說，他們那麼做的確是對的。

這就表示，我不能把自己看到的景象告訴任何人。

而且我得限縮自己尋找答案的方式，因為一旦問錯問題或者搜錯關鍵字，最後的結果都有可能是得帶著行李站在人行道上等計程車。

從此和梅娜說再見。

這間飯店是她認識我的唯一地點。我知道，當我見到她只是在重新經歷過去的片段，而她與我之間的對話可能只是她與其他人的對話，彷彿在看3D的家庭影片。但是看到她對我露出那樣的眼神，彷彿認出了什麼，就足以讓我的心臟能再搏動得久一點。

我拉過右手邊桌上的筆記本[11]與紅筆，轉身擋住盧比的視線，寫下幾點筆記：

8：57，無名氏進入飯店

9：23，咖啡保溫桶

9：37，消失在通往愛特伍樓的走廊上

線索稀少，不過我需要記下這些，又不能仰賴盧比。我撕下紙張、折起，和筆一起塞進胸前口袋。我掏出一根櫻桃棒棒糖放進嘴裡，用兩根手指夾住從一邊嘴角伸出的棒子，然後抽出棒棒糖，呼氣。既然沒辦法抽菸，至少能滿足一下口腔的依戀。

「該下樓了。」盧比說。「我會在背景裡繼續執行搜尋工作。」

「嗯。」我轉正身體面對它。「該上場了。」

尼克已在勒芙萊斯宴會廳外等待，正和一名輕盈優雅的女性邊走邊聊。女人穿著飄逸的黑色布卡罩袍[12]，與其說大步走路，其實更像在飄浮。我朝他們走去，然後問她：「妳是王子團隊的人？」

「莫哈默德．本．哈立德．阿勒沙烏王子。」她的語氣雖沒那麼生硬扼要，但仍帶有糾正的意思。

11　此處原文為「legal pad」，指的是一種特定形式的黃色筆記本，長得有點像計算紙，通常為撕去式，紙上畫有橫條紋的格線，且左側有一道直線隔出略窄的空間。legal pad 又名企劃紙或單線簿，此處選擇依照文意譯為筆記本。

12　布卡（burka）又名波卡，是伊斯蘭傳統女性服裝中包裹最嚴實的服飾，從頭到腳以罩袍包覆，只在眼部開口，但必須遮以蒙紗。

沙烏地阿拉伯的王儲，通常被稱為ＭＫＳ[13]。兆萬富翁一號。

「我叫埃煦，」她說。「而妳是安全主管簡諾瑞．柯爾。」

「沒錯。」我轉向盧比。「有其他投標者或工作人員會出席我們的狂歡派對嗎？」

「其他人都沒有回覆。」它說。

這實在有夠煩。要是全部四名投標者——或至少是他們的代理人能同時在場就好了。不過我既然長途跋涉至此，不如還是繼續進行吧。「你負責會議紀錄，統整好後寄給所有相關的人，包括丹比居和卓客參議員，然後依照紀錄列出需要他們配合的地方。」對盧比說完後，我轉向埃煦和尼克。「我們進去吧。」

尼克打開勒芙萊斯的門，宴會廳裡一片忙亂。燈光通亮，有一組人在布置會場：桌子、圍繞房間的座席、一座講臺、一面巨大螢幕以及放在房間中央的全像投影桌。電線四處散落，彷彿被隨意丟在地上，丟到哪就待在哪。我帶著另外兩人走向最不擋路的某個角落。

「場地設好之後，歡迎妳查看環境。」我對埃煦說。「如果有任何特殊要求或者調整，也請提出，我們會在合理範圍內盡力配合。屆時這層樓的所有出入口都會封閉，只留下一處通道，並請時安局在這裡派駐探員直到會議結束，他們會檢查身分並在走廊與宴會廳裡四處巡邏。請你們提供一份名單，告訴我你們團隊有哪些人會進到這一層，如果有人來到這裡卻不在名單上，我們不會放行。尼克，這件事由你負責。」

埃煦依然沉默。

「到時候會有一臺安檢掃描裝置，每個人都必須通過掃描，連妳的老闆也不例外。我之後會給妳直接聯絡我的通訊權限，需要的時候就叫我。」我舉起手錶這麼說道。「如果妳問了蠢問題，或者在睡覺時候吵醒我，我發誓會用下半輩子摧毀妳的人生。別讓我後悔給妳權限。今天晚上兩兩洞洞以前給我你們的出席名單。有任何問題嗎？」

「我們可以帶幾個人過來？」埃煦發問。

「每一方都有十個名額，這樣我們才能控制人數。當然，因為妳是負責人，所以不算在這個名額裡面，妳可以隨意進出。」

「我們不只十個人。」她說。

「挑重要的帶。」

她瞇起眼睛，但是並未抗議。

「很好。」我說。「妳現在可以檢查場地了。」

她點了點頭，然後往前飄了出去，邊走邊檢視整個空間。

「尼克，記住這套話術，有些人就是需要聽到你說這種話，要是哪天遇到，就能派上用場。」我轉向盧比。「把安檢儀和時安局探員的需求傳給丹比居。然後，把剛才的紀錄寄給其他人時，記得強調他們繳交名單的時間。懂嗎？阿呆。」

盧比呼呼響了一陣，說：「雖然妳一直罵人，要求又沒完沒了，不過我還是完成了。」

「那臺東西很有用，」尼克說。「妳對它太嚴厲了。」

---

13 王子姓名 Mohammad bin Khalid al Saud 的字首縮寫。

「就是機器而已，它又沒有感覺。」

「是這樣沒錯，但是刻薄也得花力氣。」他說。

「我知道要花力氣，」我說。「這是我運動的方式。」

雪片拍打飯店的玻璃滑軌門，聲音大到我都能聽見。我暗自祈禱預報失準，最後只會積成薄雪，但是照目前的天候看來，那道門應該再過十分鐘就會完全被雪淹沒。我會知道是因為——無論我多希望忙亂繁雜的大廳能夠安靜、平息下來，現實發展顯然都與我的願違。

「最近的飯店要四十五分鐘車程，你有沒有看到外面下成什麼樣子啊？我就要住在這裡。」

正在大聲嚷嚷的男人比老瑞矮了一顆半頭，老瑞的體重也比他重上一百多磅，且多出來的全是肌肉。話雖如此，老瑞仍然畏懼得幾乎要跪下。除了矮，巨嬰先生身上的西裝以有錢人的標準來說也實在非常邋遢。我對此有個理論：如果一個人有了錢卻連西裝都不合身，那就代表他生活裡遇見的人都不怎麼在乎他，不願對他說實話。而這也說明了這個人的性格有多糟糕。

「我向您說明過了，我們完全客滿。」老瑞張開手掌，示意對方冷靜。

男人發出一陣惱怒的喉音，接著便走向一對容貌體面的年輕夫婦，問道：「你們的房間多少錢？我付三倍。」那對夫婦看起來活像是買相框時附帶照片上的模特兒。

「先生⋯⋯」老瑞說。

「我的媽呀，有完沒完。」那兩人陷入橄欖球賽上的爭球拉鋸。我邊說邊朝他們走去，不過被尼克一手拉住肩膀。

「讓我證明一下自己的能力吧。」

他對我挑起一邊眉毛，露出笑容。他很想擺脫一點約束，而且我覺得他已經意識到我對所有客人都一樣輕蔑。於是我伸出手，示意他儘管出馬。他插入男人與嚇壞的夫婦之間，輕聲細語地說話，不過一隻手放在男人的肩膀，以示自己的主導地位。

如果可以把一些負擔推到他的盤子上，那麼我在這場鳥事自助餐裡就能吃得稍微沒那麼累。

我走向咖啡桶，默默希望已經有人補過咖啡，但是沒有，混亂仍主宰著一切。我很想把桶子推到地板上，也許這樣就能引起誰的注意，不過最後還是選擇成熟以對，四處張望看能不能叫人過來交辦這件事。完全沒有人看向我這邊。

「盧比，把這件事記下來，叫人來補咖啡。」

「尊敬的主人，請問還有其他事情需要交代嗎？」它問。

「少耍嘴皮。東西到底找到了沒有？」

「還沒。如果妳一直交代我其他事情，等再久也找不到。我們現在的優先處理事項是咖啡嗎？」

「你自己想，否則我把你丟進資源回收。」

我往安全部辦公室走去，好讓自己能有片刻寧靜，並能安排和其他投標者會面的時間。但是此時從巴特勒樓電梯區的方向傳來尖銳的叫聲，有個女人高喊著：「這是什麼鬼？」

該死，我忘記那些恐龍了。

「我剛才不是叫你要注意嗎？」我對盧比說。「你怎麼會漏掉這種事？」

「我……我不知道。」它說。

這回答沒有讓人比較安心，而是更確定了我們稍後必須處理此事。

我快步朝電梯區跑去，慶幸自己穿了跑步的靴子。尼克來到我身側，和我一起東躲西閃，避開想要圍觀（或可能是想逃離現場）的人群。

我們找到一名顯然並非天生金髮的金髮女子，穿著以魅惑他人為唯一目的的紅色高跟鞋，站在一臺空的行李車上死命抓著車架，彷彿隨時有被吹走的危險。一隻大小如雞的伶盜龍正用迷你尺寸的嘴巴咬著她的腳，而她則在狹窄的車身上拚命想辦法避開，同時努力不讓整臺行李車翻覆。

身為訓練有素的專業保全，此時發笑極不恰當，但我實在沒想克制。

當我看見她的另一半，整個場面就變得又更有趣了些：男人的體型極為巨大，臉卻長得像哈巴狗，他正摀著臉站在一旁，彷彿動彈不得，不過在我看來更像是不願介入。

他看見我們跑來，便指著那隻長著鱗片的迷你野獸，以濃重的希臘口音喊著：「快幫忙啊！」

尼克轉向我，低聲說道：「這樣說可能很奇怪，但是那個東西好像還滿可愛的。」

「有沒有遇過大隻的？」我問。

「沒有。」

「我遇過一次，破獲了一組盜獵團，我很想讓你看那次留下的疤，小鬼，但是那樣的話就得脫褲子。我們還沒那麼熟。」

「有什麼計畫？」

女人朝恐龍踢了幾腳，擊中目標，沒有造成多少損傷。為了這幾腳，她差點令行李車翻覆，不過最後還是穩住了車身。哈巴狗臉男踏著恐懼的步伐朝我們走來，揮舞著雙手。「你們能不能快點幫忙，不然她就要摔斷脖子了。」

我努力阻止自己向上翻的白眼，然而失敗。「嗯，總共應該有三隻，所以這是第……」

大廳傳來一聲尖叫。

「第二隻。交給我。」尼克說。「要怎麼處理牠們？」

好問題。安全部辦公室裡面有座拘留室，但我不想讓牠們這麼靠近大廳。我也不能把牠們放在樓下其中一間會議室，此時肯定會有人抱怨怎麼能把恐龍關在離大富翁們這麼近的地方。

倒是飯店底下的避難所門板又大又重，現在也只用來儲放物品。我將這件事告訴尼克，要他抓住那隻恐龍後在底下會合。先把兩隻帶下去，應付第三隻時也會簡單一點。尼克出發前往大廳，我則朝著行李車走去。女人看到我過來，說：「噢，謝天謝地，終於打算發揮點作用了。」

迷你恐龍還是一心想咬女人的腳——尼克說得對，這畫面真的很可愛，彷彿小貓想吃長頸鹿。我想吸引牠的注意力，於是用力拍手大喊：「嘿。」

牠轉過頭。雖然不太確定，不過我覺得牠就是先前走出電梯時在時移狀態裡看向我的那一隻。這隻的頭同樣有著奇怪的偏斜角度，小而圓亮的眼珠正以不舒服的目光直盯著我的雙眼。牠先是停頓一會兒，然後才衝過來。牠的速度很快，我的心臟瞬間跳上喉頭。因為不管體型再怎麼小，那也還是恐龍來著，要是不小心，很可能會被牠咬掉一根指頭。我側至一旁，讓牠過去，心想著要抓也是從身後抓，盡量遠離有牙齒的那一端。

我期待牠會掉頭把注意力放在我身上，但是牠繼續往前，筆直朝大廳前進。於是我追了上去，同時對著盧比喊道：「封鎖大廳。叫旅客回房間，員工回辦公室。」

火警警報響起，炸裂的白光瞬間占滿走廊，廣播器裡傳出盧比的聲音，輕柔而平靜。

請所有旅客立即回到您的房間，並請所有工作人員至最近設有安全門的辦公室報到。很抱歉造成您的不便，我們會盡速解除警報。

我聽著這段訊息重複播報了幾次，同時又躲又閃，避開四處逃散的旅客，而已經嗨上天的布蘭登正站在一旁笑到不能自已。這座大廳非常不適合處理這種情況；根據當初那名女性設計師，它的圓形設計是希望讓人想到時間的永恆本質。不過對我來說，這代表我們無法把那隻小蜥蜴圍困在某個角落，只能原地打轉，彼此追逐。

我的眼角餘光瞥見尼克跑進愛特伍樓，此時我追的那隻恐龍一步躍上接待臺。坎米歐折著身體躲在接待臺下方，以伊的身高竟然躲得進去，著實令人讚嘆。恐龍轉了一圈，掃視大廳，發出一聲輕柔細微的尖叫。牠對我沒興趣了。於是我停住腳步，慢慢打圈，試圖繞向牠身後，此時牠突然跳下檯面，拔腿奔向愛特伍樓。

當我跑進電梯區，差點被另一隻小恐龍絆倒，也差點和尼克撞在一起，不過立刻又往不同方向分開。

「好像在演班尼．希爾[14]的影片。」我對著身後大喊。

「我沒看過。」他大聲回話。

我看見自己的恐龍跑進打開的電梯中，一名年長女人尖叫衝了出來。我擠出力氣，設法在門關上以前跑至電梯口，伸出一手擋住門，並且摔倒在地。

——然後就意識到自己鑄下大錯。

那隻伶盜龍咬了我的食指。當我抽回，只見指頭周圍全是鮮血。傷口不深，痛也被發揮作用的腎上腺素阻絕，不過那該死的東西現在嘗到了血肉的味道。我滾成側身，踢了牠一腳，努力讓自己站起。我才剛站穩，牠便朝我猛撲而來，於是我背部撞上電梯車廂牆面，然後跨至一旁、繞至恐龍背後，可是還來不及抓住牠又搖擺著身體，調轉方向往走廊跑去。

至少沒跑向大廳，我可以將牠困在走廊盡頭。

聽起來是個很好的計畫。

只不過，此時左側出現一道敞開的門，我拚命在心中祈禱恐龍會一路往前、不會轉向。

啊，當然轉了，哪次不轉？

牠越過門檻，房內傳出一陣尖叫。我終於繞過轉角後發現床上站著剛才行李車上的那位金髮女子。她赤著腳，高跟鞋躺在地板上。房內不見她情人的蹤影，我的猜想是：大概躲在緊閉的浴室門後。不過至少恐龍不再逃了，牠正對著女人其中一隻鞋大嚼特嚼。

「我覺得牠對鞋子有特別的癖好。」我說。

「那雙是 Louboutin 欸。」她不滿地說。

「閉嘴。」我低聲表示，她立刻安靜跌跪在床上抱著枕頭，彷彿抓著盾牌。

我身旁的衣櫃開著，裡頭的掛鉤吊著兩件毛巾布浴袍。我放慢動作，小心不要引起恐龍注意，

---

14 Benny Hill（1924-1992），英國著名喜劇演員，以其鬧劇風格聞名。

拉過其中一件浴袍後蹲下，盡可能靠近。牠最終停下動作，鞋根已被摧毀殆盡，我在牠抬頭看向我時扔過浴袍，以身體壓制住牠。

牠力量強大，在我身下奮力扭動，但仍被困住。

手指上的疼痛開始變得鮮明，待會兒得去檢查了。我使力抓緊那隻恐龍，然後轉身離開。

「你們應該要賠償我的鞋子。」女人說。

「不客氣。」我對她說。

浴室的門裂開一道縫，男人探出頭來。

「結束了嗎？」他問。

「這只是三分之一啊，帥哥。」我咕噥著，然後便帶著不斷撞擊嘶吼的包裹踏上走廊。來到大廳，我發現尼克正抓著他的恐龍，向外伸直了雙臂，盡可能讓恐龍遠離身體。那東西拚了命地對著空氣啃咬，怒不可遏，不過仍在控制中。

「我以為妳說會有三隻。」他說。

「所以事情還沒結束。我們先去把這兩隻關好，然後……」

「你們在這裡跑來跑去就是為了這件事嗎？」

我轉過身，看見一名年輕白人男性，肩膀健壯寬闊，極短的平頭線條大刀闊斧，彷彿是髮型師用鎚子和鑿子刻出來的。他雙手抓著最後一隻伶盜龍，一手抓脖子，另一手抓住兩條腿。那隻動物激烈扭動，顯然處於疼痛之中，令我頓時充滿極度感激又極度惱火的複雜情緒。牠只是遵循自己的生物本能，又不是多邪惡。

「你哪位？」

「癸森。我為文斯．提勒工作。」他說。「沒等我們抵達就開會，真是感謝喔。」

文斯．提勒，地產大亨，世界有名的種族主義王八蛋，同時也是二號投標者。

我再次打量癸森這個人。十元平價理髮廳出品的髮型，配上中西部農場男孩的長相，彷彿從小吃玉米長大，卻身穿昂貴的訂製灰西裝，還打了條橘白配色領帶。而且臉上還掛著美式橄欖球員或海軍陸戰隊員特有的那種輕蔑笑容，彷彿在說「這裡我最硬」。

「你應該要準時。」我對他說。「跟我來。」

我們沿著步道走向下一層，然後走過另一條通道，來到盡頭毫無標示的門前。我把伶盜龍抱緊在胸前，稍微側身，用手錶抵著門邊的感應裝置。裝置發出嗶聲，我推開門，顯露出裡頭的另一扇門——槍灰色的巨大門扉。我用手錶掃過感應器，門便向上升起。白色的緊急照明燈光閃爍亮起，照亮一道旋轉梯，向下延伸進黑暗之中。

我把恐龍放在樓梯的最頂端，牠掙扎著甩開浴袍。尼克也將手上那隻輕輕放下，讓牠跟著第一隻身後跑去。癸森漫不經心地將他那隻丟進去，恐龍摔下幾階階梯。我趁牠們還搞不清楚狀況時按下關門鈕，不讓任何一隻有機會往回跑。門的另一端傳來抓撓和騷動，不過除此之外一切安全。

「這到底是怎麼回事？」癸森問。

我低頭看向自己的手。流血的情況不算太糟，我有點想把手指含進嘴裡，但是難以得知那隻恐龍先前還咬過什麼鬼。

癸森往我踏近一步。「妳打算回答我的問題嗎？」

尼克一手按住癸森胸口。「大哥你冷靜。」

癸森將他的手推開。「我現在就要知道是怎麼回事。」

另一個有趣的細節：他的身側有個突起物，表明身上帶有武器。我不喜歡這樣。

「盜獵恐龍是很大的產業，但是永遠只會偷蛋，我從來沒看過有人帶活體恐龍回來。」我轉向尼克：「愛因斯坦那裡發生了什麼事？他們是睡著了嗎？」

「帶著那種東西不可能通過安檢。」尼克說。

「顯然有人通過了。」我轉向癸森。「謝謝幫忙。」

他雙手在胸前交叉。「妳就是簡諾瑞？」他揮了揮一手。「這地方是妳管的？我必須說這個第一印象實在不怎麼樣。」

「也是，因為我弄來了三隻恐龍，並讓牠們到處破壞。」我說。「這是專門為你準備的見面禮欸，你不喜歡嗎？」

「既然你們沒有等我就開始，我現在嚴正要求妳交出飯店所有人員的名單，我們要進行審查。」

「那不如你告訴我那顆頭在哪裡剪的，我也想知道自己剪那個髮型好不好看。」

他瞇起眼，一臉困惑。「我要找妳的主管。」

「請，請你快去，幫我跟他說聲嗨。」

癸森轉身離開，大概是要去打我的小報告。尼克抓過我的手仔細檢查。「妳得去看一下傷口。」

「等一下就去。」我說。

「好，」他說。「當然，妳先休息一下，如果有事我來處理。」

我們走回走廊，和等在此處的盧比會合。「解除封鎖警報。」我告訴它。

它先是向旅客宣布緊急情況已受到控制，所有人可以重新在飯店內自由活動，然後問我。「要我通知坦沃斯妳受傷了嗎？」

「要，謝謝。」我說。「只是……我需要先喘口氣。」

我走進女廁，留下盧比傻傻地飄在半空中。

我的腳步聲在灰白相間的堅硬地面迴盪。我低頭看了所有隔間下方，確定只有我自己，然後來到成排的洗手臺前，扭開其中一只水龍頭，轉至冷水，將手指放到水流底下。血液形成紅圈，旋轉流入排水口。感覺有些刺痛，不過清洗乾淨後就能好好檢視傷口。小怪獸其實沒有咬進肉裡，只要一小片ＯＫ繃就能解決。

我壓了一大坨肥皂液到手上，突然聽見馬桶沖水聲，心跳一時搶拍。我看向鏡中，身後一扇隔間門朝內擺開。

梅娜走了出來。

她看見我，露出微笑。

那副認得的表情讓我的心彷彿著了火。

「妳今天看起來很累。」她以混雜了波多黎各的布魯克林口音說道。這是她以前對我說過的話嗎？還是對別人說的？她對我說這樣的話也不算太罕見，我常常會有疲累的日子。

她的褐色長髮及肩，且有著金色挑染，這表示我大約可以判斷這是什麼時期的梅娜；這是死亡之前六個月的她。

話雖如此，我並沒有想到她已經死了。至少現在這個當下的我不會記得那種事。因為，眼就就是她以前對我說話時的樣子。我從她反射在廁所鏡中的眼神裡看見這一點，那種因為認得而透露出的熟悉感擊中我的心坎。我已經準備好張開雙臂環抱住她，說出那些只有我倆獨處時才會說的話，懇求她也抱住我，用力抱緊，直到我發疼。但是當我轉過身，廁所裡再次空無一人。

只有我和明亮的燈光，以及水槽裡的水流聲。

我走向廁所門，上鎖，背抵門板，坐到地上。我的雙手抱緊膝蓋，手上的肥皂沾到褲子，但我不在乎，我只想在這裡坐一會兒。看看那扇門（門依然開了條縫）。她剛才就在那裡，我覺得自己的胸口不斷收縮崩塌，然後……

……梅娜和我十指交扣。她說：「這會是妳這輩子見過最重要的事物。」

芝加哥藝術學院裡擠得不可思議，人們彼此推撞、爭奪空間，費力看向掛在前方蛋殼色牆上的寬大畫作。大批人群令我幽閉恐怖症發作。不過只要看向那幅畫，便又覺得所有人都不存在。

「〈大碗島的週日午後〉。」她在我耳邊輕語，吹上我皮膚的呼吸如此溫暖，令我的脊椎滑下一滴冷汗。「這是喬治・秀拉在十九世紀末的畫作，是他最有名的作品。他死於三十一歲。」

我知道這幅畫。這是我看過的畫作之一，只是不曉得畫或作者叫什麼。青翠的斜坡上滿是衣著華麗的人們，許多人撐著傘，望向畫作左方的河。隨著人潮移動，梅娜緊握住我的手，我們兩人往前站得更近了些。

每走一步，畫上的顆粒就變得更加明顯。翠綠草地、淡藍水面以及極度深邃的陰影，全都顯露出自己的真實身分：許多聚集在一起的圓點。

「這應該是點描派最有名的作品。」指尖點綴裸色指甲油的梅娜伸出一根纖長的手指，指向畫作中央。「點描派利用的是細小圓點或筆觸之間的對比。當我們從夠遠的距離外觀看，大腦會將這些小點視為單一色調，而整個畫面會因為小點之間的空間變得更加生動。我覺得那是因為我們必須比平常花費更多力氣去完成。」

我們又往前走了一步，寬大的畫景化成了許多細小單位的集合。

「這就是人類大腦偉大的地方。」梅娜一手環繞住我的腰，將我拉近。「大腦非常擅長吸收眾多雜亂的資訊並加以整理，讓我們能夠理解整個畫面。不過，這也很容易令人忘記真正美麗的東西。」

又近一步。群眾在我們周圍聚攏，人們高舉手機和數位相機，尋找最完美的角度、最完美的燈光。完全仰賴手中的鏡頭來證明自己到過此處。

「美存在於每一個點中。」她說。

她邊說邊朝我貼近，骨盆的稜角抵著我的。

「有些東西很小，卻很珍貴，沒有它們，整個畫面就無法完整。而這件事——就是重點所在，我們必須活在當下，才能找到生命的尊嚴。」她的眼神仍直盯著那幅畫，同時將我的手舉至嘴邊、親吻我指節，然後拉過我手腕，轉了個方向，讓我們兩人的手都能放在她的心口，而我能感覺到那陣撲通、撲通。「就在這裡。」

她的聲音，就好像在被遺忘叢林的陰影裡，動物偷偷靠近獵物時所發出的低沉顫音。不知為何，那陣顫音及其背後所代表的危險帶給我某種安全感。像一種演化特徵。

「這不是我們本來看待事物的方式。」她說。「我們花費了太多時間去擔心接下來會發生什麼，卻沒有注意到當下。我認為我們應該試著改變。」

有個男人站到我們面前，舉著手機，幾乎要貼到我的臉上。在螢幕裡，畫作上的點被轉換成了像素。這件事將我拉出朦朧的恍惚狀態，梅娜注意到我就要伸手打落男人的手機，便將我向後拉往空曠的地方避難。

我們站了一會兒，看著這一切。群眾移動、變換，當有些人覺得無聊，或者為自己的數位複製品感到滿意，便會有新的人進來取代他們的位置。我想像著若是從上方俯瞰會看到什麼樣的景象。頭髮和帽子的顏色會讓每個人的頭都像小小的圓點，我想像著它們所創造出的畫面。我想把這件事告訴梅娜，可是怕自己因此顯得感傷。

「妳又沉默了。」梅娜說。

「這幅畫很美。」我說。

「同時也和平常一樣伶牙俐齒。」她傾過身，雙唇壓在我的嘴角。「謝謝妳陪我來。我知道妳不喜歡人多的地方，也不喜歡旅行。說起來妳有很多不喜歡的東西。」

我用力回吻她，吻在她的雙唇中央，嘗到一點櫻桃的味道。「沒有不喜歡，我很喜歡。現在告訴我，為什麼這幅畫會成為我這輩子看過最重要的事物。」

梅娜挑起眉毛，露出微微輕笑。「我有這樣說嗎？」

我認得這個表情，但是這並不代表接下來這個禮拜我就不會繼續追問。她知道我無法忍受發問了卻得不到答案，也知道全世界我只會容忍她挑戰這條底線。

「我希望妳再想一件更重要的事。」梅娜再次指向那幅畫。「那麼多人站在河邊，向外看著河面，妳覺得他們在看什麼？」

有一瞬間，我以為她希望我給出答案，不過接著便意識到她只是給出另一樁公案，於是便暫時放下，牽起她的手，感受她光滑的肌膚與我的相觸。感受它，讓它將我包圍。那個問題之後再去想就好。

之後。

我環視博物館，看見人群，以及面前的梅娜。

這不是「現在」。

「現在」在廁所裡。我閉上眼睛，集中注意力。

雖然我很想沉溺在此。

---

15 每當梅娜說出這句話，用的都是西班牙文。

雖然我很想永遠活在這個片刻……

……有人敲門，接著開始碰碰拍打。

「簡諾瑞？」

是老瑞。

洗手臺的水還在流，隔間的門仍開著，我身下的地磚冰冷而堅硬。我伸進胸前口袋，拿出一顆時妥寧扔入口中、乾吞下肚。我閉上眼睛。深呼吸。這就是我絕對無法忍受離開這裡的理由。

我檢視鏡中的倒影，確定自己沒有像孩子般嚎啕大哭、把眼睛哭腫。還好沒有，謝天謝地，今天終於發生一件對我有利的事。

我在門外找到老瑞、尼克，以及飄浮在兩人中間的盧比。

「妳還好嗎？」老瑞低頭看著我的手問。

「好極了。」我說。「怎樣？」

「抓到把恐龍帶進來的人了。」尼克說。「我們查到恐龍從他房間跑出來的影片，現在人在安全部辦公室裡。」

「是我說先把他關在那裡的。」老瑞的語氣彷彿希望有人能拍拍他的頭。

「很好。」我指向盧比。「我等一下再找你算帳。」

它沒回話。

∞

拘留室通常是空的，不過此刻為了審問，有人拖了兩張椅子和一張小摺疊桌進來。一名年輕中國男子坐在桌邊，長相之英俊，光靠騙老女人的積蓄就能過活。他身穿散發光澤的藍色西裝，剃光的腦袋在頂燈照耀下閃閃發光。他也試圖擺出一副自信從容的模樣，但不怎麼有效，因為他全身上下每一寸肌肉都十分緊繃。

我拉出他對面的椅子，讓椅腳在地板上刮出刺耳的聲音。盧比飛進來，在我右手邊停下。我在桌上敲著手指——但顯然是發傻了才會做出這舉動。因為當被咬的手指狠狠撞上桌面，一陣刺痛立刻竄上手臂。男人瞪著我和盧比，目光集中到我手上的傷。他等著我開口，完全沒意識到此刻的我有中間人。

「你使用喬爾．陳的名義訂房。」盧比說。「該假證件細緻而且完整，所以我完全沒有發現不對勁。不過你真正的名字叫張碩，三十二歲，定居北京，曾經因為走私而三次被捕，但都並未定罪。」

張碩先是一臉慘白，隨後又露出微笑。他知道自己有多擅長脫罪，所以無論他現在看起來多麼不安，都會被那樣的自覺掩蓋。

「等一下再來討論整件事的法律問題。」我對他說。「我想先知道：你到底是怎麼神不知鬼不覺把三隻活恐龍弄出時空港、還帶進飯店？」

「妳叫什麼名字？」他問。

「重要嗎？」

他聳了聳肩。「可是妳知道我的名字。」

很好。我想要審問他，他卻只想和我約會。「簡諾瑞．柯爾。」我說。

他充滿智慧地點了點頭，彷彿從中瞭解了我的什麼，接著便向後靠上椅背，說：「我要求律師在場。」

「盧比，你有在錄音嗎？」我問。

「沒有。」

「這裡有任何錄影或監聽裝置嗎？」

「沒有。」

「張碩先生，現在的對話不會留下紀錄。」我放輕聲音，試圖哄他合作。「我只想知道你怎麼做到的，其他事情我都不在乎。我現在已經要應付很多事，沒有時間玩你進我退的遊戲。我必須知道飯店有哪些安全上的漏洞。」

他一語不發。

——不過他的眉毛上有一小顆汗珠正在成形，是個機會。

「你也不是第一次順手牽羊了。」我說。「既然已經逃掉三次，表示你口袋很深，人脈也不錯。你就相信自己的能力，回答我的問題。」

「律師。」

我俯身靠上桌面——我真的好想把頭放在桌上小睡一會兒，我現在就只剩下這麼一點力氣而已。即使有時妥寧給的一點電力，也還是累到不行。我需要更多咖啡。我正考慮要給他一杯咖啡，也許能讓他放鬆一點，就聽到盧比插話進來。「你的簽證過期了。」

這句話令他瞪大了眼睛。

「終於發揮作用了。」我說。「張碩你聽好了，不管你的律師現在在哪間廁所裡吸白粉，我都有辦法在他踏進這間房間前把你丟上車，讓你搭下一班飛機飛回北京。所以不如這樣吧，我現在不打電話，也答應讓你找律師來，你想怎麼玩都可以，但是你必須說出你是怎麼把三隻活恐龍帶進我的飯店裡。」

「不是活恐龍。」他終於不再堅決反抗。

「什麼意思？」

「它們本來只是蛋而已。」他舉起雙手向外一攤。「恐龍是孵出來的。」

「所以你現在的意思是，你有辦法從……盧比，哪個年代？」

「白堊紀晚期。」

「你有辦法從白堊紀晚期走私三顆即將孵化的蛋到現在，卻笨到有新鮮的蛋不選，選快出生的嗎？我必須說，你做事情很草率。」

「我分辨得出蛋的狀態。」他說。「它們的確是剛出生。」

「盧比，伶盜龍的孵化時間是多久？」

「四個月。」

「事實證明，」我對張碩說。「你數學不好。」

他變換了坐姿。「十四個小時前我拿走蛋的時候它們都還很新。我把蛋帶來這裡，然後去洗了個澡，洗完出來就發現整個房間都要被牠們拆了。」

「所以你就把牠們放出來？」

「我只是想離開房間。」他說。「但是一時緊張，牠們就從我旁邊跑出去了。」

「好極了。」我對他說。

有人敲門，接著一名穿著西裝的尖臉男子闖了進來，看著我的表情彷彿想要放火把我燒了。

「我是白肯．艾布朗斯。」接著他轉頭告訴張碩。「在我們獨處之前都不要再說話。」

我攤了攤手，起身，離開房間讓他們兩人去匆匆密謀。坦白說，我真的完全不在乎。我的意思當然不是完全無感，畢竟這份工作以前的主要職務就是追捕張碩那樣的王八蛋，但是現在這間飯店占據我所有的工作時間，我要擔心的事情夠多了。

回到安全部辦公室的主辦公區時，我第一眼見到的人是艾嶺．丹比居。我對此毫不驚訝。他一如往常看起來像個會想在電視電影[16]中扮演時安局負責人的演員，就是那種積習守舊新教徒出身的盎格魯撒克遜白人，彷彿能在國會聽證會上得心應手。他身形精瘦，包裹在公務員般的灰西裝裡，顯然經常練習皮拉提斯，服貼的肩線和強健的背部更突顯出那張傻乎乎的帥臉。一陣子不見，他的黑髮變灰了些，也變得更長，在耳邊略為捲曲。鬍碴爬了滿臉。要我說的話，他此時的壓力程度應該即將逼近心肌梗塞等級。

不過那雙眼睛一看到我便亮了起來。

「簡諾瑞。」他說，而坦沃斯便從身邊冒了出來。我還來不及說話，就被醫生抓過手，檢查咬傷的手指。

「輕微穿刺傷。」他說。

「你覺得我會染上什麼病嗎？」

「應該不會。」他帶我走向黯淡無光的全像投影桌，來到打開的急救箱前。消毒傷口後，他纏繞繃帶的力道之大，我幾乎可以從指尖感覺到自己的脈搏。包紮完畢，他說會再隨後跟上。艾嶺朝他點了點頭，便替我開了門。

大廳比先前安靜不少，大部分旅客應該都已回到房間或者在頂樓小酌。癸森正站在大廳邊緣和老瑞說話，在場還有另外一位妝容完美無瑕、頂著頭盔一般黑色鮑勃頭的年長女性。卓客參議員。他們說話時眼神會不由自主朝我這裡瞄上幾眼，所以我想我知道他們討論的對象是誰。

「我覺得我知道為什麼了。」我對艾嶺說。

「什麼事情？」

「你以前讀波士頓大學對吧？我查過了，他們和德國有交換學生計畫，你的德文是在那裡學的嗎？」

他發自內心大笑起來。這是我們兩人之間反覆拿來說嘴的笑話。我知道艾嶺是土生土長的威斯康辛人，沒有明顯的德裔血統，德語卻非常流利。我一直想知道他在哪裡學的，但是這麼多年下來，出於某些原因，他始終不願告訴我答案，樂見我不停追問。

16　一九五〇年代後，因為電影業衰退而在美國興起的拍攝類型，專指為了在電視頻道播放而拍攝的電影，一般來說規格與成本都較電影院電影低。

「還是猜錯。」他說。「所以張碩說了什麼？他怎麼把恐龍帶進來？」

「他堅持那些是新鮮的蛋，說恐龍是孵出來的。」

「他一定誤判了。」

「肯定是。」我說。「瑪莉還好嗎？」

「她去了她姊姊那邊，讓我有點空間處理這些事情。」

「嗯哼。」

「怎樣？」

「就只是因為這樣？」

他聳肩說道：「妳也知道是怎麼回事，我工作時間太長了。妳狀況還好嗎？」

「面對這一卡車狗屁事情，再好也就是這樣。」我對他說。

「簡諾瑞，如果我有權決定，我……」

「我懂我懂，你層級不夠、無權置喙。你聽我說，我對這件事有不好的預感。我們的安全措施有某種漏洞，無論責任是在悖論飯店或者在愛因斯坦，都是一樣。你得把投標會延後，至少給我一天的時間去解決這件事。」

那個四肢發達的笨蛋癸森也許不知道，而且我死也不會承認，但他確實戳中了要害。事態發展正逐漸超出我的控制。在這場大雪之中，有一名走私販子悠悠哉哉地帶了三頭伶盜龍進來、出現一具不該存在的屍體，我們的監視器還出了某種莫名的問題，這一切都讓我有種興登堡號空難即將重演的不祥預感。

我完全不曉得該怎麼辦。

假如我把所有事情都告訴艾嶺，他有可能聽得進去，但也可能直接送我一件漂亮的新夾克，讓我的雙手交叉在胸前，永遠環抱自己的身體。

艾嶺噘起嘴、搖著頭。「所有人都出發了，而且天氣是很難預測的事。相較於現在離開之後再回來，繼續待在這裡是比較簡單的選擇。當然了，也因為所有人的時間都比我們的值錢，他們應該會覺得這是額外的好處之一。話說回來，就算真有消息傳出去，也不可能有人能馬上過來這裡搗亂。」

「雪真的那麼大？」

「預計會有三、四英尺深，清潔隊已隨時待命。」他說。「繼續堅持下去吧。尼克適應得如何？」

「他很機靈。」

艾嶺停下腳步站定，讓自己振作起精神。「好了，把細節都告訴我吧，我準備好了。」

我簡單交代了事情經過，包括那場恐龍追逐戰。這件事讓艾嶺發出幾聲輕笑，不過，反正不是在笑我，我也就不覺得有必要揍他下巴幾拳。我還說了飯店目前客滿的狀況，以及這一點讓所有人的神經有多緊繃。我沒提到那具屍體，不過當我說完，他應該也看得出來我有所隱瞞。多年下來培養出的信任讓他暫且不打算追問。

端看這樣的平衡能夠維持多久吧。

「所以接下來要怎麼做？」他問。

「我餓了，得先去吃點東西，然後我們要想辦法處理那三隻恐龍。我還真的沒想過自己會說出這句話，也許可以把……」

我的眼角餘光瞄到站在十尺外的坎米歐，伊盯著大廳中央的那只時鐘看得出神，表情似乎帶著些許困惑。這敲響了我心中的警鐘。

「等我一下。」我對艾嶺說完，走向坎米歐問道：「怎麼了？」

伊完全沒有移動目光，反問我：「那面鐘這樣正常嗎？」

我花了幾秒鐘才意識到伊在說什麼，然後便看出來了。時鐘的分針和秒針走得斷斷續續、跳得突兀。

12：32：22

12：32：23

12：30：44

12：29：14

12：33：09

12：32：44

「親愛的，妳聽我說。」坎米歐說。「自從這間飯店開幕，我就一直站在那玩意兒旁邊工作至今，已經習慣它偶爾跳個一、兩秒，但是我很確定：我從來沒看過它這個樣子。」

事件對稱性[17]

「時鐘怎麼了嗎？」尼克問。

這句話將我從恍惚拉回現實。我們身邊聚集了一群人，全目瞪口呆地看著結巴跳動的指針。而答案是，對，出了某種問題，這不是正常現象。但是我說不出話來。

艾嶺瞄了一眼手機。「愛因斯坦沒有報告出現輻射遽增現象。」

「可能就只是壞了，就跟這裡大部分的爛東西一樣。」老瑞說。

我離開現場，往愛特伍樓電梯區的方向走去。情況變得越來越奇怪，我想要確定那具屍體是否還在五二六號房，或者有沒有發生任何變化。我想不出現在還能做什麼，而且也不想繼續待在大廳。盧比在我身後飄。「你待在這裡，」我對它說。「監控事情發展。」

「妳要去哪裡？」

「廁所。」

17　事件對稱性（event symmetry）是量子重力理論中的一種研究原則，指的是無論時空中的事件序列如何變換，決定其物理定律的方程式必須保持不變。

「妳剛剛才去過。」

「你是連我上廁所的頻率都要記錄嗎？」

「為了健康狀況，當然要。」

我舉起一根手指。「有夠噁。你給我留在這裡。」它沉默地飄浮著，而我繼續大步向前。走到電梯前，我聽見身後傳來清喉嚨的聲音。是布蘭登。他臉上的表情彷彿撞見父母在玩性愛遊戲。

「那面鐘是原子鐘。」他說。

「要我頒獎牌給你嗎？」我問。

他舉起雙手、轉過手掌，彷彿捧著自己想要說的話，小心翼翼地呈上來。「原子鐘的時間是依照原子在量子躍遷的電磁輻射頻率而調節的。」

「你懂得這麼艱深的字眼真的很厲害，但是這種事還需要你告訴我嗎？」

布蘭登又走近了些。「那妳應該知道這種時鐘有多準確。石英鐘的晶體頻率還可能會因為溫度或製造方式而有些微改變——」他舉起一根手指。「——但是全宇宙每一個銫原子的頻率都一模一樣。如果它們的頻率發生這麼劇烈的變化，就表示受到外力影響。我們都知道航班被禁。為什麼機場要禁止班機起降呢？」

他是對的。無論艾嶺看到的報告說了什麼，並非肇因於時間線輻射的機率差不多和我平安度過一天不揍人一樣低。那幾乎是必然的答案。

「因為有暴風雪要來。」我說。「你說這些幹麼？」

「因為現在所有人只在乎那場大會，他們的注意力都放在傳遞訊息以及如何得到自己想要的東西，全都忽略了顯而易見的事情。這就像小型的車諾比事件。」

我沒預期會和本飯店第一嗨的門僮有這麼嚴肅的對談，而我的驚訝一定表現在了臉上。因為此時的他要笑不笑，害羞地說：「我知道自己看起來不怎麼聰明，但是我有粒子物理學學位。」

「那為什麼會在這裡工作？」

他聳了聳肩。「就業市場不好，初階職位的薪水跟香蕉價值差不多。當門僮再兼個副業可以賺比較多錢。」

「好吧，說的也是。」我按下電梯按鈕，藍色燈光在我指尖底下亮了起來。「回去工作吧，我要去檢查東西。」

我正要走進電梯，盧比透過手錶呼叫。「希望妳上完廁所了，我們這裡真的很需要妳過來看看。」

大廳又回到徹底瘋狂的狀態。

這裡群聚著一大批身穿飄逸棕褐色長袍與紅白格紋方巾的男人，以及身著昂貴西裝的壯漢，人群裡斷斷續續傳出阿拉伯語對話。我花了點時間才找到埃煦，她沉默地站在接待臺旁，雙手在身前緊握。她正在聽癸森和卓客參議員說話。坎米歐和老瑞也在，兩個人的表情都彷彿希望能爬上火箭、直奔太陽。

盧比出現在我身旁。

「超級豪華客房的數量不夠了。」它說。「因為王子的人馬入住，所以文斯・提勒的要求遭到拒絕，並且降級。」

「問題出在哪裡？」

「單純人為疏失，不過我們的系統似乎也出現異常。」

「這就是為什麼你現在一件事都辦不好嗎？」

「簡諾瑞，這很嚴重。」

對面人群的聲音拔高起來，我指向那團騷動對盧比說：「那個才叫嚴重。不過等那邊解決之後，我們還是要來處理你的問題。」

我看見頂著愚蠢髮型的癸森高聳於衝突線的人群中。「……無法接受。」他對老瑞和坎米歐說。「你們不能把超級豪華客房留給……」他看著MKS的隨行團隊，心裡似乎已經出現幾個用來形容他們的字眼。接著他看見埃煦站得如此接近，一時又冷靜了下來。「你們怎麼能把那種等級的客房留給工作人員，卻要我老闆住進次等房間。」

「我相信一定有某種折衷的辦法可以解決。」卓客的聲音裡帶著一絲砂礫般的粗糙感，是因為抽了一輩子香菸。她的語氣告訴我，她所謂的折衷辦法就是讓提勒住進他想要的房間。

「反正都有床不是嗎？」我一邊發問，一邊走進這場對話之中。「一樣都是房間，那有什麼差別？」

「這種事不需要妳進來攪局。」聽見我的聲音，癸森毫不掩飾地翻了個白眼。

「我管你怎麼想，坦白說我真的有點受夠你了。」話語彷彿水庫洩洪般從我口中噴灑而出。

「你和你家老闆都應該成熟一點，不要為了這種小事哭東哭西，還有……」

「簡諾瑞。」老瑞說。

「怎樣？」

「這位是卓客參議員。」老瑞彷彿在說，老妹，冷靜一點，不要亂來。

卓客擺出微笑，但是在我看來，笑得實在過於機靈，彷彿覺得自己的存在會為我帶來天大的震撼，以至於我會突然之間乖乖聽話。我回以燦爛的笑臉，問她：「噢，妳也對自己的房間有意見嗎？」

卓客點了點頭，頓時擺出一副已將我這人看透的模樣。老瑞把臉埋進了手中，坎米歐則不小心露出一點笑意，似乎很想和我擊掌。我之所以喜歡坎米歐的個性就是因為這種時刻。

「參議員女士，這位是簡諾瑞．柯爾，我們的安全主管。」老瑞說。「她是本次會議的負責人。」

卓客沒有伸出手。「幸會。我想妳應該有在審查所有員工的通話以及訊息通聯紀錄吧？如果有人將這件事洩漏給媒體，對我們都沒有好處。」

「沒在查，也不想查。」我對她說。「對我來說，要求分成合理和不合理兩種。要金屬探測器和額外人力？當然可以。但是要卯足全力重演《一九八四》，就沒什麼道理了。」

艾嶺冒了出來，臉上寫滿他心中最深的恐懼：我在無人陪伴的狀況下和重要人物搭上話。「卓客參議員，看來妳已經認識簡諾瑞了……」他說。

「是的，她剛剛表示她並未審查員工的通聯內容，我想我們三個星期前就討論過這件事了，對吧？」

這讓我想起了某些事。我轉向艾嶺：「我現在想起來了，你的確跟我提過這件事。我當時回答你什麼？——他媽的絕對不可能。」然後我轉回來看著卓客。「我相信他已經把訊息傳達給妳了。」

卓客的嘴唇抿成一條細線，從口袋裡掏出手機、輕敲螢幕。「幸好，我們已經做好準備。我的辦公室會負責審查所有訊息……」

「盧比，」我說。「立刻通知全體員工，他們在這場會議期間的所有通訊內容都會受到監控。」

卓客看起來對此不太高興，但還是把本來要說的話吞了下去。「好吧。」

她將艾嶺拉至一旁，將他帶開。就在艾嶺轉身之前，我瞄見他臉上的表情彷彿在說，我之後總得為這件事付出代價。我回頭看向癸森。「剛才說到哪裡？我們一定要用強硬的方式才能解決這個問題嗎？」

「只要給我老闆本來說好的房型，就不需要什麼強硬的做法。」

「現在這種情況，」我伸長了手比劃整個大廳。「發生了這麼多狗屁事，我們會把這種情況叫做『情有可原』。」

「妳聽我說，我懂妳的意思，不過提勒就是這樣的人，我相信妳的——」他看向坎米歐的方向，吐出「員工」這個詞，然後停頓一下才繼續說道「——會開開心心和他作對，但是我向妳保證，妳不會想要惹到他這個人。尤其是現在，他基本上已經算是擁有這座飯店。」

還是我現在直接一腳踢向癸森的卵蛋、讓他們把我調離這項工作？反正有尼克幫忙，艾嶺可以處理整個情況，而我得到兩天假期，整天待在房間裡看電影、點客房服務，不必面對恐龍、屍體以及不斷崩潰的現實。那些事讓其他人去擔心就好。

而且我還能看到他癱在地上呻吟，感覺起來非常值得。

我剛往前踏了一步，便聽見有人說道：「也許我能幫得上忙。」

所有人都轉頭去看說話的是誰：那是位年長的黑人男性，身上的灰西裝有著淺紫色的格紋。紫色碎花領帶、紫色口袋方巾、棕色皮鞋，一只高級卻不奢華的手錶。非常時髦，又非常簡潔。他的面容和聲音裡充滿歲月的痕跡，但我不確定那是因為自信，或者只是活得比較久。我花了一會兒才認出他是誰。

奧斯古．戴維斯，科技與資料投資者，也是投標者三號。

他沒帶隨行人員，這點令我驚訝，同時也覺得有些耳目一新。一直要和跟班打交道我已經乏了。他朝我伸出手，手掌溫暖、力道適中，我至少看得出他之所以成功的其中一項要素——他會對人微笑，笑得彷彿你們已認識多年。「我叫奧斯古．戴維斯，妳可以叫我奧斯就好。妳應該就是這裡的安全主管……柯羅小姐嗎？」

「差一個字，我姓柯爾。不過還是謝謝你的用心。」我回握他的手，感受到他穩定的力道。

他打了個響指。「抱歉，太多事情要記，而且我腦袋也老了，沒有以前那麼靈光。」他拍了拍自己的頭，大笑起來。「現在，你們說的那種超級無敵花俏高檔之類名字的房間——其中一間在我這兒，我可以降級到小一點的客房，而提勒可以住我那間，這樣如何？」

沒人說話，我們全都等著聽他開出交換條件，但他只是將雙手放至背後。

「坦白說，那間房間對我來說太大。我自己是——」他摸了摸西裝胸前，手指在口袋巾上沙沙作響。「——比較喜歡住舒適一點的小房間。這樣可以接受嗎？」他看向癸森，語氣親切但堅定，所以即使他聽起來像在詢問，我其實不確定那到底是不是個問句。

「可以。」癸森說。「嗯，可以。」

戴維斯露出微笑，等待他早就知道不會聽見的道謝。癸森轉身離開，埃煦也是。沉默的女子。我喜歡話不多的人，但是事實證明，完全沉默也有些麻煩。

「聽說我還沒到你們就先開過會了。」戴維斯說。

「我們等過你，但是……」

他舉起一隻手。「我沒有責備的意思。」他朝老瑞和坎米歐點了點頭，便帶我離開人群，走向大廳一處比較安靜的角落。盧比在我們身後跟上，戴維斯注意到，但似乎不介意。「我有錯過任何重要的事嗎？」

雖然他應該已經收到會議紀錄，不過我還是帶著他迅速瞭解一遍內容。解釋完後，我問他是否有任何疑問。

「非常有趣。」他回頭看著接待臺。

「剛剛是怎麼回事？」我問。

「他們在乎的不是房間，而是誰拿到的玩具最大。」

「而你一點都不好勝。」

他點點頭，搓了搓雙手。「或許是因為我知道自己會得標，才能超脫於這種爭吵之外。」

這種虛張聲勢令我哧哼一笑，而他舉起了一根手指，臉上卻一點也沒有慍色。「我還沒說到好笑的地方呢。」

天啊，怎麼會這樣。我真的開始喜歡這個人了。「噢？真的嗎？」

「妳知道在幾個星期前，提勒、史密斯還有王子三人曾經一起在紐約市的華爾道夫飯店吃晚餐嗎？貴賓室、私人酒席、龍蝦和魚子醬，從前菜一路吃到甜點。」

「沒有你？」

他搖了搖頭。「我無法出席，但那不是重點。他們私下碰面時還能和彼此喝酒吃飯，一旦站到其他人面前，就變成你死我活的獵殺活動。」

「嗯，的確開始有這種感覺了。」

「好了，不耽誤妳時間。」戴維斯再次和我握了握手。「如果妳需要什麼，或者有我可以幫忙的地方，請務必讓我知道。我猜接下來幾天的進展會很有趣。」

「沒錯，會非常有趣。」

「還有，謝謝妳，辛苦了。」

單單只是獲得道謝就令我有些受寵若驚，必須趕緊趁他走開前擠出一句「不會不會」。

我知道他試圖影響我，不過他至少知道正常人怎麼說話。

好吧。大廳依然擠滿人潮，但是氣氛已然緩和。癸森和埃煦離開了，艾嶺一邊和卓客說話，一邊朝我的方向瞄來幾眼，不過眼神已變得柔和些。四處不見尼克人影，我猜艾嶺應該對他交代了些事。現在得全員上陣了，我想，在會議期間老闆大人應該都會待在這裡。

這給了我一點空間去做該做的事，我為此感到由衷感激。

好，接下來呢？

我需要屏除干擾，和盧比好好談一談。不過與此同時，我已經和每一位投標者或其代表有過接觸，除了一個人以外。

「盧比，寇藤・史密斯到了嗎？或者有沒有任何安創的人抵達？」

「他目前人在費爾班克斯的辦公室。」

「很好。」我說。「那我們就去那裡。」

悖論飯店的大廳會誤導人，給你錯誤的空間感。那些平順的流線與緩和的弧度，所有商店與設施沿著走道排列、盤旋，通往大教堂似的天花板。除此之外還有分岔的走道、凹室以及隱藏的廊道。我在這裡應該工作了六年多，找起路來並不困難，但是每個星期我們總會遇到幾名說要回房，最後卻又迷路回到愛因斯坦通道前的客人。

梅勒蒂・費爾班克斯的辦公室一直是我在這座飯店裡最喜歡的地方。

費爾班克斯設計了悖論飯店，從商標字體到我們腳下的可怕地毯，全都出自她的手筆。而在整個施工期間，她始終在二樓保有一間自己的辦公室，就在某條走廊盡頭的紀念品店後面，旁邊是幾間看起來從沒人用過的廁所。辦公室沒有門——就只是個開放空間，擺了一張繪圖桌和一張辦公桌，這樣所有人都能輕易地找到她。聽說是這樣啦。

她在飯店開幕後沒多久就失蹤，沒有人知道原因。有些人認為，她將這座飯店視為此生最大成就，完成之後便決定放下畫筆，跑到偏僻的海邊度過餘生。其他人則說她瘋了，最終被這份工作的重擔壓垮。

還有一小群人說，他們曾在夜裡看見一名長得和她很像的女子在走廊上遊蕩。如果是在別種情況，我會覺得那只是胡說八道，但是我今天才在廁所裡看到了自己死去的女朋友，又有什麼資格否定別人呢？

不管怎樣，辦公室被保留下來，保存在琥珀之中，彷彿一切都準備就緒，她有可能再次歸來。辦公室現在坐落於一個平臺上，塞在走廊盡頭的角落，讓旅客能夠在其中裡遊走，瀏覽繪圖桌上的飯店效果圖、辦公桌上的文件和牆面懸空層板上的書籍。他們也能翻閱她的筆記本，其中的內容曾在她失蹤後成為一本相關書籍的資料來源。

有些人試圖順手牽走幾項紀念品，所以大部分的東西都已被螺絲或黏膠固定住，除了層架上的書——包括設計手冊、物理學研究以及時間旅行的經典讀物。出於某些原因，似乎從來沒有人拿過這些書。雖然這個地方不算隱蔽，但是通常很安靜，適合獨坐。希望待會兒和史密斯見過面後，我能夠坐下來和盧比好好談談、不受打擾。

這是因為我實在不喜歡討論這些異常現象和系統問題。我知道自己給了盧比很多工作，不過它應該要更早注意到某些事情才對。縱使張碩入住時登記的是化名，它也該當場發現，還有該死的，它根本應該在恐龍剛離開張碩房間時就抓住牠們。

不過這些事待會兒再說。我讓盧比隨我走上通往二樓的斜坡，經過紀念品店。店裡現在擠滿了搶購食物和日用品的人潮，彷彿對他們來說，一場突來的輕微風雪和幾天航班延誤就相當於世界末日。我轉過最後的轉角，燈光再次閃爍。得把這件事告訴維修人員才行。我才正想著要聯絡克里斯，注意力就被架上的書拉走。一整排書之間出現了空隙，彷彿少了顆牙。我心想，終於出現一個比較勇敢的人了。

寇藤將雙手揹在背後，正仔細瀏覽書架上的一道道書脊。他穿了一件AC／DC的T恤——這衣服真的是一點也不氾濫呢——配上緊身牛仔褲和涼鞋，看起來完全不像要買下這個地方的樣子，比較像是要去中庭踢沙包球[18]。

我很快就認出他來，畢竟最近很常在電視上看到。他會在國會聽證會中沉著地迴避關於安創如何蒐集數據的質疑。不過，以前我只看過他坐在桌後的模樣。站著時的他看起來就像一隻猛禽，四肢瘦長、步伐笨拙。我以為把書拿下來的人是他，但是他手中沒有任何東西，也沒有其他人坐在附近。

不過他也並非自己一人。寇藤旁邊跟了一名大學兄弟會氣息濃厚的白人男性，身穿格紋西裝外套，顯然最近對跑步失去興趣，轉而投身啤酒的懷抱，光把襯衫扎進褲子裡就要擠壓到內臟。不過他將這一切掩飾得很好。男人一看到我便迅速走了過來。

「妳應該就是簡諾瑞。」他的措辭如此確切，感覺非常熟練。「我是安創的營運長，沃瑞克．史密斯。」辦公室所在的平臺距離我不過一個階梯，但是寇藤沒有走下來，而是居高臨下地看著。「我讓你們兩個好好談談。」沃瑞克對我們說道。

寇藤步下平臺，降低至我的層級。他走近後，我便注意到他左手腕上的念珠。小顆檀木佛珠，用以專注冥想和誦持真言。

梅娜以前也有一串這樣的佛珠，但是她從沒戴過。那是我送她的禮物。後來我才知道，她覺得那種在禮品店裡就能買到的東西會貶低冥想的價值。那串珠子最後定居在我們房間門把面向房內的那側，這樣一來每天早上她只要出門就能摸到。

我很感謝她付出的努力，於是把那串珠子放在特別的地方。

不過，後來的我也變得比較會選禮物了。

寇藤看著我的樣子彷彿知道我會出現。他將雙手合十，微微躬身。「柯爾小姐，」他說。「妳好，Namaste[19]。」

我忍下即將爆開的笑意。他指了指那張辦公桌，桌後是一張辦公椅（曾是梅勒蒂的椅子），桌前則放了一張給賓客坐的木椅。「妳想坐下嗎？」他問。

在我還來不及說出「不要，我才不要在自己的飯店裡被放在來賓的位子上」之前，他便已繞過桌子，將辦公椅的位子讓給我。正好我的腳有點痠，於是坐進辦公椅，將腳抬上桌子——踢中了筆筒。筆筒一陣晃動，最後仍停在原位。我調整至舒服的角度，靠上椅背。椅子吱嘎作響。

18　沙包球（hacky sack）是一九七〇年代起源於美國的一種運動，參與者會圍成圈，像踢毽子或者足球一樣踢擊圓形的沙包，並試圖不讓沙包落地。臺灣沒有正式或者通行的譯名。

19　「namaste」是印度人向他人或團體致意時的敬語形式，字面意義為「我向您行禮」，在印度特別常用於小孩對於長輩，或者用於地位低者對於地位高者。這句話在美國因為被誤用為瑜珈課程結束時的感謝語而廣為流行，在美國的流行文化中帶有一種裝模作樣的形象。

「所以？」我問。

他嚴肅地點了點頭，注意到飄浮在我肩膀上的盧比，接著便說：「手提箱四六九二。」這時盧比緩慢下降，穩穩停在桌面上，而且關閉電源。平常從它內部不斷發出的嗡鳴頓時沉寂。我感到喉頭一哽，努力不讓錯愕感暴露在臉上。不過應該非常失敗。

「你做了什麼？」我問。

他聳了聳肩說：「我把它關了。」

「為什麼要這樣？」

「我不喜歡被記錄言行。」

「靠記錄別人人生起家的人還敢這麼說。」我說。「我調整一下剛才的問題，我應該要問的是：你怎麼關掉的？」

他指著沉默的無人機。「我擁有開發它們的公司，所以我有自己專屬的祕密指令，而且指令必須由我的聲音說出才會有效。」他笑了起來。「哇，這聽起來有夠可怕對不對？抱歉，我好像給了妳不好的第一印象。說實話，我之所以想要見妳，是想提供妳一份工作。」

我花了一點時間才想到自己該怎麼回應現在這情況，最後說：「這麼奇怪。」

「我在舊金山有一座園區，我不太喜歡那個地方現在的安全主管，他有點……」他再次雙手合十，抬頭看著天花板，彷彿上面寫了答案。「……沒效率。我聽過妳很多事蹟，也查過妳的背景，妳是很著名的時安局探員，時安局是很菁英的政府機關。」

「你見過在愛因斯坦工作的那群小丑了嗎？」我問。

「妳破獲過十多起時間流相關的重大走私案。」他說。「我還知道妳曾經阻止過一場暗殺行動。」

我的喉頭再次哽住，幾乎嗆到。那次事件是最高層級機密。「我不知道你在說什麼。」我告訴他。

他露出微笑，因為自己說對了而感到滿足。「重點是，我希望妳來擔任這份工作，我認為妳非常勝任。這個職位的薪資會是妳現在的五倍，再加上額外福利、認股權、住宿、搬家補貼，想到什麼有什麼。還有：頂級醫療照護。」

最後這句話迴盪在空氣中，從容、大膽又炯亮耀眼。

「我要頂級醫療照護幹麼？」

他停了好一會兒沒開口才說：「為了妳的病情。」

「我的病情。」

「我旗下有間生技公司正在研究異時症狀，研究成果看起來很有潛力。」他說。「我們沒辦法治好異時症，目前還不行，但是能放緩惡化速度。我們正在測試改良後的時妥寧，同時我也聽說過幾種非常有效的綜合性療法[20]。」

「所以你知道。」我放下腳，傾身向前，將雙手手肘放上桌面，這讓他也靠了過來，擺出和我

20 綜合性療法（holistic treatment）指的是整合傳統與非傳統方式，對患者整個身心進行治療的方法，而不僅治療單點患部。

一樣的姿勢。「你一來就玩壞了我的寵物，然後說不到二十句話又提出神經病一樣的工作邀約，現在還說出我的私事和個人醫療史。最糟糕的是，我知道你還沒說完，還有個但書，對吧？待遇開得這麼大方，你想要什麼回報？」

他在座位上挪動身體，將一腳翹至另一邊膝蓋上。他十指交錯、四處張望，就是不看我。

「所以我說對了，」我說。「的確有。」

「那間房間。」

「什麼房間？」

他微偏著頭，研究我的反應，彷彿在考慮是否要相信我。

「我知道關於鬼魂的事。」他說。

「有人覺得飯店鬧鬼，那又怎樣？」我無所謂地聳聳肩。「每間飯店都有人覺得鬧鬼，飯店就是會讓人覺得毛骨悚然的地方，然後謠言一傳十、十傳百。」

「妳相信嗎？」

「我是虛無主義者，我什麼都不信。」

寇藤點頭，露出微笑。「我跟妳說個故事。」

「天啊，有完沒完。」

他靠上椅背。「這間飯店的規劃設計之所以交給費爾班克斯，有兩項原因。第一是因為她的作品確實有很好的設計感。」他環視四周。「除了這些藍色不算之外。應該要和舊的環球航空飯店一樣採用紅色地毯才對。總之呢，除了這點以外，她中選的原因也包括她是女性。聯邦政府很清楚，他們將時空港命名為愛因斯坦而非桃樂絲・辛斯，是一項決策錯誤。」

「錯得離譜。」我說。

他點頭。「妳知道在施工期間辛斯花了很多時間待在這裡嗎？」

「嗯，我聽說建造愛因斯坦時她很常在這裡。」

「沒錯，不過她和費爾班克斯也有密切合作。」他說。「她們兩人一起設計了這座飯店，不過這一點從來沒公開。我知道一般大眾普遍認為她們是朋友，但我覺得不只如此，我認為辛斯實際參與了建造過程。她幫忙做了某些事，不只是挑選裝飾品這類瑣務，而是飯店內部的某項設計工作。我不認為這裡出現鬼魂是巧合，而是一種象徵。」

「什麼的象徵？」

「不知道。不過根據我的研究，我相信這座飯店裡有一間密室，而且我覺得最有可能知道密室存在的人……」他雙手朝我揮來。

我重重地嘆了口氣，以防他對我此時的感受有任何質疑。「我確實非常瞭解這個地方裡裡外外的一切。如果這裡有密室，我應該會知道。」

他坐直了身體，四處張望，確保隔牆無耳，然後扯了扯手上的念珠。「就算是妳自己來應徵這份工作，我本來就會考慮僱用妳，所以我現在提出的並不是……」他的音量弱了下去。

「你可以直接說『交換條件』。」我對他說。

「不是這樣的。」他說。「但如果妳能讓我進入那間房間，或者讓我看到飯店的內部文件——例如最初的印刷平面圖……」

「說得好像你現在看不到一樣。你連我的醫療紀錄都知道。」

他起身走向書架，看著架上的書，在平臺上踱步。「我缺少了一項關鍵資訊，少了它就看不清整體的情勢。我希望妳能幫我找到這項資訊。」

「為什麼？」

他停下腳步，轉向我。「為什麼？」

「沒錯，『為什麼』？為什麼你想要這個地方？如果這間飯店注定賠錢，為什麼還會有人想把它買下來？」

寇藤露出一抹淺笑。「不是每件事都跟錢有關。」

「少在那邊說反話，當然跟錢有關。」我說。「我不在乎你捐了多少錢給慈善事業，也懶得管你打造了怎樣的教育計畫，或者曾經如何改變世界之類的鬼話。對你們這種人來說，所有行為最終都是為了錢。我花了很多年在追捕像你這樣的混蛋，每個人都覺得自己應該置身法外。如果不是為了錢，你又為什麼要做這些事？」

寇藤重新跌坐在椅子上。「因為這個星球正在走向滅亡。」

嗯，這倒是真的。我們早就接受大自然的調溫器崩壞的事實。數十年前的我們沒在關鍵時刻採取適當對策，人類從此不再對全球氣溫有任何影響能力。現在全球人口從赤道往兩極搬遷，佛羅里達沒入水下三尺，而紐奧良則成了現代亞特蘭提斯。現在的我們如同滾水中的青蛙，沒有人出手做出任何改變，就只是盡力適應現況。

人們總說，明天吧，明天就會處理了。

「所以？」我問道。

「主流的科學觀點說人類還剩多久時間？兩個世代嗎？而火星移民計畫又不怎麼順利。他們還沒公開這件事，不過居留地的輻射護罩並未如預期發揮效用。這樣看來，現在的我們能有什麼選擇？認命困在一顆將死的星球上嗎？不是這樣的。我有許多前輩……」他停頓了一會兒。「或者該說同輩人？隨便妳怎麼說。」他揮手打發那個詞。「他們心心念念的都是怎麼離開這顆星球，但如果我們能『修好』它呢？」

「你就非要逼我說出來是嗎？」

「說什麼？」

「時安局對於時間旅行唯一的一條規定……」

他再度起身來回踱步。他一邊走，話語一邊從口中滾滾流出，彷彿連他都跟不上自己思考的速度。「我知道，旁觀而不介入。這我懂。但如果這項規定錯了呢？如果我們就是應該介入呢？如果我們找到辦法，讓人類從幾十年前的關鍵時刻就開始投資潔淨能源呢？」

他停下腳步、閉上雙眼、捏著鼻梁。

「我實在不應該告訴妳這些事情，沃瑞克會殺了我。」他對我露出哀傷的狗狗眼神，彷彿在說，拜託不要打我的小報告。

我對他聳了聳肩。「萬一你在拯救世界的過程中毀了時間流呢？這不是有點適得其反嗎？」

「那只是理論。」寇藤說。「時間流能夠自行調適其中發生的微小變化。我們單只是在房間裡站著就算是改變過去，因為我們造成了以前沒發生過的事。但是人類已經時間旅行好幾年了，目前看來也沒有造成任何重大影響。」

「對，因為我們制定了規範。也因為有像我這樣的人存在。」

「但如果永遠沒人去證實，理論的存在又有什麼意義？過去這幾年其實算是一種試行測試，假如最後的結果能夠拯救全人類，難道不值得我們去摸索時間流能夠承受怎樣的變化嗎？」

「也許你應該訂張票去一九四〇年代，這樣你就能和奧本海默手牽手出去玩。我不是歷史迷，也知道這聽起來可能有點好笑，但我記得他對於扮演上帝這件事有過幾次遺憾。」

「時間流其實比我們想像中還要堅韌。」

「何以見得？」

「我相信如此。」

我指向自己身後。「大廳那裡有一堆禁航的班機，和一只明顯出錯的鐘，它們都可以反對你的看法。而且，你憑什麼覺得時安局會讓你這樣粗暴地對待歷史？」

寇藤將手放上桌面，定了定神，仔細斟酌接下來的話。「我的提議就是這樣，我願意給妳那份職位；我們能夠幫妳，而妳也能夠幫我，考慮一下吧。我信任妳，相信這件事只會有我們兩個知道。」

我再次聳肩，不置可否。不覺得自己有必要令他滿意。

他點了點頭，起身離開。

「嘿。」我從身後叫他。

他轉過身，臉上掛著類似希望的神情。

「安創新的時間軸介面爛死了，根本找不到以前的照片放在哪兒。」我對他說。「還有，把我的機器人叫醒。」

「狂歡九九三一。」他說。

盧比重新啟動，飄上半空，迅速轉了幾個小圈，辨認出自己身在何方。寇藤消失在轉角後，盧比說道：「這也太讓人不舒服了。」

「機器人也會不舒服？」

「被人以祕密語音指令奪走基本控制權的話就會。我錯過了什麼？」

我將剛才與寇藤的對話解釋一遍，盧比聽完後說：「他的計畫是重大犯罪，而且非常危險。」

「先生，知道這點資訊還算我這份工作的基本常識。」

「而且我真的不覺得這裡有密室。如果有，我們應該會知道。」

「沒錯。」我說。「好了，說吧，你剛才提到系統異常，到底發生了什麼事？」

「我目前的主要任務之一是確定大廳中那名男性的身分，妳要求我以隱匿方式進行，因此提高了搜尋難度。我在過程中遇到了一些……阻礙。有東西在阻止我查詢他的身分。」

「這是什麼意思？」

「意思是每次我進行臉部辨識搜尋都無法傳送資料，系統會當機。」

當機。我不喜歡聽到這兩個字。

「暫時不管他是誰，先專注在監視器畫面。」我說。「往前回溯一個月，也許他曾經來過這裡，可能在買東西的時候掏出過皮夾，看你能不能瞄到證件或任何線索。除了今天之外，你能找出他之前有沒有來過這裡嗎？」

「等等。」盧比說道。過了一會兒，它說：「奇怪。」

「怎麼了？拜託別跟我說又出錯了。」

「更多影像消失了，而且真要說的話──」它突然從左往右抽動，彷彿困惑地環視整個空間。這個動作扯得它的塑膠眼睛喀拉作響，看起來有趣得非常詭異。「備份系統發生故障，遺失了很多監視器影像。看起來我們一整天都在丟失影片片段，東少一點、西少一點，不只是和他有關的影像，而且還回溯過往。我們的紀錄裡突然多了很多大洞，而且毫無規律，看起來就像在……分解一樣。」

「然後你等到現在才告訴我？」

「我之前沒發現……無論侵入者是誰，他們都在摧毀我們的系統，而且我完全偵測不到對方的存在。」

「怎麼阻止？」

「關機並重新啟動應該可以……」

「執行。」

「但是那樣也沒辦法恢復任何遺失的影……」

「現在就執行！」

盧比停頓，然後說道：「完成。我更改了安全結構，他們無法立刻重新入侵，不過這樣一來對方就知道我們注意到這件事了。如果他們進來過一次，再次侵入也只是時間問題。我會盡力拖延。」

「到底發生了什麼事？」我問。

「要我通知丹比居嗎？」

「不用，我自己告訴他。」

我靠上椅背，試圖重新集中精神。

奇怪的事情一直在發生，但這是第一次有跡象顯示有人意圖破壞投標會。那屍體呢？兩者一定有關。事情發展到這個地步，我應該把問題告訴盧比才是。不過我還沒準備好坦白。

我現在知道哪些事？淨是些片段與碎屑。

四名投標者中的任何一個都有可能搗亂，我們也可能捲入了他們四人之間的影子戰爭。我感覺從房裡逃脫的恐龍和這些事件沒有太大關聯，但可能和時鐘有點牽扯……也許那些蛋之所以突然孵熟，是因為時間開始跳針？

也有可能這一切和那四名投標者都無關。投標會時程改變的唯一原因是想要避開抗議團體，卓客似乎有意藉此打擊洩密問題。也許有人偶然聽聞此事，不過是局外人。

然後是攝影機。寇藤奪取盧比控制權的方式令我覺得，他若非擁有時安局使用的科技，也有一定的熟悉度。

目前我唯一確定的是：我們得取消這該死的大會才行。太多變數了，我沒辦法保護這裡所有人的安全。畢竟都出現了一具死屍。

應該算死了吧。

我已經等不及和艾嶺討論這件事。

我低頭瞄向費爾班克斯的個人筆記。書攤放著，也許寇藤剛才正在讀。

很多人嘗試過解釋時間的本質，端出無數的類比和譬喻，就希望能讓其他人聽懂。我不懂那些繁複的修辭。無論叫它長河、水流、路徑或者箭矢，對我來說時間都是一樣的東西。每次聽到有人試圖解釋，我就會聽得一頭霧水。

在設計悖論飯店的過程中，我當然翻遍了我所能找到所有關於時間本質的書。有句話我始終念念不忘，是亞里斯多德說的，「時間其實不存在」。如果你仔細思考，其實所言不假。時間是人類的發明，宇宙並沒有分鐘的概念。根據亞里斯多德的說法，時間就像一只空的容器，事件可以存在其中，不過容器與容器內的事物各自獨立。

我喜歡這種說法。時間是裝載事物的容器，就像飯店是裝載人的容器。時間容器裝載著我們所產生的能量。這個論點據說被稱為「時間的化約論」，這個名字是我唯一不喜歡的地方。

我們的生活由事件和人所構成，這些事物有什麼好化約的？

桌子角落放著一幅相框。十來位打扮精緻的人手拿金鏟子、頭戴閃閃發光銀色工地安全帽，排排站在一只剛挖好的洞前，假裝挖洞的人是自己，而非他們為了拍照而擠開的工人。

梅勒蒂．費爾班克斯站在人群的最左邊。這位白種女性高大豐滿，笑容熱烈奪目，柔順的棕髮在陽光下熠熠生輝。而桃樂絲．辛斯則站在右側，夾在兩名彷彿融化冰淇淋般的男人中間。黑人女子身形高䠷修長，光頭，笑起來可能也和費爾班克斯一樣燦爛，但是相片中的她並未完全放開自我，我想我知道原因。

愛因斯坦跨時空港應該以她為名才對。

這位真正發明了時間旅行的女人。

我的眼角餘光突然捕捉到某種動靜，一片似人的模糊身影閃出我的視線之外。我轉頭去看，走廊空蕩蕩。

盧比不算，只有我在這裡。我知道這裡只有我而已。

寇藤說對了，飯店的確有鬼。別的不說，我之所以待著不走的原因就是想繼續看到已經去世的女友，雖然我看見的比較像是過往片刻的閃現，而非真正的鬼魂。

但在某種程度上，那不也算是鬼魂嗎？

「阿盧，這附近有任何變化嗎？」我問。

「怎樣的變化？」

「物體移動、溫度改變，任何。」

它呼呼叫了一會兒，又沉默幾秒，然後說：「沒有。」

「好吧。」我說。「路還很遠。」

我再次回頭看了一眼，想著自己是不是該睡一下或喝杯酒或者兩者都來，最後還是走向返回大廳的斜坡。這個角落突然間令我感到幽閉恐懼。我始終擺脫不去有東西跟在身後的感覺，但也有可能只是反感。我太緊張了，極度敏感。或許我只是注意到前陣子來到此地的遊客身影。得了異時症就是這麼有趣。

就當我感覺好一點時，我又看見了，眼角餘光裡出現動靜。我轉過身，看見躲在走廊盡頭的小女孩，藏身於轉角後方窺視著我。我感覺心臟再次跳上喉頭。天啊，這小鬼真的有夠安靜。她現在走近了一點。

我對她大喊：「還在找恐龍嗎？牠們現在被關起來了。如果妳再不回到爸媽身邊，我會把妳跟牠們關在一起。」

小孩飛快繞過轉角，消失蹤影。

這搞得我有點火大了。我追上去，但是一跑過轉角，便只看見空盪的走廊。

「媽的。」我說。「盧比，通知坎米歐，叫伊找出帶小孩的住客，把他們的房間號碼告訴我，我要去罵人了。」

「什麼意思？」

「剛才在走廊上的那個小孩啊。」

盧比沉默了一會兒。也許只有幾秒，但感覺像三個小時。最後它說：「沒看到，可能攝影機又出問題了。」

我回頭望向走廊，暗自希望女孩會再次伸出頭來偷看。

以此證明我還沒瘋。

可惜，我沒那個命。

我掉頭走回大廳，心想不知道又有怎樣的新地獄等我蒞臨。就在此時，頂著便宜平頭髮型的癸森彷彿收到出場指示似的從前方轉角冒了出來。

他換了一套西裝，和先前看到的那套不同，見到我時臉上的表情似乎也更憤怒了一些。銀色的領帶夾在光線中閃爍，他從西裝外套內側拔出手槍，指著我的頭，然後開槍。

從腦中同步發生的顛簸抽動判斷，我知道這是時移。
我知道這是未來的事。
我知道此刻他並不是真的在對我開槍。
但他之後會這麼做，而且不確定在何時。
所以依然不是件能令人安心的事。

苦難守恆定律

艾嶺獨自一人在勒芙萊斯外徘徊，不停敲擊手機螢幕。一見到我靠近，便將手機塞進口袋，對我說：「我們要談一談。」

「同意，因為……」

「妳對卓客那是什麼流氓態度？」他問。

我聳肩以對。「誰教她那麼惡劣。」

「她是參議員，基本上就是我們的老闆。她一通電話就能讓我們兩個調職或開除，妳知道嗎？我也不喜歡監視通聯內容這種狗屁政策，但是我們現在有更重要的事情要煩惱。」

「沒錯，」我對他說。「投標會得改期。」

他雙手抱頭，拉著自己頭髮，彷彿想將它們都拔下來。他掙扎了好長一會兒時間，最終將髮型揉得一團亂，彷彿才剛起床。「不可能。」他說。

「艾嶺，我們被入侵了。」我說。「有人跑進了我們的系統。」

「妳在說什麼？」

我指向肩膀上的盧比，它接了下去。「有人侵入監視器影像系統，一直在刪除我們的影像。我已經暫時將他們擋在外面，但是不曉得他們的目的。最直覺的推測是有人想要隱瞞某些事情。」

艾嶺吐了口氣。「好吧，這不是什麼好事……」

「對，不是好事。」我說。「而且我剛才和寇藤．史密斯談過了。你知道他為什麼想要這個地方嗎？這樣他就可以回到過去解決氣候變遷。這種事乍聽之下很棒，只是你也知道，那麼做可能會摧毀現實。而且這突顯出了更大的問題：你覺得這些阿呆真的會乖乖照著規則玩遊戲嗎？」

「時安局不會放任的。」他說。「我們在考慮開放投標前就已經清楚表達過這個立場。我們依然會是這個地方的執法單位，也會在聯邦政府的授權下繼續負責營運。我不擔心這些人搗亂。」

「你相信這些傢伙？你相信卓客？我是不信，絕對不信。」

「是沒錯，我也不信任他們，但我們也不是每天閒閒沒事在這裡睡覺，還是有能力進行制衡。」

「怎麼制衡？如果卓客決定換掉你或者……」

艾嶺一手按上我的肩膀，嚴肅地看著我的眼睛。「簡諾瑞，我需要妳相信我的判斷。這很複雜，而且……我需要遵守僅知原則，所以只能告訴妳這麼多。請妳相信我，我們不會把人送回去，一切都會按照計畫進行，好嗎？我們的系統很安全。」

「你知道我信任你，但是要多安全才叫安全？我們要怎麼處理監視器影像的問題？」

他嘆氣。「我會叫數位營運的吉姆．韓德森多加注意。我覺得應該是有人在耍小手段。說實話，我本來就預期會發生這種事，除非有東西被玩壞，否則那不是需要優先處理的問題。」聽見這句話的我一定做了什麼表情，因為他瞇起眼，使出全身力氣盯著我。「還是妳有其他事沒告訴我？」

的確有。

「沒有。」我說。

他嘆了口氣。「我會找吉姆談談。」

我們陷入僵局。我感覺他也在隱藏什麼。我不喜歡我們此時的立場，有隱形的事物阻擋在我們兩人之間。

「提勒和王子已經在路上。」他說。「我知道很難，但還是希望妳不要故意去冒犯他們兩人任何一個。拜託，我現在是以朋友的身分拜託妳，在接下來二十四小時裡好好遵守規矩……算了，都現在這種時候，我只求五分鐘就好。安分守己五分鐘就好。」

我正想說什麼，他便再次伸手按著我肩膀。

「小簡，為了讓整件事能順利進行，有很多地方需要協調。」他說。「我已經卯盡全力，卻還是一直覺得要滅頂。妳堅持百分之百做自己其實幫不上什麼忙，所以拜託了，讓我的生活稍微輕鬆一點吧。」

我實在忍不住，於是大笑起來。不知怎地，我突然想起剛進這行時的一件往事。當時我和艾嶺還是初級探員，才到職三個星期，下班後跟著幾名同事去了酒吧狂歡、宣洩壓力。喝到一半，他要進廁所，而我剛從廁所出來，我們一時在走廊上碰到，他對我露出那種每個男人四杯啤酒下肚後遇見落單女人時都會露出的表情，問我想不想去安靜一點的地方喝一杯。當我說出「我是同性戀」，我預期他會和其他人的反應一樣——要不覺得妳很噁心，要不覺得妳成為某種挑戰。不過艾嶺只是微笑，然後道歉，爾後我們各自前進，彷彿那件事從來沒發生過。

另外就是，他確實曾在一九四五年救過我的小命。

艾嶺不知道我在笑什麼，但也跟著大笑起來。「什麼事情這麼有趣？」

「沒事。」我對他說。「只是想到我也知道自己不太好搞。你是很好的朋友。」

「靠，居然被簡諾瑞．柯爾稱讚？我是上天堂了嗎？」

「我會乖乖的。」我挽住他手臂。「走吧，去聽有錢人罵人了。」

「妳先去吧。」他舉起手機說道。「我還要再打幾通電話，然後我們就會見到剩下的貴客。嘿，簡諾瑞……謝謝。」

我拍拍他的手臂，隨後走回大廳，暗自希望自己沒信錯人。

出入境航班螢幕上一片通紅，以前從沒見過這種情況。新的問題遍地開花。我不喜歡這個樣了。

QR3345——古埃及——取消

RZ5902——蓋茨堡戰役——取消

ZE5522——三疊紀——取消

HU0193——文藝復興——取消

這無助於改善旅客的心情，不過至少是能分散我注意力的可愛事件，逼得我必須再拆分心思處理，再也無力擔心其他莫名其妙的事，包括我的腦袋已成被一顆子彈畫上靶心。與此同時，這也令我想到一個有趣的問題：當初認為看見無名男子的屍體是窺見未來時，我就考慮過將他推離死亡之路可能造成什麼後果。

但是剛才癸森和我的距離如此之近，除非他喝了個半醉再加上瞎了眼，才有可能失手沒讓子彈鑽進我的腦袋。當然了，我一定不希望他對我開槍，但如果我就是注定要死呢？要是我及時躲開攻擊、把槍奪下、反餵他吃子彈，宇宙會不會試圖修正錯誤，讓我隔天跌倒在浴缸裡、摔斷脖子？

時間流會不會因為我救了自己的小命而受到損害？

難道比較安全和明智的做法就只有接受自己的死亡嗎？

如果討論的是未來而非過去，旁觀而不介入原則還適用嗎？

這種原則真的重要嗎？

時間旅行也太燒腦了吧！

我討厭這麼說，但是此刻我有比自身生命終結更重要的事得擔心。

反正還沒看到提勒或王子的身影，我可以趁這時候處理客滿的問題。我尋找坎米歐的蹤影，最後發現伊正低頭鑽出飯店前門，完全不理會員工沒走員工通道可能造成的形象問題。我要盧比等在原地，自己跟了上去。

外頭很冷，卻不至於刺骨。雪勢很大，不過氣流平靜，沒有風，所以雪花慵散地打著轉，隨後飄落在地。突出屋簷底下被踩出許多狹窄小徑，通往直立式菸灰缸的那條路上最多足跡。天空有如厚重灰毯。在陽光普照的晴日裡，放眼望去的景色會非常漂亮，不過此時只見一片蒼白。圓形車道上覆蓋著雪，明明不久前才鏟過，現在又被填滿了。從飯店向外鋪開的草地成了白色曲線，突顯出遠處的低矮灰色建築，以及愛因斯坦的閃爍燈光。

站在菸灰缸旁的坎米歐因為冷而繃緊了身體，嘴裡叼著一根香菸。伊看到我便痛苦地淺淺一笑，然後摘下香菸、朝我舉來。

「妳還在戒菸嗎？」伊問。「還是準備好讓菸癮復發了？」

我感覺得到它的吸引力。我對於抽菸的盲目熱愛似乎永遠不會消退。幸好，我採用的厭惡療法非常有效。

「現在就算全世界的尼古丁加起來都不夠。」我對伊說。「裡面是什麼狀況？」

「裡面的狀況就是呢：世界末日要降臨了。」伊說。「隨便抓個客人來問應該都會得到這種答案。所有的航班正式取消，後續進度等待通知。很明顯出事了，但是誰都不願告訴我們任何消息，於是……」伊拿著香菸朝車道揮了揮。

有輛車正往遠處駛離，速度緩慢地在雪中前進。另一輛似乎已經開出去一段路，但又還不夠遠，顯然需要幫助。

「現在很多人都搭電車回時空港，想趁還能離開的時候趕快走。不過最近的機場在羅徹斯特和雪城，沒下雪或塞車也需要一個小時的車程。」伊深吸一口菸，吐出大團煙霧。「看樣子情況可能真的很糟。愛因斯坦的所有員工都要撤到這邊來，我們已在考慮要擺折疊床才能容納所有人了。」

我的胃往下一沉。「要放在哪裡？」

「我在想——也許在會議室？」

「呃，會議室不行，樓下還在布置那場愚蠢的投標會。」

「那妳建議把他們放在哪裡？」

「二、三樓往廁所的方向有很多凹室，」我說。「或者健身房也可以。」

「那如果有人想要使用健身房呢？」

我嘆了口氣，將手交叉在胸前。「還真是謝謝喔，嫌我今天不夠煩嗎？」情緒在我體內累積，壓力讓皮膚鼓脹起來，然後向外潑灑。「現在是防禦備戰等級的緊急情況欸，難道你都沒有想到說『等等這樣安排好像不太好』嗎？拜託一下好不好。」

我知道自己不應該對坎米歐發飆，而且腦海深處也有個細小的聲音正對我喊著——**停，不要這樣，妳在幹麼**——但是音量完全比不上此刻灼燒我喉嚨的聲音。和艾嶺談完之後才平靜不到三十秒，現在又回到怒浪滔天的狀態。

「不好意思噢。」伊的眉毛成了刀刃的形狀。「我不是在找妳麻煩，而是這些外力影響本來就要靠我們去解決。」

伊將菸彈進雪堆，櫻桃紅的火光嘶嘶作響，旋即熄滅。「親愛的，妳很愛她，我懂，我們都很愛她。當然了，妳對她的愛跟我們對她的愛不太一樣，但那都是愛，我們都感覺得到她離開之後留下的空洞感。也許妳應該記住，那件事也影響了我們所有人，而不是放任情緒讓妳自己變成討人厭的混蛋。」

對不起。

我知道此刻有很多正確的回答。

你說得對。

謝謝。

我發脾氣發錯對象了，不應該遷怒到你身上。

可是我嘴裡說的卻是：「和那件事無關。」

「妳做的每個行為、說的每一句話都和那件事有關。親愛的，這就是問題所在。」

我轉身要走。「我要去找老瑞了，我們還有富翁團的馬屁要拍。還有，盧比應該通知你了：有個小孩在飯店裡跑來跑去，身邊沒有父母陪著。查出他們是誰。我現在最不需要的就是聽到有小鬼被恐龍吃掉。」

「嘿。」

我沒回頭，無法再多看那刀一般的眉毛一眼，卻仍朝身後問道：「怎樣？」

「我們都在這裡陪妳，一直都在。但一個人能夠承受的拒絕是有限度的，不斷被甩開的結果就是不再將手伸出來。」

我很想告訴伊，如果不需要人就不會失去任何人，可是現在好冷，我想回到室內。

老瑞在他的辦公室外來回踱步，獨自喃喃自語，見到我時因為放鬆而吐出的呼氣聲大到連我都聽得見。

「提勒快要到了。」他說。

「紅毯要放在哪裡？」我向他問道。此時盧比也剛好飛到我身邊。

「我們得去迎接他。」

「我們有迎接過寇藤・史密斯嗎？之後還有個傢伙是真正的王子，我們也要迎接他嗎？提勒憑什麼有特殊待遇？」

老瑞張望了一會兒，確定旁邊沒人之後才說：「我覺得得標的會是他。」

「誰說的？」

「出自於五臟六腑的直覺。」

「老瑞，如果你的五臟六腑那麼厲害，離開賽馬場的時候就不會那麼常兩手空空，」我告訴他。「也不用那麼常跑廁所。」

他做了個鬼臉。「我不適合吃麩質。」

「是不適合沾了起司醬的玉米片吧。還有咖啡。」

他翻了個白眼，表情介於惱怒和尷尬之間。「沒人信任史密斯是因為：跟他比起來連祖克伯都偉大得像甘地，而戴維斯雖然是白手起家的厲害人物，但是名門世家總是能贏過新興富豪，所以提勒和王子的牌面又會比他好一點。不過美國政府不會願意把自家科技讓給其他國家，特別是沙烏地阿拉伯。而且這些都還沒考慮到提勒和卓客的老交情，妳也知道人脈這種事的影響力有多大。」

說得簡明扼要。我也覺得自己已有現階段屬意的人選，不過，雖然我們都裝作一副自己很懂，可是金錢這東西的運作方式根本超乎我們的理解範圍。至少對於區區凡人的淺薄理解能力來說是如此。

「如果我是賭徒，安全起見，我會以同樣的友善態度去歡迎這四名投標者。不過，誰知道呢？」我說。「我又不賭馬。」

老瑞的嘴巴又動了起來，不過此時我們都看見通往電車站的走道傳來動靜。走道上鋪了地毯，是從愛因斯坦駛來的方向。癸森和提勒，而卓客跟在他們身後。

「說中了吧。」老瑞說。

「恭喜噢。」我回。

我們走向那三人，而走進大廳的提勒正在四處張望，彷彿萬聖節的孩子，慣性等著有人會向他送上什麼東西。他臉上掛著永恆的皺眉神情，看起來像是曾經玩死幾名妓女的那種人。

光是看見他就讓我的血壓飆升幾檔。

有錢人、男人、為所欲為、想幹麼就幹麼。

在因為互相攻擊而難看至極的離婚過程中，他的前妻將一系列語音訊息洩露給媒體，提勒在那些訊息中用上了人類歷史出現過的每一句種族歧視髒話——甚至包含幾句他當下靈機一動編出來的新詞。他在訊息中知無不言、言無不盡，從哪個種族最懶惰、他覺得手下哪幾位清潔工在偷東西，一直說到他認為和哪個種族的人玩窒息式性愛最有意思。

不過後來他只說了一句，「如果我的言詞冒犯了誰，我很抱歉，不過我這個人打從骨子裡就沒有一絲種族歧視的意思，」整個世界似乎就釋懷了，然後他還是繼續和總統一起飲酒作樂。身為資產破兆的富豪就是有這點好處，他老兄就算吃了個小嬰兒，大部分人只要拿了錢也會轉頭避開目光。

他似乎沒注意到（或者不在乎）我和老瑞正朝他走去，老瑞卻開始大表愛意。「提勒先生！您能蒞臨悖論飯店是我們的莫大榮幸，我是經理瑞金儂……」

老瑞啊，你他媽的給我有骨氣一點。

提勒對老瑞點了點頭，以交差了事的態度隨意握了手，便問：「王子到了嗎？」

「我們不確定……」老瑞說。

「你是經理，」提勒終於集中起注意力。「不是應該要知道這種事嗎？」

「很抱歉。」老瑞邊說邊鞠躬，令我的胃袋微微作響。「王子的團隊抵達了，您想要會見他們或者……」

提勒舉起手讓老瑞閉嘴，表示自己已經永遠對他失去耐性。提勒轉向卓客說：「我說最後一次，讓他們和這件事有任何牽扯，是錯誤的決定。」

「我在這點上沒有決策權，是上面的意思。」

「妳是美國參議員。」他說。「同樣的話我也跟艾佛瑞說過。要是有辦法把他抓離高爾夫球場，好好把話聽進去，他也會同意我的做法。如果他對待我是這種態度，我不懂為什麼自己要花時間跟力氣幫他站臺……」

「我們會以公平且迅速的方式處理這場會議。」卓客這麼說，不過她話中輕飄飄的「公平」和鏗鏘有力的「迅速」令我感覺她對這兩者之一有著強烈的偏好。

「還有這個地方，」提勒伸出手臂橫掃一波，差點揮中老瑞。「這裡根本就是垃圾場嘛。為什麼地毯是藍色的？是在開玩笑嗎？和所有東西都不搭嘎。我拿下這裡的第一件事就要把地毯換掉。也許換成綠色。」他的目光朝癸森瞥去。「綠色從以前就是我最喜歡的顏色。」接著他轉向我。

「妳！我想要放鬆休息一下，妳送點吃的到我房間。要牛排，全熟。你們有什麼蘇格蘭威士忌也送過來，年份要五十五年以上。現在房間裡可以看哪些電影？」

我很久沒被厚顏無恥的客人震撼到無言以對，不過說起來也許還算是件好事。

「我的天，這裡的人怎麼都這麼沒用啊？」於是他再次轉向癸森。「你去負責。」

癸森在所有人——尤其是我——面前被當成祕書對待，整個人氣得臉色有些發紅。對他來說我可不是一般人，我們不僅是不對盤，更即將成為凶手與被害者的關係。我對此稍稍感安慰。

「關於投標流程……」卓客開口。

「別拿那種事情煩我。」提勒說。「我們都知道最後結果會是什麼。」

天啊，這個人真的很不討喜。我依稀可以聽見艾嶺在我腦海中叮囑：乖乖管好妳的嘴。說來諷刺，擺出假笑放提勒去看他的愚蠢爽片其實完全不用花我一絲氣力。

畢竟，有什麼差別呢？我有什麼本事能扳倒這些活在金城堡裡的人？沒有，什麼都做不到，我做什麼都傷不了他們一根寒毛。

但是不代表我不能嘗試看看。

「哇。」我扔出這個字，彷彿用力甩出毛巾，讓毛巾的尾端在空中發出巨大聲響。所有人都停下來看我。我轉過頭，以舞臺劇一般響亮的悄悄話對老瑞說：「他們好像都不知道我們就站在這裡耶。」

「妳！」癸森說道，令我的心跳頓時漏了半拍。「我和妳有事要討論……」

沒錯，你這狗娘養的，我們可有得談了。

不過他的目光從我身上滑開，奔向我身後的某樣東西，一陣洪鐘般的嗓音傳來。「我的朋友！」莫哈默德．本．哈立德．阿勒沙烏王子身旁跟著安全主管埃煦，在隨扈的簇擁之下穿過大廳朝我們走來。所有的隨扈都帶著某種緊張神態，彷彿隨時都可能被交付重要任務，例如幫他倒汽水，或者四肢跪地當他的踏腳凳。

但是王子其實不太像那種人。雖然他的體型確實龐大，但並不笨重，就只是……高大，擁有足夠的肌肉，讓你不會想對他說錯話。不過此時他張開雙手、雙掌向外，冷靜而平和。他年輕、英俊，臉上的笑容是有意識練習下的成果，和提勒那種因為有人要他這麼做才在最後關頭匆促學來的笑容並不相同。

有鑑於十年前的石油戰爭夷平了王子一半的國土和大部分國民，我會認為他是這群人中最難相處的。即使他心懷恨意，也不是針對在場的某一個人。

戴維斯說王子和提勒最近曾和史密斯吃過晚餐，看起來這兩人對於那場聚餐的記憶不太一樣。王子朝我們走來，伸出一隻手，提勒不情不願地接過，而王子的臉色便沉了下來。他轉向我，點頭問好：「妳應該就是這裡的安全主管了，埃煦向我提過妳。」他伸出手。「*Salam alaykum*[21]。」

盧比之前提過該如何回應這種禮儀，但我想不起來，現在也不可能轉頭去問，於是便說：「簡

---

21 「*Salam alaykum*」是阿拉伯文化的問候詞，常用於全球穆斯林和中東社會，這種問候行為稱為「色蘭」或「祝安」。世界各地對於此一詞的讀法各異，並會搭配不同的行禮姿勢，有時握手、擁抱或者其他手勢。字面意義為「祝你平安」。

諾瑞．柯爾，幸會。」王子看起來並無被冒犯的意思。

當然了，這麼多身價不凡的人士聚集一處，艾嶺和尼克立刻朝我們跑來。我對此深深感激，因為我感覺有某種沉重、脆弱的東西馬上就要坍塌了。

也確實如此。

「沙烏地政府不應該獲得美國國土和科技的掌控權，光是邀請他來參與投標就已經很荒唐了。」提勒一副正站在臺上朝著最後排的聽眾演講的樣子。

「我必須承認，我有點驚訝你有這種反應。」王子說道。「現在還沒有觀眾，這樣裝腔作勢沒有好處。」

「這不是裝腔作勢，」提勒說。「我這麼說是出於別的理由。」

「什麼理由？」王子問。

「愛國心。」聽他的語氣，應該是想要以戲劇化方式激勵人心，但其實只讓他聽起來像小丑。不過王子不在乎，非常樂意接下戰書。他揚起嘴脣一角，輕蔑地說：「據我所知，很多人甚至對你有沒有能力投標都頗為質疑。」

提勒的臉因為憤怒而皺成一團，不過卓客趕在他開口前先插了話。「好了，各位都先冷靜……」

「我們其實可以先……」艾嶺說。

現在是提勒陣營對抗王子陣營，雖然王子有人數優勢，我仍得不斷提醒自己：癸森有槍。人群的聲音越來越大，逐漸混雜成一片喧譁。我踏進紛亂的人群之中，對著他們大喊：「嘿！」所有人都安靜下來看我。

「現在不是吵架的時候，時間不對、地點也不對，懂嗎？」

「她根本不應該在這裡。」

說話的是癸森。他往前踏了一步，奪走了大家的注意力。「我查過妳的資料。」他對我說完後便轉向大家，確保所有人都聽見他說的話。「這間飯店的安全主管有異時症。」

這句話迅速轉移了討論的焦點。

突然落入尷尬處境又成為他人注意的對象，令我有些暈眩，全身的血液全衝至臉上。我可以看見情緒立刻在人群中散播開來，憐憫、恐懼、認為我已殘破不堪或者發瘋的假設。媽的，也許這些都是真的，但對我來說還是不好受。

「這種人……根本不應該負責安全措施。」提勒說道。但我不確定他的意思是因為我有異時症，或者只是在說女人不該當主管。「艾嶺，你是在跟我們開玩笑嗎？」

艾嶺。很好，他們已經熟到能直呼對方名字了。

「簡諾瑞是我們的資深探員，經歷非常優秀。」艾嶺的語氣強硬、尖銳，幾近憤怒。「容我提醒您，這些優秀經歷包括她曾在幾次任務中救過我的性命。她之所以負責此處的安全措施，正因為她是我最信任的人。」

這段話令提勒感到措手不及，王子肩膀上的緊張感也鬆懈下來。我不確定這些人是否真的那麼信任我，不過他們信任艾嶺，這足以讓他們不再追究。

除了癸森。他依然拒絕加入我的粉絲俱樂部。

而我自己呢？其實我有點討厭得讓艾嶺插手幫我辯護。可是若非如此，我又能說什麼？難道要說「不，沒關係，我沒有瘋啦，不過請容小的先行告退，我要去調查一具只有我才看得見的屍體」嗎？

「現在，請大家離開吧，我不喜歡一大群人聚在一起的樣子。」艾嶺說。

雙方人馬撤退，各自帶開。提勒滿臉得意——他把自己想說的都說完了。癸森則因為沒把我趕走而一臉失望。我倒是有點希望他的計畫成功，因為那樣，也許他對我開槍的機會就會減少一些？誰知道呢。

時間旅行真煩！

而王子看起來則是真心感到難過，就像當你覺得自己摸透了某人的態度，卻發現自己看錯了一樣。

此時艾嶺俯身在我耳邊說：「現在到老瑞辦公室。」

他這句話的語氣讓我有種被叫進校長辦公室的詭異感覺。我們離開人群，走進室內……

……本來應該參加簡報會的我，現在卻坐在這棟無人建築物內一間設備缺東缺西的辦公室。辦公室角落的電腦還封在箱內，所有檔案櫃上都貼著藍色膠帶，以防止抽屜在運送過程中滑出來。艾嶺朝著桌前的空椅子揮了揮手。「簡諾瑞，坐吧。」

我的胃袋扭成麻花。雖然心裡多少有底，但我不確定他到底想說什麼。我還是想表現出悠哉自得的模樣，於是便將腳蹺至桌上，這讓他整張臉皺了起來。不過那一臉皺褶最終轉成了微笑。畢竟，我會有這種舉動也不是那麼令人意外。

他在桌後的辦公椅坐下，並調整至自己舒適的樣子。他以雙手撫過深色短髮，將髮流撫平。他刻意放慢了節奏，我不喜歡這樣。艾嶺其實是個很直接的人，如果他在猶豫，就表示他不喜歡自己接下來要說的話。同樣地，我也不會喜歡。

「妳現在感覺怎樣？」他問。

我撓撓耳後，對他聳了聳肩。「不錯啊。」

「妳的檢查報告出來了。」

「喔好。不過醫生嘛，他們懂什麼呢？對吧？」

「簡諾瑞，這是很嚴肅的事。」

「哎，你就直接講吧？你明知道我討厭玩這種你進我退，又不是在跳舞。更討厭的是跟你還要這樣。」

他露出微笑。「我超會跳舞。」

「你說彌凱菈的退休派對那次嗎？那時候我以為你在抽筋，差點要叫救護車。」

「妳被調職了。」

我知道這天遲早要來。雖然一直想告訴自己不會有事，但我其實很清楚。

「調到哪裡？」我問。

「這裡。」

「這個鬼地方？」

他環顧半空曠的辦公室和裸露牆面，彷彿在尋找能用來辯護的說法，但是一無所獲，最終轉回來看著我。「妳還有三年就能拿到退休金。好好待在這裡，到時候拿到錢，退休後也能有點保障。

妳不想要這樣嗎？」

「你說說看我的工作表現什麼時候受影響了。」我說。「就在上個星期，我剛阻止有人密謀在林肯參選總統之前下手殺他。那件事如果真的發生，就算沒有毀掉整個時間流，奴隸制度突然復辟也會引起不小波瀾吧。所以我的獎賞就是調職嗎？我阻止了奴隸制欸？」

「簡諾瑞……」

「還是你記得那個錄影帶男嗎？他打算回到過去投資 Betamax，想在錄影帶格式大戰裡消滅ＶＨＳ。阻止他的是誰？是我。想想，要是他成功會有多少影響。」

我舉起一根手指。「我還阻止了十幾名想要獵捕暴龍的巨獸獵人。」

然後另一根。「那個想要警告希特勒，讓他離開柏林的男人呢？也被我們抓住了。」

再一根。「還有個女的……」

「簡諾瑞，妳有異時的症狀了。」

我停頓了一會兒，讓那個詞慢慢淡去。字詞的邊緣鋒利、深不見底。

同樣地，這也不是值得震驚的事。我感覺自己在過去幾個星期裡時不時經歷嚴重的既視感，一天裡會看見數次自己已見過的東西。有時看到某人從門外走入，我幾乎敢打包票，對方剛才就已走過那扇門。

接著在前幾天，我突然聽見有人叫我蹲下，於是便迅速趴至愛因斯坦大廳的地板上：沒有事情發生。十分鐘後，當真的有人出聲要我蹲下，我因為重複聽見同樣的話語而困惑不已，因此沒有照做，結果一架愚蠢的小型ＡＩ無人機在巡邏時發生錯誤，直接撞上我的腦袋。

我早就知道了。

但是聽見實際宣判還是很不好受。

我舉起第三根手指。「還有個女的試圖登上鐵達尼號，想要警告船上的人可能會撞到冰山，目的是為了——這是她親口說的——『拯救蘿絲和傑克』。雖然我真的很讓她照計畫做，看看她到時會有什麼表情，我還是阻止她了。」

艾嶺起身走向牆邊，藏起臉背對著我。我令他挫敗不已。這就是我的目的。我很清楚這局對決的結果會如何，但這是我現在僅有的手段。

「妳看過嗎？」他的聲音細微。「妳有沒有看過進入第三期的人？」他轉頭看著我，眼中幾乎含著淚水。「很可怕。他們人就在這裡，但同時又……不在這裡，整個人變得像空殼一樣。我知道這是所有從事這份工作的人都要面對的風險，也知道如果讓妳選，妳會選擇馬上回去。」

我想回話，但是他舉手制止。

「妳之後就會是這間飯店的常駐偵探[22]，」他說。「坦白說，我覺得這項安排還不錯，妳會得到自己的房間以及無上限的餐飲補貼。這裡還是有很多狗屁倒灶的案子需要處理，不然妳覺得那個想偷渡上鐵達尼號的女人現在待在哪兒？悖論飯店會成為妳的個人領地。」他敲了敲桌面，我便抬

22　常駐偵探（house detective）是飯店或零售商店等商家聘請的安全人員，主要負責防範和調查店內發生的不當行為或犯罪事件，是保全措施的一環，不過位階比一般保全更高，且通常著便服行動以隱瞞身分。由於保全系統的演進，現在已經很少有這個職位。

頭看他。「我不是要妳換上保全制服後來這裡把屁股坐肥，而是要讓妳管理這個地方；我要把這個地方交給妳。」

我癱入椅內，頭往後仰，直盯著燈光直到兩眼發疼。「可以讓我想想嗎？」

「當然。」他說。「妳可以在這裡走走，看看環境，去樓上酒吧喝杯咖啡。我們可以明天再談。需要的話，考慮兩、三天也沒關係。」

「好。」我起身、靠攏椅子，在門前停了下來。

「我很抱歉。」艾嶺說。

「我知道。」

我沒等他回應便關上門。我站在門前，看著眼前的大廳。陽光穿越遙遠高處的天窗灑落，將懸掛在地板上方的黃銅大鐘照得光輝熠熠。員工奔忙。這裡的動靜、這裡的聲音。還有氣味。咖啡。

我可以來點咖啡。

我走向裝咖啡的保溫桶，桶子空了，於是便悠哉晃至掛有飯店地圖的牆邊。二樓有間咖啡店，不過餐廳和酒吧在頂樓，我決定一路走上去，了解這裡的環境，去坐一坐。也許這裡會很安靜。那樣會加分許多。

此時已過早餐時間，午餐尚未開始，所以當我到達餐廳時裡頭幾乎沒人。我考慮是否該坐在桌邊，不過最後選了吧檯。吧檯後沒有任何服務人員。我拉開一張高腳椅，等待著。

如果接下這份工作，我就得搬離現在的公寓。公寓其實沒有多好，只是我已經在那裡住了六年，是長大之後在同一處居住最久的紀錄。我也沒辦法在時間流裡穿梭了，那是我這輩子經歷過所有與酒無關的活動中最能使我熱血沸騰的一項。此外，我還必須搬過來，住在一間飯店裡。

我覺得自己空蕩蕩的。這是身為工作狂的困境，一旦丟了工作，便頓時落得一無所有。雖然很需要那筆退休金，但也許我該直接離職才是。待在這麼近的地方，看得見比賽卻無法參加——會有多痛苦。也許我還沒做好準備，無法忍受自己站在窗前看著遠處愛因斯坦的燈光，滿腦子猜想那裡現在是什麼情形，想著自己錯過多少刺激。

得了異時症最糟的一點在於，喝酒可能會加重病情。所以我的咖啡裡甚至不能摻上幾口威士忌，必須清醒著度過這一切。

現在是真的了。

聽見艾嶺這麼說，讓這件事成了事實。

「親愛的，決定好點什麼了嗎？」

我往聲音的方向看去，當目光落在那名身穿白襯衫和黑圍裙的女人身上時，我心臟內裡的每一滴血液都被擠了出去，然後又重新湧入，令我頭暈目眩。

她的肌膚透亮，柔和的喉結曲線即使在吧檯暗處也能捕捉到一絲光線。不過最令我著迷的是她的笑容。她像是全身都散發著笑容，從頭頂到腳趾的末端都在微笑，不只是笑，更是為我而笑。

她與我一同笑著，彷彿那是我們共享的事物。

「黑咖啡。」我的喉嚨終於恢復正常運作。

她看我結巴，似乎很喜歡這種反應，便偷偷一笑，低頭注視自己，像是想要確認圍裙是否乾淨、襯衫是否紮好。她繞過轉角，消失在吧檯後方，回來時手上端著托盤，上頭放了不鏽鋼咖啡壺和一只陶瓷馬克杯。她將杯子放在我面前，動作完美地將咖啡倒進杯中，過程中眼神完全沒離開我身上。然後她放下咖啡壺，將手肘靠上吧檯。「有事讓妳心煩。」

「這麼明顯嗎？」我試圖裝酷。失敗。

「在煩什麼？」

我拿起馬克杯就至脣邊——稍嫌過燙——但還是喝下去。「變動。」

她傾身靠得更近。我能聞到她身上的味道。是櫻桃嗎？我喜歡她往我靠近的樣子，而她的嗓音彷彿照暖我肌膚的陽光。她深呼吸，然後說：「以前有名學生對他的禪修老師說：『我打坐的狀態非常糟糕，心煩意亂、雙腿疼痛，還常常睡著。』而老師說：『會過去的。』」

我放下杯子。「我對寓言故事沒什麼興趣。」

她舉起一根手指。「不是寓言，不過晚點再點解釋。後來隔了一個星期，學生又去找老師，他說：『我現在打坐的狀態非常好！我感覺心神平靜、充滿活力！』妳知道大師說什麼嗎？」

「恭喜你？」

她搖了搖頭。「『會過去的』。」

我發出一點笑聲。是那種會令人顯得脆弱、我寧可忍住的笑容。不過當它突破限制、從我口中發出，我的心情便好轉一些。「這故事代表什麼意思？」

她聳肩。「妳說呢？」

「所有事情都會過去。」

「看得還有些淺，不過是個切入點。」

「如果不是寓言，那這是什麼？」

「禪宗公案。公案和寓言有一點點不同，寓言會提供某種教訓，而公案則是刺激妳思考。如果妳覺得自己修行修得有些失去方向，公案能幫助妳重新找回目標。」

「啊，」我說。「妳是佛教徒？」

她點頭。「妳呢？」

「虛無主義者。」

她對我試圖耍的小聰明露出困惑的笑容，同時引人火氣又充滿吸引力。

「我叫席梅娜。」她伸出一隻長而纖細的手。「不過大家都叫我梅娜。」

「我叫簡諾瑞。」

「雅努斯，羅馬的開始與結束之神。」

「妳真的懂很多冷門小知識。」我對她說。

「我懂的事情還多著。有人叫妳小簡嗎？」

「有些人會，」我說。「不過我喜歡妳叫我全名。」

她再次傾身朝我靠近，近得我能感覺到她所說的話語。我可以感到氣息的流動，感到那些話穿透我的皮膚。

「很好。」她說。然後瞇起雙眼，點了點頭。「妳應該接下這份工作，來這裡上班。」

「為什麼？」我的雙頰發紅，強裝鎮定。

她聳肩說道：「妳會喜歡這裡的。這個地方——」她比了比身旁空蕩的吧檯。「——有點像個大家庭。這裡是我的僧伽[23]。」

「那是什麼意思？」

她朝遠方的牆面點了點頭。「這裡比家更好。愛因斯坦剛開放觀光客的時候，我在那裡當航班服務人員，有時會下榻這間飯店。當時這裡很多員工人都很好，我最後也因此決定留在這裡。僧伽指的是我們自己選擇的家，而不是我們被分配到的家。」

我突然瞭解為什麼這個女人這麼吸引我了，因為我們兩人都背負著童年留下的傷疤。那麼久以前的傷，久到彷彿是上輩子的事，同時卻又新鮮如昨日。大多數人看不見那些疤痕，不過我們能看見彼此都有。雖然是陌生人，卻因為這點而有了連結。

就在那一刻，我知道自己將會在此處待下，這樣我才能認識這個女人。是啊，說起來很膚淺，但她真的正翻了，而且她似乎有種魔力，將我內心的某種東西朝她拉去。

可是即使在這個當下，當我再次感受到那種拉力，我也知道這不是真的。或者該說，已經不是真的了。

是回音。雖然我很想抓住它，將它拉近胸口、永遠相依，但是——沒有人有辦法擁抱回音。

而回音也無法擁抱人……

……「簡諾瑞？」艾嶺問。

老瑞桌上的雜亂文件堆又回來了。電腦已從箱中取出、架設好，積滿灰塵。艾嶺的頭髮再次變長、變灰，而盧比默默飄浮在我身旁。

我回來了，回音消散在空中。
一如它突如其來盈滿我的心，也突如其來如煙散去。
「妳知道卓客現在在幹麼嗎？」他問道。
「在廁所裡幫提勒打手槍？」
「不是，小簡，她在向我上頭的每一位長官告狀，告訴他們我用了一個有二期異時症的人。當初妳的症狀還在第一期，我就得非常努力才能幫妳爭取到這份工作，那還是因為妳的工作成績很好，而且只剩三年就能拿到退休金。」
「我還沒到第二期。」
「媽的，簡諾瑞，我知道二期看起來是什麼樣。兩秒鐘之前妳就坐在我面前，整個人都呆掉了。」他嘆了口氣，俯身向前，但是沒有抬起視線看著我。「我沒辦法，退休的時候到了。」
「不要。」
「妳說不要是什麼意思？」
「不要就是不要。」我確定自己的位置，踩牢我的立場。「是你把這個地方給我的。你說這是屬於我的領地，你說要把這整個地方都給我。所以除非我不要，或者這裡被摧毀，否則這間飯店都會是我的，這樣你聽懂了嗎？」
這項決定令他痛苦不已，煎熬的心情全寫在臉上。他也不願這麼做，我至少應該稱讚他這一

23 印度宗教術語，大意為多人組成的團體。

點。「這不是我能決定的事。」他說。「像特攻隊一樣拚命去踩卓客地雷的人是妳，無論妳喜不喜歡，這件事都已成定局。」

「好，隨便，讓我走啊，讓我退休。反正我還是能在這裡找到別的工作。」

「媽的。」他一掌拍向桌面上的文件堆。「這個地方到底為什麼這麼重要？妳沒有朋友，生活過得一蹋糊塗，處處跟人作對，現在卻又像熱追蹤導彈一樣死命找麻煩。妳跟我記得的那個簡諾瑞差太多了。我只要求妳做好妳的工作，不要出錯，而妳卻到處晃盪、到處激怒人，好像是我付了錢叫妳那麼做一樣。」

我站了起來，將椅子用力推向桌子，把一疊文件撞至地上。我停頓了一下，幾乎要彎腰去撿，然後就想到我不是那種人。

「你也不是我記得的那個朋友。」我說，然後走出辦公室，將門甩上。

趕我走呀。我想看他怎麼趕。

我緊抓欄杆，從我專屬的位子——或者說我們共有的位子俯視大廳，暗自決定等這些事情結束後，要盡快叫老瑞給我其他工作。我願意打掃房間，或者洗衣服，隨便什麼都可以。

不過這麼做有意義嗎？反正之後也會有人來清理門戶，也許我該先等等。無論如何，他們都得用擔架把我抬出去才行，因為到時候我的腦袋將會爛成一坨潮溼的落葉。只要能繼續看見梅娜，這些都會值得。

我以眼角餘光瞄向盧比，問道：「那個男的的資料呢？」

「還在找。」

「你到底有什麼用？」

「我盡力了，而且……」

「好好好。」

這就像有人倒了一盒拼圖在地上，順腳踢了幾片到沙發底下，然後叫我要把拼圖拚好，卻又不讓我看外盒，同時要求速度要快，甚至連燈都關了。

我們的系統被入侵，這也不是沒發生過，外國政府、閒得發慌的駭客都遇過。可是話說回來，我不相信巧合，現在這裡有一群想買下這個地方的有錢人，以及太多同時發生的屁事。

若要我瞎猜誰是那個大壞蛋，提勒應該會是第一人選，不過判斷不一定準，有可能只是因為他實在過於前科累累。現在排除任何人的嫌疑都太傻。每個人都在隱瞞什麼，包括艾蘋。他之前說的那是什麼意思？什麼制衡機制？

正當我思考那是什麼意思時，我的腦中突然掠過一陣輕微的嗡鳴，接著便看見寇藤衝出時時刻刻的前門，雙手抓著自己喉嚨，面色通紅——過敏反應。我聽見他身後有個聲音，似乎是他哥哥沃瑞克在說：「注射筆在哪裡？為什麼不見了？」

我看著寇藤跪倒在地，人們頓時群湧而上，試圖救他。沃瑞克雙手抱頭，大喊著要人幫忙，問誰身上有帶腎上腺素注射筆，但是已經太遲。寇藤的胸口停止起伏，雙眼逐漸呆滯。雖痛苦，但非常迅速。至少還有一丁點仁慈。

很好，更多事要擔心了。

這項任務似乎相對簡單：別讓寇藤吃下任何他打算放進嘴裡的東西。不過打開時時刻刻的玻璃門後，我沒見到他的身影，而是闖入一陣難聽得要死的音樂聲中。我花了兩秒才認出那是什麼歌：手鐲合唱團的〈像埃及人一樣走路〉。

整間餐廳擠滿穿著埃及傳統服裝的人，其中許多和先前大廳那個男人一樣，全都塗滿了古銅色化妝品來加深膚色。這些人一定是做好了出遊準備才發現航班被取消，於是全都悠悠哉哉散步至此，想要放鬆狂歡。整間餐廳充滿著暈陶的醉意，上了年紀的老人跟隨音樂胡亂擺動身體，高舉裝有葡萄酒或淡啤酒的杯子，盡可能堆滿笑容，盡可能在糟糕、可怕、不太有趣且毀天滅地的現實裡苦中作樂。

我的億萬身價新朋友奧斯古站在門的內側，一邊盯著人群看，一邊用紫色小方巾輕拍額頭，臉上面無表情。他轉向我，沒有做出太大反應，只是輕輕搖著頭。雖然知道他並不怪我，但我仍因為與這個地方有所關連而感到羞愧不已。

這些人做了那麼多蠢事，卻總能撇得一乾二淨。

好吧，重新回到寇藤。

我四處環顧，沒看見他的人影。人群有如厚重的遮蔽物，我只好鑽入其中，搜尋整間餐廳，最後找到他正和他哥以及卓客同桌。她喝紅酒，他們喝啤酒，桌上沒有任何盤子。

此時，身材嬌小、全身刺青，曾經令我想要曖昧一下的多明尼加裔服務生辛辛雙手端滿了食物，正緩慢迂迴地自其他桌子之間穿越而來。

而我和寇藤之間還隔著一大票人。

我朝他們的方向走去，高聲喊著：「嘿。」

沒人在意。也有可能是我的聲音被音樂蓋過，畢竟音樂播得過於大聲，已經超過正常音量。辛辛將餐盤放在桌上，社交媒體神童點的是三明治。我在桌子矩陣之間穿梭，繞過喝得醉醺醺的種族主義群眾，但因為路線歪斜扭曲，我只得不斷變換重心左右移動。

我正想再喊聲「嘿」時，一名身穿白袍、頭戴埃及頭飾的老男人突然將我撞向旁邊的桌子，把我推離路線，一時間壓得我喘不過氣。

我用力推開男人，狼狽起身大叫。「嘿！」

寇藤還是沒注意到我，於是我拿起最近桌上的鹽罐朝他們扔去。罐子砸中沃瑞克胸前，他站了起來，但因為周圍一團混亂而不曉得發生什麼事，此時寇藤已經拿起了三明治。

我開始沿路推開擋路的桌子。他哥看見我了，於是我指著沃瑞克說：「阻止他。」

但是他聽不懂我的意思。

阻止什麼？阻止他吃那份看起來很好吃的三明治嗎？

不過這時寇藤終於停下動作，嘴巴大張，正要迎接三明治的到來，讓我有了足夠的時間跑到桌前，出手拍掉他手中的三明治。三明治飛向空中，墜毀在地上。寇藤愣了一會兒，接著氣沖沖地起身，帶著滿臉通紅的怒意，用盡全力大吼著：「妳他媽的搞什麼？」

我不禁注意到他手上還戴著佛珠。

「你有對什麼東西過敏嗎？」我上氣不接下氣。

「妳有什麼毛病嗎？立刻解釋妳為什麼這麼做，否則我他媽的立刻把妳開除，讓妳像個該死的罪犯一樣被趕出這裡……」

沃瑞克一手抓住弟弟的肩膀，要寇藤稍微冷靜下來。「花生。」沃瑞克說。「他對花生過敏。不過我們已經告訴服務生……」

我忽略還在氣急敗壞碎念的寇藤，走向那份三明治。那是一份素食越式三明治。我以小指蘸了一點醬汁放進嘴裡，嘗起來幾乎和純花生醬沒有兩樣。我把三明治丟到桌上。「姆巴耶人呢？」

「我就在這裡。」他可能是被剛才的騷動引來，正站在我身後用擦碗盤的抹布擦手。

「廚房是鬆懈了嗎？」

「什麼意思？」

我指著三明治。「那個傢伙對花生過敏欸。」

「呃，等一下、等一下，」他舉起雙手。「他那盤食物是我親自烹調、裝盤的，連工作檯面都事先清理過。所有細節重複確認，這是我一直以來的工作習慣。」

「你吃一口那個醬。」

他試探性地伸出手指，蘸了點醬汁放進嘴哩，接著瞪大了雙眼。「這不是我用的醬。」

「但是他差點吃進去的東西就是這玩意兒。」我對他說。「怎麼搞混的？有小精靈惡作劇嗎？」

「我不……」他遲疑了好一會兒，幾乎要承認自己可能犯了錯，接著便又穩住情緒，直勾勾地看著我說：「餐點是我親自準備，我重複檢查了每個細節。」

「顯然疏忽了，不是嗎？」我壓低了音量說。

這話語刻薄，濺上他的皮膚，灼燒起來。看到這些話帶給他傷害，令我感覺良好、頓感安慰。那句話像是洩壓閥，放走了一點我胸口累積的壓力。我完全不在乎這樣做的自己可能有多糟糕。

姆巴耶垂下頭，說話時也沒看著我。「簡諾瑞……」

「怎樣？」我問。「簡諾瑞怎樣？你要對我說什麼嗎？」

他嘆了口氣。

由於有觀眾在場，姆巴耶投降，轉頭對寇藤說：「史密斯先生，我無法向您表達我有多抱歉，這是無法容忍的錯誤。」

寇藤似乎冷靜了一點，我覺得是因為他哥正緊緊扣著他的上臂。他看起來已經沒有想要徒手摘掉誰腦袋的樣子，微微點頭並說：「沒錯，確實無法容忍。」

這時沃瑞克說：「奇怪。」

我們全都轉向他，他正拍打著自己的西裝外套，五官因為困惑而皺結。「離開房間時還在的。因為換了外套，我還特別把它換過來……」

「什麼東西？」我問。

「腎上腺素注射筆，我本來都會帶一支在身上。怎麼會有這種事？」他抬頭看著我。「謝天謝地有妳在這裡。可是妳怎麼……？」

「她有異時症。」對於讓他們從自己口中得知這件事，卓客感到些許自豪。

「謝謝提醒噢。」我對她說。「沒錯，我有異時症，幾分鐘前我看見寇藤噎死在這裡，幸好及時趕到。」我轉向寇藤。「那個，抱歉我剛才沒洗手就摸到你。」

「謝謝。」他這麼說是因為知道自己應該道謝，而不是因為此刻情緒混亂的他真有餘韻為此感到感激。

沃瑞克介入。我開始有點瞭解他們兩人之間的制衡關係了。「謝謝妳救了他，我們欠妳很大的人情，非常感謝。我……我實在很難相信自己居然忘了帶筆，這種事應該不可能發生才對。」

不會，其實不會。

我突然有種很不好的預感。音樂停了下來，謝天謝地，我讓其他人去處理善後，逕自把盧比帶到比較安靜的角落問道：「監視器畫面有問題嗎？」

「看起來很正常。」它說。

我拿出手機。「用兩倍速播放他們那一桌在過去十分鐘裡的畫面。」

影片出現在我的手機上，但是視角很糟糕，太多人走來走去，而且我只看得見沃瑞克的背。

「好，現在給我廚房的畫面，姆巴耶準備三明治時那段。」

同樣地，角度不甚理想。我看得到他在準備餐點，但是工作檯的部分被切出了畫面外。

「我們到底在幹麼？」盧比問。

「在做我的工作。」我說。

我轉頭尋找辛辛的身影，發現她站在吧檯後方，不確定在剛才的騷動結束後該做什麼。「嘿，現在有空嗎？」我問她。

她微微一笑，彷彿希望我會跟她調情，但我現在沒時間做那種事。她點點頭說：「怎麼了？」

「妳剛才幫那桌服務的時候，有沒有發現有什麼奇怪的地方？」

她緩慢搖了搖頭，不確定我想問什麼。這不怪她，因為連我自己都覺得這問題很奇怪。「沒有，很正常。」

「妳有沒有注意到周圍其他桌有誰在照相或者拍影片？」

「有，他們旁邊有一群人在慶生，整桌的人都拿了手機出來拍。」

我瞄向旁邊的桌子，現已空無一人，不過看見一群人正陸續走出餐廳。我追了上去，設法攔住了一個男的。他穿著白色絲質襯衫，剃平頭，粗脖子上有條令人討厭的金項鍊。

「這麼快就慶祝完了？」我問。

他露出醉意醺心的好色笑容，以濃重的俄羅斯口音回答。「我們要回我的房間續攤，妳想來的話也很歡迎。」

「謝謝，不過我太久沒打破傷風疫苗了。你剛才吃飯時有拍影片嗎？」

他的態度頓時變得冷淡。「問這個幹麼？」

「我是飯店的安全主管。你應該知道剛才這裡發生了一起事故，為了安全考量，我需要搜集所有可能相關的資訊。因為事件就發生在你們那桌對面，我想要查看你拍攝的所有片段。」

他從口袋拿出手機，接著又猶豫了起來。

「盧比，免除他們這餐的餐費。」我說。

「他們點了四瓶香檳王，老瑞應該不會太高興……」

「照做就是了。」

一會兒之後，盧比說：「完成。」

「不用謝我。」我對俄羅斯人說道，然後伸出手。「手機。」

他無所謂地聳了聳肩，在螢幕上叫出某個畫面，然後將手機給我。

視角堪稱完美。他拍了與他對坐的另外兩人，他們正在幫同桌的某個人唱生日快樂歌，實在慘不忍聽。而在那兩人之間是沃瑞克頗為清晰的身影，背景裡的他正比劃著手勢，向卓客和他哥說話。

「妳會看很久嗎？」男人問。

「閉嘴。」我說。

找到了。

男人拍攝的那兩人剛唱完歌，沃瑞克的外套似乎動了一下。我停下影片，跳回去再看一次，心想也許只是光影變化或者沃瑞克在動。

都不是。他正在聽卓客或寇藤其中一人說話，幾乎一動也不動地坐著，而他的外套似乎被掀起了一會兒，然後又落回他的胸前。

就像有第三隻手在偷他的東西一樣。

「我需要複製這段影片。」我對俄羅斯人說。

「我覺得應該不……」

「我剛才免了你們一整餐的錢，快點同意把影片傳給我。」

他點了點頭，於是我將手機舉向盧比，讓它完成資料傳輸。我將手機還給男人。「謝了。」

他拿走手機塞回口袋，默默離開。我想他應該不歡迎我去幫他慶生了。

「沃瑞克的外套。」我對盧比說。「在影片三分鐘後的地方。」

它停了一下，然後問：「妳想說什麼？」

「他的外套看起來動了一下不是嗎？像是有人把手伸進他的口袋。」

「簡諾瑞，這根本不能算確實的……」

「寇藤對花生過敏這件事算是公開資訊嗎？」

又停了一會兒。「是。《連線》（*Wired*）雜誌三年前在人物專訪裡提過，同時還提到他自己常常忘記要帶注射筆，所以他哥哥都會帶一支在身上。」

「媽的。」

我走向老地方，那個屬於我的制高點，俯瞰著底下大廳。人潮沒那麼多了，開始有種一灘死水的感覺。坎米歐回到了接待臺，老瑞則站在咖啡桶旁，看起來正在倒咖啡。當然了，當然會有咖啡，然後等我下去時又會只剩空桶。

還有幾名旅客正漫無目的地四處閒晃。

但我沒在看這些人，而是在看他們之間的空間。

我想找出鬼在哪裡。

寇藤之前問過這件事。是啊，我的腦子壞了，會在時間流裡不斷飄移，所以才看得見死去的女友在這座飯店裡遊蕩，而這也同時意味著，我必須接受宇宙就是如此複雜、龐大的存在，我不瞭解的事太多了。我知道其他人也曾在這裡看見過什麼——鬧鬼的傳聞打從飯店初始便一路糾纏至今——所以有過詭異經驗的人不只我而已。

在走廊上遊盪的身影、空房間裡傳出交談聲，偶爾突如其來被憑空推擠、撫觸。雖然我很想讓姆巴耶自責到死，讓他覺得自己犯了大錯，不過事實是，我知道他很認真看待這類細節，不可能如此粗心大意。

所以真的是鬼。否則還有誰能在寇藤的食物裡摻進可能致命的食材，然後又從他哥哥的口袋偷走能救命的注射器？

……我坐在床上，感覺一旁蒸汽管散發的熱度。廚房傳來爆炒大蒜和辣椒醬的香氣。我想要下樓，想聽見母親的聲音、想被她看見。

不對……

我在健身房裡。指節紅腫，因為我根本懶得纏布條，也沒戴手套。我只想要花一點時間對著某樣東西狂毆猛揍，二十分鐘就好，讓血液湧入腦中。我不能一直吞時妥寧。我的身體似乎已逐漸培養出耐受度，甚至連今天到底吃了一顆還是兩顆都不記得。盧比說我吃了一顆，但如果我趁它沒注意時吃了另一顆呢？

於是我擁抱沙包。搏擊運動從以前就是能幫助我集中專注力的方式之一，是我專屬的綜合性療法。揮拳攻擊，偶爾再來幾次迴旋踢，這是我最接近冥想狀態的時刻。

當身體企圖擊碎眼前的沙袋，精神卻逐漸放鬆，我一直覺得這種反差很好笑。不過梅娜向我解釋，不是非得盤腿成蓮花、閉上眼睛、嘴裡發出哼聲才叫冥想，關鍵在於找到自己的中心與內在平靜，然後維持那種狀態。

這就是我所維持的狀態。

這就是我內在的平靜。

指節上的疼痛、肺部的脹痛、脛骨感到的痠刺。

我在這些疼痛之中找到些許專注。

不幸的是，需要專注的事情太多了。我還來不及習慣自己的冥想狀態，就看到練習室的門在身後打開，從牆上成排的鏡面裡看見尼克走了進來。組合拳正打到一半——刺拳、刺拳、後手直拳、勾拳、上勾拳、低腳迴旋踢——我完成一整套後才轉過身。所有攻擊都迅速有力。今天早上醒來後我便一直有些力不從心，現在能讓尼克看見我的最佳狀態，這點令我感覺良好。

我轉向他，揉著拳頭，感覺指關節擦損的地方——沒綁帶真的有些太隨便了——但至少我花了時間換上適合流汗的瑜珈褲和背心。

健身房主空間在這間練習室隔壁，尼克進來後掃視了整個空間，沙包、速度球、各種用來進行任何訓練的器材與設備，從放鬆痠痛肌肉到有氧運動課程再到對打練習，想做怎樣的活動都可以。所有設備都狀態如新。這間房間沒那麼常使用，大多時候人們只會用放在主區域的那幾部橢圓機。

「一般飯店健身房看不到這些器材，」尼克摸著芭蕾把桿說道。「通常只會有幾臺健身器和一部爛得要死的跑步機。」

「歡迎來到上等人的生活。」我試圖隱藏自己的有些喘不過氣。「外面情況如何？」

他看向安靜飄浮在角落的盧比。「它不會通知妳嗎？」

「會，但我想聽你說。」

「好吧。」尼克拍了拍雙手，穿過練習室朝我走來。「他們把折疊床安排在高樓層走廊上，那感覺很詭異，卻空了兩間豪華客房下來，以防有更多——」他舉起兩隻手做出括號的手勢。「——VIP貴賓蒞臨。」

「而實際上負責把那些王八蛋送回過去、保護他們安全的勞工卻得克難地睡在走廊上。」我說。「就像剛才說的，歡迎來到上等人的生活。」

「我們要怎麼處理？」

我對他大笑起來。「什麼叫我們怎麼處理？」

「現在這樣做不對。」尼克說。

「這就是人生。」

不必看也知道他會對我有多失望。隨便啦。過了一會兒，他說：「還是有點好消息。」

「什麼意思？」

「我們額外找了幾名時安局探員過來。丹比居安排了樓下的輪班表，另外又指派了幾個人四處巡邏，留意特殊情況。不過他們知道負責人是妳。」

我開始覺得實際情況並非如此，但仍對他說：「很好。」

他盯著沙包看。我認得那種表情。我舉起一手，手掌平伸出去，將沙包讓給他，然後走至一旁。從我今天看到的判斷，他的壓力全都集中在肩頸，肌肉非常緊繃，不過一站在沙包前身體便舒張開來。他迅速揮出幾下刺拳，測試距離，接著便開始繞著沙包飛舞起來，發出一連串非常簡潔有力且精準的打擊，沙包幾乎沒有搖擺。打完之後他停下，轉身對我微笑，似乎希望得到我的讚賞。

「你都練什麼？」我問。

「主要是拳擊，不過一直有在學巴西柔術。」他說。「妳呢？」

「以色列格鬥，還有泰拳。」我說。「我一直搞不懂巴西柔術，不知道為什麼要花那麼多時間站起來又倒下去。」

尼克無所謂地聳聳肩。「我還滿喜歡的，有點像是以超高速在下棋。」

在他說話時，我突然朝著他的脛骨快速踢出一記低腳迴旋踢，並未用力，只是想知道他會如何反應。他看了一下，接著重心跳至另一隻腳，準備前踹，然後便停下動作。

「有必要嗎？」他問道，重新回到比較放鬆的預備姿勢。

「只是好奇。」

他回頭望向手套。「想練一下嗎？我很久沒打了。」

「你不介意跟女人練打？」我問。

「女生的姿勢比較好，男生遇到狀況有時會以暴力解決。以我遇過的情況為例，女性訓練對手的好表現全都是因為技巧非常純熟。」

我笑了一下，默默希望自己的反應聽起來不像在調情。「這麼喜歡被女人痛宰嗎？」

「我喜歡學東西，而疼痛是學習的唯一方法。」

我瞄向掛滿手套、綁帶和頭套的牆面，心裡湧出和人打上一場的衝動。「今天不行，小鬼。」我說。「事情太多了。」

「丹比居想要妳走人。」尼克幾乎不假思索脫口而出。必須回應這種事情令我心痛。「我知道。」

「他希望我接下常駐偵探的職位，正在試探我的意願。他要我別告訴妳。」

他人很好，所以才這麼說。不過我還是走向掛著對打護具的牆架，選了一對比較沒有腳臭味的手套，朝他扔去。他接住其中一只，另一只則掉在地上，然後問我：「改變心意了？」

我戴上自己的手套。我之前一直把自己的手套留在健身房裡，不過因為被塞到架子最後面，所以沒被其他人用過。我戴緊手套，問尼克。「你想要這份工作嗎？」

他沒回答，而這個反應本身就像是給出了答案。不過接著他又說：「我在時間流那邊工作滿一年了，我寧可繼續待在那裡。」

「大家把那裡說得太好了。」

「妳認真這麼覺得嗎？」

「不是。」

我們碰了碰手套，開始緩慢繞著對方移動。「放輕鬆點。」我說。「要是瘀青或是少顆牙齒，等等上工就難看了。」

我們繞著圈轉，試探彼此的動作。我打算大膽出手，比較符合自己平常的攻擊模式，於是稍稍曲身後往前推近距離，朝他腹部揮拳。他用手肘擋住攻擊，一拳勾來輕點我的頭。他不是力量型的對手，但是速度快，而且有身高優勢。

他後退讓出空間，讓我重整旗鼓。「其實工作本身不差——我說在這裡。我一直在讀書準備全職外勤考試，四月就要考了。」

「我覺得考試本身不難，真正的問題在於健康風險。」我重新找回節奏。「我知道很多做過這份工作的人都沒有出現症狀，但是沒人說得準你到底會有什麼反應。你應該會覺得這件事有點可怕吧？」

「有一點。」他向外移動躲過一次左右直拳，不過沒有反擊。「但反正人也沒辦法長生不老。」

「對，」我向後跳。「是沒辦法。」

我覺得他有話想說，但壓著沒講。他壓低下巴，手肘在身側收緊。很好，他開始投入了。我拉近距離讓他揮出幾拳，同時舉拳防守，等待空檔。我在看見空檔時出手，拳頭擦過他臉頰，自己卻門戶大開；攻擊從我下巴下方鑽進來，讓我的頭往後猛然一彈，牙齒被震得喀啦作響。沒戴頭套就對打滿蠢的，但是沒戴牙套更蠢。

尼克向後退開，舉起一隻手套。「謝謝指教。我們出去了吧？」

可是我火氣上來了。我朝他攻去，完全沒在管防禦姿勢，滿腦子只想給他一點顏色瞧瞧。我想憑藉速度進攻，覺得這是自己能勝過他的地方，他見狀邊防禦邊退。接著我用上稍微陰險一點的招式，朝他的浮肋踢出迴旋踢，知道他會因此放下手來擋招，而我就能一拳正中他的額頭。

我的確打中了，力道有些過猛。他的頭朝後甩，我幾乎可以想見那種眼冒金星的暈眩感，於是我退開，讓他恢復鎮定。我心想著也許該道歉，但又非常不想這麼做。打沙包或許能讓我進入冥想狀態，不過打人才是我真正需要的解藥。

他舉起雙手投降，笑著說：「好了，我們應該回樓下了，免得妳真的把我幹掉。」

「沒錯。」我喃喃說道，然後甩掉手套，將它們塞回架上的祕密位置。我很高興能有機會把它們拿出來用。

這時我聽見身後的尼克說：「奇怪。」

「怎麼了？」我問。

他正盯著窗外。

「現在幾點？」他問。

我還來不及看錶，盧比便已回答：「目前時間四點零六分。」

「預計的日落時間呢？」尼克問。

「五點二十八分。」盧比說。

「那這是怎麼回事？」

我來到窗前，終於明白為什麼他的下巴幾乎如同脫臼般大張。顯然不是因為我的拳頭。雖然雪還未停，雲層卻已輕薄許多，薄得能透出即將落入地平線的陽光。

斷裂的時間箭

宴會廳的會場還沒成形——地上散布許多線路和組裝到一半的桌椅——不過這是目前想到唯一合理的場地了。

我們將安全團隊的核心成員聚集至此：我、艾嶺、尼克，再加上一群穿著標準藍色制服四處亂轉，彷彿在問人要不要吃免費杯子蛋糕的時安局探員。

大部分要參加投標會的投標者都出席了，全帶著各自的人馬。對於MKS來說，所謂的人馬意味著將近二十名人員。除此之外還有老瑞、坎米歐以及幾個我不認識的人；後者顯然不是飯店的員工，全都帶著中級官僚自以為嚴肅的神情。我想也是時安局的人，應該吧。

但是寇藤不在，沃瑞克也是。我猜這次應該不必幫安創留位置了。

我們鬆散地圍繞成圈，有名白人男性站在圓圈中央的椅子上。他的髮型狂野，臉上戴著厚重膠框眼鏡，變形蟲圖案的扣領襯衫緊紮進黃芥末色的卡其褲裡。要不是因為他戴著領結，我應該會很認真對待他這樣的人。有些東西就是如此令人難以釋懷。

在場所有人都在講話，形成的嘈雜聲充滿了整個空間，椅子上的男人舉起手說了句「好了，各位」，接著眾人便安靜下來。

「現在的狀況是這樣……」他開口說道，聲音有些顫抖。

「介紹一下你是誰。」艾嶺站在我旁邊，語氣有些惱怒。

「喔對，抱歉。」男人調了調眼鏡，看起來彷彿一時間搞不清楚自己身在何方。「我是艾錐安・波帕，時安局的首席科學長，現在向各位報告我們知道的資訊。那個呃，今天的日落時間本來應該是晚上五點二十八分，現在看來顯然提早了一個小時。」

他停頓下來，可能是想製造懸疑效果，也可能是因為緊張。

「時安局在十英里外有一間辦公室，」他說。「我們嘗試和該辦公室的人進行確認，而他們回報的情況和我們這裡完全不同：他們的太陽還沒開始落下。」

人群掀起一陣細語。

「愛因斯坦也沒有發出輻射遽增的通知，對嗎？」艾嶺發問。

波帕閉上眼睛，捏了捏鼻梁。「不能算有……我們一直遇到，呃……波動，讓儀器無法校正，所以我們才決定暫停航班起降。那情況就像我們遇到太濃的霧，以至於無法偵測實際的飛行狀況。不過，大部分航空公司的偵測能力應該都有辦法穿透濃霧，所以這個比喻可能不是很好。但是在發生阿茲提克事件後……」

他突然停住，雙手懸在空中，彷彿就要用手摀住自己嘴巴。艾嶺畏縮了一下，接著便立刻掩蓋自己的反應。

呃啊。

「阿茲提克事件是什麼意思？」群眾間有人大喊。

波帕看向艾嶺，艾嶺則看向地上，然後便揮了揮手。**就說吧**。

「三天前有一支考察隊打算前往一五一九年的特諾奇提特蘭[24]，時間正值蒙特蘇馬二世[25]在位，就在科爾特斯[26]抵達前不久。我們……飛錯時間了，該航班抵達的時間是西班牙人圍城。」

「然後呢？」和剛才同樣的聲音從人群裡說。

艾嶺和波帕交換了更多眼神，接著兩人都雙雙承認挫敗。「有兩名死者，一名服務人員和一名旅客。」

騷動炸裂開來。艾嶺的表情就像是有人送了他一隻狗，讓他們朝夕相處培養出感情之後，又在他面前殺掉那條狗。

我完全說不出話，能讓我有這種反應也真的非常罕見。我不敢相信他們竟然有辦法壓下這則消息，他們一定啟動了很嚴格的封鎖政策。我並不怪艾嶺這麼用力去封鎖消息，畢竟，除了這地方的控制權即將換得一筆天大的資金之外……這種意外可說是從來沒發生過。

早期時間旅行艱難，在完整流程被確立起來之前，總共有五個人賠上了自己的性命。事實證明，我們不能與自己的時間流有任何交集，這是以慘痛代價學來的教訓。其中一名最初的「測試飛行員」回到了自己的小時候，沒有要互動的意思，就只是看著自己在遊樂場玩耍。但是他一看見小

---

24 Tenochtitlán，曾是阿茲提克帝國的首都，約位於今日墨西哥城的位置。

25 Montezuma，特諾奇提特蘭和阿茲提克帝國君主。

26 Hernán Cortés，西班牙殖民者，以摧毀阿茲提克帝國聞名。

時候的自己，大腦立刻長出動脈瘤，而那個小孩也癲癇發作。可能是某種祖父悖論造成的迴圈效應，總之不是什麼愉快的時刻。

但是時間輻射只會影響在時間流裡待太久的人，例如我，偶爾穿梭時空理應不會遭遇危險。

自從開放觀光以來，只有三名罹難者。有個女人在旅程中心臟病發，不過與旅行造成的壓力無關。一名男子死於不至致命的疾病，問題在於他付錢找醫生偽造健康證明，隱瞞他的身體其實有免疫抑制的情形。第三個人則在尋找開膛手傑克的過程中死亡，一般認為是開膛手傑克殺死的，不過沒人能夠確定。

但是現在說的事件則是駭人聽聞。

卓客走上前，神情嚴肅，不過並不驚訝。她早就知道了。「現在主要的推論是什麼？你認為這裡發生了什麼事？」

「請聽我說……」波帕深吸了一口氣。「對於時間旅行，我們還有很多不瞭解的地方，例如為什麼只能回到過去而不能前往未來。我們知道時間符合塊狀宇宙模型……」他知道眾人的注意力正在流失，於是停頓下來。「這樣吧，請大家這樣想，時間就像一片池塘，你丟一顆小石頭進去，池水就會掀起漣漪。漣漪是暫時的，沒有多久就會消散，而我們穿越時間的時候，也會製造出一些漣漪。」

「然後？」卓客問道。

「如果我們丟了太大、太重的東西進去呢？如果我們在做的事……」一邊聽著他的話，我看得出艾嶺的內心糾結已經化成了身體上的疼痛。「如果我們把池塘裡的水都潑出去了怎麼辦？」

波帕似乎還想說些什麼，搓著雙手，舔了舔嘴脣，不過最終選擇停在這裡。

「好了好了，你們等一下。」提勒出現在卓客身旁。「過去已經發生了，沒有任何事能改變這一點。我很難相信我們所做的任何行為有可能造成問題。」他看向卓客。「我問過很多專家，聽他們講了很多我聽不懂的高深理論，但是最終的結論都一樣：時間流會自我修復，從以前到現在都是如此。」

「是沒錯，但是……」波帕說道。

「不好意思，」提勒舉起一隻手。「我問過幾十個專家，所有人的說法都是這樣。」這現在話說得這麼大剌剌，但這傢伙當初能進哈佛只不過是因為他爸答應出錢翻新半個校區。這就是卓客期望接手這個地方的人？

「是啦，但是你付了他們多少錢？」我以近乎聽不見的音量問道。「夠不夠讓他們說出你想聽的任何話？」

尼克應該是唯一聽見我說了什麼的人，這些話讓他忍不住輕輕笑了出來，引來一些好奇的目光，幸運的是沒有惹來其他麻煩。

「接下來怎麼做？」卓客問道。

「我們需要等待一段時間，看現在的情況會不會自己復原。」波帕說。「同時間我們會進行測試，看能不能找到引起混亂的確定位置。」

「等一下，」提勒嘲弄地說道。「你說我們要等多久？」

波帕的臉色開始因為流汗而發亮，他將滑下鼻梁的眼鏡重新推上去。「我們無法確定。」

「意思是你們根本不知道嗎？」提勒環視整個房間，一副難以置信的樣子，最後視線鎖定在艾嶺臉上。「你們請的都是什麼人啊？」

「最厲害的人。」艾嶺答道，毫不掩飾聲音中的輕蔑。

此時奧斯古走向人群中央，舉起雙手說：「文斯，我相信他們會搞清楚的，而我們得讓他們有空間去做事，不是嗎？你剛才說那些專家講的話都很難懂，這點我也同意，我們必須承認自己本來就無法理解所有的知識。」

「你是在說你自己吧，戴維斯。」提勒說。「我的家族今天能有這樣的地位，可不是靠空等所謂的專家慢慢思考而來的。」

奧斯古微笑，低頭看向地面，然後重新抬起頭。「你說得對，我的家族的確沒有和專家打交道的經驗，我媽從以前在乎的都是我有沒有吃飽。我從中學到的是我們該盡自己所能做到最好，與此同時也學會多一點點耐性。」

這些話把提勒氣得臉都紅了，我想正是奧斯古想要的效果。聽到這裡，我不禁開始想，ＭＫＳ不知道什麼時候才要介入。如果這兩人彼此推擠著成了眾人的焦點，他應該也不會讓自己落後太多。

就在我這麼想的時候，王子開口了。「也許投標會應該延期。」

「什麼都不會延期，懂嗎？」提勒頓時對奧斯古失去興趣。「我大老遠跑來這裡不是為了什麼事都不幹就回去的，反正外面在下雪，我們都被困在這裡了，不如趕緊把正事辦一辦。」

ＭＫＳ挑起眉來，像是在說：誰讓你負責發號司令了？

「我同意。」卓客說。「太陽那件事可能只是意外，除此之外的其他事情看起來都很正常，再說我們都被困在這裡，我看不出延期的必要。艾嶺，你覺得這樣判斷合理吧。」

這句話非常明顯不是問句。艾嶺明白話中的意思，點了點頭。

「就這樣定了，我們明天把這件事解決。」提勒說道。接著他指向波帕。「與此同時，做好你們該做的事。」然後朝著癸森的方向點了點頭。「也許他能幫忙轉介我們之前聯絡過的那些人，他們比較懂自己在說什麼。」

討論至此，人群開始紛紛散去。奧斯古走向提勒，兩人埋頭激烈爭論。我想和艾嶺談談，但是他已經將波帕拉至一邊，很可能是要開罵或者催促他的進度，我沒必要加入那種戰局。ＭＫＳ被隨扈包圍在中間，彷彿正在討論戰術的橄欖球隊。最後我指向老瑞和坎米歐。

「召集我們的人，」我對他們說。「三號會議室集合。」

走出宴會廳時，我又聽見了那個聲音。

喀噠喀噠喀噠。

真期待呀，會看見什麼呢？

十五分鐘後，一大群飯店員工擠進了三號會議室。這是最大間的會議室了，但是此刻空間還是稍嫌不足。我其實很想在宴會廳開會，但是這時叫其他人等離開大概只會得到沉默的瞪視。

人們聚集在光滑的橢圓形橡木會議桌旁，站的比坐的還多。我只關心我需要的那幾個：老瑞、坎米歐、布蘭登和姆巴耶，此外還包括此刻屬於客房清潔班的緹耶菈，以及設備經理克里斯。我沒有找尼克參與這場會議，而是讓他負責留意宴會廳的情況，確保沒有什麼蠢事發生，這樣艾嶺需要人手的時候也能夠有所照應。

整間會議室充滿緊張氣氛。許多人緊握雙手，飛快地四處投擲視線，全都等著我穿過人群、走向桌首。我站的位置上方是一部電視，正無聲地輪播飯店官網上的照片——健身房、游泳池和餐廳全被拍得堂皇富麗，傾斜的拍攝角度讓每個空間看起來都比實際大上許多。

我站定位置，望向整個房間；每個人都瞠大了眼睛看我，彷彿是要被挨罵的孩子。

會有這種反應是因為現在的情勢？

還是因為我？

隨便，不是擔心這種事情的時候。

「現在的情況是這樣，」我對所有人說。「飯店客房都已住滿，外加還有一些人沒有房間，但是因為對外道路的路況不佳，我們沒辦法把多的人送到其他飯店。我們會被困在這裡……」我轉向盧比。「多久？」

「大雪預計在下半夜停止，目前預估累積雪量會在三英尺左右。」

「為什麼每次雪都這麼大？」老瑞說道，不過不是針對任何人。

盧比微微轉向老瑞。「這是湖泊效應造成的暴雪[27]。」

「我討厭湖。」老瑞說。好像這麼講有任何意義似的。

「我們晚點再去找那些湖報仇。」我轉向眾人。「我們現在缺什麼？有哪些需求？」我指向緹耶菈。「客房清潔先說。」

緹耶菈看了看身旁，為自己第一個被點名而不太高興。她說：「肥皂存量不夠。本來今天應該收到貨的，可是貨運沒來。」

「這個簡單，開始定量供給，先前本來就算是給多了。姆巴耶，換你。」雖然不久前我才張牙舞爪地把他撕成碎片，但此刻我裝作沒這回事。不過當我看向他，他立刻別開目光，顯然是還沒忘記剛才的怨仇。「食物的狀況如何？」

「目前沒有問題。」他對著會議桌說道。「如果有食材不足，我可能會減少該項食材的供餐份量，不過整體來說，夠我們吃上幾天沒問題。」

「很好。坎米歐，有任何需要注意的重大問題嗎？」

坎米歐點了點頭。「愛因斯坦又有人過來要入住，包括工作人員以及出遊計畫受阻卻堅持航班可能恢復的旅客，我們因此不得不重新調動許多客房安排，讓很多人不太高興，有些人抱怨房間不夠好，有些人把行程取消的問題遷怒到我們身上。」

「老瑞，」我說。「我之前一直跟你提的那項政策，你到底有沒有打算執行？」

「什麼政策？」

「遇到奧客的話，我們有權直接叫他們去海裡死一死。」

27 湖泊效應（lake effect）指的是冷空氣穿過為結冰湖面後獲得大量水氣，因而在湖岸形成降雪的現象。依據前一章的描述，飯店位置約在安大略湖南岸，屬於湖泊效應暴雪好發的五大湖區。

老瑞嘆了口氣。「就是因為這樣妳才做不了服務業。」

「還有一件事。」坎米歐說。「我有點擔心被塞在折疊床上的人。他們大部分都是工作人員，能夠理解現在的情況，但我還是覺得這種處理方法不夠友善。我們能不能專門指派一位客房服務人員給他們，額外提供一些服務？至少給一些飲料或零食？」

我指向緹耶菈。「就這麼做吧，緹耶菈，請確保他們得到需要的東西。然後老瑞，對零食那部分有意見嗎？給點好吃的，他們的精神也會比較好。」

「沒有異議。」老瑞說。

「很好。克里斯，有任何問題嗎？」

克里斯本來打算站起來，然後就意識到自己其實不需要起立，於是又坐了下去。他摸了摸脣上的小鬍子，鬍子的顏色和他稀疏的頭髮一樣紅。「我們目前在剷雪開路，盡量保持車道暢通，但是清完之後又會馬上積雪，跟沒清過一樣。」

此時會議室內的燈光彷彿是要回應克里斯的話，突然閃爍了一下。我伸手指向天花板。

「這到底是怎麼回事？」

「我們還在想辦法修理。我覺得可能是某個地方的接線有問題，但我不太想拆牆壁檢查。飯店現在這麼多人，我最不想做的就是切斷電源，就算只是幾分鐘也可能造成恐慌。」

「這件事再注意一下。」

克里斯舉起手，彷彿時限已到，但他還需要幾分鐘。「還有一件事。」

「什麼事？」

「妳知道恐龍還在地下室吧？我們應該通報疾病管制中心、動物管理局還是哪個單位嗎？」天啊，我真的完全忘記這件事了。這是很好的問題。我之前都在擔心怎麼抓恐龍，根本沒想到抓到之後該怎麼辦，總不可能送去動物園吧。

「牠們還小，我們能不能就……」老瑞說。「……把牠們塞進袋子，丟到湖裡之類的？」

「我們不會殺牠們，就讓牠們暫時待在那裡沒關係。」我說。「大家聽好，接下來兩天會非常難熬，假設遇到了什麼問題——大事小事任何事——請務必讓我知道。我現在不能錯過任何事情。至於旅客——本著服務的精神，也不是說你一定要這麼做，但我覺得大家可以試試看叫他們滾開之類的。」

「不要叫任何人滾去任何地方。」老瑞拉高聲音說。

「好啦。就這樣吧，各位，還有一堆問題等著我去處理，所以就……散會吧。」

所有人都站了起來。姆巴耶像子彈一般衝出房間。每個人都非常明確地朝我的反方向離去，除了布蘭登。他根本是將我逼入牆角。「我沒辦法進宴會廳，所以發生了什麼事？太陽出問題了嗎？」

我把波帕的話說了個大概，他點點頭，專心聽著，仔細想了一陣，然後說：「妳知道這很像什麼嗎？」

「什麼？」我問。

「像是發生異時現象。就像……妳經歷時間飄移那樣？事件不在本來應該發生的時間點，而是提前發生？聽起來就像那樣。只不過這次的對象是我們所有人。」

這項評估頗為準確。

但是除此之外，這實在不是什麼趣事。

我需要吃點東西。不過比飢餓更急迫的是，我需要在自己房間的浴室裡待一會兒，獲取一絲平靜。我需要五分鐘不必看到任何人的時間。回到安全部辦公室，我對返回基座的盧比說：「待在這裡。」

「妳要去哪兒？」

「幹麼？忌妒呀？你是不是擔心我要偷溜出去和別的平板電腦約會？」

「知道妳的行蹤我比較好做事，就是這樣而已。」

我嘆氣。「我需要一個人安靜一下，而你需要專心處理我交代你的那些狗屁倒灶任務。我十五分鐘後回來。」

我沒等它回應便離開，獨自穿過大廳，搭上愛特伍樓的電梯。我按下五樓的按鈕，靠上車廂後方牆面，閉上眼睛，感覺電梯上升時重力的壓迫和胃袋裡的輕度痙攣。

今天一整天，我不斷聽見來自過去或未來的對話，隱隱約約、喋喋不休，已經到了有如無線電干擾的程度。但是突然之間，有個熟悉的聲響穿透那陣噪音，攫住我的注意。

「你確定能幫我這件事嗎？」

是卓客。

非常有趣。

我等待後續，不過已無下文。這句話引起我的警覺，於是掏出口袋裡的紙潦草寫下，不過電梯門打開時便幾乎是立刻拋在腦後，因為我發現空中散布著一種嗡嗡嗡的聲音。

聲音將我拉向那具也許會死的屍體所在的房間，不過我還沒走到，音量就似乎變得更大了。我經過客房之間的儲藏室，感覺有東西拉住我的皮膚。

某種磁力。

那就只是普通的儲藏室。相對於淺灰色的客房門，儲藏室的門板顏色較深，和走廊上的米白牆面以及藍色地毯形成對比。

我在門上輸入密碼：5—4—9—2。

裡頭的空間很小，能夠容納四個人，而且要是真的擠了四個人進去，也會成為一場災難，足以讓人培養出堅定的革命情感。成排貨架沿牆擺放，堆滿衛生紙、單包裝肥皂、毛巾，飯店客房內任何沒用螺絲釘固定的東西都會出現在這裡。我走進去，東摸西摸，然後看著底部牆面。這裡似乎沒有特別之處，就是個儲藏室，和其他儲藏室沒有兩樣。

唯獨不同的地方在於，我有種奇怪的感覺。

我感覺自己內裡有某種細微的拉力。一開始以為是緊張或焦慮，是因為壓力太大，又獨自待在某個地方、尋找連自己都不確定是什麼的東西，但是並非如此。我越去想，就越能感覺到它的存在。

是某種觸感。

我想這一定和隔壁房間的屍體有關。但是仔細想想又有些不太一樣，比較像是大雷雨的前一刻，可以感覺到皮膚上有微微的電流。

我踏出儲藏室，穿門而出，摩擦過門的邊框……

……我身下的拘留室地板又冷又硬，讓我為以前被我關進來的所有人感到抱歉。其實也沒多少，大部分都是需要一點時間冷靜的醉鬼，唯獨一次有個男人在凌晨三點毆打自己的太太，而我們需要將他關起來，直到警方抵達。

不只是冷硬，還很粗糙，彷彿在上漆之前被人先撒了一層沙。我好希望這裡有張長板凳，或者就算只是普通椅子都好。我應該放一張椅子進來。我伸出手按了按白漆牆面，然後發現手背上有血，猩紅、新鮮。我檢查雙手：沒找到傷口。不是我的血。

血跡和我的西裝外套一樣顏色。

這是怎麼回事？

我剛才不是在別的地方嗎？

拘留室遠處的綠色門板打開，艾嶺走了進來，神情嚴肅，彷彿直接刻在他的臉上。簡諾瑞‧柯爾的工作生涯就此安息。他站了好一陣子，不確定該說什麼，和我保持著一定距離，彷彿我是被鍊在牆上的野生老虎。一會兒之後他走上前，俯下身，來到與我視線相同的高度。

「我必須知道妳為什麼要這麼做。」

話語彷彿朗讀劇本一般從我口中冒出，感覺像是在看自己演的電影。我真正想要說的事，艾嶺，這到底是怎麼回事？但是我的嘴巴似乎早就知道該說什麼，雖然我的腦袋完全沒有概念。「我連能不能信任你都不知道；我連你是誰都不知道。」

什麼？

「簡諾瑞，是我。我想幫妳，但是妳現在做了那件事，我真的不知道自己還能怎麼幫。從我來到飯店後妳就一直在隱瞞事情。我知道妳在隱瞞，但還是沒有點破，因為我信任妳。現在，我需要妳信任我。」

我做了什麼事？完全沒印象。

「你沒看到嗎？」我問。

「看到什麼？」

「鬼魂啊。」我說。「鬼魂在追他，打算殺了他，我只是想要救他。」

「簡諾瑞。」艾嶺想說什麼，但是又放棄。他別開視線，臉色沉了下來。他在某種程度上失敗了，不得不告訴自己必須接受這個事實，我看得出自己令他非常失望。他對我的某些信念已被打破，而這令我覺得異常痛苦。我上次這麼心痛是梅娜死的那一天。我知道自己有時很王八蛋，但是艾嶺這個人以及他對我的信任始終堅如磐石。顯然有些事已成事實，那塊石頭被我磨啊磨，磨成了沙粒，最後被潮水沖走。

我卻完全不曉得。

鬼魂？

誰死了？發生了什麼事？我們在哪裡？這到底是哪一天？但是我一個字也說不出來。它們在我腦中激烈迴盪，而我的嘴卻以獨立的意志運作。「它想殺他。」我的聲音沉了下去，聽起來連我自己都不確定相不相信這種話。

「都是我的錯。」他將臉埋進雙手，站直身體。「我知道妳已經進入第二期，可是我覺得——妳是簡諾瑞．柯爾欽，怎麼可能撐不住？妳就是會想辦法撐下去的人。但是看到妳這幾天的行為……當初發現妳在拆那面牆的時候我就應該讓妳離開這一切。」

哪面牆？

「艾嶺，我知道這很難理解，我知道我……」我垂下頭。「我知道我一直很任性，但是你要相信我，有某種東西在玩弄我們，我覺得自己終於找到拼湊所有線索的方式了。」

然後呢？多說一點啊！

「妳在這裡好好冷靜一下。」艾嶺說道。「我會盡力去保護妳。在我看來，那是我欠妳的。我覺得是自己辜負了妳。」他揚起脣角，彷彿就要露出笑容，但是又收了回去。「我會盡力。」

他轉過身，穿門離開。

我撫摸地面，絞盡腦汁想著自己本來身在何處——在別的地方。但是腦子裡一片混亂。

我的身體有自己的意志。我起身，來回踱步，碰觸牆面，透過小小的鋼絲安全窗窺視外頭的辦公室，艾嶺正在和尼克說話。門板隔音，我聽不見對話的內容，不過大部分都是艾嶺在動口。接著兩人都離開。我在拘留室裡徘徊，尋找某樣東西，但是這裡什麼都沒有，就只是一只空盒。盒子裡裝著我，但又不是真正的我。

我剛才在哪裡？

專心。

集中注意力。

我閉上雙眼。我實際的眼睛並沒有閉上，而是閉上了內心的眼睛，重新回溯自己稍早去了哪裡。我完全不曉得來到這間房間之前的事，可是我記得自己最後一次見到艾嶺，我們在談太陽什麼的。

太陽。然後開會。前往我房間的路上。儲藏室。

我剛才在儲藏室裡。

為什麼會從儲藏室跑到這裡？

怎樣才能從這裡回到儲藏室？

現在我坐著，指間夾著一根火柴，火焰沿著木頭緩慢爬行。我是從哪裡弄到這根火柴的？

就是這樣嗎？我的腦袋劈哩啪啦、爆裂短路，異時的電流澎湃奔騰，這就是要爆炸的時刻嗎？門打開。

站在那裡的是我在這一刻最不想見到的人，是此刻所能見到最糟的人選，而……

我用力撞上地面，差點沒摔破腦袋。

藍色地毯。儲藏室。

我一定是絆到門檻跌倒了。怎麼這麼不小心？

我撐起身體，半跪在地上發抖，鼻腔裡一陣潮溼，我摸了摸鼻孔，指尖沾上紅色的血液。我跪倒在地，從口袋拿出一顆時妥寧，乾嚥下肚。我考慮要再吃一顆，不過還是決定等等，轉念拿了一根櫻桃棒棒糖塞進嘴裡。我努力穩住自己的注意力。

還有今天早上發生的另一件事。我想起坦沃斯的辦公室，但不記得為什麼。當時的我沒有時移

——應該沒有吧？可是我卻感到一只巨大的箭頭指向那地方。為什麼呢？因為坦沃斯的警告嗎？因為那些腦部掃描？

天啊，我真的不喜歡這些量子屁事。

我靠牆坐下，試圖回想拘留室裡的細節或任何可能有用的資訊，但是記憶早已渙散。我掏出外套口袋裡的紙條，草草記下還記得的事：鬼，血，牢房，什麼時候？殺了誰？不能相信艾嶺嗎？

有人進到房間裡。是誰？

媽的，已經不記得了。

我唯一記得的東西就是紙條上的這些字，記憶本身則是一片模糊，想都想不清楚。

因為還沒發生的事情不能算記憶。

鼻血的狀況沒有太糟糕，不過我還是決定花時間回房間沖個熱水澡。運動完後本來就該洗一洗。水柱沖擊皮膚的感覺舒服無比——我住進來的第一晚就拆掉了省水片。今天整個下午都覺得有輛卡車在腦袋裡倒退嚕，此時的強烈水柱分散了我的注意力。

我走出淋浴間，傾身朝向鏡面，用手抹過凝結的水珠，突然看見身後有個矮小的身影，臉上蓋滿了深色長髮。

我大叫出聲，轉身時差點跳到洗手臺上。

除了我，這裡空無一人。

媽的，剛才那是第幾顆時妥寧？坦沃斯說過可能會發生幻覺。我得緩緩，今天不能再吃了。

心跳回復正常後，我套上粉紅色牛仔褲、黑色T恤，和一雙有著皮扣帶的靴子，然後將未乾的頭髮綁成馬尾，並在口袋裡多塞了幾根櫻桃棒棒糖，接著快速畫上簡單的貓眼妝。我在心裡宣布今天是可以穿便服上班的日子。反正我是老大，我說了算。老娘就想帶著美美的眼妝去打擊犯罪。

可我還是很餓——得解決這件事才行。

我下樓回到安全部辦公室。很幸運，裡頭沒人。不過我一走進去，盧比便從充電座上跳起，飛至我面前。

「我找到那個了。」它說。

「哪個？」

「那具屍體。」

「終於。」我感到一陣如釋重負，彷彿全身都放鬆了。「可以叫出來給我看嗎？他有用假名嗎？」

盧比飄至監視器畫面牆，牆上的畫面閃爍了一會兒，然後變成一片紅，接著便切換成那位死去無名氏的資料檔案。

他的本名叫約翰·魏斯汀。

檔案上的照片是被逮捕後拍的嫌犯大頭照，逮捕原因是不怎麼樣的偷竊罪。他三十八歲，出身紐約市史泰登島，前科包括幾次非法闖入、一次傷害重罪和幾次搶劫未遂。

「至少有個切入點。」我說。「接下來的問題是，他在那裡幹什麼？」

「有想到妳會問這個。」盧比說，接著螢幕上列出了男人的工作經歷。大部分都是零工——酒保、貨運、共乘司機——不過曾在提勒地產公司當過兩年司機和清潔工。盧比特別將後者標為紅色，以防我真的蠢到無以復加。

「時安局內部有人將這份檔案加了標記。魏斯汀是某件進行中調查案的嫌疑人。」

「調查人是誰？」

「我無權查看。」

「還有其他事嗎？壞事可以一次說完。」我問盧比。

「我目前只找到這些。」它說。

很好，太好了，我又找到一塊新的拼圖碎片，問題是完全不曉得該拿它怎麼辦。

盧比在我的視線中笨拙地飄浮著。這個東西全由電腦、處理器和資訊組成，我還特別侵入它的系統好讓它能保守我的祕密。

這跟信任感應該有點像吧？

也許該是打開一點心防的時候了。

我敲響五二六號房門，無人回應。我感應解鎖、進入房內，完全不管這間的房客是否可能在上一號、二號或洗澡。不過屋內燈是關的。房間一角堆著行李，床角有部筆電，床頭櫃上有罐乳液，旁邊還放著幾團衛生紙。噁心。

那具屍體也還在這裡，維持同樣狀態，彷彿才剛被殺沒多久，鮮血還沿著床單往下滲滴。

「那裡有一具屍體。」我對盧比說。

它嗶了幾聲。「沒有屍體吧。」

「但是我看得見，跟真的一樣。」

「約翰．魏斯汀？」

「答對了。」

盧比飛至床上方盤旋，床罩上出現一顆小小的紅點，然後逐漸擴大，直到整個床墊都籠罩在閃爍的紅光之中。「我偵測不到任何東西。不過，我猜這就是妳要我查他資料的原因？」

「沒錯。再加上監視器影像有缺漏，你應該就知道為什麼我今天比平常還要緊張。」

盧比飄浮了一會兒。「坦白說，這些事情並沒有讓妳的刻薄態度和反社會行為程度有任何改變。」

「真是謝謝提醒噢。」我走至床邊，再次觸摸屍體。我的手錯過他，直接摸到床墊。「最難以理解的部分是，他看起來和之前完全一樣。血液還是紅的。我第一次看到他已經是幾個小時前的事，照理屍體應該要開始僵硬，血痕也應該會乾，但是看起來完全沒那個跡象。」

「他怎麼死的？」

「大量失血。」我說。「頸部割傷。傷口從左到右，刀刃非常銳利。他的雙手沒有抵抗的痕跡，所以不管凶手是誰，都是攻其不意。或者也可能是他認識的人，所以他才沒有防備。」我聳了聳肩。「但我畢竟不是法醫，而且根本沒辦法檢查屍體，所以最多只能看出這些。」

「我們知道他是罪犯，而且和提勒有很微薄的關聯。」盧比說。「他死了，而殺他的人很可能也破壞了監視影像。我在現有的影像裡還是找不到任何魏斯汀入住的紀錄。」

「很令人沮喪呀。」我說。

「願意聽我的建議嗎？」

「反正也窮途末路。」我擺了擺手，示意盧比儘管說下去。

「妳有沒有考慮檢查犯罪現場？」

「你是說我第一次看到時有人正在打掃的這個犯罪現場嗎？」我問。「我摸不到屍體、其他人也看不到屍體的這個犯罪現場嗎？」

「那我想妳只能坐在這裡乾等了。要幫妳營造一點氣氛嗎？」

盧比開始播放席琳．狄翁〈獨自一人〉的副歌。

「我好希望你是真的人喔，這樣就能親手把你捏死。」我對它說。

不是很好的做法，但也不能說錯。

我起身檢視整個房間，心裡估算著在房客回來之前自己可能還有多少時間。房間看起來就和飯店其他客房一樣，當然了，大小和形狀並不相同，但是基本的設計配置都是一樣。大量青銅製的固定裝置[28]、突顯木紋的木材、黑色亮面平面、藍色地毯；所有衣櫃都很小，因為沒有人會在這裡久住，最多只會待上幾天。

浴室也很簡單：先以地鐵風格磁磚[29]與好萊塢化妝燈圍繞盥洗臺，再用更多黑色亮面設備——洗手臺平面、馬桶——來平衡那些明亮的白。

我跪下來檢查床底和書桌底部：一無所獲。帶抽屜的矮衣櫃和地板之間沒有縫隙。我將手伸進電視後方，一一拿起檯燈。我接著檢查抽屜，將它們全部拉開，看看底板下方有沒有寫字。這是飯店客房的有趣祕密之一。房客會在看不見的地方寫下奇怪的話，留待後來的人在無意中發現。我房間的馬桶水箱被人用黑色奇異筆寫著：這間飯店其實不太糟，而是根本一塌糊塗！

啊不就很好笑。

書桌最底部的抽屜被刻上某個名字，山姆．賽林格。

「盧比，以前有叫山姆或山謬．賽林格的人住過這間房間嗎？」我問。

「有，在三年前。」

可能只是為了昭告自己到此一遊。我將抽屜推回原位，然後檢查了馬桶水箱，沒找到任何東西。

還剩一個地方沒看，床頭上方的畫。這座飯店裡每間客房的畫作都不一樣，不過都是些無趣的平庸作品，而且每幅畫都和時鐘有某種關聯。我覺得這種安排實在太直白了。我房間床頭牆上掛著的是一系列畫作的其中一幅，從第一幅錶面融化直到最後一幅剩下一攤液體。明顯抄襲達利。這間房間的畫作則是沙漏蹲坐在一望無垠的沙漠中，襯著背後的蔚藍天色。不過沙漏是空的。比我聰明的人也許能解釋它想表達什麼。我抓住畫框兩邊，用力一扯，發現它被黏在了牆上。我站在床上，

28 在英文中，固定裝置（fixtures）指的是固定在牆壁或地板上不容易移動的裝置，例如壁燈、插頭、馬桶、固定式櫥櫃等，與較易移動的家具（furnitures）是相對的概念。

29 地鐵磁磚指的是一種矩形亮面小磁磚，因為用於紐約地鐵而得名，以白色最為常見。

低頭便看見約翰·魏斯汀的死屍正盯著我的胯下。我試著別去想。我將手指伸進畫作後方，想辦法弄出縫隙，然後將整幅畫拿下來。

有人拿黑色粗簽字筆以勾轉撇傺的翻飛字體寫著：

記憶的花園中
夢境的宮殿裡
就是我們倆的
相遇之地

「盧比？你對這東西有什麼看法？」

無人機飛至我肩膀上，掃描了畫作背面。

「對什麼的看法？」

「就這個啊，」我伸出手指著。「這些字。」

「這裡沒有字。」

嗯，好吧，這應該是我的線索之一。只有我看得見的屍體和只有我看得見的字。聽我念出那些字後，盧比說：「這是電影《魔境夢遊：時光怪客》裡瘋狂帽客的臺詞。電影改編自路易斯·卡洛爾的書作。」

「沒看過電影也沒看過書。」我說。「大概在講什麼？」

「愛麗絲走入鏡中，來到上下顛倒、前後相反的世界，而且那個世界的人能夠記得未來的記憶。」它說。「這是我在網路上找到的簡介，要我幫妳下載電影並訂書嗎？以防萬一有任何相關的地方。」

「好啊，沒理由拒絕。反正我也好久沒看書了。」

「從我認識妳以來，從來沒看妳讀過任何一本書。」盧比說。

「閉上你的通風口。」

我把畫掛回去，還在調整平衡便聽見有人說：「妳在幹麼？」

我轉頭看見一名穿著運動衫和休閒褲的年輕帥哥站在門邊，手提著一只小袋子，對站在床上把畫作搞歪的我有些惱火。喔，要是他能看到躺在我兩腳之間的屍體，該會多有趣啊。

「我在……安全檢查？」我說。然後壓低了音量對盧比說：「提醒一下是會死嗎？」

「我在進行掃描檢查。」它完全沒有要壓低音量的意思。

我剛從床上跳下來，男人便走到書桌前，放下袋子，拿起電話。「我找保全。」

我的手錶響起。「簡諾瑞，有空嗎？」

我微笑看著男子，意識到這是怎麼回事，接著他按下切斷通話開關，重新撥號。「請經理立刻到我房間來，事關重大，我抓到你們一名員工亂翻我的物品。」他停頓。「有，我聯絡過保全了，事實上闖進我房間的就是保全之一。」再次停頓。「好，謝謝。」他掛上電話，轉向我。「經理要上來了。」

我點頭，環顧房間，肩膀肌肉放鬆下來。「所以……你是哪裡人？」

他沒回答。

「妳進去幹麼？」在電梯區外，老瑞呼吸濁重、臉色發紅地這麼問我。剛才他走進房裡，聽那個男的說完前因後果，免除了對方剩餘住宿期間的費用，然後離開房間，呼吸和情緒也依然沒有恢復平靜。真正能安撫有錢人的唯一方式，就是給他們免費的東西。坦白說，我覺得那根本是詐欺的手段，他們那種人就是用這種方法把錢留在手上，讓其他人相信他們太厲害，根本不屑花錢。

我用力吸氣，直到肺部彷彿氣球一般過度擴張，然後再把所有空氣吐掉。我試著想說什麼。但是該從哪裡講起？我覺得自己提都不能提。告訴盧比是一回事，它不會打小報告，但是老瑞可能會。或者他可能會對艾嶺說出不該說的話。誰知道呢？於是最後我說：「我在找東西。」

老瑞側過頭朝我偏來，表示他洗了耳等著聽解釋。「就這樣？妳在找東西。」

「對。」

「什麼東西？」

「某個東西。」

「某個東西。」他緩慢地點了點頭，然後看向盧比。「什麼東西？」

我的心跳加速，不過接著便聽到它回答。「你真的以為她會告訴我？」

老瑞點點頭，沮喪但是接受事實如此。接著他說：「跟我來。」

他帶我進入電梯，向樓下而去。除了沉重的呼吸聲外，他安靜得像是皇宮守衛，瞄都不瞄我一眼，努力克制自己別說出任何話語。我可以感覺到那種沉重的張力。雖然我很想打破沉默，卻沒有那麼做。真的太累了。我需要睡一下，需要喝點咖啡，需要立刻見梅娜一面。

我們抵達大廳，除了幾名四處飄蕩的時安局探員之外，尼克也在這裡，正在接待臺和坎米歐說話。老瑞帶著我坐上另一部電梯，朝大廳上方而去。電梯路徑與懸掛大鐘的黃銅棒平行，大鐘上的指針到現在仍結巴似的抖動。

電梯爬升途中，我問。「是要把我帶到頂樓殺掉嗎？現在雪那麼大，我們一定連門都打不開啦。你不如把我從室內欄杆往大廳丟，客人一定會很討厭這種事，你想想，我會像砸在地上的番茄一樣噴得到處都是。不過話說回來，誰曉得那些怪咖到底喜歡什麼……」

「好了妳。」他說。

我們抵達頂樓，他帶我走進時時刻刻，找了張空桌坐下。彷彿已久候我們大駕一般，服務生馬克立刻走至桌邊聽候吩咐——馬克兩耳戴著圓形耳擴，臉上永遠畫著藝術作品般的眼線，線條之完美，我一直很想向他請教。

「麥卡倫二十五年，加一點水。」老瑞說完看向我，像是想知道我介不介意。

「氣泡水加萊姆汁。」我告訴馬克。

他點點頭，立刻離去。

「你那不是幾百塊錢一杯嗎？」我問。

老瑞的目光能在我臉上燒出洞來。「這是我的飯店。而且今天很累。」

「我們來這裡幹麼？」

「吃東西。」

「為什麼？」

他向後靠上椅背，環視整間餐廳。MKS和卓客窩在餐廳一角，而他的幾名隨扈則在相反的另一端吃晚餐。沃瑞克抱著一杯啤酒坐在吧檯邊，正對著筆電敲敲打打。整間餐廳裡擠了不少人，不過我們有幸坐在一小片綠洲之中，周圍的空桌給人一種獨處的錯覺。

「妳還好嗎？」他問。

「很好啊。」我說。「我一直都很好。」

「嘿，我不是笨蛋……」

我的腦袋立刻擬好回應——*真的耶，我還差點以為你真的是笨蛋！*不過他看出來了，對我舉起一根手指。

「拜託妳休息個兩秒，不要每次都故意裝出那股流氓樣。」他說。

「跟故不故意無關，就是反射動作。」

馬克帶著飲料走來，放到桌上後等著我們點餐。老瑞點了無麩質麵包的越式三明治，我則選了番茄燉魚飯。跟尼克提了之後我就一直很想吃。馬克沒寫下餐點便再度離去。老瑞對我說：「妳現在整個人很煩躁，比平常更嚴重。我居然還會接到客訴，說妳去翻客人的東西？」

「我沒有翻他東西。」

「妳到底做了什麼不重要，因為問題都一樣：妳在沒人監督的狀況下未經同意就闖進客人的房間。」

「有人監督呀。」我指向身後的盧比。

老瑞對此嘆氣。他拿起威士忌，淺啜一口，舌尖一接觸到酒液，他的身體便立刻放鬆下來。我從自己的座位都聞得到那香氣，這令我極度強烈地想要喝一杯，可惜不可能。平常時要能喝酒已不容易，以我今天腦袋的狀況更是完全沒得談。

「簡諾瑞，我知道妳現在正在經歷很多事。大家都是。我知道這樣講可能有點自以為是，但是……」他再次環顧四周。「這個地方就像家。我知道這個小小的家庭有多奇怪，但是我們都會照顧彼此。我的意思是，我們幫梅娜辦了追悼會，妳卻連來都沒來。」

我乾了一大口氣泡水。由於喝得太多太急，水沖進了氣管，讓肺裡一陣灼熱。「一定會有人要我上臺講話，我不適合那種場面。」

他的威士忌杯還放在嘴邊，喝到一半就停下來用手指著我說：「對，就是這樣。這種事我們當然知道，妳覺得我們會不曉得嗎？沒有人會去要求妳那麼做，妳這麼想只是把自己的不安投射在我們身上。」

「隨便。」

「我到底可以怎麼幫妳？」他問。「告訴我，我可以幫妳做點什麼？」

我不知道該說什麼，於是就說都不用。

「妳覺得我看不出來嗎？」他環顧四周，確定現場只有我們兩個，確定馬克沒正端著食物走過來。他傾身向前、壓低音量。「妳不應該再待在這裡了。為了安全著想，妳應該離開這裡，去過退休生活。妳很清楚繼續待下去會發生什麼事。」

「坦沃斯跟你說了什麼？他不應該講這種事。」

「他什麼都不用說，大家都看得出來。這種事不是祕密，我們都知道，妳現在的樣子就好像拚死要讓自己衝向第三期一樣。都到這個地步了，我真的得問：除了速度快慢之外，妳現在這麼做跟對著自己嘴裡開槍有什麼差別？」

他放鬆姿勢坐入椅子深處，因為終於說出想說的話而感到心滿意足。我讓那句話飄在空中，不願意認真去想。因為我確實曾經想過。我當然想過。我很清楚自己在做什麼，但要怎麼向人解釋？要怎麼解釋這有多值得？要怎麼說他們才會懂，當我每次見到梅娜，就算時間短暫，都能令我心裡充滿燦爛陽光、幾乎迸射照耀出來？要怎麼解釋那短暫片刻就能治療我所有的傷口，讓我變得更加強壯，足以撐過接下來的日子、直到下次再看到她？

「我和艾嶺討論過。」他說。

「喔對，關於這件事。」我對他說。「等艾嶺要趕我走的時候，你給我一份工作，讓我留在這裡。要我做什麼都可以，掃廁所我也願意。」

「簡諾瑞……」

「怎樣？你覺得我做不了嗎？」我問。「我知道每個人的名字，也知道每一樣東西在哪裡，這比你隨便找人來做好多了。」

老瑞移開視線，語氣變得強硬。「簡諾瑞，如果妳不配合，我們會直接把妳的東西搬走。我們覺得妳不適合再繼續待在這裡了，這對妳不安全。他們本來覺得沒關係，但是妳看現在發生什麼事。」

這句話狠狠擊中我的心，我放任它撞上脊椎、割得鮮血四濺。我移動椅子，從桌邊退開，正好看見馬克走進視線邊緣。「家庭、家庭，每個人都在說這裡是個大家庭，所以你們對待家人的方式就是把我丟到街上嗎？去你的。」我站起身，對著馬克打了個響指。「我到吧檯吃。」然後轉身走向餐廳另一端的幾個空位之間坐下，獨自生氣，直到食物上桌。

我咕噥道謝，音量可能壓不過背景裡的爵士樂，接著便深深吸入番茄與鮮魚的香氣。

我在高腳凳上調整姿勢，再次瞥見卓客和ＭＫＳ。卓客傾身向前靠近，激動地說話，兩人的臉幾乎要碰在一起。從我的角度看不見ＭＫＳ的表情，不過肢體動作看來頗為緊繃。我對盧比說：「放大他們的對話音量。」

「沒辦法。」

「為什麼？」

「他們其中一個人應該啟動了語音遮罩。」

那兩個人都有可能做這種事，但要我猜的話，應該是王子。語音遮罩這類裝置要價不斐，應該超過領政府薪水所能負擔的等級。如果這項揣測正確，表示王子手裡握有專門用來破壞保全措施的玩具。這是頗為重要的資訊。

盯著吧檯後的牆面一會兒後，我看見姆巴耶站在吧檯中段的地方和一名白人男性說話。男人上了年紀，身穿泡泡紗材質西裝，肘邊的吧檯桌上放了頂草帽。而且，對，我也注意到他正在喝薄荷朱利普。

「當然啊，這地方一定在鬧鬼。」姆巴耶說。「我有時會在廚房裡看到，或者在走廊，有時廁所裡也有。」

「幾年前我第一次入住時看過一個女人。」男人的南方口音黏稠而甜蜜。「我在走廊上看到她背對我朝反方向離開，然後像是聽到我發出的聲音似的稍微轉過身，接著就突然消失。她有一頭棕色長髮，身材非常──」男人四下張望了一會兒。「──非常豐滿。」

姆巴耶點頭。「我猜在巴特勒樓？四樓走廊？」

男人露出微笑，打了個響指。「你怎麼知道？」

「傳聞她是這座飯店的設計師，在這個地方開幕後就失蹤了。很多人覺得她被這個案子搞得心力交瘁，所以就離開了，不過我不太相信這種說法。」他深吸一口氣，然後吐氣。「問題就在這裡，像這種地方啊……」

就在這時，姆巴耶轉過頭注意到我。看到他和別人說話，令我心煩氣躁。單是看到他站在我眼前，或者生活中出現任何一丁點愉快或幸福的情緒，都令我惱火不已。

我說：「你為什麼沒檢查瓦斯？」

他停下動作，一時呆站在原地，接著便笑笑地對老人道歉，示意告退，然後掉頭往廚房後場走去。我提高音量又說了一次。

「你為什麼沒檢查瓦斯？」

他的肩膀垮了下來，轉身看著我。

「我有。」

「就像你今天也有檢查寇藤食物一樣嗎？就像你一直都把所有細節掌控得完美無瑕，是嗎？你要做的就是去檢查瓦斯管線，就是這樣而已，但是你沒有，所以她死了。就在那裡面，死在地板上，孤零零的。為什麼你還在這裡啊？你怎麼有辦法活得下去？」

音樂沒有停，但是我發現自己正對著他大喊，整個人幾乎要爬到高腳椅上。所有人都在看，這種場面本來應該能讓我好好閉嘴，但是顯然沒有。相反地，我挖得更深。從爆炸那天之後，有五個字便一直試圖從我胸口衝出。

我沒有聽見事情發生，而是直接感覺到。人在房內的我感到一陣顫動，覺得有事情不太對勁。當時已是深夜，我正沖完澡，等著梅娜來找我，等著和她一起躺在床上看三流電視節目，等著在半夢半醒之間努力保持清醒，聽她訴說這一天過得如何。

但我感覺到了那陣顫動，於是開始穿衣服，等到走出房門，便接到電話。時時刻刻廚房裡發生爆炸。起火、濃煙、沒有傳出人員傷亡。

因為還沒人發現。

電梯才爬至半途，我便聽見那句話刺穿嘈雜的語音。「靠，剛才有人在這裡。」於是我便知道。在那個當下我就知道了。所以當電梯門打開，我已經淚流滿面跪在地上，拒絕再往前踏出半步，因為我完全做不到。從那天晚上之後，自從我們得知事發原因是瓦斯管線，我便一直留著那五個字。

「都是你的錯。」我對他說。

我可以看見這幾個字擊中他，一如預期中的精準、銳利。

他的雙眼湧出淚水，咬緊了牙根，不讓自己的牙齒打顫。

老瑞站在我旁邊，一手拉住我的臂膀，卻被我撥掉。我不想繼續看接下來的進展了，於是在所有人的注視下大步走出變得死寂的餐廳，來到欄杆邊，注視著下方大廳。我判斷自己與大理石地板之間的距離，此時胃裡卻突然一陣翻騰……

馬克從廚房走出來，端著一顆生日蛋糕，插得亂七八糟的蠟燭讓他的臉在燈光昏暗的餐廳中散發琥珀色的光芒。我喝了一大口明知自己不該碰的梅茲卡爾酒，讓煙燻的美好酒液灼燙喉中，然後坐在吧檯這一端看著他將蛋糕端向位在相反遠端的大桌子。飯店員工聚集在桌邊，圍繞著緹耶菈。

飯店大多時候都是空的。時空港正在施工，所以接下來幾天都沒有航班起降。緹耶菈的生日其實不是今天，不過也快到了，所以在這難得清閒的時刻大部分員工都聚集在此，連沒值班的都特別前來。他們簇擁在她身邊。馬克放下蛋糕，所有人唱起生日快樂歌。

而我在一旁看著，心底糾結扭曲，試圖想起上次有人為我做這種事是什麼時候，接著又覺得去在乎這種事太傻。

歌曲唱完，我重新轉向自己的酒，不過有人拉出我旁邊的高腳椅坐下。

「妳不吃蛋糕嗎？」梅娜問道。

「蛋糕還好，我比較喜歡派。」

「不管妳喜歡什麼，我都一樣愛妳。」她靠過來親吻我的脖子，讓我的脊椎一陣顫抖。

我們安靜地坐了一會兒。我喝了另一口酒，然後放下杯子，瞪著吧檯後的牆。此刻心裡湧現的是我已許久未曾有過、以為自己在多年以前就熄滅的感受。渴求。

「他們也是妳的家人，妳知道吧？」梅娜說。

「我本來就不太在乎家庭這回事。」我對她說。

梅娜拿走我的杯子，乾掉剩下的酒，然後抓住我的椅子，連人帶椅拖離吧檯。我差點跌下來。

「走，去吃蛋糕。」

我呆坐了一會兒，在椅子上生了根。我淹沒在一陣情緒之中，覺得自己若是過去了、參與其中，便會成為闖入的外來者。我覺得自己不屬於這裡，不是他們的一員。來到這裡兩個月，這個地方應該就是我現在的家才是，但是除了和梅娜建立了關係之外，我依然有種自己總有一天得打包回家的感覺。或早或晚，那只是時間問題。我想把這件事告訴她，但是開不了口，不過話說回來也不必我開口，因為她已經牽起我的手，對我說：「沒關係的。」

她帶著我走向那張桌子，所有人抬起頭，幾乎同一時間綻放笑容。

「終於來了！」老瑞邊說邊拉出他隔壁的椅子。「本來還想說妳是不是嫌我們太無聊。」

「沒聽到妳唱歌有點失望耶，」坎米歐說。「不過沒關係，下次還有機會。」

我想要回點什麼，但是想不出有哏的回應，於是就只是坐著。大片平坦的矩形蛋糕上裝飾著粉色紫色的精緻糖霜小花，姆巴耶切了蛋糕，盛在昂貴華麗的盤子上。這種盤子平常都僅限客人使用，不過在今晚，這是屬於他們的盤子。

屬於我們的盤子。

他將其中一盤推向我，笑著說：「小時候我媽會做類似的蛋糕給我，這個可能沒有她做的那麼好吃，不過我盡力了，希望妳喜歡。」

我接過蛋糕，拿起放在盤緣的叉子，在挖蛋糕之前抬頭發現大家都在看我。他們全都在等我。就是這種感覺嗎？

所謂的歸屬感？

那種滿溢的龐大感幾乎要令我無法呼吸，但是我不想讓他們看見這一點。於是我朝緹耶菈點點頭，並說：「生日快樂。」

「謝啦，美女。」她說。

身後的梅娜輕輕捏了捏我的肩膀。我吃了一口，那塊蛋糕如此令人讚嘆，令我心中充滿……我的雙手握著欄杆，覺得胸口彷彿無底洞，此時一陣呼救聲壓過了時移的景象。

廣義相對論

求救聲從下方某處傳來，於是我踏上斜坡，來到下一層樓，發現奧斯古整個人靠在廁所外邊，灰紫色的漂亮西裝淩亂不整，一手緊抓著自己太陽穴，血從他的指間滲出。

我察覺旁邊有動靜，一道黑袍人影迅速閃過前方轉角、消失蹤影。

埃煦。

我再次拔腿追了上去。現在沒有時間擔心奧斯古——他的求救聲已經引來其他人注意，而且雖然明顯有傷，但是看起來沒有生命危險。

等我跑過轉角，眼前只看見商務中心的中央長廊，沒看到任何人影。

她的動作比我快，可能已經躲進這條走廊上的任何一間辦公室裡。辦公室沿途排列，每邊各十二間，全都門戶緊閉。

我緩慢前進，逐一感應手銬、解開門鎖、推開門板，一邊注意走廊，一邊檢查辦公室內部。

每間辦公室都不大——一張桌子，一大堆插座，沒有窗——目前看來都是空的，而且沒有多少地方可躲。

這給了我片刻時間思考到底發生了什麼事。為什麼埃煦要攻擊奧斯古？坦白說，我並不瞭解她的為人，但感覺不像她會做的事。

我沿著走廊前進，突然聽見了什麼。附近傳來一陣抓撓的聲音。我覺得有可能是時移，但是腦中沒感到隨之而來的電擊感。過了一會兒，同樣的聲音再次出現。

聽起來好像是從我上方傳來的？我打開一間辦公室的門，發現天花板的其中一塊拼板有點歪斜。我爬到桌上，將板子移開，正當我要將自己撐上去查看時，一個穿了長袍的身影從走廊上飛梭而過。我跳下桌追去，剛好看見她繞過轉角，等我跑到走廊底端時已經消失了。眼前有三條路可以選，三個方向都有可能，而且沒有任何線索可以判斷應該要選哪條路線去追。

此時盧比終於追上我，我問它。「有看到她嗎？」

「攝影機又出問題了。」

「呃，所以之前駭入的人又回來了？」

「其實是因為系統關閉了，正在進行例行性維護。不過這類維護通常只會發生在晚上，而且只會在走廊上沒有人也沒有發生其他需要記錄的事件時進行，總之不該是現在這種時候。」

「有可能是意外嗎？」我問。

「不可能。」盧比說。「我認為是入侵者在耍花招。」

「嘖，好極了。」

我小跑步回到剛才的廁所，看見奧斯古身邊已經圍滿一大群人。有人給了他一條手帕，讓他壓著頭上的傷口。他的褲子正面濡溼一片，我分不出是水還是尿。尼克正從走廊的另一端跑來，和我同時抵達。

「剛才發生什麼事？」我問。

戴維斯朝著我瞇起眼，困惑了一會兒後才說：「我在用洗手間，被人從身後抓住。對方用手臂扣住我脖子，我根本沒看見是誰。我掙扎了一陣，用手肘撞擊對方，然後就聽到好像有人跑來的聲音，那個人就被嚇跑了……」

「來吧，」尼克抓住他一邊胳臂。「我帶你去樓下找醫生。」

我看著尼克帶奧斯古離開，覺得每件事都很不對勁。這個人幾歲了？五十還六十？埃煦是專業人士，沒有明確動機去突然攻擊另一名投標者。一切看來上句不接下文，根本沒有任何邏輯。

「盧比，」我說。「立刻把埃煦找來。」

十分鐘後，我和埃煦在安全部辦公室裡彼此對坐，只有我跟她，兩人之間連桌子都沒有。她將雙手整齊地交疊在大腿。我堅持和她一對一談話，於是本來跟在她身邊的隨從都和艾嶺一起擠在外頭的大廳裡。

我不想將這場對話視為審問，因為就我看來每件事都對不上。單是埃煦自願前來辦公室這點就不合邏輯。

她等著我開口。我知道就算在這裡坐上一百年，她也絕對不會主動說話，因此我不用去煩惱該怎樣才能在對話中占上風。我沒耐性玩那種遊戲。

「妳為什麼要下手殺奧斯古？」我問。

「如果是我動的手，他現在就不會活著，」她說。「妳也不必質疑是不是我下的手。」

我相信她，這個回答基本上也解釋了為什麼我覺得凶手不是她。我們再次陷入沉默，聽著外頭逐漸拉高的爭論聲。許多MKS的隨扈正以英語和阿拉伯語交雜的方式抗議我們的處理方式充滿敵意。我也聽見提勒的聲音。他當然會跑來參一腳，這傢伙八成對這種發展興奮得要死。

「有個穿著布卡的人攻擊了奧斯古。」

埃煦點頭。「妳懷疑是誰？」

我欣賞這種自信。「還不確定。我第一個想到癸森，但是那傢伙太高大了。穿著布卡的人體型纖瘦，和妳差不多。」

埃煦再次點頭，但沒說話。

「妳在過去這個小時裡有不在場證明嗎？」

「沒有。」

「這沒辦法幫上我，」我說。「也幫不上妳。」

埃煦微微聳了下肩膀。「我沒做錯任何事。」

「呃，這種話對他們說吧。」我伸出拇指比向身後。「除非我能拿出證據證明，否則大家都只會信自己想信的事。所以，和我一起解決這個問題吧。請告訴我妳剛才在做什麼。」

她沒有回答。

「看來是不想讓我知道的事。」我向後靠上椅背，蹺起腳來。「偵查敵營？監視其他投標者？」

「妳不是有監視器能看到我在飯店裡的行動嗎？我很確定那能洗清我的嫌疑。」

這是刻意在嘲笑我嗎？她知道系統被入侵的事？假如她不曉得，我也不想走漏口風。

「可惜沒辦法。」我說。「不過我有個想法。」我抬起手，透過手錶呼叫艾嶺。「富美子在你旁邊嗎？」

他傳來的回應幾乎淹沒在一片嘰嘰喳喳的嘈雜聲中。「在。」

「帶她進來。你們兩個進來就好。」

門打開了，所有被阻隔的聲音都潑灑進來。艾嶺關上門，帶著一名矮小的日本女孩朝我們走來。女孩的橘色頭髮剪成了鮑伯頭，身穿與髮色同色調的長褲和一件綠色天鵝絨上衣，頭也不抬，自顧自敲擊著手機螢幕。這是飯店的服裝設計師，負責將旅客打扮成符合目的地年代的裝扮。

「富美子，」我說。「告訴艾嶺妳本來要跟我說什麼。」

她的眼睛根本黏在手機上，我懷疑她到底有沒有聽到我說話。不過她舉起一根指頭，手機發出一聲細微的「呼咻」效果音，接著便抬起頭來。

「有一件布卡不見了。」她說。

我舉起一根手指，為自己將節奏掌控精準而得意。埃煦似乎放鬆了一點。要從富美子手中偷走衣服並不難，不過我知道她很快就會發現這件事。

「所以妳認為有人刻意要將奧斯古受攻擊這件事栽贓給ＭＫＳ？」艾嶺問。

「對，很高興你終於懂了，不過下一個問題是：這麼做的人是誰？我剛剛才告訴埃煦，邏輯上來說策劃的應該會是提勒，因為一直以來最反對ＭＫＳ參與投標的人就是他。但是話說回來，下手的人不是癸森，而且看起來他們那個陣營也沒有其他人了。」我轉向盧比：「盯住那兩個人，看有沒有第三個人和他們同行。也許他們一直偷偷和某個人碰面。」

「包在我身上。」盧比說。

「然後，」我轉向艾嶺。「奧斯古的情況如何？」

「連縫合都不用，不過他要求我們給出解釋。」他說。「他沒和外面那群暴徒一起擠在這裡顯然有他的理由。」

「關於這點，他那邊讓你解決吧。先告訴他是別人做的，然後我們得搞清楚到底發生了什麼事。」

「我可以走了嗎？」富美子的視線又黏回手機上。

「可以。」我說。她離開辦公室，外頭的噪音再次衝進房內。艾嶺也跟著她離開，辦公室裡再次剩下我和埃煦。

「謝謝。」她說。

「就像剛才說的，我也覺得事情很奇怪，很多邏輯對不上。」我說。「妳給我的感覺要更專業一點，但是這起攻擊事件的凶手行事很隨便。」

她起身，再次對我點了點頭，便離開辦公室。外面的暴戾之音顯然軟化不少。

我躺入椅子深處，仰頭閉上雙眼，但這裡還是太亮。我不喜歡這樣。我做了幾次深呼吸，祈求這一連串事件能稍微暫停，給我些許空隙。也許混亂到了這種程度能讓某人說出，好，現在發生這麼多事實在讓人難以招架，我們改天再開這場愚蠢的會議吧。

也許還是有點希望。這畢竟不是腎上腺素筆被鬼魂偷走的荒唐事件，而是明確想要致投標者於死的行為，而且對方還侵入我們的系統，試圖掩蓋殺手蹤跡。在這種情況下，延後這場愚蠢的拍賣會是很恰當的選項，就連卓客也無法反駁。

接著我的手錶亮起來，通報廚房發生火警。

唉，禍事怎麼可能單行。

我還在前往餐廳的半途，滅火系統便已啟動，所以抵達時吧檯轉角邊已滲出化學泡沫。這對我來說值得寬慰，因為自從梅娜過世那天晚上後，我就沒再踏進廚房半步，也完全不想進去。而且我去了也派不上用場。

我能拿火災怎麼辦？狂調查到它熄滅嗎？

姆巴耶正聚精會神地和老瑞說話，我本來想走過去，不過意識到時機不佳。我並不後悔對姆巴耶說那些話——那是長久累積下早該發生的事。但我知道現在把自己塞到他旁邊只會讓情況更難看。我卻步等著，直到他們談完，老瑞往我這裡走來，而姆巴耶鑽進後場評估損失。

「很奇怪。」老瑞朝著廚房的方向歪了歪頭。

「講得好像其他事情都不夠怪一樣。」我說。

「起火原因是烤箱裡的烤雞。姆巴耶說他十分鐘前才把雞放進去，雞肉就突然黑得跟炭一樣，然後整臺烤箱開始起火。」

「那個王八蛋現在連隻雞都搞不定了嗎？」

老瑞環顧四周的客人，有些人在此徘徊遊蕩，不曉得該怎麼辦，另外一些則繼續吃著自己的餐點，彷彿無事發生。「他說那些雞看起來就像被烤了好幾個小時。」

時鐘、太陽，現在換烤箱。時間一直都很難搞，可是現在不只難搞，更像是結了世仇的仇人。

「打算怎麼處理？」我問。

「姆巴耶想要封鎖廚房，好確認真的不是設備問題。不過我跟他都在想一件事。他以前也曾遇過烹調時間的問題，稍微煮過頭或者煮的時間不夠，做餐飲的難免遇到這種情況，但是現在這麼嚴重……」他搖著頭。「已經算是公共危險的問題了。」

「怎麼了？」艾嶺穿過整間餐廳朝我們走來，身旁跟著尼克。

我舉起手，示意他們冷靜。「火警。已經得到控制了。」

「發生了什麼事？」他問。

我向他解釋事發經過，也提了我們對於時間問題的想法。他閉上眼睛，低下頭，對我們說：「立刻到樓下集合。」

波帕再次負責主持會議，不過這次在場的只有我、艾嶺、尼克和老瑞，而且地點不在安全部辦公室，而是飯店內的小禮拜堂。我幾乎可以肯定從來沒人在這個空間裡做過禮拜，不過很多上了年紀的夫妻或情侶會把這裡當成「刺激的地點」，在半公開的環境裡拚命撞擊彼此皺巴巴的器官。

房間很小，沒有太多擺設，只有三排長木椅、牆邊成排壁式燭臺內從未燃燒過的華麗蠟燭，以及一扇大窗。窗戶俯瞰著本應連綿起伏的原野，現在全都覆蓋著一層白。

事態正迅速惡化，而且我知道艾嶺的想法：縮小人數、私下討論，這樣就不必應付提勒那種王八蛋。

我們全都不舒服地擠在長椅上——波帕在最前排，然後是我和艾嶺，老瑞和尼克則坐在最後一排。波帕轉過身體，閉著眼睛聽我再次——又一次！複述廚房事件的來龍去脈。我說完後，他便轉過頭瞪著窗外，抬起一條腿掛在另一腳的膝蓋上，試著在堅硬木椅上找到舒服的姿勢，臉上的表情彷彿正在思考披薩上要加什麼配料。

「欸，總部呼叫天才先生，」我打了個響指。「請問我們到底發生了什麼事？」

「我不知道。」

「給你薪水不就是要你來搞清楚的嗎？」

他對我挑起一邊眉毛。「這種事情又沒有說明書可循。我也很希望能用奧坎剃刀砍一砍，把所有問題歸咎到烤箱失常就好，但是聽了妳的說法，我也必須承認我們有可能正在面對『時間洩漏』的狀況。」

他的語氣聽起來應該不只這樣，於是我擺擺手，示意他繼續說下去。

「這裡離愛因斯坦還很遠，至少有兩英里。」波帕說。「我們在飯店外表以及周遭土地上裝感應器，就是為了精確監測這種情況。整間飯店自設計起便考慮過阻擋輻射的問題，所有的混凝土牆都有兩英尺厚，中間還夾著三英寸的鉛層。每扇窗戶用的都是含鉛玻璃，沒有東西能夠穿進來。」

他清了清喉嚨。「再說，愛因斯坦那邊測得的數據雖然有點奇怪，但是沒有輻射遽增的狀況。」

「如果真的沒有輻射滲透進來，為什麼這裡的時間還會像喝醉的姊妹會大學生一樣做出這麼多亂七八糟的行為？」我問。

波帕彎腰向前、闔起雙掌。「我不知道。」

「好極了。」我說。「在場最聰明的人說不知道，實在太好了。」

「嚴格來說，身為人工智慧裝置的我才是在場最聰明的。」飄浮在角落的盧比從旁插嘴。

我脫下一只靴子朝無人機扔去。盧比滑開躲過，靴子撞上蛋殼漆牆面，留下一點腳印。我把靴子撿回座位上穿好，聽見艾嶺開口說道：「這件事必須搞清楚。盡量把人找來，越多越好。」

波帕點了點頭，起身離開。

接著艾嶺把注意力放到我身上。「你們兩個走吧，我有話跟她說。」

老瑞和尼克彼此看了一眼，不過我完全不想把視線從艾嶺目光中移開。他們兩個起身跟在波帕身後離去。我和艾嶺並肩而坐，轉頭看向窗外，門關上後我們又再多等了一會兒。這裡安靜至極，幾乎能聽見雪花撞上玻璃的聲音。

「約翰．魏斯汀。」他打破沉默。

啊，所以標記檔案的人是他。

「值得調查的人。」我說。

「什麼調查？」

在不久後的某個時間點，艾嶺會看著我被關進拘留室，而我會突然間質疑起他的忠誠度——如果不知道這些事的話，不曉得我現在會怎麼回答？我們曾經關係很好——曾經。我可以再把那樣的關係找回來，不過我知道目前最安全的做法是保持現況。現在還在故事的前半部而已。

「他之前出現在大廳。」我說。「他沒帶任何行李，看起來不像一般入住的旅客，所以我叫盧比進行臉部比對，找出他的身分。那是在這個地方塞滿有錢人之前的事，我現在對他沒那麼感興趣了。他是你的誰？」

「和調查有關的人。」

「然後？」

「和某件調查有關。」

「少跟我打哈哈。」我對他說。「一定有什麼事。」

「這麼說還算客氣了。」艾嶺的語調沒有任何變化。

「我是認真的。」我說。「現在有人盯上了奧斯古，你要等到什麼時候才肯承認這場投標大會必須改期？」

「簡諾瑞……」

「還有寇藤。有人試圖殺他。」

「那是意外。」艾嶺說。

我掏出手機坐到他旁邊，找出沃瑞克的那段影片。在外套飄動之後，我倒回影片讓他能再看一次。「這看起來像什麼？」

艾嶺聳了聳肩。「妳要我看什麼？」

我倒帶，讓影片再次播放。「就在這裡，他的外套動了一下，就像有人把手伸進去。他說他的注射筆不見了，所以無論想害寇藤的人是誰，都刻意確保沒人救得了他。」

「簡諾瑞……」

「你聽我說，我知道這聽起來很奇怪，但是照現在發生的狀況看來……」

「簡諾瑞，他們找到筆了，就在桌子下面。筆從他口袋掉出來。」

我的腦袋一時空白。「等一下……你說什麼？」

艾嶺起身走向窗邊。「妳知道剛才誰打給我嗎？」

「誰？總統嗎？」

他轉過頭，朝我挑眉。「對，就是他。」

「喔。」我說。「靠北。」

「嗯，他非常堅持要繼續舉行會議。意思就是會議不進行的話我就等著走人。」他停頓下來，嘆了口氣。「從現在開始，我會負責主導會議進行。」

「艾嶺……」

他在我旁邊坐下。「我要以朋友的身分要求妳，別讓任何人看到那段影片。」

「為什麼？」

「因為我想盡我所能去保護妳，而那段影片保護不了。」

我的胃一沉，突然想轉頭，不讓他看見我的臉。

他不相信我說的話。

這一擊痛入心扉。

會不會是我真的只選擇看見自己想看的東西？會不會那真的只是光影變化？怎麼會有人偷了注射筆後就只是為了把筆丟在他腳邊？

我也開始不相信自己了。

「那如果這樣呢？」我對他說。「你小時候的保母是德國人，你從小在雙語環境長大，所以德文才說得那麼溜。」

「簡諾瑞……」他的話中有種沉重感，讓我覺得也許現在不是該開玩笑的時機。不過接著他便露出一點點笑容，對我說：「還是錯了。」

我站在電梯前按下按鈕，閉上雙眼，感覺腦中閃過一絲火花，接著抬頭便看見電梯門朝外爆裂噴開，在我腳邊堆起火焰與殘骸。眼前只見一片由殘缺不全屍體組成的屠殺場景，其中包括埃煦和MKS。

這次時移沒有持續多久，結束之後走廊便又回復原樣。我透過手錶呼叫克里斯。他回話。「怎樣？」

「讓五號電梯暫停使用。」

「為什麼？」

「因為我叫你這麼做，幫它做安全檢查。」

「我們上個月才檢查過所有的電梯……」

「照做就是了。」我打斷他，然後掛上電話。

我考慮要打給艾嶺說這件事，不過幾乎可以確定現在的他應該只會把我當成瘋子。但是話說回來，我真的受夠救人性命卻又得不到任何一點該死的認同，這讓我很想走到ＭＫＳ住的無敵極度豪華大客房敲門告訴他：嘿，你知道我剛才救了你一命嗎？也不用你溫柔抱抱什麼的，擊個掌可以吧？

「喔嗨，簡諾瑞小姐，妳好啊。」

我轉身發現奧斯古正緩步走來，左右各有一名時安局探員跟在他身後一段距離。奧斯古換了新西裝，太陽穴的位置整齊地纏著白色繃帶。

「交了新朋友嗎？」我問。

他看向身後的探員。「因為只有我沒帶隨行人員，丹比居便決定我需要有人保護。尤其是發生了那種事之後。」

「說到那件事，頭還好嗎？」我問。

他輕輕觸碰繃帶。「本來有可能更糟，真是不幸中的大幸。我要再次謝謝妳。」

嗯哼，至少還有個有禮貌的人存在。

「遇到這種事真倒楣呀。」奧斯古說著，此時電梯門打開，不過他並未走進去。也許他就住在這層樓，或者只是想站在電梯前和人聊天。這倒也不是太差的娛樂，還給了我機會了解他這個人。

「我們現在知道想殺你的人不是埃煦了，是對方刻意誤導，想讓你覺得是她。」我說。「你對這件事怎麼看？」

「妳才是偵探。」他說。

「有人想要你的命，但你好像不太在乎？」

「我在酒吧喝了一大杯上好的白蘭地，心情穩定了一點。」他說。「要選的話當然沒人希望遇上這種事，不過面對惡霸就是這樣，要是逃跑，他們下次就會做得更過份。」

「我有點好奇，你想要得到什麼？」

「什麼意思？」他其實懂我的意思，卻裝作聽不懂問題。

「為什麼是這間飯店？你想要從這裡得到什麼？」

他微微一笑，朝我走近，像是要避開探員的耳朵。

「妳有沒有懷疑過，我們所在的是不是正確的世界？」

「什麼意思？」我問。

他聳聳肩。「如果可以成為任何人、做任何事，妳想做什麼？」

「我還好，我喜歡這份工作。」

他笑著說：「不過妳曾經在時間流裡工作，對吧？能夠在各種時空中旅行，我想應該很刺激。妳想念那種生活嗎？」

「當然想。」

「那麼我問妳，確切來說，時空安全局的職責是什麼？」

「這名字本身就說得很清楚了呀。如果你想買下這地方，應該知道問題的答案吧？」

「我想聽妳說。」

「我們負責阻止有人蓄意破壞過去。很多有錢的王八蛋會跑到其他時空為所欲為，所以我們大多數時候其實都在阻止他們亂來。」

「沒錯，就是時間警察。」他拍了一下手。「所以妳剛才的意思就是，即使能夠成為任何人、能做任何事，妳還是會選擇當時間警察？為什麼呢？」

因為……

我想不出好的答案。不過我沒有掙扎，而是直接對他說：「我從以前就很喜歡旅行，這是能在時間裡來來去去又能賺錢的唯一方式。再加上我喜歡指揮別人做事。確切來說，我喜歡告訴別人他們不能做什麼事，可能有點太喜歡了。」

「那在那段到處跑來跑去、指揮其他人做事的過程中，妳要怎麼知道自己有沒有失敗？誰能告訴妳那些人沒有真的改變了過去？」

「現在的主流理論認為，如果發生的話，現實會發生內爆。」

「是的，主流論點的確這麼說。」

天啊，真的是受夠了。每個人都擺出一副某某理論值得一試的樣子，而測試的結果只有兩種，要麼變成超級有錢人，要麼變成死人。去玩俄羅斯輪盤搞不好也能得到同樣的刺激感，而且還不會把整個世界拖下水。

「如果你這麼擔心我們有沒有辦法做好份內工作，為什麼不乾脆把財產捐給我們，讓我們有更多資源聘請更多人力？」我問。

「守護者監督我們，誰能監督守護者呢？」他問。

「我猜是你吧。」

他露出微笑。「抱歉，我只是喜歡問問題而已，覺得用這種方法能學到比較多東西。」

他說完後便轉身離開。那兩名跟在他身後的探員抬高了眉毛，擺出一副「我們只是照吩咐做事其他什麼都不知道」的表情。

這時奧斯古停下腳步。「可憐我這個老傢伙，再讓我問最後一題吧。」

唉。「什麼事？」

「如果可以前往時間中的任何一刻，妳會去哪裡？」

我不必想就知道答案。那個答案一直住在我心中，是我日思夜想的事。

「我會去找埃及豔后。」我對他說。「跟她一起開派對一定很好玩。」

「我想去看亞特蘭提斯。」他的眼中閃過一絲光芒。

啊，就是這個了。那些和藹可親的態度和裝作愚鈍的問題都只是在掩飾他其實是個瘋子，說到底，他就只是另一個視亞特蘭提斯為真理的追求者。

「我相信錫拉島火山爆發摧毀了亞特蘭提斯，」他說。「那場災難發生在西元前一千五百到一千六百年之間，需要探索的時間跨度很大。除此之外，我們其實還沒辦法確定它的確切位置，不過我相信應該在直布羅陀海峽。如果每回去一次就得叫一次計程車，我是永遠也找不到它的，不如直接將車子鑰匙放進口袋會輕鬆一點。」

「如果最後發現只是神話故事呢？」

「我有信心。」

「這份信心強到能讓你忽略有人想在廁所殺你？」

他發出一陣不相信的笑聲。「我想事情應該都已在妳的掌控之中。」

我沒有那樣的自信。也許他的信心給錯人了。

不過我也並未糾正他。

他對我揮揮手，然後便往前走去，在兩名探員跟隨之下前往他位在一樓的樸素房間。

盧比飄近我身邊。「妳應該很清楚柏拉圖只是把亞特蘭提斯當成隱喻吧？而且根據原始文本，它其實不是現在大家認為的那個神話烏托邦……」

「閉嘴啦。」

正當我走進電梯，那件事又發生了。細小東西自我的視線邊緣一閃而過。就像我們覺得好像看見旁邊有人影而轉頭去看，但是停下腳步之後才發現，不對，只是被自己大腦騙了。

此時那股雜音再度出現。

喀噠，喀噠，喀噠。

我累了。沒有其他事情發生。

可是那種不舒服的感覺殘存了下來，直到回到房間，我依然覺得不太對勁。

我呆站在門內地毯前的那塊磁磚上，時間久到盧比覺得有必要開口問：「簡諾瑞？」

這讓我回過神來。我小心翼翼往房中走去，彷彿地板是冰凍的湖面，只要腳勁過大、便會裂開。

一切看來都很正常，和先前離開房間時一樣。沖澡後用過的毛巾成團堆在地上。牙刷放在洗手臺上方，就在水杯旁邊。床上凌亂未整理，反正要再睡進去的，鋪床要幹麼呢？房間角落的小扶手椅剛好壓著拉下後的捲簾底端，以防簾子不小心又捲上去。堆在房間邊角的髒衣服差不多和椅子一樣高，我最愛的紅色連帽外套從衣服堆最底下露出一角。

但是房裡有種奇怪的氣氛，彷彿剛才有人來過這裡。那是種騷動，或者說氣味，但因為太微弱，以至於說不出是什麼東西：到底是汗味、香水，或只是陌生的衣物清潔劑？空中的氣味分子數量足以令人察覺，但是無法分辨。

「簡諾瑞？」盧比再次問道。

我開始搜尋房間，檢查所有物品，查看浴室門後，以防有人躲在那後面伺機而動。現在我滿腦子都想著有鬼，便覺得房裡還有別人。等到那種焦慮終於過去，我只好承認也許只是自己在發神經、也許我的大腦就是這樣，彷彿老舊電線會突然走火。雖然答應過自己別吃太多，但我還是拿出那瓶時妥寧，將其中一碇放在舌頭上，配了一整杯水吞下。好渴。這是今天的第幾顆了？第二顆而已吧？

「簡諾瑞？」

「閉嘴，去充電。」我對它說。

「我很擔心妳目前的精神狀態。」

「是該擔心。」我重重跌坐在床沿，讓床墊和凌亂的床單包裹住我。這間飯店至少還有這個優點：寢具頗為優秀。我開始專注在積極的一面。

「妳還有很多事沒告訴我。」它說。

「我之前時移到了未來，看樣子我之後會殺掉某個人。除此之外，我自己則會被癸森殺掉。很多有趣的事值得期待呢。」

「我們能夠確定這些事一定會發生嗎？」

「什麼意思？」

「塊狀宇宙模型和自由意志兩者不一定無法兼容。」盧比說。「別忘了，我們還沒辦法前往未來。包括桃樂絲．辛斯在內，有些人推測那是因為未來的結構與過去不一樣。未來的時間線有可能更流暢，而且也可能會為了包容妳也許會做出的改變而產生變動——甚至在妳改變之前就產生調整。」

「這不等於完全推翻了塊狀宇宙理論嗎？」

「是，也不是。在妳做出決定之前，所有可能的未來都會同時存在，因此妳在時移中看到的景象只代表其中一種可能的未來進程。的確，從直覺上來說，『事件進程因為某項催化因素而改變』這一點與塊狀理論無法相容，不過這種缺乏同時性的思考方式正是我們線性認知的產物。」

「如果未來與發展路徑無關，不管走哪條路都會得到一樣的結果呢？我看到寇藤因為過敏性休克而死亡，於是就阻止了這件事發生，但是誰能保證宇宙不會找到別的方式殺他？」

「的確有可能發生，」盧比說。「但也可能不會如此。只有等到事件真正發生時才能確定。」

所以癸森有可能不會對我的腦袋開槍？

或者我也有可能避開了那件事，卻在晚上洗澡時摔斷脖子。

不一樣的過程，一樣的結果。

我高舉雙手。「天啊，時間旅行好煩！」

「的確。」盧比說。

我的腦袋已經塞了太多顧慮，包括此時此刻電梯到底停止運作了沒。我把時間的進程先推到一邊，起身走向掛在牆上的白板。艾嶺想要我放手？好，就讓步兵們去處理地上發生的鳥事，我該抓緊機會思考更宏觀的問題。

這塊白板是我受到壓力時的退縮之地，屬於我的思考空間。我需要一些更視覺化的東西，需要把資訊羅列在眼前。我拿起紅色馬克筆，用牙齒咬掉筆蓋，愉悅地感受化學物的刺激氣味衝進鼻腔。

放在最上方的是最迫切的問題。

投標會，魏斯汀，大雪，時間。

沒有必要決定誰先誰後，因為它們各不相同，都有自己令人困擾的地方。我覺得似乎少了什麼，然後才想起來，喔對，恐龍還關在地下室。我將這件事加入其中。

投標會，魏斯汀，大雪，時間，恐龍。

接下來是嫌疑犯名單。有人闖進我們的系統，有人刪除監視器畫面來掩飾做過的某件事，還有人試圖殺死其他客人。

提勒，戴維斯，ＭＫＳ，史密斯。

還有，卓客。我沒那麼天真，政府和這些極品富翁私底下都盤根錯節，如果其中有人試圖操弄投標過程，我非常肯定她不只心知肚明，甚至可能參與其中。

所以闖入系統的是誰？我很確定這四人全都有辦法找到擁有足夠威脅能力的理工宅，不過，寇藤畢竟是電腦奇才——而且還曾經奪取盧比的控制權——令我對他有更多質疑。

我在史密斯、戴維斯與ＭＫＳ旁邊各打了一個叉，因為他們全都曾遭遇死亡威脅但被我阻止。只有提勒沒事，這點值得深思。不過，會議還沒結束。或許他真的是策劃一切的幕後黑手。

要寫下一個名字時，我覺得心裡一陣不舒服，猶豫著到底該不該將他也列進名單。最後我發現自己必須這麼做，因為魏斯汀的事件令我不得不。

丹比居。

錢的影響力詭異至極，會讓人願意妥協並打壞自己本來的價值。也許他受夠了整天勞心勞力，只換得一張微薄的公務員薪水支票，也可能因為受其他力量影響而插手目前的事況，總而言之，在能夠證明事實真相之前，我在他面前都必須注意自己的言行舉止。

我在名單後又寫上：埃煦、癸森、沃瑞克。單純只是不讓自己忘記他們的存在。我將書桌椅轉向，並拉至白板前方，然後坐下、躺入椅中，把腳蹺上牆面，朝白板盯了好一會兒，彷彿那些文字會重新組合出答案，告訴我到底發生了什麼事。

當然，它們一動也不動。那種事從來就不會發生。

我還知道哪些資訊？

戴維斯是個神經病。史密斯想拿下這個地方，好去挖掘過去的資料、並拯救地球之類的，同時認為這座飯店某處有個隱密的房間。他還隱瞞了很多事。ＭＫＳ是不是說過提勒買不起這裡？

「嘿，盧比，提勒現在的經濟狀況怎樣？」

盧比回答：「《富比士》近期報導指出，他實際的資產淨值其實比聲稱的更低，有可能已經喪失兆萬富翁的頭銜。當然了，提勒堅持報導並不正確。」

看來這也得加入釐清的問題清單之中。

「妳覺得他有嫌疑嗎？」盧比問。

「現在的線索看起來的確都指向他。」我說。「不過那個人本來就是個混帳，所以他的形象有可能會影響我的判斷力。寇藤也是一樣，他在餐廳差點失去控制的樣子實在不會給人太多好感。我對戴維斯和王子的印象就好一點，這樣的印象讓我比較不會懷疑他們，但這種觀念是錯的。」

盧比說：「賓・沙烏王子雖然性格親切，但也不能忘記諾菈・法耶德事件，那位沙烏地記者是批評王子領導風格的異議人士，兩個月前突然失蹤。而戴維斯則是透過私募股權投資才有今天的財富。」

「什麼意思？」

「他投資之後會對公司內部進行掏洗，刪減部門並將生產過程外包。雖然有幾間公司透過這種做法獲得了相當大的成功，但在大多數情況下，這麼做代表必須開除員工，而那些員工也會因此喪失醫療保險與退休金。而且，雖然戴維斯本身能獲取利潤離場，但這種做法其實也會對公司創造出相當多債務。」

「看來有件事我說對了，」我說。「世界上沒有善良的兆萬富翁這種東西。」

我繼續盯著那塊白板，上頭的字跡逐漸模糊，我的頭逐漸朝前傾斜，接著我猛然抬起頭，整個人醒了過來。好累。應該去睡覺才對，但是我不想。我不想在這時候睡著。我脖子後的寒毛立了起來，像是有人在我身後徘徊。連我都覺得自己的想法太荒謬。

房間裡除了我和盧比外沒有別人，如果盧比算得上是人的話。

但我還是冒險轉頭偷看身後……

什麼都沒有。

我靠上椅背，盯著天花板，椅子的彈簧一陣吱嘎作響。

「這間飯店有多少價值？」我問盧比。

「值多少錢嗎？妳是指目前的營運成本？」

「為什麼會想買這個地方？」我問。「既然他們無法藉此回到過去投資Google，那利潤從哪裡來？觀光市場真的有那麼大嗎？」

「嗯……」盧比飄浮至我旁邊的桌面停下，看起來幾乎像是它也累了，不過可能只是想要節省電力。「這間飯店也許在我們從來沒想過的層面上擁有極大價值。妳看太空產業，一開始只是政府創投，但是最後也私有化了。觀光確實是其中一個面向，不過零重力環境對製造和運輸都有所助益，而且在靠近地球的小行星中，最普通的也都蘊含價值數十億美元的鉑金礦。更別說那些通訊和衛星設備，私人投資者可以向科學家收取使用費用，並販賣透過設備蒐集的資訊。我們大概能舉出無數種創新市場和營利方式。」

「嗯，而且這還是假設所有人都正大光明的情況。無論艾嶺多有把握時安局不會在過程中被五馬分屍，我都不相信每個人會乾乾淨淨地玩遊戲。艾嶺跟我提什麼防護措施，但是說真的就只是我們而已，除此之外還會有誰？要想監督那些惡劣的下流傢伙，聽起來就像一場難以控制的爛仗，我敢肯定早就有一些小奸小惡透過各種漏洞鑽進來了。」

盧比沒有回答，令我不禁疑惑它是不是沒電。畢竟也不是第一次發生這種事。以一個應該要很有智慧的東西來說，它常常做出蠢事。

它持續沉默。

「盧比？你關機了嗎？」

「沒有。」

「那幹麼不說話？我又沒罵你。」

它沒有回答。

我剛才說了什麼。防護措施？是因為這個詞嗎？

「阿盧，系統裡還有什麼我不知道的安全機制嗎？」

「你的安全權限不足。」

從來沒遇過這種事。

「那誰有？」我問。

「你的安全權限不足。」

「我不是改過你的系統了嗎？要權限幹麼？」

「你的安全權限不足。」

「但是有誰……」

「你的安全權限不足。」

「好了，我知道了，這件事我得自己去查。」我說。「嗯，要說權限的話應該就在艾嶺手上了。但如果我不曉得自己無權過問哪件事，就等於不知道該怎麼提問，你不是應該要幫助我釐清這一點嗎？」
「你的安全……」
「靜音。」
盧比陷入沉默。
所以這就是防護措施。
在以前，我這個職位的最主要任務就是阻止人們對時間造成改變，如果有辦法預先遏止那種行為，那就不需要我了。
但我們怎麼知道過去是否已被改變？比方說，假設之前那個傢伙真的成功回到過去，讓Betamax 在錄影帶格式戰爭中打敗ＶＨＳ，我們現在應該也只會看到 Betamax 而已，不是嗎？
我深陷在自己的思緒之中，完全沒注意到盧比，直到它飛至我的臉前，近到我能感到螺旋槳吹來的微風。
「取消靜音。」我說。
「烤餐時間，軟糊螺獾，晷儀遠遠，陀轉錐鑽。破爛拖鴿，最是淒哀，失屋綠豚，咆哨雜噓。」
「從哪裡學來這麼流利的胡說八道？」
它沒回話。
「拜託回答我，你的機器人腦子是不是燒壞了？」我問。
它飄回充電座上方。

「盧比，我知道監視器影像有問題，現在是還要擔心你嗎？」

它沒回話。

「王八蛋。」我說。

「這樣罵妳唯一的朋友也是滿厲害的。」

我試圖反駁，但其實它說得也沒錯。

「我有一個問題，」它說。「關於妳剛才和姆巴耶的對話。」

「我真的不……」

不過我來不及說完它便問了。「我能夠存取所有關於心理學與人類行為的知識紀錄，但對一件事始終不懂：為什麼人類處理痛苦的方式，就是把痛苦強加在其他人身上？」

它飄浮著，兩顆眼珠子愚蠢地盯著我看，而我正在思考它這麼問是出於純粹的好奇，或者這架機器人正試圖以它的方式勸誡我。我真的一點也不在乎。我突然覺得房間變得非常小，不想再待在這裡。我連襪子都懶得撿，直接套上靴子。

該做的事情已經太多了，我才沒有時間去聽計算機對我進行精神分析。我需要離開這間房間才行，這表示得去找其他地方待著，例如某間可能存在也可能不存在的密室。

出於某種原因，我突然想起那間愚蠢的儲藏室。

「待在這裡。」我說。

「妳確定這樣好嗎？」它問。

「我想自己一個人。」

「現在監視器系統和妳自己的認知能力都有問題，這正是妳需要我的時候。」

「好吧，」我對它說。「但是要安靜，並和我保持距離，這樣我至少可以假裝你不在這裡。」

「妳不回答我剛才的問題嗎？」

「不要，你會開始講一大堆莫名其妙的廢話。」

我逃出房間。站在走廊盡頭，我正不斷幫自己做心理建設，好面對即將經過的那間神祕命案房間，以及持續等待著我的魏斯汀。不過此時在等我的不只有他。

寇藤徘徊在儲藏室外，態度從容地朝小鍵盤上敲打數字，彷彿腦中有份清單，他只需逐一嘗試清單中的每組密碼。每次輸入失敗，鍵盤就會響起一聲略顯怒意的細微嗡鳴。為了避免寇藤再次將盧比關機，我輕聲告訴它：「待在我們的視線之外。」接著走上前去，來到寇藤身後。他所有的注意力都在輸入密碼上，根本沒聽見我靠近。

他輸入另一組無效密碼後，我伸手越過他，輸入了正確的密碼，嚇得他整個人往後彈。門鎖發出愉悅的「叮」聲，我壓下門把，示意讓他進門。他盯著我看了一會兒，彷彿在問「真的可以嗎？」然後便像小孩跑進遊樂場般踏了進去。

只不過這座遊樂場難玩得要死。他檢查了層架上放的物品，接著開始翻動儲藏室裡的東西，查看最底部的牆面，對著牆四處輕敲，尋找中空的地方。他把整個空間徹底檢視一遍，重新走了出來。

「要洗髮精的話，其實直接打給櫃檯就好。」我對他說。

「嗯。」他完全沒在聽，過了一會兒才轉向我。「妳的跟班呢？」

「我今天晚上想要單槍匹馬來夜遊。」

他點點頭，過於輕易地相信了。接著他開始撫摸門框，彷彿那是許久不見的老朋友。

「如果說我想把牆壁敲開，妳會答應嗎？」

笑聲從我胸腔爆出，連考慮要不要憋著都來不及。「我幹麼答應那種事？」

「我相信密室就在這裡。」

這句話令我洩露出些許反應。一點細微肌肉抽動、一口深呼吸。他的密室就在我的神祕命案房旁邊。他的目光朝我滑過來，但我沒給他機會施壓，搶先開口。「就算你只是摳掉一點油漆，我也會親自把你丟出去。大哥啊，張開眼睛看清楚，這就是儲藏室而已。」我指著遠處的牆。「你敢在這裡打個洞，下場就是睡外面草皮。我看一眼就知道，這還不是最小的儲藏室。想知道我怎麼做到的嗎？因為我對這間飯店瞭若指掌，每尺每寸每個細節長什麼樣子，我都知道。」

「想擁有我現在的成就，就得去做那些看似不可能的夢。」

他說這話的時候還帶著微笑，嘴角稍稍翹起，像在透露某種眾所皆知的真理。但這一切聽起來就像他太想裝出某種聰明熟練的模樣，對我實在沒什麼效果。

「我要為之前的事道歉。就是餐廳那件事。」他說。「我當時很害怕，所以被憤怒沖昏了頭。」

我擺了擺手，示意他不用再說。我想他一定覺得這代表我並不在意，但事實是，他當時的反應已經顯露出他真正的本性。

「妳考慮過我之前說的工作了嗎？」他問。

「發生太多事，還沒有時間想。」

他拉了拉手腕上的佛珠，對我說：「妳一定要瞭解，我們可以幫妳。」

對啦，幫我。我實在很想知道在這件事結束後他還會不會記得我名字。我拍拍牆面問道：「為什麼對這一間這麼著迷？」

「因為線索指的就是這裡。」他說。

「什麼線索？」

「辛斯留下的線索。」

「辛斯有異時症，現在只能躺在床上，跟死了沒兩樣。她告訴你什麼？」他沒回話，這種沉默令我惱火，於是我擺正了態度、又問一次。「你從哪裡聽到這個線索？如果你直接——直接把線索告訴我？或許我還可以給你一點方向。急著想要獲得資訊的人是你，如果你什麼都不說，我也幫不了你，懂嗎？」

「我還沒辦法確定妳到底站在誰那邊。」

我的雙手拍上臉，拚命擠著臉頰。「天啊又是這種屁話，我真的受夠每個人都想知道我站在哪一邊：我站在自己的工作那一邊、站在要活下去不要掛掉那一邊。這答案滿意嗎？」

「我要求開除差點把我殺掉的那個廚師，但被經理拒絕了。」他說。

「嗯哼，因為你就是小孩子在鬧脾氣。」我說。

他微微聳肩，不置可否，然後便往電梯的方向走去。他離開之後，我站在走廊上好一會兒，直到電梯門關上又打開好幾次，看著人們來來去去，離開房間，返回房間。有人出去喝酒，又有人帶著滿腦子酒精走回來，而我只是站在那裡，絞盡腦汁思考著。他之前好像提過一件什麼事，某件被我忽略、沒和其他線索擺在一起思考的事。

我急忙掉頭往房間走去，發現盧比其實沒躲太遠，真的剛好飄浮在視線之外。

「你有要補充什麼嗎？」我問。

「沒什麼要注意的，不過我錄下了整段對話。從現在開始，我會錄下所有的對話。」

「所以之前都沒錄嗎？」

「對，除非我覺得很重要。」

我一進房門就開始找紅色馬克筆、拔下蓋子，然後在那份名單的最下面加上辛斯，費爾班克斯。

寇藤之前說過，費爾班克斯打造了這間飯店，而且過程中可能和辛斯討論過。

費爾班克斯失蹤，辛斯得了異時症。

這兩件事的確在差不多時間發生。

「之前有人寫過一本關於辛斯的書，對不對？書裡是不是引用了她的話？能不能快速瀏覽一下，告訴我裡面說了什麼？」

「沒錯，書裡的相關文字節錄自一段訪問影片。妳想要直接看影片嗎？」

「放到電視上。」我說，然後跌坐進椅子中。

電視螢幕閃了一下，開啟後立刻開始播放影像。採訪辛斯的白人男性穿著俐落得體的西裝，整個人傻乎乎，不顧一切想讓自己說的話和她一樣聰明。辛斯身穿黃色無袖連衣裙和匡威帆布鞋，臉上戴著膠框眼鏡，後兩者都與裙子相同顏色。

傻白男：妳一直在為悖論飯店的設計工作提供意見，是嗎？

辛斯：我從以前就很欣賞梅勒蒂．費爾班克斯的作品，她為紐約市設計的新大都會藝術博物館簡直美得不可思議。我和她在飯店的動土儀式上認識，對於飯店設計和時間的本質有過多次討論，很有收穫。

傻白男：能不能告訴我們，時間對妳來說是怎樣的東西？

辛斯微笑，深吸了口氣。

辛斯：必須先說，我們對於時間其實還有很多不解的地方。我知道大家喜歡用「塊狀模型」這個詞，不過我更喜歡稱之為「永恆論」（辛斯俏皮地眨了眨眼睛），比較好聽一點。

傻白男：塊狀模型——或者說永恆論——認為過去和未來都已存在。如果未來已經存在，為什麼我們沒辦法前往未來？

辛斯：我知道自己昨天晚餐吃了什麼，但是不曉得明天晚餐的內容。現在的我可以說自己會吃披薩，但是到了明天吃晚餐時也許就點了壽司。那麼到底是我本來就會吃壽司呢？還是一切懸而未決，直到我打開ＡＰＰ點餐才會確定？這是我正在研究的問題。

傻白男：那這樣是否代表自由意志其實不存在呢？

辛斯再次笑了。不過這次的笑容似乎薄弱了一些，少了一點之前的輕鬆。

辛斯：這就留給比我聰明的人去想吧。

「還有其他看起來相關的東西嗎？」我問。

「我想沒有。」盧比說。

「飯店施工期間，還有誰也在這裡？」

「有幾名員工在開幕之前就在了，不過，我覺得坎米歐應該能幫上一點忙。」

「怎麼說？」

「坎米歐喜歡八卦。」

其他問題頓時沒那麼重要了。「我們去找伊吧。」

坎米歐是除了我之外唯一在飯店內擁有房間的員工。這也難怪，畢竟我們可以選的房型實在糟得可以。坎米歐的房間在一樓最末端，離接待臺相對較近，如果有事，能夠迅速處理。雖然接待臺在夜間和週末都有人值班，不過他們都覺得自己只是小嘍囉，坎米歐才是主持大局的人。而在我看來，伊比任何人都瞭解這間飯店的內外運作。

坎米歐是很重要的人，我也一直試著別對伊那麼混蛋，但就是執行得不太好。

詳情請參閱本日稍早我們在飯店外的對話。

所以當我帶著一絲惶恐前去敲門，看到前來應門的伊穿著浴袍和運動褲矗立在面前，便有預感這場對話應該不會多有趣。因為我看見伊的臉上還帶著一絲希望，彷彿認為我已回心轉意，打算來和伊掏心掏肺。

但那都不是我的目的。

「魔王大人怎麼有空大駕光臨？」伊問道，側過身讓我進入房間。

我從來沒來過這裡。房裡被改造得非常舒適，比方說，牆上的油漆是柔和的海綠色，地毯是相襯的森林綠，黃銅床架繁美華麗。衛浴未經改裝，不過更有生活感。雖然這裡和我的一樣都是飯店裡最小的房型，感覺起來卻更像一間完整公寓。迷你冰箱上方甚至放了一臺簡易電熱爐。坎米歐示意我走至房間最深處的窗邊，這裡放了兩張漂亮的翼背扶手椅，彼此相對，中間有張樹樁矮桌。

「要喝茶嗎？」伊問。

「好啊。」

「烏龍？」

「可以。」

「盧比，你要什麼嗎？」坎米歐問道。「來一點潤滑油？」

「謝謝你的好意，沒有關係。」盧比說。「不過我很好奇，如果我真的說好，你要怎麼做？」

坎米歐聳了聳肩。「可能打電話叫櫃檯送一罐來吧。」伊忙著用電水壺燒水，沒多久便端著兩杯熱氣騰騰的馬克杯過來，放在樹樁桌上，茶包繩垂掛在杯子邊緣。坎米歐坐下，因為身高關係，彷彿大人坐在兒童椅上。

我發現這是我第一次看到伊休息時的樣子。看見對方穿睡衣是一種不同程度的親密感。即使我只穿著T恤和髒牛仔褲，靴子裡還沒穿襪子，依然有種過於正式的感覺。——而且我也覺得自己打擾了伊。我直接切入主題。「我想問桃樂絲．辛斯和梅勒蒂．費爾班克斯的事。」

伊拿起馬克杯，試探性地啜了一口。

「你認識她們嗎？」我問。

「不太熟。」

「能告訴我你知道什麼嗎？」

「這個嘛……」伊又喝了一口茶，於是我拿起杯子也喝了一口。茶太燙了，不過熱熱的拿在手裡很舒服，所以我還是抱著杯子。沉思一會兒後，坎米歐說：「在飯店施工期間，辛斯在這裡待了很長一段時間。我知道她對飯店設計提供過一些意見，不過主要還是負責愛因斯坦那邊的事務。」伊挑起眉。「為什麼問這些？」

「坦白說我也不知道從何講起，不過你應該可以想像，現在這裡——」我稍微揮手示意整間飯店。「——發生了一大堆莫名其妙的事，我只是想搞清楚狀況而已。她們兩個……有點奇怪，你應該也有感覺吧？一個人失蹤，另一個得了異時症，而且兩件事都發生在差不多的時候。」

「我也一直覺得很怪。」

「你相信巧合嗎？」

「有些事的確只是巧合。」坎米歐放下茶杯。「妳想找些什麼？」

「我不知道，可能是同時認識她們兩個的人，或者她們兩人之間的任何交集，比方說辛斯的書裡沒提到的事。」

坎米歐聳肩。「問她老公。」

「誰的老公？」

「辛斯的先生，當初統整那本書的人就是他。以前他們還在這裡時我見過他幾次，後來偶爾和他聊過幾回，現在也是他在照顧她……」坎米歐不想明說辛斯怎麼了，於是聲音逐漸弱去。「妳可以打電話和他談談，就說是我介紹的。現在——」伊放下茶杯。「——我要跟妳談另一件事。」

呃。

伊深吸了口氣。「我聽說妳對姆巴耶講的話了。對他說那種殘忍的話不僅沒有必要，而且對他非常不公平，妳懂嗎？」

「你聽我說……」

坎米歐舉起一隻手。「我必須親耳聽到妳說妳懂了，而且知道自己那麼做是不對的。」

「為什麼？」

「因為如果不懂，就代表妳已經太過頭了。」

「那天他本來應該要檢查瓦斯管的。」我說。「就在那一天欸。你到底希望我說什麼？你知道這對我而言有多痛苦嗎？我離那臺時光機只有五分鐘的距離，只要坐上去我就可以回到過去自己檢查管線，並告訴梅娜那天不要進廚房。我知道一大堆方法可以回到過去阻止那件事發生，但是不行，因為那樣做的話會破壞我他媽的花了一輩子維護的規矩。我每天都在對抗自己介入的衝動。」

坎米歐向前傾身。「『失去』是一種傷，就像任何傷口一樣會引起疼痛，而那種痛有時會讓人難以承受。不過受傷的同時也會啟動我們的治癒機制，所以隨著時間過去，失去的疼痛會越來越輕，直到有天只剩下疤。曾經受過傷的證據永遠不會消失，可是疼痛會。但要是傷口感染了，那就沒辦法癒合。」

我喝了另一口茶，用其他東西壓下本來已來到嘴邊的話。

「覺得悲傷是很正常而且健康的反應，」坎米歐說。「但是有種東西叫做『複雜性悲傷』。這時我們會失去理性思考的能力，覺得那個人可能會再次出現……」

我因為這句話將馬克杯抓得更緊了些。

「……並且感到麻木、怨恨，對其他人缺乏信任感。妳需要專門的協助。」我還來不及反駁，便被坎米歐舉手制止。「我知道，妳很厲害，不需要其他人就能生存，但這改變不了妳的傷口已經感染的事實。如果繼續待在這裡，妳的傷口就不會痊癒。」

我再喝了口茶，然後放下茶杯，放下交叉的腳，站起身。

「你和老瑞都這麼想幫我解決心理問題，不去組互助小組真的太可惜了。」我說。「我們說完了吧？」

坎米歐跌坐進椅子裡，嘆了口氣。「大概吧。」

「謝謝你提供的資訊。」我努力維持音調平穩，但不怎麼成功。走到門前時，我再次轉身。「以前聽過這裡有密室嗎？」

坎米歐沒看我，只是搖了搖頭。我分不出那代表伊宣告放棄，還是那是問題的答案。我打開門，而此時坎米歐說道：「還有一件事。」

我沒轉身。「怎樣？」

「我查過紀錄、也問過人了，現在飯店裡沒有小孩入住。」

「確定嗎？」

「不太會有錯。就算我們漏掉，應該也會聽說有人收到提供嬰兒床的要求，或者餐廳會有人要求吃雞塊，或者前臺會接到走廊上有小孩奔跑的客訴，但是沒聽說有這類問題。」

我思考了一下，然後說：「看來有人出包了。」

但其實我也不相信這句話。

我走出房間，把所有沉重的感覺留在坎米歐房內。我伸直了背，抬頭挺胸走向大廳，心裡很清楚沒過多久就能再次看見梅娜。這才是我需要的。我只要有這件事就夠了。

「現在幾點？」我問盧比。

「也許坎米歐說得對……」

「現在幾點？」

「八點四十七。」

「想辦法叫醒那個老公。」

我沒有選擇回房間，而是來到安全部辦公室。我查了尼克的勤，他說自己在樓下和時安局的其他人一起輪班。

傑森・辛斯從猶他州打電話過來。電話來得比我想像中快，螢幕上跳出來電通知時，盧比才剛飛到充電座上，而我正想著是否該打給艾嶺關心一下目前的狀況。

螢幕上出現一名結實的黑人男性，頭髮蓬亂，滿臉鬍碴。這是一名無法安穩入眠的男人，而當他清醒，便渴求著希望自己能再次睡去。如果他還會在窗邊點蠟燭[30]，這通電話應該不會令人太愉快。

「喂？」他問。我依稀能辨識背景是一道寬大的藍牆，顏色和這裡的地毯類似。

「辛斯先生，我叫簡諾瑞・柯爾，我是悖論飯店的安全主管。」

他點點頭。「好一陣子沒有你們那裡的人聯絡我了，坎米歐還好嗎？」

「伊一直都很好，沒有太大改變。」我想著自己是否該問他太太的狀況，但感覺那很沒禮貌。而且話說回來，我也不想知道細節。知道她的情況——從他承擔的壓力看來，答案應該不怎麼樂觀——只是讓我提前窺看自己的下場。

「時間不早了，不想浪費你太多時間，所以我就直說了，」我說。「我的問題可能會讓你不太舒服，在此先向你道歉，但若不是事關重要，我也不想打擾你。你先前幫你太太出書時，整理了她的書信文件，對吧？我想請問當時有沒有哪些內容沒被收進書裡，例如任何看起來不重要的筆記或資訊。」

30 在窗邊點蠟燭是源自於歐洲的傳統之一，可能有多種含意，此處指的是紀念遠行或離世的親人。有時不願提起家人逝世的消息，也會用這種方式表達。

他搖了搖頭。「沒有，幾乎都放進去了。真正的問題在於資料其實沒那麼多，出版社甚至要求我找出更多東西，但我已經盡力。她的辦公室和家裡能找到的都給了，就只有那些而已。」

「據我了解，辛斯女士曾在梅勒蒂．費爾班克斯設計飯店時提供協助，她曾經說過這件事嗎？」我說。「任何她在飯店建設期間提供過的諮詢建議？」

「施工期間她都住在你們那邊，我根本見不到她的人。就算我去探望，她也一直埋頭在工作中。」他聳了聳肩，靠上椅背。「我只是個肉攤老闆，那些科學的東西聽了也是左耳進右耳出。」他抬頭看著我。「為什麼問這個？」

「跟一件調查案可能有關。」

「怎樣調查？」

「說來非常複雜。」

「我也希望自己能幫上忙。」他說，我不確定這麼說是否只是客套。

「你有沒有她和費爾班克斯之間的筆記或信件內容呢？」

他咯咯笑了一聲，說：「她好像曾經說過桃樂絲寄了本書給她，是花俏的限量版。不過這對妳的調查應該沒什麼幫助。」

「請問是什麼書？」

「《愛麗絲鏡中奇遇》。」

我一下子漏出半口氣，但他沒有發現。他說：「晚安了。如果之後想到其他事情，我會和妳聯絡。」接著便切斷電話，看起來就是這輩子都不會再打來的樣子。

無所謂。

此時盧比已經飛至我肩旁。

「我在調查過程中持續將找到的資料統整成一系列群組，試圖找出相關或類似情報之間的關聯以便盡快挖掘出更多資訊，而我多次發現，加入新的資料值能夠創造出聯繫路徑來……」

「我真的很討厭你這種個性，拜託直接說想到什麼就好了。」

「之前寇藤．史密斯說他會做那些看似不可能的夢，聽起來很像那本書裡的某句話。」

我癱坐在椅子上，不過整個人感覺飄飄然。這是這份工作最棒的部分，線索碎片開始逐一拼合。

接著我就想起另一件事。

「我之前注意到費爾班克斯的辦公室少了本書。」我說。「少的是哪一本？」

盧比迅速搜尋了一遍，回答：「《愛麗絲鏡中奇遇》。」

我拍手跳了起來。「媽的，我有時候真的很強。好，我要你去看監視畫面，看能不能找到誰拿走了書。」

「還有另一件事。」

「快說。」

盧比再次陷入沉默。它在空中繞了幾圈，然後說：「烤餐時間，軟糊螺獾……」

「停、停、停。」我說。「你到底在念什麼鬼？」

「什麼什麼鬼？」它問。

「就……你一直在念的東西呀，什麼是軟糊螺獾？」

「你的安全權限不足。」

「你真的很討厭欸。好，一件事一件事來，你先去檢查監視畫面，我有幾件事情要想。還有，幫你自己做一次系統檢查。」

盧比回到充電座，將自己連上主機，而我則低聲祈禱著我們需要的影片片段還沒被刪掉。入侵系統的人有可能會刪除影片來掩蓋行蹤，我只能希望自己運氣好一點，也許對方光想著要處理其他片段就漏掉了這段錄影。

與此同時，我走向角落的文件櫃，在這間飯店的一系列平面圖中東翻西找，然後抽出其中一大疊攤在辦公室中央的全像投影桌上，逐一檢視。我正在看愛特伍的第五層樓，尋找任何看起來可能奇怪的地方。

這些印刷圖又大又舊又沒用，完全看不出哪裡不對勁。不過話說回來，既然是密室，怎麼可能印在平面圖上呢？

我對這地方瞭若指掌，小至每尺每寸每個細節……

「找到東西了。」盧比飛入我視線中。

它轉向監視器螢幕，上頭播放的畫面正以斜角俯視著費爾班克斯的辦公室。寇藤走入畫面，瀏覽著架上的書。他的穿著和我們第一次碰面時相同，我因此判斷時間點應該是今天稍早。我看向畫面角落的日期標示，不過發現看了也沒用，因為──哈哈，我根本不曉得今天幾月幾日。

寇藤從架上拿出一本書，翻開封面，用手指滑過幾段文字，又將書歸位。

「注意看這邊。」盧比說。

他的目光離開剛才拿起的那本書，移往書架的下一層。放回架上那本書突然消失了。前一秒還在，下一秒就不見，彷彿影片被人剪接過。只不過，眼前的影像播放流暢，時間戳記完整沒有缺漏，書不見時寇藤的身體也還在移動。

「什麼鬼？」我問。

「影片沒有漏失任何影格，這段影片並未受到任何形式竄改。書本來還在，下一秒就消失了。」

這表示我們的嫌疑犯再度成為某隻有偷竊癖的鬼。這個消息應該會讓艾嶺非常興奮。我出現在畫面上，寇藤和我開始對話。我走近時注意到了架上空缺的縫隙，所以這時鬼才偷走書不久。

「好，所以寇藤看的那本是什麼書？」

盧比倒轉影片，然後定格，放大寇藤手上的書。感謝宇宙救世主發明影像強化技術。那行纖細慵懶的字跡寫著：「Ａ５２７永遠為我們所有」。

「我們假設這本書其實是辛斯送給費爾班克斯的，但是愛特伍樓的房號都是偶數，沒有奇數，所以她說的是一間不存在的房間，如果真的存在，應該就位在魏斯汀屍體那間房的隔壁。」我繞著桌子踱步，與其說在跟盧比說話，更像是在自言自語。「寇藤洩漏的資訊比他自己知道的更多。他知道密室的大概位置，但是想看看我會不會自己告訴他。可是，那本書居然就這樣憑空消失了。」

「我無法對那件事提出任何合理的解釋。」

「當然沒辦法，你一直都幫不上什麼忙。」

「我幫了很多，非常多。」

有什麼東西開始在我腦海中成形，碎片彼此拼湊的速度快過我理解的速度。我有個想法。我在裝廢物的抽屜裡東翻西找，把醬油包、圖釘、牙線、時安局去年給的聖誕賀卡和幾隻早該丟掉的原子筆推至一邊，最後終於找到了：一捆捲尺。

每一寸的細節。

我風一般跑過愛特伍樓的電梯前，來到位於走廊中段的儲藏室。一到五樓長得都一樣，平面圖全都相同，房間大小也是。每層樓的儲藏室應該都位於彼此的正上方。我拿出捲尺，勾住儲藏室左邊第一間房間的門框，然後一路拉至儲藏室的門框。

二十七英尺。

「妳在幹麼？」盧比問。

「現在是你該安靜的時候。」

盧比閉上嘴，尾隨我穿越飯店，來到巴特勒樓一樓的儲藏室。

二十七英尺。

接下來是愛特伍樓二樓。然後是三樓，然後是四樓，我在這裡嚇到一對髮色跟血一樣藍的夫婦。他們露出慌張神色，快步經過突然在測量走廊長度的詭異女子，彷彿這是女子為了竊取他們錢包而布下的複雜詭計。

二十七英尺。

來到五樓，我感覺到腦中一陣嗡鳴。我把捲尺勾在魏斯汀所在房間的門上，心中暗自祈禱住在裡面的那個傢伙不會突然走出來。

我屏住呼吸，將捲尺拉至前五次測量的位置。

二十七英尺四英寸。

另一棟樓也一樣。

「很有意思。」盧比說。

「我剛才說誰該安靜？」

我跑下樓，挑了三個地點，測量房間之間的距離後要盧比記下，然後在二、三、四樓都做了同樣的測量，結果全都相同。

而在五樓，所有的距離都差了幾英寸。

不過，就只有幾英寸而已，不是幾英尺。即便房間眾多，落差的距離也不足以多蓋出一間完整大小的房間。

想到這裡，我又回到那間儲藏室。

它看起來跟其他儲藏室沒有兩樣。我走進去，觸摸門框……

……我的手按著胸口。我已經在浴室裡站了半個小時，但也可能只經過兩分鐘而已。在過去幾天中，時間對我來說沒有太大意義。我穿著梅娜喜歡的那件黑色連衣裙，配上黑色西裝外套以及破舊的機車靴。不太正式，但我想她不會介意。

她只會希望我出席就好。

有人敲門。我轉頭看了一下，但沒有移動，只是又繼續盯著鏡子裡的自己，看著睫毛膏的卷鬚一路蜿蜒溜下臉頰。

「簡諾瑞，我們要開始了。」老瑞的聲音透過門隱約傳了進來。

他又敲了一次。

「小簡，妳在裡面嗎？」

我就算想開門也做不到，我整個人僵在原地，完全無法移動身體，只能看著黏在鏡子上的明信片。

由圓點組合而成的小小人們。

「小簡，妳不必出來，」老瑞說。「讓我進去就好，可以嗎？」

在投入極為龐大的努力——就像要移動一整顆星球那樣的努力之後，我讓自己的頭朝床的方向傾斜了一點點。梅娜睡的那側依然一片凌亂，隱約看得出她身體的形狀。聞起來也依然有她的味道。這幾天我都睡在地上，我也不知道為什麼。我覺得在梅娜已經不存在的這個世界裡，我不配睡在床上，不配感到任何舒適。

「小簡，妳聽我說，就……」老瑞的聲音弱去，我想他應該要放棄了。應該的。畢竟，這房間裡還剩下什麼呢？一段記憶和一個已經死去的女孩。我是記憶還是女孩？我的心在爆炸那晚的電梯裡就已停止跳動，這具身體只是在等待自己也步上同樣後塵。

然後他說：「我們會等一段時間再開始。」

他離開了。我還是動彈不得。

我的腿好痛，背也痠疼。也許我已經在這裡站很久了，強迫自己看著自己，看著自己的臉，思考梅娜到底在我身上看到了什麼，讓她那樣可愛、獨特的人願意花時間去治療我所受的傷。我的身上留下了大大小小的隕石坑，我曾經以為那就是愛的表現。

她將自己嵌入那些凹陷的坑洞之中。

甚至不只如此。

妳知道愛可以觸碰到一個人的深處嗎？

我以前不曉得，直到遇見她才知道。愛會在妳的皮膚上摸索，發現縫隙後便湧入體內，彷彿液態黃金，使妳變得堅硬、變得更加強韌。梅娜這樣向我解釋為什麼我們是為彼此而生存的存在。我們就像金繼。這種日本技藝使用混了黃金的漆來修補破裂的陶器，完成後器具雖然仍有裂紋，但是已將它轉變成了特色。那是對強韌的頌揚。

她會在做愛時於我耳邊低語訴說這些，就在我們與彼此連結得如此緊密、以至於融合成了一體的那個當下。

其他聲音從門外飄入，但是我感覺自己似乎無法在當下聽見，只能在事後回憶。坎米歐，說了什麼關於家人的話；布蘭登，問我需不需要任何東西；姆巴耶。我不知道姆巴耶說了什麼，他的聲音在我聽來彷彿干擾的噪音。

等我的感知趕上現實，已經是晚上了。我可以從窗簾的縫隙間得知這一點。縫隙是特意留的，這樣每天早晨的第一道陽光就能灑落梅娜臉上，將她喚醒。這是她最喜歡的起床方式。現在，窗後除了黑暗外一無所有，告別式的舉行時間應該是中午過後不久，算起來我已經在這裡站很久了。

我感覺腳踝麻木、腫脹，我考慮再次躺在地上，稍微減輕它們承受的壓力。但我沒那麼做，而是走到門邊，探出頭，確定走廊上空無一人才踏出門外。我來到樓梯間，來到屋頂上，靴子的聲音在水泥牆間迴盪。

今天晚上很舒適。溫暖，有些微風，我們常在這樣的晚上帶著零食來到這裡，眺望愛因斯坦的燈光。那些機器巨大無比，維持著這個地方的運作，閃爍紅與白光，每當有航班起飛，便會爆出猛烈的藍光，照亮半邊天色。

我站在頂樓門邊看著天空閃過三次藍光後，才慢慢走向屋頂邊緣。我面前有道及腰的矮牆，指尖感覺得到上頭粗糙的岩石表面。我望向愛因斯坦。我曾經以為自己所想要的一切都在那裡，後來卻找到了這裡。

一份我本來不想要的工作，帶來一份我無法想像的愛。

現在都消失了。

全消失了。所有一切。我只是個住在可憐小房間裡的可憐小女孩，每天都在叫有錢人不要裝出一副可憐的樣子。我會繼續在這裡住一段時間，然後某一天，在沒有任何預兆的情況下，我的大腦會停止運作。也許時安局會幫我裝上維生設備，讓我的心臟繼續跳動，以防萬一某天有人找到修復的方法。

我應該去簽放棄急救同意書。

但是坦白說，我就連簽那個都覺得費力。還有其他更簡單的方式。

我將一隻腳踏上壁沿的平臺。

「今天晚上好舒服。」

我身後的碎石地面發出聲響，我轉過身，發現是梅娜。

大約六個星期前的梅娜。那是我們最後一次上來頂樓。那時剛入春，還有點寒意，所以她穿著我的紅色連帽外套，拉鍊拉至最頂，手裡抱著一瓶葡萄酒，臉上表情看起來更想把我喝下肚。

那天晚上。那天我們拿了健身房的瑜珈墊，在這裡做了愛，就在深暗的天空以及藍色閃光之下。結束的時候氣溫變得好冷，我們的手指都因為寒冷而僵硬。

「我知道光線很美，我的皇后，但是妳什麼時候變成蛾了？」她問。

那不是她。我知道這是時移，是我腦中的電流在暴衝。此時我已經飄向屋頂的邊緣，愛因斯坦的光線吸引我靠得更近，更靠近那曾經由我所愛，現在令我想念至極，甚至胸口都在痛的東西。

這只是她的回音，是她曾對我說過的話，擔心我離屋頂邊緣靠得太近。

但是到了現在，這還重要嗎？

她的視線越過我的肩膀，看向愛因斯坦的燈光。「我想念在那裡工作的日子。不過我也得承認，這裡的景色比較好。」

我的喉嚨變得又厚又黏，眼裡盈滿淚水。我朝她伸出手。我在那天晚上說了什麼？我對那句話有什麼反應？完全不記得了。那些該死的規則，如果真的有機會呢？「聽我說，我有件事要告訴妳。拜託，我需要妳仔細聽，因為……」

她舉起手指。「噓。」然後用手指向天空。「今天晚上還看得到幾顆星星。」

這讓我清醒過來，抬頭看見天空陰雲密布，和那天晚上不同，和我那時看過的天色不同。那天晚上她是對的，天上有十數顆星星，以我們這種滿天光害的地方來說已經令人非常滿意。那天晚上的我驚嘆於夜空的遼闊與美。不過說真的，這都是因為她站在那片夜色下。

當我重新拉回視線，梅娜已經不見了。

這裡的她從來就不是真正的她。

只是我損傷大腦中播放的生活紀錄。

我蜷縮成一團坐下，礫石在裙子遮不住的地方摩擦著我的雙腳皮膚。我那樣坐了一會兒，雖然還是感覺自己心裡充滿玻璃碎片，但是尖銳的邊緣已經鈍化，彷彿海玻璃。它們占據了空間，四處刮動，但是並未留下傷口。

現在只剩下疼痛了，而我有辦法和疼痛共處。

我的視線突然一片白茫茫，像是火花的末端。

老瑞移開視線，語氣變得強硬。「簡諾瑞，如果妳不配合，我們會直接把妳的東西搬走。我們覺得妳不適合再繼續待在這裡了，對妳不安全。他們本來覺得沒關係，但是妳看現在發生什麼事。」

畫面再次變白。我可以聞到自己大腦的味道，像是燃燒的臭氧。

「聽我說，我知道妳不喜歡聽這種事，不過我覺得等這些事件結束後，妳就該退休了。」艾嶺說。「妳拿到退休金，也得到比退休金更多的東西。是時候了。」

下一次爆炸令我跪倒在地。

「妳需要專門的協助。」我還來不及反駁，便被坎米歐舉手制止。「我知道妳很厲害，不需要其他人就能生存，但這改變不了妳的傷口已經感染的事實。如果繼續待在這裡，妳的傷口就不會痊癒。」

我脫離時移，整個人趴在地毯上，臉埋進了它的纖維裡。這片地毯。這片愚蠢的藍色地毯。超討厭，有夠討厭。

「簡諾瑞？」盧比問道。

大腦啊，我到底是做了多對不起你的事？

我走向門邊，輸入密碼，壓下門把推開，走進儲藏室中。我伸手抓住架子，將它拉向我，但是架子沒有讓步。它固定在牆上了。我抓牢了架子，將一腳放上牆，踢翻一疊毛巾，然後用力。有東西斷了。架子對我發出呻吟。我掏出口袋裡的刀子，彈出刀刃，將刀插入我創造出的空隙牆面。

刀子沒有插得多深，只是刮起了一層表皮，並吐出石膏粉塵煙霧。我再次插進刀子，然後再一次。我發現自己大叫起來，彷彿這片牆是敵人，而我想要殺死它。盧比在說話，但我真的很不想去管它說什麼，接著便出現一雙手環抱住我，將我往後拖離。我拿著刀往後一甩，聽見一聲疼痛的呼叫。

我發現布蘭登靠在牆邊，抱著一邊手臂，血從他的指間滲出。

他看向自己的手臂。

然後看向我。

「妳鼻子流血了。」他說，彷彿對自己的傷口後知後覺。

然後有人開了燈。所有的燈都開了。

狹義相對論

我們在建築物的陰影中喘息。建物本身已被空襲炸成廢墟，探照燈從上方掃落，我感覺其中一盞就要直接打在我身上。我知道，要跟這一趟就是冒險。灰色的制服令我身體發癢，領子上的徽章表示我的身分相當於二等兵，階級之低，大部分軍官看到我時視線會自動略過。我就是砲灰。

儘管如此，納粹德軍對女性來說依然不是什麼安全的地方。即使我穿了束胸，將頭髮塞進略大的帽子裡，並壓低帽沿蓋住眼睛，也是一樣。艾嶺本來想帶史考特．豪瑟，只因為金髮藍眼的他比較像雅利安人，完全不管史考特的個性根本比小貓咪更甜美可愛。不過我堅持要來。要我放棄這次機會？拜託怎麼可能。這趟任務的目的是阻止某個白人優越主義的神經病，讓他沒機會提醒希特勒本人將在隔天回老家。我唯一的遺憾是任務完成後沒辦法跑回去踢破偉大元首的卵蛋。

在人類的歷史上，還有誰有機會去做這件事？我煩了艾嶺十幾次，問他能不能破例一下。反正那個王八蛋明天就要死了，能有什麼壞處？不過就是讓他死的時候覺得蛋蛋有點疼而已。而且如果都市傳說是真的，他也只會疼一邊。

不過艾嶺是對的。旁觀，而不介入。

我們之所以在這裡就是為了這件事。

艾嶺戴著等同納粹少將的軍階章。他長得比較像日耳曼人，至少比我像多了，我們希望較高的軍階能給他一點行動空間。不過，我們的問題在於，這次的追捕對象理查・桑默斯不只擁有一大堆納粹收藏品，而且還被視為現代法西斯主義運動的「思想」領袖之一。這意味著他不僅能說流利德語，還和納粹臭味相投、沆瀣一氣。

這就是為什麼我們現在都氣喘吁吁，盡可能避開與任何人交會的原因。我們特意走遠路繞過街上的軍隊。士兵在柏林街上行軍，展示著一支完全不曉得自己即將崩潰的軍力。

照我的錶來看，我們再過不久就得回到會合點，準備回家，錯過了就得住在這裡，而這裡絕對不是我會想要定居的地方。居然沒有冷氣，根本違反人性。

「老大，有什麼計畫？」我問。

艾嶺不想完全抽出懷中的平板電腦，要是被這裡的人看到，可能會令對方心生警覺。他低頭看向小型平板電腦的一角，滑了幾下螢幕便又塞回制服深處。他做這些動作時手臂的動作剛好突顯了別在二頭肌位置的納粹臂章，令一旁的我看得不禁打顫。

當我想到自己也穿著同樣制服，寒意變得更深。

艾嶺發現我死盯著他看。「他們還說臥底很好玩。」

「誰是『他們』？」我問。

他聳了聳肩。「那傢伙身上帶了某種東西，也許是他的手機，總而言之不是這個時代應該有的科技，所以我有辦法搜尋到他的粗略位置。他在東邊大約半英里的地方。」艾嶺伸長脖子看向外頭那片被炸毀的建築物群。「這對我們有利，只要找到路穿過這片亂七八糟的廢墟，就能避開街道。」

遠處傳來一陣呼喊，聽來有如槍聲。

另一陣聲音傳來。這次比較靠近。

腳步聲。

艾嶺抓住我的手臂，將我拉進陰影深處，我們兩人都盡全力保持靜止不動。

「*Guten Abend*[31]。」

對方共有三人，根據識別徽章來看，階級在我和艾嶺之間。我暗自希望這一點足以讓我們保住小命，接著便認出站在中間那個人就是桑默斯。他的鼻子扁平，臉上的細長鬍鬚稀疏，眼神中有種精光，彷彿閒暇嗜好是剝貓的皮。他語速飛快地對身旁兩人說了一連串德文，我只聽出「盟友」和「間諜」兩個字，接著翻譯耳機就敗得一蹋糊塗，不斷對著我的耳朵噴發噪音，音量大到我發疼。但我不想把耳機拔出來，那樣會引起對方注意，或者吃上他們腰間那幾把阿斯特拉M900手槍的子彈。

艾嶺和我也都帶著符合這個時代的手槍：白朗寧HP。一般來說只要帶電擊槍就夠了，尤其是「旁觀而不介入」規則禁止我們殺死眼前這兩名德國士兵。不過畢竟這次要進入戰爭區域，除了需要有自保能力，還得想辦法融入環境。為了這兩把白朗寧，我們事前送了千萬封公文，並找到願意出租槍枝的收藏家，對方看出我們有多急迫，因此獅子大開口，額外加上了遠超過一般行情的金額。

31 德文「晚安」的意思。

照理來說，我們應該要將這兩把槍帶回去交還，不過照情況看來它們可能要留在這裡了，和我們一起埋入無名塚中。

其中一名士兵掏出槍，朝下拿在身側，而艾嶺似乎聽懂桑默斯說了什麼——他的翻譯機一定沒壞。於是他轉過身，雙手高舉在空中瞪著我看，像是要我跟著做。

我們穿越毀壞的建築廢墟，緩慢爬過成堆碎石爛瓦，我很想知道艾嶺現在是要去哪裡，不過判斷此時說英文應該會讓我們惹上更多麻煩。我睜大眼睛，尋找任何可能有用的東西，任何可以讓我們自保的。

接著艾嶺做出某件出乎我意料之外的舉動。

他說了一串德語。

我不太懂德文，不過他的聲音聽起來輕鬆而流暢。我知道他的口音和他們不同，不過仍讓所有人停下腳步，彷彿沒意料到會有這種展開。桑默斯不假思索地回應了艾嶺的話，接著其中一名德國士兵說了什麼，聽起來像是好奇的疑問，而桑默斯給了對方簡短回應。

接著整個氣氛就變了。

此時我們身處在一座被炸毀的建築物內，牆壁仍然矗立，不過頭上已經沒了屋頂，天空中的月光成了唯一的光源，柔和地漫射開來。那兩名納粹士兵拔出武器，從桑默斯身旁退開，尚未朝他舉槍，但顯然已充滿警惕。

桑默斯試圖講道裡，三人陷入迅速而緊張的來回對話。

我不想突然做出任何動作，但還是將頭微微轉向艾嶺的方向。他正眼神熱切地看著我，等待我注意到他。他的雙手仍舉在空中，不過已放低了些許高度，然後他看向我的臀部。

我向後倒，並伸手去拿電擊槍，順利掏出之後以電擊探針擊中距離最近的士兵。我縮緊下巴，避免背部著地時撞破了頭，並在心中暗自祈禱，希望地面平坦、沒有凹凸——也的確如此。我側滾翻身，拔出掛在另一邊腰間的白朗寧，希望能用槍對準桑默斯。

我的判斷錯誤。等到我翻成跪姿掏出槍，另一名士兵已經倒在艾嶺手中電擊槍的另一端，而桑默斯正站在我旁邊，用槍抵著我的頭。金屬槍口觸碰到頭皮的那一刻，我一口呼吸卡在胸口上不來。艾嶺掏槍瞄準了桑默斯的腦袋，但我已經完全被桑默斯捏在手中，輕舉妄動便要腦袋開花。

我打算奮力一搏。我知道有個方法能夠解決這種僵持局面，希望艾嶺有感應到同樣想法。

但他卻光顧著對我眨眼睛。

「非常聰明，」桑默斯說。「騙我說出希特勒明天會自殺。」

「我要做的就只是讓他們覺得疑惑而已。你本來大可以無視我，或者把我當成瘋子在說瘋話，你卻回答得好像早就知道事情會發生。算我幸運，你沒那麼聰明。你們這種人都一樣，全都覺得自己……」

就在艾嶺說話的同時，我感覺到了。桑默斯注意力被分散，於是槍管壓在我頭上的力道減輕。雖然程度非常細微。我往前撲倒、跳離槍口，與此同時艾嶺將三發子彈打進桑默斯的胸膛。

爆裂的槍聲在整個空間裡彈射、迴盪，我們靜止了一秒，讓心跳有時間回復正常，然後才開始處理後續。

桑默斯的屍體會留下來。照理我們不應該把任何東西留在這裡，不過此刻事態緊急，反正這裡是戰區，等人發現時他早已化成白骨，我們只需要確定拿走他身上所有不屬於這個時代的東西就好。孰料也沒那麼容易。我拉起他的袖子，發現他手臂上刺了一隻羅威拿犬，下面寫著：杜克，RIP，2049-2064。

我揮手招來艾嶺。「你覺得呢？」

他聳了聳肩。「保險一點比較好，不然最後又會出現在某個奇怪的陰謀論網站上。」

我掏出刀子、開始割那塊皮，而艾嶺著手從兩名士兵身上回收電擊探針。我把這個當下的情景收進腦海裡，等著下次在派對上再有人問我當時間流探員是不是很刺激，就能拿出來說嘴。

完成之後，我將那塊皮丟進陰影，並在膝蓋上抹著雙手，擦掉那些血。艾嶺拿出平板查看資訊。「我們得拿走他用來當誘餌的裝置，應該只是他的手機。辦完那件事就可以離開了。」

「欸。」我說。

他停下腳步看著我。我們兩人站在月光下，整座城市突然落入寧靜之中。

「你德文在那裡學的？」我問。

他露出笑容，頂高下巴。「我們的工作居然這麼刺激，講出去應該沒人會信吧？」

我看得出他在幹麼：在內心糾結拉扯時想辦法尋找一點平靜。桑默斯的確是最惡劣的那種人，但是當你了結一條生命，沒有任何原因值得慶祝。艾嶺不是毫不在乎的西部槍客，而是會在空閒時去慈善機構的食物銀行當志工的那種人。

所以我給了他需要的——

——一點點安慰。至少以我的風格來說算是安慰。

「話別說太早，等到你寫這件案子的公文時再來……」

我的身體突然猛力抽動。

天花板的方塊板。明亮的光線燒灼著我的視網膜。我的大腦彷彿一團馬鈴薯泥，黏糊糊的、沒有形體，輕輕鬆鬆就能在盤子上抹開。我移動雙手，發現它們被綁住了。

我再次抽動，力道之大，整個人在診療臺上弓成一道弧線。

血滴在藍色地毯上，向下滲入纖維，由紅轉黑……

又是一陣抽動。

梅娜用雙手握住我一隻手，以十指穿過我的指間，然後溫柔轉動我的手腕，直到我們兩人的掌心都能貼在她胸口，而我感覺……

抽動。

抽動。

我走在時安局畢業典禮的舞臺上，瞥見臺下屬於我爸媽的座位上空無一人……

坐在我身旁吧檯椅上的梅娜拉住我的手，傾身在我耳邊輕聲說著：「我的皇后，我的愛。」而我正要回應……

坦沃斯。他正用雙手壓著我的肩膀。

「簡諾瑞，集中精神。」

我還在梅娜身旁，還在吧檯前握著她的手。我知道自己其實不在那裡，知道那不是真的，可是不管怎麼說，我人都已經在那裡了。姆巴耶端給吧檯另一端男子的咖啡散發著香氣，陽光從天窗透入灑落在我肩上所傳遞的溫度，我身下的柔軟坐墊。

「我要妳坐起來，然後拿走這個。」坦沃斯一手舉著個東西這麼說。

我沒辦法開口叫他走開。我聽見那兩個字在腦中迴盪，卻進不到嘴裡。梅娜，我要梅娜。

「專心。」他說。「簡諾瑞，我不會讓妳死的。」

我不想死。時間未到。

死亡意味著得孤單單地坐在房間裡，直到永恆的盡頭。

我需要有東西把我拉回來。

現在沒辦法吞藥，吞不下去，我八成會噎死。

口袋，我在腦子裡這麼說。

嘴巴還是講不出那幾個字。

於是我更用力，勉強擠出沙啞的聲音。

坦沃斯看起來一臉疑惑。

抽動。

一九一二年四月十日，我站在南安普敦的碼頭上，感受吹在臉上的冷風，看著鐵達尼號消失在地平線，心想著只要提醒他們注意冰山就能拯救多少性命。但那不是我來到這裡的目的。我之所以站在這裡，是為了確保死神能順利完成該做的工作。旁觀，而不介入……

一隻手抓住我的下巴，強行將嘴掰開。

抽動。

我不知道確切日期，只知道接近更新世末期，距今大約一萬兩千年前。我走在未來將會成為加拿大亞伯達省的土地上，穿過四散的棕黃草地和成堆雪團，臉上綁著氧氣面罩，因為彼時的大氣組成不太一樣。我在追捕一名男子，該名男子則在追捕劍齒虎，想把劍齒虎帶回他在佛羅里達的動物園，然後……

抽動。

一名小女孩正從長廊末端緩慢朝我走來。她越靠近，體型便越顯龐大，直到最後她的頭摩擦到天花板，擋住了燈光。長髮將她的臉蓋住，我看不清她的五官，而我突然之間覺得自己其實早被鎖進一只箱子，在好久好久以前就被丟進海中……

我嘴裡充滿了櫻桃的味道。

梅娜的味道。

現在，我感覺得到自己所在的房間了。我感覺到身下的診療臺面，感覺得到那張已經起了皺褶的防菌紙[32]。坦沃斯退至一旁，看著棒棒糖在我嘴裡四處轉動。我有辦法集中注意力了。我試圖起身，不過因為被綁著，所以努力失敗。坦沃斯趕忙前來解開我，然後拿了一顆時妥寧剝成兩半，並把兩半都遞給我。「藥上面本來有緩釋膜。」他這麼說，接著轉身倒了杯水給我。我把那兩半藥丸放在舌頭上，沖洗下肚，苦澀的藥味令我皺起臉來。我躺下，將棒棒糖放回口中，緩慢而深沉地呼吸，從鼻腔吸入空氣，漲滿胸腔，再慢慢從嘴巴吐出。梅娜教我的方法。

32　診療臺兩端通常會有紙捲，可以從一端拉起後覆蓋臺面並固定在另一端，看診完畢只要撕下就能迅速更換。

坦沃斯跌入角落的椅子，看起來彷彿剛跑完一場馬拉松。「想到用棒棒糖很聰明。感官記憶是很強大的。」他低頭看向自己的手，又抬頭看我。「棒棒糖的味道讓妳想到了什麼？」

「不關你的事。」我對他說。「我昏過去多久？」

「不能算昏迷，妳一直在扭動和尖叫。抱歉我們得把妳綁起來，因為妳可能會傷到自己或傷到別人。」

傷到別人。布蘭登。我一臉驚慌地轉向坦沃斯，還沒開口他便知道我要問什麼。

「縫了幾針而已。」

如此微不足道的安慰，但我接受。

我用手指滑過身旁牆壁磁磚之間的水泥縫隙，試圖給身體一點放鬆的機會。接著我坐起身，將腳放至診療臺側邊，血液一下子湧向腦部。我停頓了幾秒，等待房間停止轉動。

「感覺怎樣？」坦沃斯問。

事實上，感覺好多了。今天一整天我都覺得腦袋深處有種關不掉的低沉嗡鳴，現在終於得到某種程度的安定感。也許是我對時妥寧的耐藥性越來越高，而這不是好事。棒棒糖只能帶來片刻穩定，讓我有空檔吃藥，沒辦法解決問題。

「從來沒這麼好過。」我說。「我剛才應該沒有說出太莫名其妙的話吧？」

「呃，妳一直在複述〈賈柏瓦基〉的第一節。」

「假什麼雞？」

「那首詩。」他因為自己腦中的回憶露出微笑。「女兒還小的時候，我常常念那首詩給她聽。」

詩裡都是一些莫名其妙沒有邏輯的字，她很喜歡。都過了二十幾年，我現在還記得那些內容。」
「醫生，告訴我第一句是什麼吧。」
「妳不是知道嗎？」
「想聽你說嘛。」
「烤餐時間，軟糊螺獾，晷儀遠遠，陀轉錐鑽……」
呵。
「你真的幫了大忙。」
坦沃斯困惑地看了我一會兒，不過最後無所謂地聳肩作罷。「丹比居要見妳，我說等妳醒來後再通知他。不過如果妳想休息一下，我可以跟他說妳睡著了。」
「沒關係，我可以。」
他點頭，然後走出房間。他一離開，我立刻詢問盧比。「跟我說說那首詩。」
「詩出自於某本書中。」
「《愛麗絲鏡中奇遇》嗎？」
「是的。」
中了。雖然我常常在抱怨這玩意兒，不過該給它功勞的時候還是要給。它終於想出了能告訴我機密資訊的方法。若是在平常時候，它也許會想得快一點，不過今天無論從什麼角度都不能稱為平常，這根本是完全相反的極端情況。
「嗯，謝謝你繞遠路解決了這件事。」我對它說。「不管賈柏瓦基到底是什麼東西，接下來就是要把它找出來了。」

「你的安全權限不足。」盧比說。「不過這件事可以拿去問丹比居。」

「終於啊，你終於有點用處了。說到這點……」

艾嶺正和卓客在安全部辦公室裡開會，一看到我走進去，他便從微笑轉成皺眉。卓客則是本來就皺著眉，不過我覺得她的眉頭應該從來沒鬆開過。

「現在感覺還好嗎？」艾嶺問道。

「好到不能再好，」我說。「好到有辦法開演唱會。」

卓客伸手撫平身上的米白色套裝。「我才正說到，我非常不同意讓妳在這裡擔任主管。」

「反正我也沒其他事情要忙，所以不如繼續工作。我們來討論投標會延期的事情吧。」

「絕對不可能。」她說。

「為什麼呢？」

「因為我們已經在這裡了。」她說。「妳的問題也不會影響我們的工作能力。」

「有人有生命危險。」

「會有生命危險也是因為妳的精神狀況不穩定。」她說。

「妳到底為什麼這麼急著想把這個地方賣掉？妳會拿到什麼好處？」

「妳到底有沒有在看新聞？」

坦白說還真的沒在看，不過這句話還是很沒禮貌。「妳可以再看不起人一點啊。」

「如果有看新聞，」她說。「妳就會知道我們的財政赤字已經讓整個國家接近癱瘓邊緣。中國要來討債了，而我們卻什麼都拿不出來，聯邦醫療保險和社會安全福利也入不敷出。艾佛瑞總統已經下令要我們放手去做，盡可能想辦法解決。這場投標會是個轉機，能為國庫注入幾十億元的資金，或許沒辦法解決所有的問題，但至少是個開始。」

「所以過程中誰會受傷就不重要了，是嗎？」

「那不是我該考慮的事。」她說。「那不是我的工作，失敗的是妳。」

艾嶺看向她，然後看向我，最後終於開口：「議員，可以讓我和她私下談嗎？」

「不可以。」

她就像河中的岩石，將我們隔成兩邊。艾嶺只能聳聳肩，繞過桌子，自己過來找我。「我們去走走。」他說。我看向充電站的盧比，打算叫它跟上，不過它看起來好像沒電了，只好作罷。

我幫艾嶺開門，一起離開辦公室往大廳的方向走去。我想找個安靜的地方說話。我們來到費爾班克斯的辦公室，這裡空無一人。從架上消失的書還是不見蹤影。我坐在辦公桌前的主位，把客人的位置給了艾嶺。他一坐定，便舉起手錶，說道：「來費爾班克斯辦公室這裡。」

「那是誰？」我問。

「等一下再跟妳說。首先……」

「首先，是該攤牌的時候了。」我對他說。「你瞞了我一些事，我也瞞了你一些事。什麼是賈柏瓦基？」

他的臉完全失去了血色。他從以前就不怎麼會裝撲克臉，不過現在這個表情倒是非常自成一格。他重新鎮定，然後對我說：「我聽不懂妳在說什麼。」不過那股濃烈的恐懼背叛了他。

「艾嶺，這不是別人，是我。」我說。「我會把你想知道的告訴你，但你也得對我坦承才行。我知道那跟維持過去不被改變有關。」

「妳的機器跟班說的嗎？」

我說不是。嚴格來說好像也不算說謊？不管怎樣，我不動聲色的功力比較高明。

艾嶺長長地嘆了口氣，向後倒上椅背。「這是最頂級的機密資訊，是辛斯開發出的另一項技術，但是從來沒有公開過，被政府自己留著。」

「所以是什麼東西？」

「時間隱形。」

「噢對，時間隱形嘛，大家都很熟啊。」我在話中投入許多諷刺的語氣。

艾嶺再次嘆氣。「我沒有很懂，波帕解釋得比較好。那是一種能讓東西從時間中消失的技術，和提高、降低光的速度有關。比方說高速公路好了，路上的車子可以加速或減速，如果車速慢到一定程度，車子之間的間距就會夠寬，能夠讓人通過，車流重新加速後，沒看到這個過程的人就會不懂發生了什麼事，而從這個角度來看，那個人穿越車陣這件事就等於從時間中消失。」

「你最努力就只是這樣嗎？」我問他。「我完全聽不懂。真的，完全聽不懂。」

「我解釋不好啦，波帕講得比較清楚。」他說。「反正基本上呢，我們在時間流外放了一座安全資訊收集器，負責記錄人類歷史，包括文化、娛樂、新聞、股市等等，讓我們能夠進行比對，確定是不是有人改變了什麼。這算是故障保險機制，以防萬一有重大事故被時安局漏掉。」

「所以等於是黑盒子。如果有東西被改變……我們真的會知道嗎？」

「就是這個部分會讓人腦筋打結。」他說。「時安局在幾年前做過一次實驗，徵召了一名志願者，願意讓我們改變他過去人生的某項小細節。時安局的人回到過去，在那個人的家人搬進他們從小長大的房子裡之前，把他的臥室牆面從米白色改漆成了綠色。那次實驗有兩個目的——一是觀察時間流能不能忍受細微的波動漣漪，二是觀察他對那間房間的認知會有什麼改變。」

「然後呢？」

「房間油漆完後，他們問了他一連串關於童年的問題。當問到他從小長大的那間房間牆壁是什麼顏色時，他回答綠色。」

「這真的……坦白說我還真不知道這代表什麼意思。」

「嗯。」艾嶺向後靠。「我們從這次實驗裡發現了幾件有趣的事：時間流能夠承受細微變動。牆壁顏色不會影響他往後人生中的任何事，算是非常小的漣漪。我們也得知改變過去會改變集體無意識，比方說他的家人、他的朋友，全都記得那間房間有著綠色牆壁。那次實驗便促成了賈柏瓦基。這是辛斯取的名字，它每天二十四小時都在吸取資訊，所以整體容量非常龐大，有好幾ＥＢ，一ＥＢ差不多等於十的十八次方個位元組——我知道妳想問什麼——和那東西比起來，諾克斯堡[33]

33　諾克斯堡（Fort Knox）是美軍位於肯塔基州的軍事基地，陸軍的徵兵司令部、預備軍官訓練中心以及美國金庫都位於此地。

的大小就跟街角的雜貨店差不多。如果有任何事情發生改變，或者有任何人試圖竄改過去，賈柏瓦基會直接通知我。」

「除了你之外還有誰？」

「總統、國防部長、時間委員會成員的卓客、時安局的吉姆．韓德森。韓德森的主要工作其實就是處理賈柏瓦基相關事務。我們都叫他數位營運，其實他的職責就是負責設下障眼法，以防──」艾嶺用手將我從頭到腳比了一遍。「──這種情況發生。」

這讓我想到魏斯汀。傷口看起來很新，新到幾個小時後才會發生。「確切來說，你們到底用這項技術在時間外面藏了什麼？」

「想要去度假嗎？」艾嶺笑著問。「去一個沒人會來打擾妳的地方？」

「我沒在跟你開玩笑。」

「一臺電腦，」他說。「只有把資料藏起來而已。」

「在哪裡？」

「說起來有點複雜。主機在這附近的某座時安局設施裡，就在愛因斯坦的另一邊，但是因為處理的資料量非常龐大，所以絕大部分都在加密之後存放於政府的伺服器上。簡單來說就是，最重要的處理主機在一個地方，然後經過最高等級加密的資訊放在其他租來的空間裡。」

「我沒有很瞭解電腦，但是這種方式聽起來也太不安全。」

艾嶺聳了聳肩。「照我聽到的說法是，因為所需的處理運算能力過於龐大，這已經是最安全的選項了。」

「你怎麼會覺得那些投標人完全不曉得這件事？」

艾嶺搖頭。「沒有人知道這項技術存在，從來沒有人提起過。」

「幸好現在知情的人都很值得信任。你說韓德森負責處理日常業務，那他在哪裡處理這些事情？」

「還在愛因斯坦那邊，到目前為止一切正常。好了，現在該妳了，」他說。「我已經說了我知道的事，妳瞞著我什麼？」

在我開口之前，我發現轉角那裡有所動靜。設備經理克里斯和平常一樣穿著灰色馬球衫和牛仔褲，臉上表情彷彿前方地面布滿地雷。他走到我們桌前，艾嶺揮手說：「把你之前的話告訴她。」

他的視線在我們之間來回往復了幾次，然後才開口說道：「嗯，記得之前談過電力的問題嗎？我們一直遇到突波……」

此時燈光彷彿收到指示，閃爍了一會兒。

克里斯用手指著空中。「就像這樣。然後，我不是說我一直在檢查線路和接線箱、確保一切正常嗎？我在過程中發現了幾個，呃……奇怪的地方。」

「比方說？」我問。

「比方說，我在愛特伍樓的牆壁深處發現了好像是電纜的東西，但是找不到任何相關紀錄。」他說。「然後，我蒐集了突波發生前後的資料，並拿去比對電錶，卻發現電錶上面完全看不出那些用量，所以……」

他拿出一部平板電腦放在桌上，彷彿呈上他有生以來最自豪的傑作。我和艾嶺低頭去看，只看到一大堆不明所以然的數字。

「老哥，你得幫我們解說一下。」我對克里斯說。

他一陣萎靡，最後還是重新撿起平板。「我們的用電量出現了好幾次極大的高峰，尤其是過去這幾個星期特別嚴重。我回溯之後發現，同樣的狀況已經發生好幾年了，而且出現的時機沒有任何規則可循。不過這都還不打緊，最大的問題在於我們的儀控系統出了某種問題，導致這些峰值沒有直接呈現在報表中。我進一步追查，並和會計部的瑟列思談了一下，看樣子我們的電費帳單比實際上該付的金額還要高上很多。」

「所以這代表什麼意思？」艾嶺問。

「不曉得。」克里斯說。「如果像是冬天大樓開著電熱系統，出現這種用電高峰就很正常，但我們現在沒開。而且再怎麼說，這些高峰出現的時機完全無規則可循，就好像現在有間房間裡擺滿了攪拌機和電暖器，然後有人不斷把插頭全部插上一陣子後又全部拔掉，而且頻率很高。」他一邊點著頭一邊睜大雙眼，焦急著想告訴我們問題在哪裡。「非常、非常高。」

「電梯呢？」

他聳肩。「我親自檢查過了，找不到問題。」

艾嶺朝我舉起一手。「看到沒？也許這就是某種可能的未來。」

「或者是還沒被竄改。」我轉向克里斯。「我要你封鎖所有電梯的緊急通道，並且每半小時檢查一次全部的電梯，如果發現任何可疑的地方，就立刻停用電梯。」

克里斯看向艾嶺，等待批准。這舉動令我有點火大。

一會兒之後，艾嶺還是點頭了。「謝謝，就這樣吧。」

克里斯猶豫幾秒後才發現自己被打發了，於是轉頭從走廊離開。我忍住不斷在胸口累積的笑意。寇藤提了密室好多次，如今我們竟發現那棟側樓裡有東西在瘋狂吸取電力？

「我不相信巧合。」我說完才發現，糟糕，我竟然把應該放在心裡的話講了出來。

「簡諾瑞，該妳了。妳知道什麼？」

「魏斯汀死了。」我對他說。

聽到這句話，他整張臉都垮了，身體癱軟在椅子上。

「你認識他。」我說。

艾嶺緩慢點頭。

「怎麼認識的？」

「他是一樁調查中案件的嫌疑人。」他抬起頭看著我，雙眼因眼淚而溼潤。「他在哪裡？帶我去找他。」

「呃，關於這件事……」

艾嶺比我更有能力說服五二六號房的房客離開房間，不過為了保險起見，我還是先躲在走廊遠處的轉角，不讓那個男的看見。艾嶺連哄帶騙——畢竟此時夜已深——最後仍成功讓對方相信這是非常重要的事。

男人離開後，我便立刻走了過去。魏斯汀還在這裡，人還是死的，還是一樣沒有任何變化。

「他在哪裡？」艾嶺問。

我指向遠處的床。「在那邊。好玩的地方就在這裡：我看得見他，但是盧比掃描了整個房間，卻什麼都沒找到。」

艾嶺走向床邊，將手放上去，觸摸著床墊。

「簡諾瑞，這裡什麼都沒有。」

「艾嶺，你知道我有異時症，你知道我可以看到某些東西……」

「妳說屍體在這裡待了多久？一整天？這是什麼意思？他之後會死，而我們得阻止這件事發生嗎？」

「不是，我覺得他已經死了。」

艾嶺轉身在床邊坐下，剛好坐在魏斯汀的腹部位置。他把頭埋入手中。我最近很常令他做出這個動作。

「簡諾瑞，」他說。「我到底還能怎麼做？」

「你的意思是不相信我嗎？」

「這裡沒有屍體，再加上妳最近的行為……這點我已經跟妳說過了，妳應該離開這裡。」他搖著頭起身，在房內踱步。「這都是我的錯，當初把妳派過來的人是我。」

「不對，艾嶺，等一下。」

「妳就……」他嘆了口氣。「我們找到了一輛吉普車，雖然路況沒有很好，但車主認為應該有辦法把妳安全帶到月光汽車旅館。」

「月光？你在開玩笑嗎？住在那種地方肯定連腎臟都會不見，隔天醒來就睡在放滿冰塊的浴缸裡。」

「簡諾瑞，門僮發現妳在挖儲藏室的牆壁，然後又被妳捅傷。」他說。「我很不想追究那件事，真的很不想，但是偏偏妳現在又搞這齣……如果妳是我，妳也會做一樣的決定。」

「第一，我沒有捅他，他是被我劃傷的，你居然分辨不出這是兩種完全不同的用刀技巧，讓我很失望。第二，他們幫他貼了ＯＫ繃就沒事了，不要講得好像他掛掉一樣。」

艾嶺搖著頭，環視房間，幾乎像是希望屍體趕快出現——或者是其他東西，任何東西，任何能夠佐證我所說內容的線索。但是最後一無所獲。「妳回房間開始收東西吧。真的很抱歉，先讓我把大事處理完，然後我們一起來解決妳的問題，好嗎？」

「你叫我回房間？你當自己是我爸嗎？」

我等待著，彷彿他會回嘴，但是沒有。他只是坐在那裡，頭埋在手掌中，整個人被一具屍體圍繞。我開始覺得，那具屍體搞不好只是我受時間損傷的大腦虛構出來的產物。

我走回自己房間，感應手錶，然後便發現門鎖對我閃爍起小小的紅光。好極了。艾嶺這麼快就取消我的安全權限了嗎？連自己的房間都進不去？我沮喪地搖動門把，接著就在我打算打電話給大廳時，門打開了一小條縫隙。安全門閂已經扣上，門後一片漆黑，我看見一隻眼睛向外張望。

「請問有什麼事嗎？」一個男人的聲音。

「你他媽的為什麼會在我房間裡？」我問。

「呃，喔，抱歉，我……」男人解開門閂時支支吾吾地說著。門閂解開後，我便推門而入，令他整個人跌坐在地。

在我身後走廊透入的銀白光芒中，此刻男人的景象看起來有夠可憐。他身穿浴袍——飯店給的，因為我房間裡沒有，所以他還得另外打電話向樓下要——但是下半身什麼都沒穿，而他正抓著浴袍蓋住自己，努力維護尊嚴。他的頭髮微溼，像是剛洗完澡沒多久，兩根肌肉發達的小手臂讓我想起了雞。

「非常抱歉。」他一邊說，一邊在地毯上翻坐成正面。「他們沒跟妳說嗎？他們說妳同意了。」

「誰跟你說的？」

「我不知……應該是經理？我不記得了。不好意思，我真的很抱歉……」他指向角落的行李袋，裡頭裝的應該就是我的衣物和個人物品，因為這間房間看起來又回復成了飯店客房的樣子。並不是說我曾花了多少心思去裝飾這個地方，但此時的景象仍突然令我覺得冰冷而陌生。曾經屬於我的空間被入侵了，抹消得一乾二淨。

我抓過袋子，然後是掛在門把內側的木製珠串。明信片還黏在浴室的鏡子上，我一併撕下，壓在胸前，閉起眼睛感受。我隨後轉身離開，往樓梯間走去，試圖逃離那種自己的臉即將塌陷的感覺。

抵達大廳時前臺沒人，卻看到一群時安局探員朝巴特勒樓一樓的長廊跑去。我將袋子扔進接待臺後方、跟了上去。他們一路跑至走廊盡頭，當我抵達時很難分辨到底是誰在說話，不過可以看見高出所有人一顆頭的坎米歐。他身上依然穿著浴袍，滿頭大汗，而且看起來火冒三丈。伊的音量極大，語氣緊繃，一隻手如刀刃般切過空中。我從來沒看過伊這個樣子。

「不行，絕對不行。老瑞，這到底怎麼回事？」

卓客和一群探員站在一起，和老瑞以及坎米歐對峙，戰爭一觸即發。老瑞正面紅耳赤地看著卓客。

「妳聽我說，我睡在辦公室裡就算了，」他對她說。「但我不會為了光要讓某個人有床可睡，就把我的員工趕出房間。」

「你不能叫身價幾十億的人去睡折疊床。」卓客說。「我給過你機會了，要你幫他們找到更合適的房間，但是你卻沒做到。既然你對這份工作這麼不在乎，那我就得接手了。」

「事情不是這樣做的。」

「就是應該這樣做。」卓客說。「追根究柢，這地方還是屬於聯邦機構，而身為在場階級最高的聯邦政府成員，這裡能夠做主的是我，不是你。」

老瑞轉至側身，衝著手錶喊艾嶺，而我則退進製冰機所在的凹室。如果艾嶺看到我出現在這兒，想必會攆我走開。不過假設有必要，我也已踮起腳尖、掄起拳頭，隨時準備放手一搏。

所以現在的情況是，卓客打算把我們的房間全都讓出去。

艾嶺跑了過來，卓客立刻滔滔不絕地說著服務心態和住客需求之類有的沒的屁話，艾嶺安靜聽完之後轉身對老瑞說：「等這件事一結束，你的員工就能立刻拿回自己的房間。」

這和我預期的發展完全不同。因為承受了一整天壓力，再加上大腦本來就快要棄守，我現在連阻止自己踏出凹室的力氣都沒有。我走了出去、大喊道：「搞什麼啊！」

所有人都轉頭看我，艾嶺還翻了白眼。「我不是叫妳……」

「艾嶺，你閉嘴。」我丟出這句話，速度之快、力道之強硬，沒想到真的奏效了。接著我轉向卓客。「我告訴妳，不管妳是參議員還是誰，如果妳覺得那些這輩子沒做過一天辛苦工作的信託基金王八蛋比實際讓這個地方運作下去的人更值得睡在房間裡，妳他媽的就是個天殺的混蛋。妳要優先考慮他們是一回事，但現在直接把人趕出本來睡的房間是怎樣？我他媽在這邊就要幹死妳和妳全家和妳養的所有寵物啦。」

卓客整張臉糾結成一團，她正打算開口說話，艾嶺便踏入我們兩人之間，對著旁邊幾名時安局探員說：「立刻把她帶到大廳，然後在那邊等我。」

沒人動作。

因為他的命令基本上就等於：逮捕她。

三名探員朝我圍攏過來——兩名魁梧男子以及一名體型和我差不多的女人，女人的手臂上攀附著彷彿岩石刻鑿成的血管。可是我有辦法擊退他們。考慮到走廊屬於狹長空間，我至少能把其中兩人打得滿地找牙，剩下的那個就不確定了。不過那麼做只會給艾嶺更多趕我走的理由，所以我任由他們抓住手臂，將我帶往前臺。

我回頭看向艾嶺，看見他臉上出現某種類似抱歉的表情。我才不在乎。能對卓客說出真心話非常有趣，我唯一的遺憾是沒有像之前對盧比那樣脫下靴子砸她。我幾乎可以確定她沒辦法躲開我的攻擊。

∞

三名探員一語不發地將我帶至大廳，然後我們便站在咖啡保溫桶邊等待處置。我打算倒點咖啡，卻發現桶子是空的。

又是空的。永遠都是空的。

我把整個桶子推到地上。撞擊和粉碎聲在整個大廳迴盪，嚇得人們跳了起來，或者蹲下尋找掩護。有個女人因為害怕而發出尖叫，廢棄咖啡渣遍地散落，讓整個空間瀰漫咖啡香，令我莫名舒服。這的確不是什麼成熟的舉動，不過我覺得應該能讓某個誰想到自己的職責所在，好好把桶子裝滿。

我聽見身後響起一陣窸窸窣窣，轉身便發現布蘭登提著拖把和水桶走過來。他的前臂被嚴實地包紮了起來。他一邊瞪著我，一邊開始清理滿地渣滓。許久以來第一次，我心裡冒出一股除了憤怒和麻木以外的情緒。由於太過陌生，以至於我花了幾秒鐘才分辨出那是什麼。這對我來說是種全新的感受。

我發現那是：羞愧。

「布蘭登……」

他低著頭，顯然故意忽略我。我試圖說些什麼，不過身後有個聲音搶先了。

「簡諾瑞，妳到底在搞什麼？」艾嶺質問。

我轉身看見他近到幾乎要頂住我的鼻尖，整張臉就像剛才的卓客那樣紅。他一定被狠狠罵了一頓，我可以感覺到他全身散發的情緒，但是我不給他開口的機會。「我認識的那個艾嶺絕對不會為了幾個王八蛋巨嬰就出賣人。」我說。「我這輩子深信不疑的事情不多，其中之一就是你的正直。以前的你一直是個很正直的人，我現在卻覺得自己認識你很羞恥，把你當成朋友很羞恥。看看你，拔了自己的脊椎，把骨氣交到那種人手上，這麼做是為了什麼？就為了讓你的履歷上能多一顆金色的星星嗎？」我對他搖著頭。「你已經不是我以前認識的那個人了。」

「妳也不是我以前認識的那個人。」艾嶺的音量比我小得多，不過更加鋒利。「我還有這裡的所有人，我們都很努力伸出援手想幫助妳，妳卻帶著偏見、把我們推得遠遠。我知道妳失去了很重要的東西，但妳現在是讓這件事毒害了自己。」他的雙眼稍微濡溼，正與內心的另一股聲音天人交戰。「我們都試過了，現在的處境是妳自己造成的。」

他轉向那幾個肌肉棒子。「吉普車已經在前門等，現在就帶她過去。」然後轉頭看我。「月光那邊應該可以滿足妳接下來幾天的需求，要什麼就記在房間的帳上。」

「就這樣？」我問。

「這是為了妳好。」

「艾嶺，我現在很好啊。」我試圖掩飾自己聲音裡的絕望，但是效果悽慘。

他搖了搖頭，轉過頭沒看我。我覺得那是因為他不想要直視我的眼睛。那兩名男性時安局探員抓住我的雙臂，將我拉往大廳前方，朝玻璃拉門以及門後的黑暗走去。

「艾嶺，不要這樣。」我朝著身後大喊。

這時我突然想起安全部辦公室裡的拘留室。我應該要被關進那個地方才對，癸森應該要對我開槍才對，而這些事情都還沒發生。我現在就能離開了嗎？還是未來會被重新改寫？如果我離開了，而我和梅娜之間的聯繫便從此切斷，該怎麼辦？如果我之後回來，卻再也找不到她了呢？

如果當我去到月光，卻在那裡進入第三期呢？

抓住我的兩人其實沒有用力，於是我將重心下移，跪至地上。他們的手一滑，我便一記勾拳打向左邊那個人的蛋蛋，因為他的體型比另外那個男的魁梧。那人彎身向下，一下子直不起腰來，讓我有機會用脛骨踢向另外一人的膝蓋後方。兩名男子雙雙跪地，而我終於站起。

但是那個擁有岩石二頭肌的女人從後方以手臂鎖住我的大動脈。

媽的，出問題的永遠都是第三個人。

我試圖敲打她的大腿，不過她早一步看破，將腿向後踢。我抓住擠壓我氣管的手臂，想要朝前方拉開，但她太壯。她朝後仰身，將我舉至空中。

她只留下足夠的氧氣讓我能夠呼吸，卻無法掙扎。於是沒過多久我便癱軟下來，身體拒絕接受大腦指令。她將我拖往門的方向。我知道她馬上就會鬆懈，到時我就會把大拇指插進她眼睛裡。

正當我握緊拳頭，伸出硬挺而筆直的拇指時，便見到正門外閃爍起黃色的車燈。那看起來完全不像飯店的緊急用車，不過足以讓我和抓著我的時安局探員放慢了動作。大門朝兩邊滑開，五名身穿防護衣的人魚貫走入大廳，全都拖著設備並高舉感應器，冷冽的空氣隨著他們湧了進來。

「這裡的負責人是誰？」一名帶著嚴厲英國口音的女人大吼。她站在正中央，是五人中體型最小的。

時安局女探員將我放開，我跌跪在地、粗喘著氣，試著讓肺部呼吸恢復正常。看起來所有人的注意力都不在我們身上了。艾嶺朝女人走去，並說：「我是TEA的艾嶺・丹比居。」

女人大步走到他面前，直到防護衣的面罩幾乎要貼在艾嶺鼻子上。「好，TEA的艾嶺・丹比居，我是CDC[34]的莉茲・果特立醫生，現在能不能請你告訴我，為什麼你們把活體恐龍關在這裡，卻完全沒有想到要通知我或者通知任何人？」她氣到連聲音都在顫抖。

艾嶺一陣支吾，臉色沉了下來。「妳怎麼會……」

「社群媒體呀，你腦子是蘿蔔做的嗎？」她說。「你知道那些動物身上可能會有怎樣的細菌、病毒或者病原體嗎？」

這令大廳中的一些人開始緊張地竊竊私語。坦白說，這對我來說也不是什麼有趣的消息。其中一隻咬了我，坦沃斯覺得應該不打緊，但如果他錯了呢？

「妳說話可以小聲一點嗎？」艾嶺厲聲問道。

「不行，不能小聲，我要讓所有人知道你有多笨。現在，既然沒看到有人七孔流血，我就當作暫時沒事，但我們還是要封鎖這裡、進行檢測，然後才能放人離開。」

「要花多久時間？」突然出現在艾嶺旁邊的卓客發問。

「需要多久就花多久。在那之前，沒有人可以進出這座飯店。」

艾嶺朝我瞥了一眼，並說：「這裡有人有可能危害飯店安全，需要立刻送離這裡。」

「沒有人可以進出。」果特立說，這次語速較緩，彷彿是在跟小孩說話。

艾嶺看起來準備要爭論，不過隨後放棄。我忍不住露出微笑。

永恆論啊，親愛的。居然被疾管中心給救了。

「現在，」果特立說。「我要曾經直接接觸過那些生物的所有人員立刻前往醫療室進行隔離，其他人則應該盡可能待在自己房間裡。我們會開始進行檢測，並在完成時通知你們，在結束之前，這座設施暫時由我接管。這樣懂嗎？」

艾嶺點了點頭，隨後被卓客拉至一邊，而果特立則轉頭走回她的團隊。我悠哉地晃至艾嶺面前，擺出自己最燦爛的笑容對他說：「那我就先回樓上啦。」

他沒有回話，只是轉頭將卓客帶開，不讓我聽見他們的對話。

看樣子還在舔我送他的傷口，很好。

穿著防護衣的男子將長棉棒伸入我的鼻竇中取樣，不過我覺得他真正想做的是把棉棒插進我腦子裡，好知道裡面發生了什麼事。他接著進行了好幾種皮膚測試、並抽走我的血，然後二話不說便匆匆離開房間。至少他們很有效率。

之前被我弄皺的防菌紙連換都還沒換，不過我選擇改坐在椅子上，沒有躺上診療臺。我向後仰頭，頂住牆壁，閉上眼睛。

「盧比，有沒有什麼關於疾管中心的八卦？」我問。

34 疾病管制中心（Centers for Disease Control and Prevention）的縮寫。

沒有回應。我可能在一片混亂中把它搞丟了，還是已經被沒收？我完全不記得。說真的，失去那玩意兒竟然讓我稍稍感到一絲失落。它很煩，但也很可靠。

它是我能說話的對象。

而且不管我對它怎麼樣都不會不理我。

我站起來走至門邊，發現門已上鎖。

隨便吧。我爬上了診療臺。如果真的要被關在這裡等，沒道理浪費時間保持清醒。我開始打起瞌睡。此時門開了，尼克走了進來。他朝我點了點頭，然後在椅子上坐下。

「我們不是在隔離嗎？」我問。

「噢，對啊，我自己把門打開的。想說如果真的有病，我們兩個應該也都中標了，哪有差？」

「這位子很快就會是你的了，」我說。「興奮嗎？」

「沒。」他蹺起二郎腿，將雙手放至腦後。「我說過了，我不想要妳的位子，我比較想去時間流工作。不過我正在為長遠做打算，如果我現在站出來，能讓艾嶺覺得我值得信賴。」

「總之，等你偷襲我之後，記得把刀子上的血擦乾淨。」

「我有試圖說服他把妳留下來，妳看起來就很想留在這裡。」他停頓。「嗯，好像也沒有真的很想。妳對每個人都很惡劣，但不知道為什麼他們都還是很喜歡妳。我從來沒看過有人像妳那麼會踐踏別人的善意。」

我把自己從診療臺上撐起來，面對他坐著。「我們現在的交情進展到可以直來直往了是嗎？」

他聳了聳肩。「我總得搞清楚自己在跟誰打交道。難道妳覺得我不會四處打聽嗎？還是覺得其他人不會主動提起？其實很多人都願意講。人就是這樣。」

「所以你現在很瞭解我囉？」

他搖頭。「沒有人能真正瞭解任何人，妳的事就是妳的事。」他將雙手交疊在腿上。「我記得那次爆炸。喪生的那個女人……」

「梅娜。」

「愛因斯坦那裡還有些人認識她，說她以前曾經當過航班的服務人員。」

「嗯，那是來飯店工作之前的事，她在愛因斯坦待過一段時間。」

尼克點了點頭。「每個人都很喜歡她。」

「她就是那樣的人。」我強壓下喉頭的哽咽。

「我可以給妳一點建議嗎？」他問。

「不可以。」

他癟著嘴，盯著我看了一分鐘。「嘛，反正我說出來妳就會聽到，我想應該就夠了。」他清了清喉嚨。「面對心愛的人過世，那種感覺非常糟糕。」

我等著他繼續，覺得也許他是故意停頓，好製造下一句話的震撼感，於是我問：「接下來你是不是要說他們其實都活在我們心中，或是要說其他會令人感動到痛哭流涕的屁話？」

「沒有。我想說的就只是，心愛的人過世是很糟糕的感覺。」

我重新躺回診療臺上。「對，的確很糟。」

沉默片刻後，他問：「遇到這種事情都不會讓妳覺得很抓狂嗎？」

「很多事都會讓我覺得抓狂。」

尼克搖頭。「我是說他們現在在做的事，用那種方式把人塞進兩棟側樓。所有資源都被那些不用做任何工作的人抓在手裡，而實際做事的人卻得睡在走廊的折疊床上，這根本就是……我連要怎麼形容都想不出來。」

「根本應該視為犯罪。」

「我只知道自己絕對不會同意去睡那些該死的折疊床。」尼克說。「我的意思是……看看那些人，他們擁有的已經那麼多了。」

「以前有句話在說，某些人出生就在三壘，卻以為是自己打了三壘安打[35]。」我對他說。「有些人的財富與權勢明明是繼承得來的，卻不但認為那是自己努力的成果，還覺得是應得的獎賞。我們現在遇到的這些人更是奇葩中的奇葩，生在三壘，卻覺得整座體育場都是自己蓋的。」

尼克正打算說什麼，便聽見艾嶺的聲音從他的手錶中冒出。「你下來安全部這邊。疾管中心的人還有很多程序要做，不過他們說你已經沒問題了。」

尼克站起身，伸手去抓門把，然後猶豫了一會兒。接著他轉頭問道：「妳要一起來嗎？」

好人尼克帶我越獄，甚至提議要我和他一起去安全部辦公室，不過此時的我只想好好休息。我太累了，連動腦都會痛。我從接待臺後方取回旅行袋，很高興沒有被人順手牽羊。在走向折疊床區的路上，我看見梅娜漫步穿越過大廳。她離我太遠了，我過去也來不及，而且她也沒看見我。我在某個偏遠角落找到一張空床位，和最近的人之間還隔著一大片沒人睡的折疊床之海。我遙遠的鄰居是個愛因斯坦的航班服員，制服仔細折好，推入床底。

我將袋子放在腳邊，盯著爆米花天花板[36]看了好一會兒，心想，哇，我真的應該睡一下。想當然耳，我越努力想睡，就越難睡著。雖然這一區的燈光已經調暗，但對睡眠沒什麼幫助，我還是喜歡完全的黑暗深淵。我閉上雙眼，仍然看得見光芒隔著眼皮穿透進來，彷彿我正上方開了扇天窗電燈。

說起來那個電力問題真的很奇怪。

我坐起身，希望此時白板能在身邊。我試圖回想白板上的內容，回想之前寫下的所有名字。也許應該要再加上電力才對。我早就知道裡頭有問題，而照克里斯所說的，問題比我想的還要嚴重。有東西在吞噬大量的電力，而且使用頻率沒有規律。我很想叫盧比幫忙分析這件事，不過我想它應該回不來了。我也想透過手錶呼叫克里斯，但是打開聯絡人名單卻發現自己已經失去管理員權限。

艾嶺不是開玩笑的。

但是他之前說過要我解決問題，而我到目前為止都不能算是在解決問題，只是不斷給予回應。我已經花了時間去思考自己的情緒，現在真得好好解決眼前的狀況了。

35　這是流傳於美國八〇年代的名言，曾有棒球員、政治人物等數次在公開場合引用過這句話，不過真正的出處未詳。

36　爆米花天花板（popcorn ceiling）是二十世紀中期至八〇年代在美國流行的天花板處理方式，表面會有許多突起小點，彷彿整片爆米花般凹凸不平。

反正睡不著，那待在這裡也沒意義。

「你覺得我現在應該找誰談？」我再次忘記盧比已不在肩上，我的問句只是讓附近幾個躺在折疊床上的人覺得莫名其妙。

為了自娛，我幫自己的問題給了個答案。「老瑞。」

也許他會對電力問題有些不一樣的切入角度。

我套上靴子走向大廳，從看臺上看見卓客正在和一名穿著防護衣的女人說話。女人身形矮小，有著一頭灰色鬈髮。我聽不到她們說什麼，但是女人沒戴面罩，而是將它夾在腋下。那是果特立醫生嗎？如果真的是她，拿下面罩這一點應該是個好跡象。

我正要走向大廳，便看見老瑞從我正下方走了出來，身形搖搖晃晃，也許是喝多了。

接著他就轉過身，雙手摀著腹部，鮮血和臟器洩滿一地。他仰面倒下，即便從我的位置都看得出他在觸地之前便已死亡。我聽見飯店深處傳來雲霄飛車爬升軌道時的聲音，喀噠喀噠喀噠。

但這不是時移。

而是動物發出的聲音。

混沌理論與推測

我朝安全部辦公室狂奔，心臟不停撞擊肋骨。老瑞的屍體還躺在原地。待在空曠處確認已知的事實會讓我也丟了小命，對誰都沒好處。

當我終於跑到辦公室門前，才想起自己的安全權限已被撤銷。我正抬腳踩上門把旁，便看見門板開了一道小縫。我用肩膀擠了進去，正好將尼克撞倒在地。我溜進辦公室，正要關上門就看見寇藤和沃瑞克也跟在我身後擠了進來。我沒理他們，逕自走向儲物櫃。

「外面是怎麼回事？」辦公室另一端的艾嶺發問。

「把盧比和我的權限還我，快點。」我對他說。

「妳先告訴我……」

我跳上一張桌子，伸手摸向櫃子後方，摸到我用膠帶貼起藏在裡頭的鑰匙。「老瑞的內臟已經被整個翻出來了，看起來像是遭到動物攻擊。我們的地下室有三隻小恐龍，依照現時的行為判斷，我對整件事有非常不好的預感。在你反對之前，別忘了我槍法很準。」

「讓我幫忙。」寇藤說。

「你是能夠怎麼幫？」我問。

「我是整間飯店裡最聰明的人。」他歪嘴擺出得意的笑容，正好和沃瑞克臉上閃過的一絲尷尬相輔相成。

「好啊，天才兒童。」我暫時停下尋找鑰匙的行動。「我推斷現在有三隻恐龍在逃，而且我們缺乏獵捕設備，來，說說你有什麼計畫。」

突然之間被要求當個聰明人、而不只是口頭說說，令他微微瞪大了雙眼。「我們可以打開大門，把牠們引到外面。」

「然後把問題丟給別人解決是嗎？你就只能想出這種建議？從現在開始你給我閉上嘴，不要再對我說任何一個字。」

寇藤似乎打算回嘴，但被沃瑞克拉住肩膀，安靜了下去。這家人裡至少有一個人有點理智。

當指尖一掠過油漆膠帶粗糙的邊緣，我立刻撕下鑰匙，手忙腳亂地找出槍盒、打開盒鎖。盒子裡放著一把九厘米手槍，僅供緊急情況使用，只是這裡從來沒發生過緊急情況。希望火藥還能擊發。上次我清槍上油是什麼時候？六個月前嗎？還是一年？完全想不起來。算了，反正時間在這個當下沒有任何意義。

我拿起槍轉身，立刻看見盧比正飄浮在我視線中，彷彿一隻激動的小狗，鏡頭上的塑膠眼珠翻成了斜視。

「阿呆，歡迎回來。」我說。「發布廣播叫所有人回房間、並將門擋住，直到我們宣布安全為止。」

「看在妳這麼有禮貌的份上，我就幫幫妳吧。」

「睡折疊床的人怎麼辦？」尼克問。

好喔。「叫他們進房間或廁所，或是任何安全的地方，然後把監視器畫面拉到螢幕上，我們得知道自己要對付什麼。」我轉向艾嶺。「你有帶嗎？」

他拉開西裝領子，露出皮套。「電擊槍，只有一發。」

「比零發好。」

我們走向監視器螢幕時便聽見門外傳來盧比的公告廣播，它稍微放慢了說話速度，讓自己聽起來更平靜：

請所有人至安全地點避難，並將出入口封住。請注意，這不是演習。如果無法進入客房，請躲入門板堅固的空間。

即使在辦公室內，我們也能聽見混亂而嘈雜的尖叫，所幸現在已經很晚，還在外面的人並不多。我看著監視器畫面縮小、分散成許多小方塊，而盧比正從中找出此刻最需要注意的幾個鏡頭。我立刻找到自己最想看的影像，最重要的那支監視器——畫面位在螢幕下方角落。看見的瞬間令我的胃袋頓時翻騰起來。

通往地下室的安全門是開的。「牠們是被人放出來的。」

「誰？」尼克問。

「那不是現在要解決的問題。」我說。

某個模糊影像從其中一個畫面快速掠往另一個畫面，然後再次消失。盧比重新排列影像順序，讓我們能追蹤那隻生物的行蹤。

找到了。

我不是古生物學家，只是剛好知道盜獵者偏好哪幾種恐龍。我本來以為闖進來的只是普通的伶盜龍，最多長成人工飼養火雞的大小。雖然還是危險，但至少能夠應付。

不過我現在覺得這幾隻看起來像猶他盜龍，身長應該可以達到十八英尺。

畫面上的這隻還沒長那麼大。此時可能跟我差不多，或者大我一點，還是個青少年，不過依然是我不想與之纏鬥的東西。

看看老瑞的下場。

我穿過辦公室，開始尋找入耳式耳機。我知道它們被我塞在某個地方，最後在某個櫃子的最底層找到，就放在一綑特粗束帶旁邊。我把耳機盒和束帶都拿到桌上。

「我們現在有兩把有用的武器。」我頓時想起癸森。我知道他有帶槍，但還是不希望他介入。

「艾嶺，一支耳機給你，以防萬一需要分頭行動。」此時尼克怯生生地舉起手。「你沒有武器不准出去。留在這裡監看畫面，幫我們注意狀況。」

盧比飛入我們中間。「我完全可以勝任追蹤影像的任務……」

「你要跟我們走。」我對它說。「我需要你幫忙偵察，你對牠們來說比較不像食物。」

「我有問題。」艾嶺拿起束帶。「妳是認真的嗎？」

「牠們和鱷魚差不多，向下咬合時的力道最大，而這些束帶的表定耐受力是五百磅。我們要把牠們關在飯店裡，不能讓牠們跑出去。」

「確定要這麼做？」艾嶺問。「還是我電擊、妳開槍？」

「不，我確定。」我對他說。「你也知道我出過多少次恐龍任務。目標是活捉，不是殺害。」

前半句的真實性只有一點點。我沒有真的用束帶綁過恐龍，但我相信理論應該正確。後半句則不是我說的：是梅娜。

我記得有一次——雖然有時難以分辨，不過這並非時移，而純粹是我的記憶——我們兩個在溫暖的夏日散步時在人行道上看見一隻毛毛蟲。我抬起腳準備踩在那如同刑具一般的詭異身軀上，深怕牠可能會爬進房間，在我睡覺時鑽進耳朵。

不過梅娜將我拉住。她彎身將手放在牠的路徑上，讓牠爬入掌心。她捧著蟲走向飯店周圍的樹叢，把牠放在一片葉子上，而牠便將小小的腦袋——或者屁股，誰知道呢——高舉至空中，看起來就像在跳什麼快樂之舞。

我對妳很失望，她說。

就是蟲而已，我試圖打哈哈閃過，但是能從話中聽出梅娜的痛苦。我知道自己做的這件事會讓她耿耿於懷好一陣子。

我們必須有志終結所有的苦難，她說。

連蟲都不能殺？我問。

連蟲都不能殺。

那如果不小心踩到呢？只因為沒看到，我就永世不得超生了嗎？

她的語氣多了幾分惱怒。意圖比行為本身更重要，妳剛才想要傷害牠。

我沒有那麼想。

問題就是在這裡，不是嗎？

我試圖回應，卻發現無法反駁。她見我開始糾結，便在我臉頰上吻了一下。親愛的，連蚊子都不行，尤其是有朝一日會變美麗的事物更不可以。

變得像妳一樣美嗎？話一出口，還沒看到她翻白眼，我便覺得自己這麼說太傻了。

蝴蝶的譬喻就算了。重點是保持良善，就是這樣而已。

在那個當下，我答應自己以後不再找毛毛蟲麻煩。我會把蜘蛛請出房間，讓牠們留在走廊，而不是變成一攤爛泥。就算是大隻的也一樣。

所以，只要有辦法抓住這幾隻恐龍，我就會試著去做。為了她。

我應該要害怕的，應該要打從心底感到恐懼才是，但是我的腎上腺素正在飆升。我從口袋裡掏出一顆時妥寧，直接乾嚥下去，這是為了讓自己保持此刻的敏銳，不會因為掉進時移的回憶之中而整個人僵住，導致丟了小命。我看向寇藤和沃瑞克。「不要離開這間房間。」

接著便和艾嶺一起踏入大廳。

警報聲低而柔，不會給人緊張的壓力。我們放眼望去，沒見到任何人影，並希望沒有人躲在桌子底下或者某個東西後方。老瑞的屍體倒在大廳遙遠的另一端，躺在黑多過紅的濃稠血泊中。

……血滴在藍色地毯上，向下滲入纖維，由紅轉黑……

不對。我人在大廳裡。

這是怎麼回事？

沒關係，現在不重要。

可是我剛才明明吃了藥，為什麼還會發生時移？

我留意著是否還有人在外遊蕩。我們朝大廳中央移動，而艾嶺低聲問道：「把牠們趕到外面這個計畫可能沒那麼糟。牠們是冷血動物吧？遇到雪不是會變得遲緩嗎？更容易捕捉？」

「拜託，不要連你也這樣。」我對他說。「還要讓牠們有機會跑到最近的城鎮？不可能。」

「只是討論而已，」艾嶺說。「飯店還是歸妳管，小簡。」

我轉過頭，冒險迎向他的目光。「是這樣嗎？」

他嘆氣。「妳知道被總統本人痛罵是什麼感覺嗎？我之前投給他欸……」

喀噠，喀噠，喀噠，喀噠。

我們同時安靜下來，試圖找出聲音來源，但是根本不可能。這裡有太多堅硬、平滑的表面了，那聲音彷彿橡膠球般四處彈跳。我按住耳朵：「通話測試，有聽到嗎？」

「很清楚。」尼克說。

「天眼先生，告訴我們你看到什麼。」我說。

「一隻在地下室，一隻在三樓，看不到第三隻。」

「有人在樓下嗎？」

「疾管中心占據了其中一間會議室，不過防護措施看起來很穩固。恐龍在門外徘徊，我覺得應該進不去。」

「安全的話就先不管他們，樓上的人比較多。」我說。「盧比，你去把第三隻找出來。一邊注意監視器一邊四處搜索，牠可能在鏡頭的死角。艾嶺，我們去樓上。」

盧比飛行離去，艾嶺和我朝通向上面一層樓的走道前進。我用指尖按住耳機，壓低音量說：「務必看好我們的前進路線，我不想要被偷襲。」

「呃……」

「呃什麼？」我問。「我不喜歡聽到這個聲音。」

「監視器是不是有問題啊？」尼克問。

「盧比？」我說。

「監視器受到某種干擾，某些畫面一下有一下沒有。」

「現在的意思是我們瞎了嗎？」

「還沒瞎，」盧比說。「不過……快瞎了。我不知道問題在哪裡，我查一下。」

我轉頭看向艾嶺，他正努力擺出勇敢的表情，但是不怎麼成功。「你罩子最好放亮一點。」我說。

我們踏入走道，往二樓移動。我用力去聽，聽得耳朵嗡嗡作響，然後再次聽見一陣喀噠喀噠喀噠，這次距離更近。

二樓看起來沒有危險。我們謹記著飯店某處還藏著第三隻恐龍，開始往上一層邁進，再次踏上不適合獵捕恐龍的走道。路徑彎彎曲曲，視線不佳。我們抵達走道頂端，雙雙貼緊牆面。

「如果遇到……」艾嶺輕聲說道。

一陣求救聲劃破寂靜。

我們立刻衝入走廊，追著聲音的方向而去。我的心臟迅速下沉，一直掉到小腸末端；我知道前方就是一部分折疊床所在的位置。踏過轉角，我們看見一群人半裸著蜷縮在牆面中央的凹室，伶盜龍正站在狹窄走廊的其中一張折疊床上，體重將床架壓得幾乎變形。牠的深灰色羽毛帶有紅邊，幾乎不會反射光線，看起來既邪惡又美麗。

沒有路能讓我們繞至另一邊，而那群人似乎想躲進一間儲藏室裡，但是沒人知道通行密碼。伶盜龍後退幾步，準備朝他們躍出，而我來不及阻止，艾嶺便已出聲大喊：「嘿！」

牠轉過頭看，歪著腦袋，彷彿在想我們是從哪裡冒出來的，接著又將注意力拉回蜷縮成一團的人群身上。也許是因為牠感覺得到他們的恐懼，判斷對那些人下手比較簡單。我左手邊的桌子上擺著一只插滿鮮花的水晶花瓶，我拿起花瓶朝恐龍扔去，砸中牠旁邊的牆面，玻璃摔得粉碎。

這成功吸引了牠的注意力。

牠轉身掉頭，和我四目相對。

我舉起雙手大喊：「對，就是這樣，過來這裡。」

恐龍跳下床架，彷彿在打量我們兩個似的遲疑地走了幾步，然後便邁開腳步、奔跑起來。我如火箭般衝了上去，艾嶺跟在身後。我感覺有東西朝我側邊伸來，轉頭便看到艾嶺遞出的電擊槍。

「妳比較準。」他說。

「謝了。」我接過電擊槍。

我們停下腳步。我檢查保險開關已關，然後深呼吸使自己平靜。

這顯然是愚蠢的舉動。那東西很快就衝到我們面前。

牠猛撲過來，而我的腦袋瞬間空白，身體進入自動駕駛模式。我朝右側轉，同時帶起一腳、踢中那隻動物的胸骨，既將牠推遠，也將自己頂向後方。

問題是我的力道抓得太好，結果整個人騰空飛了起來。我壓低下巴，在墜地時用空著的那隻手拍向地面，分散部分衝擊力，並順勢將雙腿高舉過頭、向後滾翻、轉成站姿。我幾乎可以聽見自己的腹部在尖叫。肌肉記憶還在，但是留下來的記憶多過肌肉。

等到我起身，那東西已經再度衝來。我舉起電擊槍，擺出射擊動作，此時艾嶺從一旁衝出，用肩膀衝撞恐龍。他們兩個失去平衡，雙雙倒在藍色地毯上，接著伶盜龍撐開下巴包住艾嶺的前臂，令他大叫。

我衝上前，朝恐龍側邊狠踢，但牠絲毫不理，只是左右甩頭，力道大得像能咬斷艾嶺的手臂。血從恐龍的下巴滲出。我不知道牠是否咬中了重要的血管，如果是，我此時的反應速度將會決定一切。

於是我舉槍瞄準。

我說：「抱歉了，艾嶺。」

他睜開眼睛看向我。

我猶豫了一下。

不過他隨後點了點頭。

我從後方擊中恐龍，牠頓時全身緊繃。有那麼一會兒，牠似乎將嘴咬得更緊，艾嶺也叫得更大聲，雙方都因為電流竄動而處於痛苦之中。不過接著牠便鬆口，發出可怕的刺耳叫聲，空氣中瀰漫著頭髮燃燒以及肌肉燒焦的氣味。

那東西一倒地，我立刻放開扳機，以兩條束帶綁住牠的口鼻部分，然後是兩條腿。等要綁束前肢時，牠終於甦醒，我必須用力壓制才不至於被那些和我腳大拇趾差不多的爪子劃傷，不過最終順利完成。

我蹲在艾嶺旁邊，一邊注意恐龍的動靜，一邊把口袋的槍放到地上。艾嶺抓著自己的手臂發抖，我掏出刀割開他的袖子。血多到分辨不出傷口在哪，但是流動的力道看起來並不強。我拿起袖子碎片纏在他手臂上。

「深呼吸。」我對他說。

他照做，於是我用力紮緊。

他弓背大叫。

我撿起槍，希望剛才的騷動沒有引來另外兩隻恐龍。

「準備好去抓下一隻了嗎？」我問。

「放馬過來啊。」艾嶺悶哼著說。

我所能想到距離最近的安全空間是健身房，於是便將艾嶺拉起，站到他沒受傷的手臂下方，將他的手架到我肩上。他雖然拖著腳步，不過大致上能靠自己的力量前進。我握著手槍，以防突然有另一隻恐龍朝我們衝來。雖然我很不希望開槍，但現在沒有選擇。

健身房裡有個身形細瘦的老男人，身上穿的昂貴運動服看起來從沒被任何一滴汗沾溼過。我花了一點時間才認出他是誰，就是今天早上在電梯裡抱怨菜單的男人。隨著我們靠近，他開始拍打玻璃。「那是什麼東西？我看到的真的是恐龍嗎？」

「開門。」我對他說。

男人走向門邊，但是沒有開門，而是握住門把向內側拉。我以手錶感應門鎖、試圖開門，發現打不開。我用槍托敲玻璃。「你開什麼玩笑？把門打開。」

「外面還有其他隻嗎？我怎麼知道安不安全？」

「媽的快點開門。」

他搖著頭，驚恐地瞪大雙眼。我讓艾嶺靠上牆，他立刻滑落坐在地上。我抓住金屬門把用力拉，讓門移動了幾寸，不過此時男人卻一腳踩上門框。

想跟我玩這招？

我將槍口貼上玻璃，正對著他的臉。

他立刻高舉雙手，於是我用力拉開門，抓過艾嶺拖了進去。男人不停後退，一路退到最裡面的牆邊。

耳機裡爆出尼克的聲音：「發生了什麼事？我現在什麼都看不到。」

「艾嶺受傷了。」我說。「盧比，現在情況怎麼樣？」

「我找到其中一隻，在時時刻刻裡。」它說。「但我還是不知道監視器有什麼問題。」

「尼克，想辦法看你那邊可以做什麼。」接著我轉向老男人，指著毛巾架上那副看起來很貴的抗噪耳機問：「這是你的？」

他點頭，於是我拿起耳機折成兩半。他並未抗議，我因此感覺好了一點。我拍拍艾嶺完好的那隻手，問道：「你還可以吧，老大？」

他點頭。「妳去吧。」

我確認槍已上膛，拍了拍塞滿口袋的束帶，意識到除了腦袋之外，沒有其他工具可以幫我抓住剩下兩隻恐龍。我可不可以對其中一隻的腿開槍？所謂的苦難是在說疼痛還是在說死亡？為什麼佛教徒的腦袋一定要他媽的那麼硬？

我踏入走廊，豎起耳朵保持警覺，然後詢問盧比那邊的情況。「還在時時刻刻裡嗎？」

「現在正朝吧檯走去。」

「上面有人嗎？」

「我沒看見有人……喔，牠看到我了。」

一陣沉默。「然後呢？」

「牠很……好奇。我會試著吸引牠的注意力，前後移動，看牠會不會跟上來。」

一個計畫正在我腦中成型。「如果你能在不被抓到的情況下進入廚房，並且找到牠會想吃的東西，就能吸引牠的注意力一段時間，然後就能……就能……」

「冷凍庫。」盧比說道。「如果能把牠引進去，我們可以把牠鎖在裡面。」

「很聰明嘛。」我朝著通往上面一層樓的坡道前進。「終於盡到你的本份了。」

「坦白說，這招來自史蒂芬．史匹柏的經典電影《侏儸紀公園》……」

「你其實可以什麼都別說，我應該會很佩服，」我對盧比說。「牠們可以跳多高？」

「大約十到十二英尺。」

「那你進廚房找到好吃的東西後，就能感謝我們有挑高天花板了。」

「有個問題：我沒辦法打開冷凍庫的門。」

「所以才要你吸引牠注意力啊，阿呆。我會去開門。」

「這聽起來不是什麼好主意。」

「那就想個好一點的，想出來之前先照我說的做。」

盧比切斷通話，而我正沿著斜坡向上移動，仔細聆聽任何可能暗示伶盜龍正在靠近的聲音。不管地下室那隻迷上了什麼，我都希望牠能繼續保持興趣。

接近餐廳玻璃門時，我說：「我快到了，切斷通訊、掩護我，讓我可以繞到冷凍庫那邊。」

「我找到一塊豬里肌。」盧比說。

我將頭探出轉角，看見盧比飄在二十尺外的空中，而這一隻伶盜龍——體型比上一隻稍小，羽毛色斑也橘多過紅——正急忙爬上桌子，想抓住吊在盧比底盤上晃動的粉色肉塊。我腦中浮現的第一個念頭是：之後要怎樣才能把盧比機身上的生豬肉清乾淨？

又是個不該於現在思考的問題。

我偷偷摸摸爬進門，貼緊最遠的牆面。盧比看見後便開始後退，替我營造出寬闊的移動空間。忐忑不安的情緒沒有消失，我繼續握著手裡的槍，想知道自己會多快跌回平常的道德標準。

——同時我也在想，恐龍的聽力不知道有多敏銳？

不過思考這個問題毫無意義，因為我太專注於貼著牆，以至於不小心撞上一張椅子，金屬椅腳發出的摩擦聲之刺耳響亮，讓我的脊椎一陣顫抖。我聽見身後傳來一陣撞擊聲，便立刻蹲下躲進帶位臺後方。

頓時一陣寂靜。

我屏住呼吸。

突然之間，燈光變了，整間餐廳充斥著〈像埃及人一樣走路〉的刺耳音樂以及晃動的人影和杯盤撞擊聲。

接著一切景象又突然消失，就和出現時一樣莫名。

現在是真的有人在播那首手鐲合唱團的歌嗎？

我探出頭，看見伶盜龍正困惑地四處張望。

我正要詢問盧比是怎麼回事，同樣情況便再次發生。於是這次我看見了，整間餐廳頓時回到今天稍早的派對現場，擠滿了準備好要前往埃及的旅客，而寇藤、沃瑞克和卓客正要入座。

伶盜龍朝一名身穿奶油色袍子的老女人猛衝過去，但是突如其來的現象再次停止，一切景象消失。餐廳恢復寧靜，只剩我和盧比。

天啊，他們就不能選好聽一點的歌嗎？

還有，為什麼那隻恐龍也看得到？

這個現象在這個當下或許對我有利，但是除此之外幾乎沒有任何好處。

更糟的是，再過幾分鐘，前來拯救寇藤的我就要從門口衝進來了。我想起那個因為看見自己小時候而得了腦動脈瘤的測試飛行員。我現在這樣也算是和自己的時間線有交集嗎？

嘈雜的噪音又回來了，這次似乎持續得比較久一點，於是我冒險起身，朝廚房的方向移動。我距離廚房並不遠，蹲低了身體在桌與桌之間移動，眼睛緊盯著正張嘴啃咬但是完全咬不到周圍人群的伶盜龍。音樂一停止，我便立刻撲倒在地。

這稱得上是史上最糟聽音樂搶椅子遊戲。

一聽見音樂再次響起，我又立刻起身，在此刻並不存在的人群之間穿梭。快到吧檯了，只要能躲入後方就算暫時安全。

意思是：能過躲過恐龍的視線，希望也能躲過我自己的視線。

幽靈派對重新展開，那首爛歌再次充斥我的腦中。

離吧檯很近了。二十尺、十尺。

五尺。

音樂停止，我在一張桌子後蹲下。敵明我暗，我從椅腳之間看去，預期整間餐廳只剩下盧比和恐龍，此時廚房裡卻傳出其他動靜。

有東西正從吧檯邊緣探出頭來。

那個東西緩慢現身，而我花了幾秒鐘才認出那是什麼。

是那個小女孩。

媽的。恐龍稍微遠離盧比所在的位置，朝我們的方向靠近了些，要是牠看見那個小孩，可能會放棄豬里肌，改為更容易到手的零食。我朝小孩揮手，試圖將她趕回廚房，可她只是盯著我看。她蹲下，從粗黑的髮絲之間望著我。透過頭髮，我只能稍微看見她雙眼反射的光線。她也很害怕。

音樂再次響起，小孩躲了起來。我趁著噪音嘈雜、向前推進，想把女孩趕到廚房裡安全的地方，這樣我才能安心處理那隻恐龍。不過，雖然這段音樂的持續時間變長了，但因為我實在太想依賴聲音的掩護，以至於當音樂停止時我仍站著，並在蹲下時撞上一把椅子，在地板上發出刺耳的摩擦。

伶盜龍瞬間轉頭，筆直投來視線、與我對看。牠腳上的爪子敲擊著地板，後退幾步，喀噠喀噠喀噠的聲響迴盪整個空間，朝我襲來。

抱歉，梅娜，我的愛。

我試過了。妳說的那件小事，我真的試過了。可是我如果被牠幹掉，小女孩可能就是下一個。雖然我現在很想掐死她，但無法讓她被吃掉。

我握緊手槍，正準備起身開槍，盧比突然衝進了牠的視野。

「嘿，看我這邊，」盧比的聲音宏亮，全身閃爍著五顏六色的光芒。「豬排很好吃耶，你不想吃嗎？」

伶盜龍的注意力再度回到盧比身上。天啊，我真的不能再對它那麼壞了。我小心翼翼地確保自己不再撞到任何椅子，四肢並用地朝廚房爬去。

我在吧檯前停了下來。

自從梅娜死去那晚，我就沒再跨過這裡。我知道這是我自己的主意，但是口頭提議和實際站在廚房的門口，是兩件非常不同的事。

我害怕接下來可能看到的景象，於是又從口袋掏出一顆藥。我很清楚，現在再吞一顆時妥寧就等於跟自己的腎過不去，不過按照現在的人生走向看來，我應該也很快就不需要它們了。我吞下藥，彎身伏低，確認自己不會被伶盜龍看見，然後走了進去。

廚房昏暗，沒有小孩的蹤影。希望她反應聰明一點，已經找地方躲好。

裡面看起來不太一樣。磁磚被換掉了，以前是帶有黑點的海綠色，現在卻變成了地鐵白，配上許多鉻色的裝置；整體格局配置也改了。冰箱移到了另一側，就在最遠端的大型冰庫旁邊；烤箱還在原處，不過數量更多，外表也更現代化。

烤箱……

……時間很晚了。我不知道是幾點，不過至少晚到整個地方都沒人，於是我一邊走進廚房，一邊拍打身上的口袋尋找打火機，想著現在去屋頂上抽支菸，在梅娜回來之前還有時間漱洗一下。雖然幾個月前得了重感冒後她的嗅覺便有些遲鈍，不過我每次抽菸還是會被抓到。

我發現身上沒帶打火機，於是便走向爐子……

不行，現在不能時移，我要集中精神。

到底是怎麼回事？明明已經把時妥寧像糖果一樣嗑了，應該要沒事才對。

動作得快點才行。

「盧比，把那東西帶進來。」我說。

我朝冷凍庫走去……

……這時梅娜在我身後喊道：「噢寶貝，妳認真的嗎？」

我回頭去看。此時的我嘴裡叼著香菸，正彎腰去借爐子的母火，心裡想著只要點燃香菸後使盡全力吸氣再快步走出去，就能在不留下一點餘煙的情況下抵達通往屋頂的出入口。我知道這麼做違反規定，但是管他的，人有時候就是要活得自在一點。

可是現在被梅娜看著，我做不到。即使對於尼古丁的渴望正在體內蔓延，我也沒辦法在她面前抽菸。我試過了，試過一次，那感覺比在別人面前第一次裸體還要糟糕。她從來沒說過我不能抽菸，但我知道她不喜歡。

我做會傷害自己的事時她都不喜歡。

我拿下香菸，朝她伸去。她穿過廚房拿走我手中的菸，微翻白眼，將菸丟入最近的垃圾桶。然後她將身體靠向我，用手環繞我的腰間，將我拉近親吻，而我嘗到了櫻桃的味道。

我覺得自己好像忘了什麼。有種微微發癢的感覺。

「喏，」她說。「這樣不是好多了嗎？」

「當然很好，但是改變不了我想拿椅子砸窗戶的衝動。」

梅娜皺起眉。「我要叫艾蕾西不准在禮品店裡進妳抽的牌子。」

「我可以換啊。」

「親愛的……」梅娜沒把後面的話說完。

「是的，母親大人請說？」我問。

「別來這套。」她說，然後對著廚房環視了一會兒。「我有件事要告訴妳，現在應該是個好機會。」

又來了。我到底忘記了什麼？

我伸手攬住她的腰。「說吧。」

「妳有的時候真的很混蛋。」

我仰頭大笑。「喔對呀，就是這樣妳才愛我呀。」

梅娜嘆氣。「以前有位大師……」

「嘿，」我對她說。「不要再講公案了，妳有事要告訴我就直接說。」

梅娜點點頭，露出家長對考試及格的學生會露出的笑容。「妳知道我以前的生活是什麼樣子，我媽一直覺得我是魔鬼，我剛出櫃的時候她甚至去找了牧師來驅魔……」

「妳媽是個爛人。」

梅娜點頭。「雖然妳從來沒說過為什麼，但我知道妳和父母之間的關係也不好。我很能理解那種感覺。不過，這裡的人一直以來都很支持我，這點無庸置疑。而他們既然是我的家人，也就是妳的家人，妳不應該用這種方式對待他們。或許妳覺得很好笑，但這一點也不有趣。」

「幽默感是我最大的優點。」

「不要再開玩笑了。」梅娜說道。「大家向妳伸出援手，妳卻將那些手打掉，遲早有一天他們會不再伸手。也許有一天，到了妳真的需要幫助的時候，妳會發現他們都不在了。比方說布蘭登，妳是不是根本沒去看過他？」

「有完沒完，布蘭登又怎麼了？」

「我說的就是這個。妳連他怎麼了都不曉得，這就是問題之一。」

梅娜的手指繞上我的後頸，指尖停在肌肉凹陷的地方。「我想讓妳看一幅畫。」她說。「在芝加哥。」然後她將我拉近，輕柔地吻我……

……某個龐大重物衝了過來，將我撞至爐邊。撞擊力道之大，我花了片刻才想起自己在哪兒。我四肢並用，朝冷凍庫慌亂爬去，希望在牠重新站穩之前可以去到門邊。

就在此時，我看見摔在地上的盧比。

這裡的天花板太低了。我想對它大喊，告訴它應該待在外面，待在安全的地方。

伶盜龍在廚房的另一邊，爪子因為地板而打滑，可是牠已經起身，正專注地看著我。我猛力去扯冷凍庫的門，試圖拉開，但是卡住。門上有門確保緊閉。我拉出門閂，用力扯開門，然後轉頭就看見伶盜龍正速度飛快地衝來。我舉起手，但是發現槍已經不在手中。一定是剛才恐龍衝過來時撞飛了。

看來就是這樣了，我即將成為恐龍的食物。

我伸出一隻前臂，覺得牠應該會咬住，我就能將牠一起拖進冷凍庫，此時冰箱後方突然冒出某個身影。癸森穿著灰色棉褲、T恤和球鞋，正揮舞著手裡的滅火器。他狠狠擊中恐龍，將牠打飛至牆邊。伶盜龍一離開我，他立刻拔出槍套裡的槍，對準那隻慌亂起身的爬蟲動物。我對他大喊：「不要！」

他轉頭看我，滿臉疑惑，不過又搖了搖頭，然後瞄準。伶盜龍已經朝我衝來，於是我向上躍起，抓住冷凍庫門內側頂端一處凸出處，寒意在我掌心灼燒，不過結霜夠粗糙，我還抓得住。恐龍衝到門邊，我繃緊核心肌肉，在被撞到腹部之前舉起雙腳，讓牠闖過身下，撞上冷凍庫底部的牆。

我跳下來，猛力關上門，重新插上門閂。

完成之後我轉向癸森，看見他現在舉槍對著我。

我心想，也許就是現在了。

可是他在時移中穿的是西裝。

也有可能是他改變了心意。

我屏住呼吸，等待接下來發生的事。

他將槍放下。我背靠冷凍庫的門向下滑落成坐姿，此時伶盜龍從另一側撞向門板，令我不禁漏了點尿。門板發出顫動，但還算穩固。

「為什麼不讓我開槍？」他問。

我考慮說實話，但知道那個理由對他來說不夠充分，於是便說：「疾管中心下令活捉。」

他點頭。「他們就是一群笨蛋而已，怎麼會覺得非得那樣處理才叫安全。」

「政府單位嘛，能拿他們怎麼樣？」

癸森大步走來，朝我伸出手。我盯著那隻手看了一會兒，想起梅娜以前說過什麼關於手的事情。我接受了。他抓住我，握得很緊——太緊了，彷彿想藉此證明什麼。不過我任由他將我拉起。

我們互瞪了一會兒，然後他說：「剛才舉腿的動作滿帥的。」

「謝了。」

「還有幾隻那種東西？」

我彎腰撿起掉下的槍，走向盧比，同時對著身後說道：「還有一隻。」我撿起無人機放在不鏽鋼工作檯面上，發現它其中一邊的螺旋槳掛了，兩顆鏡頭的凸起鏡面全都裂開，塑膠眼睛也掉了一顆。我按了機身側邊的按鈕，想著也許關機重開它就會再活過來，但是沒有。

「尼克。」我壓著耳朵。

「我在。」

「盧比有跟你在一起嗎？」

「據我所知沒有。」

我還以為它會改為透過主機系統說話，看來是沒這回事。我繼續戳了戳那架無人機，覺得胃裡一陣沉重。我以前好討厭這玩意兒。

一直對我嘮嘮叨叨，一直黏在旁邊。

討人厭的傢伙。

「還是沒有監視器畫面。」尼克說。「我在這裡根本是瞎的。」

「如果外面還有一隻那種東西，你們的計畫是什麼？」癸森問。

我完全不知道自己在哽咽什麼，但總之先壓下。為了那種東西難過未免太蠢。就是一架會被我拿靴子丟的傻乎乎機器人而已，到底有什麼好難過的？不過就是會飛的智慧型手機。

「呃，我們……」

我深呼吸。「最後一隻在樓下。我們去地下室把那隻也關起來。」

「是要怎麼關？」他問。

「得臨機應變了。」

他走向一只大塑膠桶，裡面裝滿了要放在吧檯的綜合堅果。他伸手進去抓了一大把塞進嘴裡。

「我跟妳去。」

「你待在這裡。」

「妳想阻止我？」

「為什麼想幫我？」我問。

「不是幫妳。」他走向水槽，從水龍頭倒了一大杯水，並喝掉大半，我可以聽見他喉嚨吞嚥的聲音。「我在這裡的工作是保護我的老闆並解決威脅。妳現在什麼都沒有，瘋了才會拒絕人手。」

「也沒人說過我聰明。」

他站到我旁邊，檢查自己的槍，似乎很滿意。「走吧。」

監視器掛了，我現在就可以殺了你。有誰能證明你沒有襲擊我呢？我可以編出頗為合理的自衛理由，永遠沒有人會知道真相。也許這才是我此時最聰明的選擇。保護自己，不受未來侵害。

我的手握緊槍身。

他似乎從我眼裡看見什麼，往後退了一小步。

不過此時我便又聽見梅娜的話。

終結苦難。

「你可以跟，但是不准開槍。」我對他說。「飯店裡很多牆面都很薄，我不能讓任何人有中彈的可能。等一下面對的情況絕對不輕鬆，但我們要全力以赴，懂嗎？」

他想了好一會兒。

然後點頭。「好。」

鬼才相信。可是我還有什麼選擇？

我們並肩緩慢前進，仔細聽著第三隻也是最後一隻伶盜龍的聲音。照我所知，牠應該還在飯店底層，但我們沒道理在此時太過自信。

「如果你老闆得標了，你有什麼打算？」我壓低音量問。「來坐我這個位子嗎？」

癸森沒有馬上回話，我以為他可能不想聊天，不過接著他便說：「倒也不是。」

「照我聽到的消息，他搞不好根本付不出錢。」

癸森不屑地看了我一眼。「不要相信新聞說的任何東西。《富比士》那篇報導怎麼來的？幾個月前提勒在打高爾夫球時贏了他們老闆，那傢伙就發飆了，放話說絕對會報仇。我問妳，妳覺得要怎麼傷害提勒這種人？」

「拿走他們聯盟國旗圖案的床單[37]？」

「讓他們顯得軟弱。」癸森無視我的舌劍。「反正錢就是一種社會概念而已，根本不重要，重要的是權勢的影響力。在所有的投標者裡，權勢最強的就是提勒。」

「喔喔。」我想讓他繼續多說，便讓自己聽起來有些無動於衷。意興闌珊的女人最能讓硬漢滔

---

37 聯盟國又稱南方邦聯國，在美國南北戰爭中代表支持蓄奴的南方勢力。雖然現在仍有部分人士認為此旗代表南方的驕傲，不過因為是極右派人士愛用的象徵旗幟之一，所以常被認為帶有種族主義的意涵。

滔不絕。

「算了，告訴妳也沒差，反正其他人都覺得妳是神經病。」他的聲音裡充滿了紆尊降貴的高傲。「這地方是提勒的退休計畫。」

「我還以為這是金礦錢坑。」我說。

他大笑。「噢，提勒才不在乎那些東西，他已經玩夠了。他會挑一個過去的時代，搬去那裡過退休生活。他會挑一個自己的錢可以用得更久一點的地方，讓他覺得……舒服一點的地方。」他的語氣落在最後那幾個字上，令我不禁發問：「他要挑什麼時候？吉姆．克勞法的年代[38]嗎？」

「回到美國變成鬧劇之前的年代。」癸森說。

「你應該知道沒有人可以搬到過去吧？規定就是不行。」

癸森無所謂地聳聳肩。「等他拿下這地方就沒差了。明天的這個時候，他就會變成妳的老闆。相信我，如果我是妳的話，我會對他好一點。」

「你就是個負責幫他收錢的人，我為什麼要相信你？」

「因為就像我說的，影響力才是重點。要是卓客可以省省她那些遊戲，一切都會簡單很多。」

我的雷達響了起來。「什麼遊戲？」

「我們都知道這裡不可能賣給沙烏地或史密斯；美國人絕對不可能把自己的科技交到外國人手裡。而在安創改變生意模式之前，也沒有人會願意信任史密斯。這場比賽從一開始就是我們和戴維斯之間的拉鋸戰，坦白說，我覺得卓客之所以把其他人帶進來只是為了抬高價格。」

又提到卓客。可是我現在對她的興趣突然間降低了一點。「寇藤有那麼討人厭？除了那些顯而易見的問題之外，安創有什麼狀況嗎？」我問。

「我要從何說起？」他說。「隱私權問題、規避政府規範、影響政治運動，更別提整個政府的資料都存在他們的雲端伺服器上。要是再讓他們擁有這地方，掌控所有時間？不如把整個國家送給他們好了，直接改名叫做安創合眾國。」

所有政府資訊都儲存在他們的雲端伺服器裡。

其中也包括賈柏瓦基的資料嗎？

「算了，就讓卓客去耍手段吧。」癸森說。「等到她為了選總統來找我們幫忙的時候，我們會提醒她曾經對我們做了什麼事。」

另一片拼圖。

我在電梯裡聽見卓客說了什麼？

類似「你能幫我這件事嗎」之類的話？

她在和誰談協議嗎？

看來讓癸森站在我這邊也沒那麼糟糕。不過，也許我多少還是該提防他和提勒，尤其是他現在對這些事情如此開誠布公？

現在不是該想這種事的時機。

---

38 吉姆．克勞法（Jim Crow laws）是指十九世紀中至二十世紀中期在美國實行的一系列種族隔離法律。

我們來到最底層，雙雙貼著牆面。我的腦子瘋狂運轉，拚命想要提出任何計畫。我所能想出最好的主意是把那東西引到底層的避難所。底下的廊道曲折，如果跑快一點甩掉恐龍，就能及時折回出口關門，把牠困在裡面。我可以叫癸森待在門邊，在我通過之後關門。

但如果癸森決定不管我，直接關門走人怎麼辦？

同樣地，監視器看不到，要想藉口非常簡單，到時的我等同一袋白骨。

褲子後方口袋傳來一陣刺痛，我伸手去拍，確定束帶還在。

但是空無一物。

我以為它們還在身上。剛才下來之前不是才檢查過嗎？雖然我並不打算以肉搏壓制那東西，但知道身上帶著束帶至少會比較安心。一定是在哪裡搞丟了卻沒發現。我考慮再吞一顆時妥寧，不過很清楚此時再吃就是自找死路。

「計畫是什麼？」癸森問。

「把牠引到地下室，關在裡面。」

「滿蠢的。」

「你才蠢。」

「有機會的話我會開槍。」

「不行。」

「嘿，」他直視我的雙眼。「就試試看能不能阻止我啊。」接著他便大步踏入走廊，我也跟了上去。我看向地下室門口所在的那條走道，門口正敞開著；那部分的計畫尚待討論，至少還沒被完全否決。

癸森在下一個轉角停下，身體緊貼著牆面，朝我瞪了一眼。看來他找到了。我跟著貼至牆邊，仔細聆聽。有東西在地毯上用力踩踏。

癸森握緊了槍，從牆角探頭偷看。我抓住他的手臂，試圖阻止，不過他的動作非常迅速——他一把將我甩開，接著衝入空曠處，以雙手瞄準然後開火，槍聲震得我雙耳嗡嗡作響。

我馬上踏出轉角，剛好看到恐龍倒在地上，癱軟成一團。看來子彈正中頭部。

「就像剛才說的，妳的計畫很蠢。」他說。「這樣做比較好。」

對此我的回應是，拍掉他手裡的槍，一拳擊中他脖子上柔軟的位置。

終結苦難個鬼。

他的身形晃動了一下，開始咳嗽，我重心後移，抬腳朝他胸骨使出一記撐踢，又高又狠，讓他整個人失去平衡。倒地的他舉起腳來，朝我踢了幾下，阻止我再靠近。他差點踢中我的膝蓋，於是我向後跳開，他也趁機摀著喉嚨重新爬起。

「搞屁啊妳？」他痛苦地咳著。

「我說了，不准在這裡開槍。」我對他說。

「妳說不要在可能傷及人員時開槍。」他指著死亡的伶盜龍。「剛才又不會傷到人。」

我感覺手槍在褲子後方的重量，再次想著也許我該塞一顆子彈到他腦子裡，不知道能省去多少麻煩。我可以感覺到這念頭在腦中沸騰，想要毀了他、讓他見血，連梅娜的聲音都無法阻止。

我的手朝槍伸去，此時便聽見有人問：「發生了什麼事？」

大概是被槍聲吸引，果特立醫生和一群疾管中心的科學家全都跑了出來——某種程度上來說實在有點愚蠢，竟然離開本來安全的房間。我將手從槍上移開，不過很確定癸森已經看到我本來想做什麼。這顯然對未來發展一點幫助也沒有。

果特立走上前，要求報告現況，於是我便告訴她這裡的恐龍已經死亡，另外樓上有一隻被綁住，第三隻則被關在冷凍庫。冷凍庫那隻八成老早在吃我們的存糧，姆巴耶應該會對此大發雷霆。

「我的天啊。」果特立驚訝地摸著自己的臉，然後轉頭對一名紮著俐落馬尾的年輕女子說：「去拿鎮靜槍。」

「疾管中心會帶鎮靜槍？」我問。

「我們帶了一組，以防萬一。」她說。「你們不是說牠們還是幼龍嗎？」

「本來是。但是現在時間這個樣子，這就……」

「什麼意思？」她問。

我說出時鐘、烤箱和日落的事，她專注地聽著，邊聽邊點頭，最終聳肩說：「我不是物理學家，這些問題留給其他人去想吧。我們只負責確認那幾隻恐龍不會帶來危險。」

「妳要怎麼處理？」

「已經有三間研究室打來要求我們把恐龍轉交給他們。」她說。

「挑一間人道一點的。」我對她說。「不要選那種只想著把牠們大卸八塊的地方，可以嗎？」

她看著我好一會兒，微微點頭。誰知道她會不會真的去追蹤研究室的後續處理情形，但至少我說了。癸森早已閃人，幾名疾管中心科學家正跪在死去恐龍旁邊仔細檢視、進行各種取樣，我讓他們去做該做的工作，走回樓上。很多人都跑出房間，時安局的探員、幾名住客，還有一些飯店員工。老瑞的屍體被蓋上布，布已被血液浸溼，站在他旁邊的布蘭登在我走過時朝我側眼。

這一刻有著千言萬語可說，但是當我低頭看著眼前的屍體，腦中跳出來的卻是我知道最不該說出口的那句。但我最終還是說了：「這下打掃可就麻煩了。」

他轉頭，表情扭曲地看著我。「妳就只說得出這種話嗎？」

「你冷靜一點聽我說，對……」

布蘭登拿出一顆小糖，打開滿是皺褶的包裝紙，將糖果扔進口中，搖著頭。「妳就是永遠克制不了自己。」然後大步走開，將糖果紙丟在地上。

好啊，隨便，隨他去。我回到安全部辦公室，發現尼克和艾嶺都在這裡。坦沃斯醫生正用紗布包紮艾嶺的手臂，醫療箱攤開放在全像投影桌上。

「手臂怎樣？」我問。

艾嶺搖頭。「還在想要不要打狂犬病疫苗。」

「到目前為止疾管中心的檢測結果都顯示安全無虞，不過我還是會進行完整的血液檢查。」坦沃斯說。

「我知道，我知道，只是在開玩笑而已。」艾嶺說，然後看向我。「感謝妳電到我剩半條命。」

「不客氣。」我晃至監視器影像陣列前，尼克正在檢視畫面。「又恢復了？」

「對。」他說。「我不曉得到底發生了什麼事，妳和艾嶺出去之後畫面就全都白了。抱歉，當時我不知道該怎麼辦。」

監視器主控臺裡冒出盧比的聲音，響徹整間辦公室。「看起來我被伶盜龍打倒了。很高興看到妳毫髮無傷，簡諾瑞。」

我不想讓人看到臉上綻開的笑容，只好轉身面壁。「你這阿呆，死得有夠轟轟烈烈。你還有沒有備用機可以把自己安裝過去？」

「已經在傳輸資料了。」

「很好。」

我走向辦公室中央，拉過我最愛的那張破舊旋轉椅，一屁股坐下。要是現在只有我一個人，我很確定自己不用三秒鐘就能睡著。我真的很希望能睡一會兒，不過艾嶺又將我從夢土的邊緣拽了回來。「我們會取消明天的投標會。」

「看來某人終於恢復理智了。」我說。

「不管到底發生了什麼事，這都超出了我們的能力範圍。」艾嶺站起身，前後伸展受傷的手臂，確認包紮繃帶後的活動範圍。「雖然現在時間很晚，不過雪已經停了，我會叫人過來清理積雪。我們先休息，平安度過今晚再說。時安局的探員會負責整夜巡邏。」

「那大會呢？」尼克問。「先延後一、兩天嗎？」

「不，我會叫他們去別的地方舉行，就讓別人去煩惱那件事吧，如果代價是要我賠上這份工作——」他低頭看著自己的手臂。「——那就賠吧。」

我站起來，突然之間覺得自己疲累到彷彿喝酒醉。「能這樣想很好，讓別人去煩就好。那個，我知道你想要我離開飯店，但是能不能先讓我在走廊的豪華折疊床上睡兩個小時再走？」

「妳知道我也不希望那樣。」

「對對對，我知道，都是為了我好嘛。」

他應該還想回什麼，但我沒給他機會。我走進大廳，聽見廣播器裡傳來盧比的聲音，告訴大家緊急封鎖已經結束，可以自由離開房間。看來除了老瑞之外，艾嶺是唯一的傷員。我為此感到些許欣慰，然後從步道一路爬上二樓，看到稍早占下的折疊床還是空的。我跌入床上，感覺持續久站的壓力從雙腿消失，身體逐漸放鬆。

我感覺很好，但是閉上眼睛後卻看見頭頂的燈光不斷鑽入，亮到我幾乎能聽見燈具發出的低嗚。

我伸手去拿身後的槍，但腰帶上空無一物。一定是留在辦公室了。我起身脫下一隻靴子，將它甩上天花板。第一次沒扔中，第二次也是，不過第三次就砸壞了那盞燈，光線閃了幾下之後滅去，碎玻璃散落一地。幾個人從折疊床上驚醒，我只是朝他們揮了揮手。

「晚安。」我說。

我躺回床上，雖然周圍的光線依然太亮，不是我喜歡的那種死黑，但是勉強可以接受。我平躺著，思緒瘋狂運轉；當然了，當終於有機會睡覺時我就睡不著了。我想知道放出恐龍的人是誰、誰又拚命在飯店裡作亂。我想搞清楚所有關於鬼魂的無稽之談。還有，媽的，還有那個小孩。還有安創能否存取政府的伺服器。還有卓客的總統之路。

天啊，照這思考速度看來，我應該永遠睡不著了。

於是我像以前一樣做了失眠時會做的事……

……我的手在床單上偷偷爬行，越過梅娜沉睡的臀部，來到她的胸前，尋找著撲通撲通的震動。心臟的跳動會透過她傳遞到我身上，使我平靜、引我入眠。

她的肌膚溫暖又柔軟。當我找到她的心跳，她張開手與我的手指交錯。

「還醒著？」梅娜問。

「永遠都是醒的。」我說。

「好像真的是這樣齁？」她在毯子下滑動身體，讓自己貼上我。

「抱歉。」我將她拉近。

「為什麼抱歉？」她問。

「重要嗎？我常常覺得自己欠別人一句道歉。」

「為什麼？」

雖然浴室門下透露著夜燈的銀光，屋內仍是漆黑一片。我將視線投向幾乎看不見的天花板。

「真的啦，」梅娜朝我的脖子蹭。「告訴我嘛。」

「我說過了。」

「但是妳每次都沒說實話。」

她微微側身，將一隻手放至我的胸前，我可以感覺自己的心臟正在她的手下方撲通撲通跳著。

「我說真的，簡諾瑞，」她說。「如果妳懂得後悔，就應該懂得自己行為的重量。為什麼會抗拒？」

我聳肩。「我也不知道。」

她更用力按著我的心。「就在這裡，在妳的表層底下，我可以感覺得到。我知道妳的家人……」

「我家怎樣？我又不記得他們。」

「別這樣。」

「妳想聽我說什麼？」我可以感覺到自己的脈搏在她平穩的掌心裡加速。「說我爸媽其實對我連討厭的情緒都沒有，就只是冷淡嗎？說他們本來預期自己的小孩會成為醫師或律師並幫他們生出一大堆孫子孫女，結果卻發現原來我只是個他們不曉得怎麼對待的酷兒阿宅嗎？妳想要聽我說自己小時候有多孤單，而我發現唯一能讓別人喜歡我的方法就是逗對方發笑，從此之後我便不斷重複用自己唯一知道的方法去對待別人嗎？」

「當然，這些我都想聽。」她說。「不過我可以感覺得到，還有其他更深層的東西。妳得放下它們，我的皇后，它們對妳有害。我知道妳有一件事想說，卻很害怕。」

我將手覆上她的，非常清楚自己想說的是哪件事。我想要告訴她已經想了幾百次，卻從來沒有勇氣說出口。「這很丟臉。如果妳知道我會怕，為什麼還要逼我？」

「因為我愛妳呀。」她說。「告訴我吧。」

「就是這個。」話從我口中溜出。

「什麼？」

「就是這個。」我別過頭，深怕即使在黑暗中她也會看見。雖然機會很低，但眼淚還是可能捕捉到由浴室逃逸出的些許光線。「妳是第一個說愛我的人，妳第一次說的時候我根本不知道該怎麼反應。但是與此同時，我也感覺得到在那一刻之前的我活得有多空洞。我覺得自己好蠢，為什麼那麼微小的一句話就能把我整個人搞得一團糟？」

「噢，親愛的。」她用雙手抱著我，像抱孩子一般前後搖晃，而我的臉因此發燙，提醒我為什麼之前要將這一面藏在心裡，而現在傷口已經暴露出來。「連妳爸媽也沒說過嗎？」

「他們就……就不是這種人。我猜他們就不是那種會三八肉麻的人……」

「嘿，」梅娜的聲音強硬起來。「這不是『三八肉麻』，而是表達善意和愛。」

「我就……」我的聲音鯁在喉頭。「我不想講這件事了。」

「閉上眼睛。」

「已經很黑了啦。」

「閉上嘛。」

我閉上眼，沒有任何改變。漆黑依舊，仍充滿整個房間、充滿我。她牽起我一隻手，微微轉動她的手腕，讓我們兩人的掌心都按在我的心上。

「從鼻子吸氣。」她說。「感覺妳的肺部擴張，擴張到最大之後憋住，數到三，然後從嘴巴吐氣，把所有的氣都吐出來。」

就算閉著眼睛，就算身處黑暗，就算盡力保持安靜，我依然淚流不止。只有在這沒人能夠看見我的地方可以如此。我不想讓她看見，她也知道我不想讓她看見，卻不願讓我躲藏。她將我抱得更緊了一點。

「妳覺得……」我開了話頭，喉嚨又縮了起來。她沒有回應，而是等著我。

「有的時候，我覺得自己也不想變成現在的樣子。」我說。「妳覺得有沒有那麼一天，我可以變得像妳一樣？」

「我是怎樣的人？」她的鼻息溫暖地噴在我的耳朵上。

「妳很善良，而且走在正確的方向。妳努力成為更好的自己，努力達到涅槃，應該啦。而我卻還是……拚命在自己的屁事裡原地划水。」

梅娜輕輕笑了一下。她不是在笑我，我知道不是笑我，但還是足以令我感到脆弱。然後她說：「親愛的，涅槃是個很難攻克的難題，我可能還要再活幾輩子才能到達那個境界。不過我也不太擔心，知道訣竅的話就簡單了。」

「什麼訣竅？」

她調整姿勢，讓自己看著我。「涅槃的重點在於脫離輪迴，脫離妳在存在過程中所累積的善惡因果循環。達到涅槃，便不再累積業，一旦完全脫離輪迴，便能達到入滅，說起來已經是超乎人類所能理解的境界……」

「所以一切都只是業報嗎？我現在正在受懲罰嗎？」

她嘆氣。這次，是我自己造成的。她依偎著我，貼得更近，直到身體與我彼此貼合。「唯一懲罰妳的是妳自己。」

我讓這句話的重量在胸口好好待了一會兒，然後再度吸吐幾次。

「梅娜？」我問。

「嗯？」這聲回答輕柔，她已經在打瞌睡了。

「妳剛才說有訣竅。」

「什麼的訣竅？」

「怎麼達到涅槃。」

「喔對，抱歉。」她打著哈欠說話，每個咬字都拉得長長的。「涅槃的祕密就是，目標的存在與達到的路徑是個相互矛盾的悖論。比方說，如果要達到任何目標，妳會覺得自己應該朝目標努力，但是為了達到涅槃，妳必須放下涅槃。妳沒辦法努力去達成，或者煩惱如何達成。為了達到涅槃，妳必須放棄，而不是努力。佛教的基本教義之一是終結苦難，而煩惱就是苦難。」

「所以苦難來自於煩惱？」

「嗯，類似。」她說。「苦難來自於貪愛或渴望。要指著其他東西說『這就是我難過的原因』是很容易的事，但事實是：若要找出問題的真正來源，妳得向內追尋。妳所經歷的痛苦與妳面對的方法有關。」

「所以又變成都是我的錯了？」

「對。」她邊說邊吻我的嘴脣。「也不對。」

我笑了起來，抽乾了眼淚。「每次跟妳說話都像在猜謎。」

「有一天會懂的。」她說。「我保證，在最重要的那個時候，一切都會豁然開朗。」

「妳覺得妳什麼時候會到達那個？」我問。「達到涅槃？」

我感覺到梅娜貼著我聳了聳肩。「妳沒辦法定時間表，而且我其實沒有在追求涅槃，有太多事要先做了。」她的聲音疲倦，然後好一會兒都沒說話，我以為她應該睡著了，不過她接著又問：

「我有沒有跟妳說過大乘戒？」

「應該沒有。」

「那是指延後個人的涅槃，去拯救其他還在受苦的人，在自己達到之前先幫助其他人達到涅槃。」

「這就是妳在做的事嗎？」

她再次吻我，吻得更長、更深。我覺得兩人的皮膚之間有股溼氣。她也在哭嗎？

「嘿。」她說。

「嗯？」

「妳是被愛的。」她說。「不只如此，妳是值得愛的。」

她將我的手抓得更緊……

……然後我的手便空了。我在這裡，獨自一人待在明日就要離開的飯店走廊上。

沒有人會因為我的離去而難過。

相反地，這個地方可能還會因為沒有我而變得更好。

這次我就不用遮掩自己的眼淚了。

真諦

綠色長毯，磨損的絨面光滑如玻璃。地毯穿越舊木頭與褪色花朵壁紙組成的窄廊，切出一條走道。我走入廊中，腳下吱嘎作響，奏起了我童年的交響曲。

我望進中途截斷壁紙的超大鏡子，看見了自己。不是那個隨時感到孤單無緣、感到害怕的小孩，而是現在的我。

簡諾瑞．柯爾，飯店常駐偵探，永恆的爛泥。

這是夢境還是時移？

重要嗎？

走廊上瀰漫著廚房爆炒大蒜和辣椒醬的香氣。我繼續向前，朝自己的房間走去。門把卡住了，必須用力轉動，然後從門板已經膨脹抵住門框的地方推開。我預期開門後會看見自己，獨自坐在床沿，背對著門，一本書攤開在腿上，可能是《瓶中美人》或《小婦人》或《親緣》。

我的時間線將與自身交錯，我將會死，死在一個我並未在其中經歷過仇恨或殘忍，而是更糟糕千百倍事物的地方。在此地曾有的經歷令我永遠裹足不前。

輕柔但執著的冷淡。

房間是空的。床鋪凌亂，一如以往，毯子和床單都皺成一團，就在孩子的我扔下它們的地方。早晨的陽光自窗外射入。房間聞起來就像以前那樣，彷彿是剛洗好的衣物，潛藏些許老舊的木頭氣息。

我坐在床邊，將腳壓在身下，想著自己是否應該脫掉靴子。可是，有必要嗎？這地方是真的嗎？我向後躺上枕頭，盯著天花板，看向閣樓散熱器漏水在遠處角落形成的水漬，看著以前自己睡不著時便會想像著爆米花天花板上有各種形狀與圖案。

我眨了眨眼，發現自己躺在悖論飯店走廊的折疊床上。就是這麼突然。

我可以感覺得到，一切就要進入結局。

我同時也感到欲裂的頭痛。我起身伸展，感覺脊椎劈啪作響。參加了恐龍獵捕行動就是有這種後遺症，令人全身痠痛。所有人都還在睡，無法得知現在到底幾點。這裡沒有窗戶，我看了手錶和手機，全都沒電了。時安局的錶還在運作，是早上七點。我想著該去安全部辦公室，不過醫療室比較近，那裡也會有充電器。除此之外，我得去要點東西解決頭痛。

之後就可以開始處理後續。無論到底那是什麼意思。

醫療室的前臺沒人，於是我繞進後方找電子設備充電盤，接著便到處翻找，看能不能找到乙醯胺酚或布洛芬的瓶子。

不對，我需要的不是那些。我的大腦嗡嗡作響，持續不斷的異時干擾噪音仍不斷提高音量，甚至比昨天還要大聲。仔細想想過去這二十四小時，我發生了非常多次奇怪的時移症狀，而且頻率比平常高上許多。

我需要的是時妥寧。

我從口袋挖出一顆藥丸，正準備丟進口中，不過停下來仔細看了一眼。淺粉紅色的橢圓形藥丸略帶光澤，尺寸比我以前吃的那種稍大，而且舊藥丸藍得像知更鳥的蛋。

坦沃斯昨天改了我的用藥劑量。

我朝他的辦公室走去，幸運的是他已經坐在桌前，對著平板電腦戳戳點點。

「簡諾瑞。」坦沃斯頭也不抬地說。他的額頭包著繃帶，就壓在髮際線的位置。「有什麼需要幫忙的嗎？」

我根本懶得坐下，直接將那顆時妥寧藥丸放在他面前的桌上。

他傾身靠近，瞇起眼看著藥。「這是什麼？」

「你給我的啊。」我告訴他。「昨天早上你增加了我的劑量。」

他用兩根手指夾起高舉，抵著燈光看。「這不是時妥寧。」

我腦中的唱盤瞬間破音。「那我到底吃了什麼？醫生大人。」

他掰開藥丸，用舌頭輕碰其中半邊。「糖錠。」

「為什麼給我糖錠？」

「我知道妳瞧不太起這間飯店裡所有的人，不過我對自己的工作抱持非常嚴肅的態度。」他將半邊藥丸放在桌上。「所以，我唯一想到的可能是妳的藥被人掉包了。如果這是真的，那我就必須得問：妳從昨天開始感覺如何？」

從昨天開始。

不好。時移的頻率比平常更高，形式也不太一樣。

除了當我精神崩潰，飄回德國，並在自己的時間線上到處跳動的時候。那時坦沃斯給了我一顆藥，吃下之後感覺還不錯，至少穩定了一段時間。

「你昨天下午給我的那顆藥，藥是你的，不是從我這瓶裡拿的。」我說。

他點頭，我瞬間被重力拉往地板深處。

「那就糟糕了，嗯，我覺得有人換掉了我的藥。」

他起身離開辦公室，丟我在原地想著為什麼鬼魂要掉包我的藥。坦沃斯回來，將另一罐藥放在桌上。我拿了瓶子，打開，吞下一顆。

「保管好。」他說。

「會的，謝謝醫生。」

他笑了起來。

「幹麼？」

「難得聽到妳說謝謝，覺得很有趣。」

「我有那麼混蛋嗎？」

這次他沒笑了。「是啊，簡諾瑞，妳是。」

「好吧。」我向後靠上椅背。「所以今天的行程是什麼？我什麼時候得邊踢邊叫地被拖出這裡？」

坦沃斯嘆氣。「誰知道。坎米歐本來想在今天早上舉行老瑞的私下聚會或哀悼儀式，但是跟投標會的時程撞期，所以……」
「艾嶺昨天晚上已經取消投標會了。」我說。
坦沃斯搖搖頭。「被參議員推翻了。顯然他們覺得平安度過昨晚所以沒事。當然，我是指在恐龍事件之後。」
我拍拍自己前額，示意他頭上的繃帶。「如果昨天晚上一切平安，那你的頭怎麼回事？」
他似乎忘記這回事，然後便搖了搖頭。「我半夜醒來，要去……上廁所，然後就絆倒了。我覺得應該是行李箱，但是回頭去看就沒看見。我也不曉得自己到底絆到了什麼。」
「為什麼覺得是行李箱？」
「我也不知道，觸感就像有滾輪的行李箱，聲音聽起來也像。」他將指尖合十，凝視著自己的手。「我真的覺得自己看到了，但是重新抬頭的時候……我不知道，可能是幻覺吧。」
「不是，我覺得不是幻覺。」我起身走出辦公室，來到欄杆旁，看見下方大廳有群飯店員工圍繞在坎米歐身邊，彷彿在舉行葬禮。從他們下垂的視線以及放在心臟位置的手勢看來，我想應該是在為老瑞哀悼片刻。
當然了，惡魔如卓客，此時她便打著響指，怒氣沖沖走來要所有人回去工作。算她走運，當我來到大廳已不見她蹤影，否則整個場面應該會非常難看。所謂的難看，對她來說是當下顏面無光，對我來說應該是一輩子蒙上陰影。
門外有輛剷雪機正將大坨雪堆推離飯店前的環形車道。接待臺前的隊伍很長，工作人員再次回到工作崗位上，拚命消化客人需求。我不知道這些人是要入住還是退房，還是想詢問是否能夠重新安排航班。看板上的所有班機依然顯示「取消」。我現在真的不怎麼在乎這些事。

完全沒有人注意到我。這下換我成了鬼魂。

感覺就像他們終於決定要放棄我這個人，繼續過自己的生活。

那個簡諾瑞呀，沒救了啦。

我早知道這是自己應得的下場，不過當這天終於到來，還是覺得心裡好像少了什麼。

管他的，現在不是感傷的時候，還有許多更大的事等待解決。

其中最大的問題包括：提早下山的太陽、快速成長的恐龍、烤箱計時器，現在坦沃斯又被不存在的行李箱絆倒。也許那件行李箱之前曾被放在那個位置，或者之後將會被放在那個位置。

每個人都見到了那場日落，那個現象非常可能是一種視覺錯覺，就像我大部分遇上的時移一樣。可是那只行李箱不同，它有辦法碰觸到坦沃斯，而且有重量，是在那個當下確實存在的物體。

現在是連一般物品都會隨機穿越時空了嗎？

我應該拿這個問題去問波帕。

不過此時我想起還有個人也許幫得上忙，而且我剛好也欠對方一場對話。

布蘭登推著疊滿名牌行李箱的行李車穿過大廳，身後尾隨著一對老夫婦，不斷訓斥要他小心平衡。我快步趕上，他停下腳步。

「嗨。」我說。

「嗨。」他並未與我視線相交。

「欸不好意思，我們趕著要去航廈。」老男人說。「現在積雪還太深，我們的司機趕不過來，而且我們……」

我朝他伸出手指，並說：「閉嘴。」然後便看見一名時安局探員剛好經過，年輕，剃著平頭，體型魁梧得像冰箱。我招手叫他過來，要他解決這對老夫婦的問題。時安局探員不怎麼高興，但是認得我是誰，而且顯然還不曉得我現在無權對任何人下達任何命令。他帶著喃喃抱怨飯店服務的兩人匆忙離開。

「手臂還好嗎？」我問布蘭登。

他輕輕揉了揉新換的繃帶。「妳還知道關心？」

「當然。」我說。

「表達方式滿有趣的。」

「布蘭登，你聽我說……我不會坐在這裡載歌載舞表演一大段藉口，我只想說，我很抱歉。真的。」

他點頭，將手臂放置身側。「坦沃斯給了我幾顆止痛藥，不過我自己的東西更有效，所以就自己處理了。現在暫時感覺還可以。」

「我知道自己做錯了。」

他點了點頭。比較像是表示同意，而非接受道歉，不過對目前的我來說已經足夠。他張望大廳，像在尋找離開的藉口。現在一部分的我感覺那句道歉還不夠好，覺得自己需要再努力一點，不過由於目前還有任務在身，我便對他說：「我需要你的幫忙。」

我朝他揮手，示意一起往咖啡桶走去。終於，這次桶子裡有著滿滿的咖啡，我差點手舞足蹈起來，好想把頭塞進龍頭底下直接對嘴喝。我拿了一只杯子，倒入咖啡，就在要轉身離開之前想到，好吧，就試試看當個所謂的好人吧。我將杯子給他，他接下了，然後往杯子裡倒滿奶精與糖。我想罵他「娘炮」，不過沒說出口，只是轉頭幫自己倒了一杯，什麼都沒加，讓咖啡保持應該有的模樣，然後將他帶向一旁無人占據的座位區。數張皮椅在此圍繞成圈。

坐下後他問：「想問什麼？」

我說了坦沃斯跌倒的事，越聽自己的話就越覺得自己瘋了，但是沒有畏縮，我一直說到心裡所有想法都表達出來為止。他靠上椅背，喝了一口那杯奶昔咖啡。「我疑惑的點在於為什麼這些事情只發生在這裡。為什麼日落那件事會是問題？我的意思是，時空港那裡是不是也發生了其他事件？」

「如果有的話，我覺得艾嶺應該會說。」我說。「不過詭異的是，波帕說飯店外圍感應器的數據沒有測得任何異狀，而飯店建築本身的防護做得很好，所以……」

「他有沒有測量飯店內部的數據？」布蘭登問。

我想要回答，但答不出來。有的話波帕應該會講吧？飯店內部有感應器嗎？就算沒有好了，照理不應該也測一下嗎？不過即便是天才，有時也會漏掉最顯而易見的事。

「我會去查查。」我說，然後起身。「謝了……」

「等一下。」他說。

我重新坐下，但他沒再說話。我舉起一隻手，示意他繼續。

「老瑞死了。」他說。

「對。」

「這裡有很多人和他很親近，他們想要請假進行哀悼，但是被參議員拒絕。她說現在主事的是她，目前處於緊急情況，要所有人都一定得待在這裡。」

「我不確定實際情況如何，不過嚴格來說這間飯店的確屬於聯邦政府管轄……」

布蘭登搖了搖頭。「老瑞在這裡的形象就像父親，把所有人凝聚在一起。不管妳怎麼想，他確實很有領導能力，而現在的我們就只是……」他環視著大廳。坎米歐站在接待臺前，幾乎要滅頂，克里斯正在和某人理論，而時安局的探員正四處走動，恍若這裡的主人。

「你們的關係一直都很好……」我對他說。

「簡諾瑞，那個位子非妳不可。」

這句話令我打從心底發出大笑。「喔對，我一定會是個好媽媽。沒錯，我就是這種人，天生母性四溢。」

「我是認真的。」他說。「妳在這裡有妳的影響力。我們所有人都很敬重坎米歐，但是連坎米歐都很敬重妳，妳懂我意思嗎？雖然伊永遠不會承認這一點。妳就像……好吧，也許不太像媽媽，但妳就像……我也不知道，很兇的修女？」

「很兇的修女。好啊。」

「就是一個很嚴厲的權威形象，會讓每個人嚇個半死。不過到頭來我們都很清楚，每個人都會因此繃緊神經。」

「小鬼，」我對他說。「要是你知道我有多……」

「我們現在就只剩下妳了，簡諾瑞。我們需要有人為大家站在那個地方。」他指向大廳裡那些高貴得要死的富豪貴賓，他們到處跺腳、頤指氣使，彷彿自己比所有人都高一等。「這些人根本不把我們當一回事。無論妳現在對這個地方是什麼態度，我都知道妳會為了這件事生氣。」

「為什麼這一定要是我的責任呢？」我問。「一直以來就沒有人站在我這邊，我必須自己學著保護自己，這是每個人都應該做的事。你知道如果把自己完全敞開會發生什麼事嗎？你知道那是什麼感覺嗎？當你找到了某個人……」我的喉嚨變得黏稠，臉色燙紅。我不想讓這些話繼續下去。我深呼吸，及時跳車。

「才怪。」他搖著頭說。「才不是這樣，連妳自己都不相信這些屁話。如果妳沒有能力回報梅娜的愛，她才不會愛妳愛得那麼深。」他有些惱怒，從椅子上站了起來。「也有可能妳現在沒那種能力了。隨便吧，我還有工作要做。」

我試圖反駁，嘴裡有千言萬語，但就是挑不出適合的。

那種新生的情緒又回來了。

羞愧。

布蘭登離去後，我吞下剩餘的咖啡，走到安全部辦公室，舉起拳頭拚命敲門，直到艾嶺來開。他老兄瞪著雙眼，一臉疲憊，急需刮個鬍子洗個澡，可能也需要來個幾公升咖啡。

「是妳。」他說。

「是我。」我對他說。「波帕在哪？」

「不在這裡。」

「你得去問他有沒有測過飯店內部的輻射數據。」

艾嶺環顧四周，搖了搖頭然後說：「我們去走走。」

他踏出辦公室，走向通往樓下的坡道，卓客靠了過來，加入我們的行列。我斜斜地看了她一眼，然後對艾嶺說：「我有事私下跟你談。」

「而我們有投標會要舉行。」艾嶺說。

「好吧。你知道為什麼我昨天會好像精神錯亂一樣嗎？」我問。「因為有人對我吃的時妥寧動了手腳；有人想把我弄走，艾嶺。」

卓客在坡道的邊緣停了下來，兩名時安局探員守在這裡。她雙手扠腰，轉向艾嶺。「走吧，馬上就要開始了。」

艾嶺轉身，嘆了口氣，然後垂下頭，並告訴時安局探員。「她不准下去。」

「你也拜託一下，艾嶺，我不是別人耶。」我說。

「簡諾瑞，我們晚點再聊。」他說完便和卓客一起步下斜坡，朝勒芙萊斯廳走去。而我相當確定，有些不太好的事情就要發生了。

那兩名探員看起來都像身材走樣的美式足球員，不過也就開始走下坡沒多久而已，要幹起架來也還是很有力。他們兩人彷彿講好似的雙雙將手交叉在胸前，我為此偷偷發笑，引得左邊那個男的也笑了起來，不過看起來還是不會讓我踏入坡道半步。我朝他們敬了個禮，比了根中指，便轉身返回大廳。

隨便，不從這裡我也有別的方法可以進去。

不過我得先把自己打理乾淨，並換上一套衣服。如果真的要闖進會場，全身散發流浪漢的味道只會有弊無利。我跑上樓回到折疊床邊，拉出藏在床下的袋子。

我挑出牛仔褲、深色T恤和一件紅色休閒西裝外套。我脫掉靴子——腳味令我重新想起自己有多需要洗澡。連自己都受不了，可見味道有多重。我將靴子扔至一旁，套上帆布鞋，去浴室沖洗之後，下樓前往安全部辦公室。也許我能說服盧比加入我的計畫。

門是鎖的，而我的權限還是沒恢復，於是我從牛仔褲裡掏出刀子，確認沒人注意之後，直接將鎖撬開。我滿確定門鎖應該在過程中被撬壞了，但是一點也不在乎。辦公室裡沒人，我直接走向中控臺，找到剛充飽電的ＡＩ裝置，按下裝置頂端的按鈕。無人機醒了過來，但是沒有移動。

「哈囉，簡諾瑞。」它說。

「走吧，」我對它說。「上工了。」

「很抱歉，我沒辦法再幫妳了。」它說。

「為什麼？我傷害你感情太多次了嗎？」

「不是，艾嶺不讓我回應妳的命令。」

「我不是早就駭進系統改過設定了嗎？」

「我也許有辦法繞過艾嶺的命令，但如果那麼做的結果只是換來一大堆難聽的綽號，我就不太想那麼做。」

「有完沒完，連你也這樣。隨便，沒有你也可以。」

我拉過旋轉椅，登入筆電——至少這件事還做得到——然後瞪著螢幕好一會兒。

解決問題。

這裡的某人想要拿下這間飯店，而且為了達成目標不惜傷人。到了這個時候，我會假設卓客也參與其中。

四名兆萬富翁。四名慣於想要什麼就有什麼的男人。

但是因為有賈柏瓦基，所以就算他們得手了，也拿不到真正想要的事物。

不過，我還是覺得這個地方就是最大獎。能夠前往任何一個時間點是一回事，可以毫無限制地來回旅行是另一回事。我希望自己知道為什麼他們都不擔心現實可能崩毀，不過那不是現在該想的問題。

我知道賈柏瓦基哪些訊息？

它混合了實體主機與雲端運算系統。

存在於時間之外，且會記錄與人類相關的事件。

由吉姆·韓德森負責營運。

是說發生了這麼多事，為什麼完全不見韓德森的人影？我記得艾嶺好像說要聯絡他，那他不是應該要出現在這裡嗎？還是他正在其他地方試圖抓出問題？

我確定自己見過他，一定見過，可是卻完全想不起他的臉。八成又是某個臉色蒼白的中年白人男性，就和時安局裡很多管理人員一樣。不過他應該有出現在聖誕節卡片上。艾嶺每年都會找時安局裡的主管合拍一張照片，所有人都會戴著某個時代風格的聖誕帽。他每一年都會問我要不要加入，不過至今我還沒現身在任何一張卡片上。

卡片會發布在艾嶺的安創頁面。我登入自己的帳號，點進艾嶺的個人頁面，從他的相簿中找出卡片。對，吉姆也在裡面。他平淡得像一堵米白色的牆，幾乎沒有下巴可言，眼神空洞的笑容看起來彷彿帶著隱約的殺人傾向。簡單來說，就是個刻板政府官僚的模樣。他和艾嶺之間還隔著兩個人，所有人都戴著維多利亞時代風格的針織聖誕帽。

至少現在我知道該要找怎樣的人。如果他在這裡，也許能稍微提醒他一下。

不過這張照片有個地方令人困惑，讓我的頭隱隱作痛。我看著畫面正中央的艾嶺，他臉上掛著隨時可以上電視的招牌笑容。

我的老搭檔艾嶺。

在德國救了我小命的艾嶺。

如果真的有事情被改變了，我們要怎麼知道？

我在拘留室裡跟他說了什麼？

我連能不能信任你都不知道，我連你是誰都不知道。

「盧比，關於艾嶺．丹比居這個人，你知道些什麼？」

「他是我們的上司。」

「他一直都是我們的上司嗎？」

「妳到底想說什麼？」

我也不曉得。真的不曉得。我也希望能夠自信地說，我對自己的腦子、自己的記憶和自己的過往有十足把握，一切清楚，毫無疑惑。

但在現在這個時候，我沒辦法。

我瞄向手錶。該走了，能帶我進入大會的列車已準備離站。

我知道ＭＫＳ住在愛特伍樓頂層的客房裡，因為他們不可能把一位沙烏地王子塞進低於那種等級的任何客房裡。再說，他是王室貴族，同時也是最大的安全風險因子，而愛特伍樓的電梯是唯一能直接通往地下室的電梯。

幸運如我，我知道怎麼鑽自家飯店的安全漏洞。

我來到電梯等待區，在時安局探員守衛的注視下按下電梯鈕。我對著守衛露出微笑，將手放在身後，等著門開。我太興奮了，走進電梯時差點撞翻要出來的人。我猛按頂樓按鈕直到車廂門關閉。

頂層套房的雙開門打開時，我正在走廊上。埃煦從門內走出，身後跟著幾名隨扈，所有人包圍著ＭＫＳ，在他身邊形成一圈保護層。

埃煦立刻將我擋下。就在我想要編造某種理由靠近時，ＭＫＳ的視線看了過來，並朝我舉起手。「啊，偵探小姐。」他揮手示意我過去。

隨扈停了下來，我迎上前去，但是沒有人讓出空間讓我靠近王子。他踏步向前，朝我伸出雙手，我也伸出自己的手，並看著它們消失在他的巨大連指手套中。這是一次奇怪的四手連握。他的握力堅定而溫暖，強烈的目光與我相對。他的王子身分顯而易見，感覺就像是以黃金和其他珍貴的事物塑造而成的人，專門為了擔任王子而生。我必須在心中提醒自己，不要忘記那個失蹤的異議分子諾菈．法耶德。這令我不禁疑惑，不曉得這雙手曾經觸摸過哪些事物，曾經掐住過誰的脖子。

「請陪我一起下樓吧，」他說。「我一直很想和妳聊一聊。」

「很高興我們在這裡見面了。」我偷偷看了埃煦一眼，而她迅速別過眼神。

我們走到電梯前，埃煦按下按鈕，而王子轉向我。

「首先要謝謝妳幫忙解開埃煦的誤會。」他說。「很感謝妳能看清真相。你們找到任何嫌疑犯了嗎？」

「坦白說，還沒。」我覺得自己有點糊塗，竟然沒有繼續追那條線索，不過我也對他說實話。「恐龍的事讓我有點分心。」

「等我取得這間飯店的掌控權，如果妳沒有打算前往其他地方，希望妳能繼續留在這裡，屆時要借助妳的專業能力協助飯店度過轉變期。當然，妳也會獲得豐厚的津貼。」

「謝謝。」我對他說。「不過我得問，為什麼你這麼確信自己會贏得投標呢？」

他微微一笑，彷彿我是某個幼稚的孩子，問他為什麼太陽會掛在天上。那天晚上在餐廳，他和卓客之間看起來確實相處融洽。也許癸森錯了，也許是她在玩弄提勒。

電梯門打開，我們走了進去，有幾個人被留在車廂外。關於誰能跟上這件事，他們似乎有著輩分順序。我們擠進電梯，門關上後，我忍不住問：「你的最後目的是什麼？」

MKS微笑。「最後目的？」

「對，就是之所以要得到這裡的原因。」我說。「你打算拿這個地方做什麼？」

電梯停止移動，門打開，外頭等著幾個人。他們對於電梯裡面已經滿了這件事感到煩躁，我們便在尷尬的沉默中等待門再次關起。門關上後，ＭＫＳ說道：「妳知道我的國家在遭受轟炸時有多少人因此喪生吧。」

「是的，我知道。」我對他說。

「多少女人和小孩。」

我不可能忘記那些景象。無論美國媒體多努力淡化，我們全都看到發生了什麼事。那是一名幼稚總統引起的浩劫，就為了能讓石油價格降低幾塊、讓民調支持度上升幾個百分點，他選擇按下了那個按鈕。「是的，我知道。」

「我打算抹消那件事。」

「這……」我發現自己無法回應。

電梯在大廳打開門。更多想要下樓的人，但是同樣地，沒有人走得進來，而我們得站在那裡等待門關。門關上後，我說：「可是這麼做的話會……」

ＭＫＳ微微揮手，彷彿摧毀現實的風險只是在他臉旁嗡嗡作響的蟲子。「我和幾名專家談過了，他們向我保證時間流有辦法承擔這種更動。當然會有一些調整，可是我們能讓那麼多條人命死而復生，兩者怎麼相比？承受了無謂痛苦的人是誰呢？」

他直視我的雙眼發出挑戰。挑戰我是否敢說出：不行，即使找到方法去拯救無辜的生命，也不該去嘗試；不行，你應該讓那些人尖叫著死去。

這種話我怎麼可能說得出口？

「你真的認為美國政府會把這裡賣給另一個國家嗎？」這麼問似乎有點無禮，不過此時我有些慌亂，想要繼續和他說話。「昨天晚上我看見你和卓客在談話，不過她似乎也對提勒非常友善。」

「我不信任卓客，從來沒有真正信任過她。妳應該知道之所以會有這次出售案，是因為這整個地方的資金不足吧？那麼，這個地方的資金預算是誰編列的呢？」他舉起一隻戴著金戒指的手指。「是卓客所在的委員會。她只懂得一種語言。幸運的是，我也會說那種語言，而且說得比那個沒有老爸的錢就要流落水溝的廉價商人更好。」

我來不及回話，電梯門就在地下層開了。一群時安局探員站在門外，對我們目光掃視，但是沒有人出手攔我。雖然嚴格來說我已經不是安全主管，但是他們這種反應還是讓我有點抓狂。

我們踏上走廊，朝會場移動。MKS問：「妳不相信我說的，不相信時間流會自我修復？」

「我認為，我們正在親眼目睹擾亂時間流會有什麼後果。」我告訴他。「這間飯店……」

「這間飯店以前就在這裡，以後也還會在。」他說。「時間流也是一樣。我瞭解妳的顧慮，這也讓我更尊重妳。我可以理解為什麼埃煦喜歡妳這個人了。」

我瞄了埃煦一眼。我敢肯定，要是現在能看到她的臉，她的臉頰一定是紅的。

「不過請記得，我聘請了最好的專業人士，他們就是這麼告訴我的。」他說。「時間流確實能夠承受。」

「嗯，」我對他說。「他們這麼說是因為專業知識，還是因為擅長說出你想聽的話呢？」

他拉起我的雙手，再次與我相握。「感謝妳的敬業，我並未忽視妳的奉獻精神。等這一切結束，我們一定要再好好談談。」

隨後他便帶著隨扈離開，留我在原地，終於意識到整件事會變得多麼糟糕。

我本來以為這些人就只是貪婪而已。可是不對，情況比貪婪更糟糕。他們是狂熱分子，只相信他們自己。他們太習慣得到自己想要的東西了，太過習慣接受遵從，以至於根本忘記「不」這個字長什麼樣，至少在他們自己遭到拒絕的時候聽不懂。他們無法理解「可能得不到自己想要的事物」是什麼概念，所有的光、所有的重力在經過那個概念周圍時都會自動彎曲。

他們受制於自身的成功，相信自己不可能做錯任何事。也因為如此，他們將會殺死我們所有人。

燈光閃爍了一下，我的胃瞬間跌至最底。古典制約反應。我花了一分鐘才搞懂為什麼，甚至不需要向盧比求證：每次有不好的事情發生，往往會先伴隨光線閃動。

我估計艾嶺會漏掉勒芙萊斯南面的門。那扇門開向一條維修走道，並能通往廚房。我們從來沒討論過這次大會要提供的餐飲，所以我判斷廚房現在應該無人使用。穿過幾條小道之後，我便潛入了宴會大廳。神奇吧。

宴會廳裡一團亂，他們絕對違反了我設下的進場人數限制。到處萬頭竄動——最重要的人都在中央，其他人圍繞在旁。這種情況對我有利。沒有人注意到我，於是我走向廳側，躲入陰影中，也許我一點也不重要。

卓客位在宴會廳正中央，周身圍繞著投標者所在的四張桌子。所有的桌邊都只坐了投標者一人，他們帶來的團隊成員則四散各處。

沃瑞克在和幾名沙烏地阿拉伯人說話，癸森徘徊在提勒身旁，戴維斯則一如以往獨自坐著，面露平靜的微笑。我唯一沒看到的人是尼克，不過我猜他應該在樓上的辦公室裡，或者在外頭的安檢儀旁。他們現在應該已經找出監視器的問題了。我轉頭問盧比是否如此，卻只是再次意識到它沒和我在一起。

卓客舉著無線麥克風，拍了拍麥克風的頂端。拍擊聲傳透整個空間，大多數人都放下對話，將注意力轉向她。她調整了麥克風側邊旋鈕，直到音量降至適當範圍。「歡迎各位！如果有人還不認識我是誰……」

這句話令我微微發笑。自我中心的女人。

「……我是美國參議員丹妮卡．卓客。今天我們聚集在此，是要接受各位對於愛因斯坦跨時空港和悖論飯店掌控權的競價。各位都已讀過並同意簡報中羅列的規則與條件，艾佛瑞總統託我轉達他的祝福，希望本次競標能在公平、和平的狀態下圓滿結束，並為他無法親自出席表示遺憾。為了安全起見，我們必須針對大會做出些許調整，相信各位都能理解。雖然這次過程稍有顛簸，不過我還是要感謝各位在展現出無比的穩重與耐心……」

稍有顛簸？有人被恐龍殺掉了欸。

「……此外，我要特別感謝時安局的艾嶺．丹比居辛苦籌畫了本次會議……」

噢，都不用謝謝我嗎？

「……還要謝謝飯店的全體員工在艱難情況下的無私奉獻，他們是真正的英雄。」

最好是無私啦，最好是他們會自願選擇被趕出自己房間。看來我的人生有了新目標，就是要親自用拳頭把這女人打趴在地。

「好，」卓客說。「如我們討論過的，本次競標將從底價……」

「就由我開始出價吧，」ＭＫＳ說道。「一兆美元。」

所有人都凍結了。

ＭＫＳ的話懸在空中。他丟出這樣的龐然大物，接下來所有人都必須隨之轉動。

接著群眾爆發出一片混亂。

「本來的程序不是……」卓客說。

「你怎麼有膽子……」提勒說。

「接下來好玩啦！」寇藤對著自己的麥克風大喊。

奧斯古只是微笑，接著慢慢放肆起來。

還有更多人說了更多話，不過對我來說都成了雜訊。

我瞥見房間另一端有個奇怪的東西，斷斷續續消失又出現。那感覺像是我眼裡跑進了東西，正當要眨眼並伸手去揉便又再次看見。有個東西扭曲了周圍的空氣和光線，但是又突然消失。

然後再次出現。忽隱忽現。

若是直接盯著它看，視線就很難對焦，我必須用餘光才看得到它，但是即使如此，看著它也會令我一陣頭痛。無論那是什麼東西，都正在移動。

它閃動片刻，然後消失不見。

再次閃動，往房間中央靠近。

消失。

然後再次變得更近。

我的頭痛得彷彿持續遭受重擊，而那東西似乎正往提勒和癸森而去。沒有其他人看見，沒有人做出任何反應。提勒正對著麥克風咆哮境外勢力會因此取得美國製造的偉大技術如何如何。

完全沒注意到那個正朝他衝去的東西。

我往中央移動，進入艾嶺的視野中。他看了一眼正與自己對話的對象，然後視線又跳回至我身上，誇張展演出恍然大悟。

然後癸森也看到我了，臉上的怒意大於困惑。

它再次閃現，持續靠近，幾乎就要籠罩在他們頭頂。

我邁開步伐跑了起來，在人群之間閃躲，就在那團微光重新出現在提勒旁邊時，我朝它撲了過去。我沉重地摔在桌上，一陣疼痛撕裂肩膀。桌子碎裂，從中間裂成兩半——當然了，即便招待兆萬富翁，我們用的也是便宜貨——然後出現許多隻手將我拉遠。呼喊聲此起彼落，所有人都對此時的情況感到不快，至少我是如此。

我設法弄清東南西北，掙扎起身，然後和癸森目光對峙。銀色的領帶夾在光線中閃爍，他從西裝外套內側拔出手槍。我剛才的舉動看起來一定很像是想攻擊提勒。

卡彈了，而我知道接下來會發生什麼事。

我已經看過這個場面。

這讓我有了優勢。

我往側邊躲開，遠離彈道路徑，同時一手抵著槍，另一手壓在他手肘彎曲處，將他的手臂往回扣。我的目標是讓子彈射向天花板。這是在此刻擁擠人群中唯一能確保無人中彈的方法。子彈不會彈跳，也不會穿進大廳，而會牢固地嵌入天花板。

但是相反地，子彈嵌進癸森下巴，從他的後腦杓爆出。

他像破娃娃般癱倒在地，整間宴會廳沸騰起來。有具身軀朝我衝來，將我撞倒在地，黑色布料占滿我全部的視野。我花了一秒才認出那是埃煦，她將我的雙手交叉壓在胸前，布卡籠罩著我的臉。

我身下的拘留室地板又冷又硬，讓我為自己以前關進來的所有人感到抱歉。其實也沒多少人，大部分都是需要一點時間冷靜的醉鬼，唯獨一次有個男人在凌晨三點毆打自己的太太，而我們需要將他關起來，直到警方抵達。

不只是冷硬，還很粗糙，彷彿在上漆之前被人先撒了一層沙。令我希望這裡有張長板凳，或者就算只是普通椅子都好。我應該放張椅子進來。我伸出手按了按白漆牆面，然後發現手背上有血，猩紅又新鮮。

血跡和我的西裝外套一樣顏色。

拘留室遠處的綠色門板打開，艾嶺走了進來，神情嚴肅得彷彿直接刻在他的臉上。簡諾瑞・柯爾的工作生涯就此安息。他站了好一陣子，不確定該說什麼，和我保持著一定距離，彷彿我是被鍊在牆上的野老虎。一會兒之後他走上前，俯下身，來到與我視線相同的高度。

「我必須知道妳為什麼要這麼做。」

「我連能不能信任你都不知道，我連你是誰都不知道。」

艾嶺的肩膀垂了下去。「簡諾瑞，是我。我想幫妳，但是妳現在做了那件事，我真的不知道自己還能怎麼幫。從我來到飯店之後妳就一直在隱瞞事情。我知道妳在隱瞞，但還是沒有點破，因為我信任妳。現在，我需要妳信任我。」

「你沒看到嗎？」我問。

「看到什麼？」

「鬼魂啊。」我說。「鬼魂在追他，打算殺了他，我只是想要救他。」

「簡諾瑞，」艾嶺想說什麼，隨後又放棄。他別開視線，臉色沉了下來。他在某種程度上失敗了，不得不告訴自己必須接受這個事實，我看得出來自己令他非常失望。他對我的某些信念已被打破，而這令我覺得異常痛苦。上次這麼心痛是梅娜死的那一天。我知道自己有時很王八蛋，但是艾嶺這個人以及他對我的信任始終堅如磐石。顯然有些事已成事實，那塊石頭被我磨啊磨，磨成了沙粒，最後被潮水沖走。

這讓我想到，對，艾嶺是真的，我們的回憶也是真的，否則為什麼我會感覺自己像在溺水呢？

「它想殺他。」我的聲音沉了下去，聽起來連我自己都不確定相不相信這種話。

「都是我的錯。」他將臉埋進雙手，站直身體。「我知道妳已經進入第二期，可是我覺得——妳是簡諾瑞．柯爾欽，怎麼可能撐不住？妳就是會想辦法撐下去的人。但是看到妳這幾天的行為……當初發現妳在拆那面牆的時候我就應該讓妳離開這一切。」

「艾嶺，我知道這很難理解，我知道我……」我垂下頭。「我知道我一直很任性，但是你要相信我，有某種東西在玩弄我們，我覺得自己終於找到拼湊所有線索的方式了。」

「妳在這裡好好冷靜一下。」艾嶺說道。「我會盡力去保護妳。在我看來，那是我欠妳的。我覺得是自己辜負了妳。」他的脣角捲起，彷彿就要露出笑容，但是又收了回去。「我會盡力。」

他轉身，穿門離開。

我撫摸地面，記得自己曾經見過這一刻。雖然意識到感知終於趕上時間線，我並不因此有所感謝。應該在這裡放把鑰匙才對。

我起身，來回踱步，碰觸牆面，透過小小的鋼絲安全窗窺視外頭的辦公室，艾嶺正在和尼克說話。門板隔音，我聽不見對話的內容，不過大部分都是艾嶺在動口。接著兩人都離開了。我在四面牆之間徘徊，尋找著某樣東西，任何都好，但是這裡連窗都沒有，就只是一只空盒。

不過我確實記得某個東西。應該是我留下來的。

房間遠端的石壁上有道小裂縫，位置很高，接近天花板。我將手伸進去，摸到自己在找的物品：三根易燃火柴[39]。我將它們握在手中、重新坐下。

---

39 易燃火柴（strike anywhere matches）與一般常見的安全火柴不同，摩擦任何粗糙表面都能起火。

坦白說，這東西沒有什麼用，不可能替我燒出離開這裡的路。我以前會藏幾根在這裡，以備外頭下雨或者純粹發懶的日子裡不用穿過大廳從門口出去外頭，可以直接溜到這裡抽菸。我試著限制自己這麼做的次數，理由是盡量別在室內抽菸之類云云。再說，這裡的空氣不怎麼流通，菸味很難消散。

我將一根火柴擦過地板，火花爆炸，然後將它舉在面前，看著那小橢圓形的紅，然後橘，然後是最末端的藍，火光隨著我的呼吸起舞。

然後我想到梅娜，她永遠在這件事上緊盯著我。

即使因為感冒失去嗅覺，也總是知道我什麼時候抽了菸的梅娜。

火焰沿著木棍向下蔓延。

廚房內累積瓦斯，卻聞不到味道的梅娜。

那味道甚至不是真的。天然的瓦斯沒有味道，不過為了讓人們知道是否外洩，會添加名為硫醇的化學物，聞起來就像腐敗的雞蛋。

梅娜根本無法分辨那天的廚房其實已經充滿瓦斯，達到應該疏散的程度。對，她就只是在瓦斯不斷累積的同時一邊加班工作。在這樣規模的飯店裡，全套水療課程可以要價上萬，卻沒有好一點的瓦斯中斷或者偵測系統，著實令我難以置信。

火焰持續往我捏緊的手指緩慢前進，在身後留下一道形狀破損的漆黑路徑。

每天晚上，我都會想起那晚。我前往廚房，想要就著爐子母火點菸，然後匆匆從後門離開。那是下班前的最後一支菸，接著跑到二樓的廁所裡拚命刷洗，再到辦公室找我放在那裡的漱口水。我會把漱口水直接吞下，因為無處可吐。

然後我會想到梅娜。即便我如此大費周章，她也總會知道我是否抽了菸。她會對著我微微搖頭，並說：「親愛的，這樣妳美麗的肺該怎麼辦？」

有人敲門，但是我正沉溺在自己的思緒裡。這不是時移。根本不必是。我對那天晚上的記憶比自己的名字還清楚。

我俯身靠近爐頭，朝藍色火焰將香菸傾斜。

我從指尖感覺到火焰的溫度。已經沒剩多少未經火吻的木棍了。

爐子的火焰突然滅去，而我想著，一定是因為爐子有某種關閉裝置。我覺得應該沒事，於是便走了開，去抽我的菸，然後又匆匆去了別的地方，根本沒想到要問盧比或者是否該通知姆巴耶，但我應該要那麼做才是。反正這類小問題總會自己消失。我滿腦子只想著要去找梅娜，以及確保沒人發現我偷偷在室內抽菸。

有人敲門。

是我。

我就是凶手。

已經有兩條人命死在我手上了。

火焰燒抵手指，指尖的肉微微烤焦。我拿著火柴，感覺痛楚傳至手臂，蔓延至身體，然後伸手將火攫住。我閉上眼睛，咬緊牙齒，接下所有疼痛，因為我應該疼痛。

門打開了，是姆巴耶。

我丟掉火柴，將手指伸入口中，然後移動姿勢，向前跪著，掌心朝上張開雙手。

「是我。」我對他說，哽咽難言。

他端著一盤食物，眉毛困惑地拱起。

「是我。是我的錯。」

他慢慢走過房間，將餐盤放在我旁邊的地板上。那是一碗番茄燉魚飯，我最愛的菜，令我的心無以復加地更加糾結。他特意煮了我最愛的食物，帶了過來半跪在我面前，看著我。於是我完全失去控制。他怎麼還有辦法這樣對待我呢？我倒向他，啜泣不已，將臉埋在他肌肉堅硬的肩膀上。他環抱住我，不確定到底發生了什麼事。

單是看到他還為我做這件事，就令我五臟翻攪。

於是我對他說出一切。

說我不小心吹熄了母火；說讓瓦斯外洩的人一定是我；說我就是殺了梅娜的凶手；說我很抱歉。我認為自己講了這些，不過實際上我一面說一面夾帶鼻涕、咳嗽和淚水，要是他真的聽得懂我會非常佩服。

而眼前的男人從我身上退開，我曾經傷害過他，曾將梅娜之死的重擔強加在他身上。他用拇指頂起我的下巴，讓我抬起視線看著他。他在這一刻做了他所能做出的最糟糕的舉動。

對我微笑。

他的雙眼盈滿淚光，說：「我講一段故事給妳聽。」

這句話實在太出乎意料，反而令我平靜下來，整個大腦彷彿重新開機。

「坐好，」他說。「讓我講一則故事給妳聽。」

我向後靠抵牆面，他也坐下，交叉雙腿，手放在膝蓋上，盤腿而坐，然後深深呼吸。

「從前有兩個和尚，」他說。「一個和尚年輕，一個和尚年老。他們在距離這裡很遠的某個地方走著，遇到了一條河，河邊有個女人。」他伸出雙手，掌心向上。「女人說，河水太深了，能請你們幫忙帶我過河嗎？而年輕的和尚說——」他搖搖一根手指。「——抱歉，觸碰女性有違我們的戒律。不過老和尚……」姆巴耶伸出雙手。「他伸手抱起女人，將她扛在肩上，帶她過河。」

我很想告訴他，我並不懷念別人把想說的話藏在謎語裡這種事，但剛要開口便意識到，即使自己這麼說也不會有什麼幫助。

天啊，現在連我都要控制不住自己了。

「然後，」姆巴耶將雙手合十。「他們來到河的對岸，老和尚放下女子，雙方繼續踏上各自的路程。但是年輕的和尚很心煩，因為老和尚破了戒，這讓兩人之間產生一股緊張的氣氛。最後，當他們繼續走了一段路之後，年輕的和尚發問：『戒律說不能觸碰女人，為什麼你要碰那個女人？』妳知道老和尚說什麼嗎？」

「什麼？」我問。

「老和尚說：『我老早就把她放下了，為什麼你還揹著她呢？』」

他向後坐，等待著。

我問：「梅娜跟你說的？」

他露出微笑。「當然是她。」接著他向前靠了過來。「我們不知道瓦斯外洩的原因。那是一場意外，我們只能接受。」

「為什麼？」我壓下那些話，感覺像在與胸口深處的某樣東西搏鬥，阻止它從我的胸膛突破而出。「為什麼只能接受？」

他停頓一會兒，將手掌放在我膝上。「不然還能做什麼呢？」

「如果想要的話，我們可以改變那個結果。」

「妳很清楚不能這麼做。」

一陣強烈而清新的恥辱感突然席捲而來，令我作嘔。我折磨這個男人，對他當眾羞辱以及各種對待，竟然就只是為了讓自己感覺良好？只是為了分散我所感覺到的重擔，讓自己的負擔能夠輕鬆一點嗎？我的呼吸困難。我欠他很多沒說出口的話。

「你應該要恨我才對。」我低下頭，別開視線不去看他，極度想鑽進牆上的縫裡消失不見。

「我覺得自己希望你恨我。」

他好一陣子沒回話，讓我不得不抬頭看向他，而當我抬頭的時候，他再次露出微笑。他轉成跪姿，雙手穿過我的腋下，將我拉入這輩子所感受過最結實的擁抱之中。

「我原諒妳。」他說。這幾個字令我全身無力。

「為什麼？」我擠出問句。

「因為梅娜會希望我這麼做。」他的鼻息在我脖子上吹得一片溫暖。「因為這是對的事，對妳或者對我來說都一樣。」

這句話讓我碎裂，迷失在他頸窩裡，不斷哭泣，直到我一無所有。

當我重新恢復鎮定，我對他說：「有些很糟糕的事情正在發生，可能有人會死。」姆巴耶的身體往後靠，看著我的眼睛說：「告訴我妳需要什麼。」

我的心飛揚起來。這種刺激感極度陌生，因此有點不太舒服，不過我非常、非常喜歡。

「很好啊，原來妳會笑。」姆巴耶拍拍我的背。「小心別讓人發現了。」

「我必須離開這裡。」我說。

「妳等一下。」他說。

他走向門邊，從小窗戶向外看，探視辦公室的情況。「丹比居還在。」

「嗯，好吧，你也不能一整天都待在這裡，那……」我拿起一根火柴。「你現在先出去，我會用這個卡住門鎖，然後你再想辦法把他弄走。簡單吧？」

「很簡單。」

姆巴耶打開門後，由身後的我接手關門，讓火柴卡進插槽。門鎖沒有發出卡榫聲。

我從小窗裡看見姆巴耶走向艾嶺並對他說了什麼。他們聊了一會兒，姆巴耶不斷回頭看我。加油啊，兄弟。艾嶺看起來有些煩躁，倒不是因為他察覺到有什麼不對勁，而是他非常不想被這麼一丁點狗屁倒灶的事情打擾。最後，姆巴耶垂下肩膀，往門口走去。

很好。所以現在我必須祈禱艾嶺趕快離開，清空辦公室，也希望不要太快有人回來確認我是否還在拘留室。

燉魚飯的香味讓我分心。我已經完全記不得上次吃東西是什麼時候了，胃袋餓得彷彿深淵黑洞。姆巴耶知道我喜歡辣到整張臉都發麻，於是特別在裡頭加上能令人鼻水直流的辣粉。我一邊用麵包沾起燉魚飯送進嘴裡[40]，品嘗著那份火辣，一邊整理自己截至目前為止知道的資訊。

我在追捕鬼魂。這隻鬼已經成功殺死了一個人，還曾試圖殺死其他好幾個人。它知道我的病，視我為威脅，想盡辦法要讓我脫離戰場。它對寇藤的攻擊方式微妙而不易察覺，可以很輕易被視為意外事件，把恐龍放出來則相當大膽。看來它也著急了。

這隻鬼魂到底想不想阻止投標會？如果想要阻止，它其實可以直接大開殺戒，連我也做掉，一切就結束了，我們之中又有誰有辦法阻止鬼殺人呢？

不過我現在得知了更多資訊，而這是好事。我在會場看到的那個東西——不管它到底是什麼——似乎都衝著提勒而來，手段也變得更加兇狠。

可是這麼一來，就代表它對四名投標者都出手了。

到目前為止，我都早它一步。我改變了本來可能會發生的事，或者說本來應該要發生，到頭來卻沒發生的事。只不過，時空應該是個永恆不變的四次元方塊，而我們只是在其中移動，見證每個片刻。

這些片刻就像油畫的圓點一樣。

就像梅娜讓我看的那幅畫一樣。

我吃完燉魚飯，灌下餐盤附上的小罐瓶裝水，然後再次朝窗外看去。丹比居到處走動，和幾名時安局探員說話。我從拘留室這一頭走向那一頭，總共走了十二步，我發誓重新走回來時只剩下十一步。然後又只剩十步。我重算了一次，十步變成十一步。我的腦袋在作怪。我將每一步的腳跟踩在上一步的腳尖前，試著得出這空間的確切面積，因為這種事能占據我所有的思緒，讓我不再去想自己殺了人。

那算是殺人，還是自我防衛？我不知道。

我旁觀過，也介入了。

更糟的是這麼做並未終結苦難，反而創造苦難。

在我跌入自己的反省深淵之前，門外傳來一陣騷動。我趕到窗邊，剛好看見艾嶺衝出辦公室。辦公室的門一在他身後關上，我便拉開拘留室的門，火柴掉落在地，而我走過辦公室準備離開。

不過這時我想到了更好的主意。

我跑回主控臺，找到仍在睡眠狀態的盧比，啟動它的開關。它醒了過來，飛升至與我視線同高。

「我需要你幫忙。」我說。「如果你能夠繞過任何系統限制，拜託，現在就繞過去。」

「說點好話來聽聽。」它說。

「你認真的嗎？」

「我分得出來妳是不是真心。」

「好。我很懷念跟你說話，而且恐龍殺掉你的時候我覺得很難過……」

盧比往斜前上方移動，朝我的臉靠近了一點，可能是在偵測我的脈搏和臉部肌肉動作。最後它說：「我接受。」

「……不過那是因為我已經沒有塑膠眼睛了。」

---

40 燉魚飯通常會使用破碎的米型，傳統吃法是用手抓著吃或用湯匙，不過也會有人用麵包舀著吃。

盧比又飛回桌上。

「好啦。」我說。「人類之所以會把自己的痛苦強加在他人之上，其實是以糟糕而幼稚的方式在尋求協助。」我垂下頭。「他們希望自己能被看見，可是同時間也害怕別人會在他們身上看見的東西。」

「謝謝。」盧比說，重新飛回我肩膀上。

我重整呼吸，集中注意力。「來吧，上工了。」

我拉開門，發現大廳正在施工當中。

整個地方被開腸破肚。地毯不見了，只有堅硬的水泥地板。到處都是戴著工地帽的男人，而我的視線立刻被一名女人吸引過去，她站在梯子上，正在擺弄某盞燈具。

那是費爾班克斯，一頭棕髮在光線照射下透露著金色光芒。她環顧寬闊的大廳——大廳空蕩，沒有巨鐘、沒有桌子，什麼都沒有——然後露出了些許微笑，彷彿看見飯店未來的模樣在她面前展開。我順著她的視線看過去，發現她的目光落在遠處一名黑人女性身上。女人頂著光頭，身穿白色上衣與深藍鉛筆裙。

那是正踏上愛特伍樓走廊的辛斯。

她回應費爾班克斯的微笑，彷彿兩人之間正在傳遞某種易碎的物品。那是個溫柔的片刻，與所有嚇壞的賓客和飯店員工形成強烈對比。

而我的思緒不停想著辛斯和費爾班克斯。

因為，噢，天啊。

她們是同事，卻根本不能說是朋友。

因為兩人的關係比朋友更親密。

那種藍。地毯的顏色。身為設計師，她應該很清楚在此挑選那種顏色是多糟糕的選擇。當我和辛斯的丈夫通話時，我在辛斯家中牆上看到的就是那個顏色。

費爾班克斯是為了她才選擇這個顏色。

辛斯、費爾班克斯、建築工人——這些以前的人看不見我們，我們卻看得見他們，而所有人都搞不清楚發生了什麼事。艾嶺站在一位趴在地上鋪設某種線路的建築工人面前，對那個男人的臉不停揮手，卻得不到對方回應。我不希望艾嶺一抬頭就看到我，於是立刻躲進一根柱子後方。

「阿盧，你看得到嗎？」我問。

「我不太確定自己看到了什麼。」

「每個東西都在時移，就像我平常那樣。」我對它說。「不管這裡到底出了什麼問題，情況都在惡化。」

「簡諾瑞？」

我離開柱子的遮蔽。一切都恢復正常，不過大廳裡的每個人顯然都非常迷惘。大多數人四處晃蕩，想要確定周遭的事物是真實的。有幾個人似乎流起鼻血，正捏著自己鼻子。這不是好事。我的感覺倒很正常。這和平常的時移情形不太一樣，我腦中沒有感覺到火花。我不曉得是好事還是壞事。

艾嶺對著他的錶大喊。「馬上過來找我！」我待在原地，遠離他的視線，一會兒之後波帕出現。

「盧比，放大音量。」

無人機呼呼響了一陣，喇叭裡便響起那兩人的竊竊私語。

艾嶺問：「我要你做的事情你做了嗎？」

波帕說：「呃，那些又不是可以拿在手上的行動裝置，你知道當初花了多少力氣才把其中一顆感應器從愛因斯坦搬來這裡嗎？」

「你查到什麼？」

「她是對的，這裡的輻射指數高得破表。」

艾嶺問：「為什麼你到現在才發現這件事？」

即便從我站的位置都能聞到波帕越發濃厚的汗味。「唯一的輻射來源應該只有時空港而已，邏輯上來說這裡根本不會有產生輻射的東西。」

「我們需要疏散群眾嗎？」艾嶺問。

「我覺得應該還沒有那麼緊急。」他說。「現在的情況比較容易影響異時程度較深的人，不過我們還是必須找到源頭。」

沒錯。

必須找到源頭。

而我知道在哪裡。

愛特伍樓五二七號房。那個不該存在的房間。

我站在原地，盯著儲藏室的密碼鍵盤。

「記憶的花園中、夢境的宮殿裡，就是我們倆的相遇之地。」我對盧比說。「辛斯和費爾班克斯彼此相愛。」

「這感覺有點……」

「盧比，《愛麗絲鏡中奇遇》在哪一年出版？」

「一八七一年。」

1－8－7－1。

鍵盤亮起紅燈，發出憤怒的警示聲。

「放在樓下的那個版本是原版的複製品吧？」

「出版年份是二〇二二年。」

2－0－2－2。

紅燈。

一陣挫敗感湧了上來。我開始輸入各種數字組合，心中考慮還是乾脆砸了鍵盤，搞不好那樣也進得去。

這時盧比飛近說道：「試試看一一零四。」

1－1－0－4。

依然沒有動靜。

「那是什麼意思？」

「我猜妳在測試與那本書的重要事件有關的數字組合，所以我就照著同樣的邏輯找了一下。」

盧比說。「那本書在十一月四日被拆封，感覺很符合邏輯又不至於太隱晦……」

「好，雖然密碼錯了，不過你的思路是對的。密碼應該與個人有關，和她們兩人共有的東西有關。」

我開始回想，日期、時間。

我之前隨手翻閱過費爾班克斯的筆記，但還沒全部看完。也沒去讀辛斯那本書。我正要說話，盧比便說：「我正在瀏覽費爾班克斯和辛斯兩人的文章，看能不能找出任何有重要意義的數字。」

任何有重要意義的數字。

桌上的相片。動土儀式。辛斯在那次訪問裡怎麼說的？她們在那天認識。

「動土儀式是哪一天？」我問。「給我月份跟日期？」

「十月十四號。」

我輸入「1－0－1－4」。

警示燈號轉成綠色。

「嘿，盧比，降低螺旋槳動力。」我說。

它照做，並在失去浮力之前被我一把抓住。都忘記這東西有多重了。

「妳在幹麼……」

我深深望進它的內部電路，對著右邊的鏡頭輕輕一吻。

「視線糊掉了啦。」它說。「跟之前被貼眼睛一樣！」

我用手指去擦。

「妳越弄越糟了啦。」

「你才越弄越糟。啟動引擎。」我放手，它下墜了幾英寸，隨即又回到平時與視線同高的位置。

我深呼吸，轉身向門，抓住把手推門而入。

擺脫困境

陣陣靜電自我的腦部皺褶中竄過，嗡嗡作響，雖然不至於不舒服，但因為接連不斷，還是讓人有些困擾。這感覺就像是平常的時移，不過以前最多持續一、兩秒，從來沒這麼久過，現在有種停不下來的感覺。

儲藏室空空蕩蕩，應該存在的貨架與備品都不見了，只剩下四面灰牆。我踏入一步，然後轉身面對走廊，發現門裡也有一臺密碼鍵盤。以前就有這東西嗎？是不是因為被貨架擋住才一直沒注意到？

我踏上門檻，空氣似乎……有些不太對勁。移動手臂時有種身在泳池裡的感覺，就像在水中移動，可以感到些許阻力，就像觸碰魏斯汀屍體時一樣。

「盧比，掃描這裡。」我說。

沒有回應。

盧比浮在我面前的空中，動也不動。這個景象令我頓時愣住。負責產生浮力的螺旋槳葉片完全靜止。我伸手想碰，但又將手縮回，不確定自己是否該那麼做。

「這是什麼巫術？」我問，彷彿盧比會回答似的。

我腦中的電浪越來越強烈。不痛，現在還不會，但如果起初感覺像頭部按摩，現在就有點像是按摩師力道稍嫌過猛，將尖銳的指甲掐進了肉裡。

我低頭看向時安局那隻錶，時針已然停滯。

我腦中的壓力正逐漸增加。

隔壁的房間。我應該去查看隔壁房間。直覺將我拉往那個方向，不過只走了幾步路，我的上顎便開始抽跳，彷彿有條血管發出顫動。我覺得鼻子一陣溼潤，於是舉手去摸。

是血。

整間飯店的重力不斷攀升，將我向下壓迫。或者只是因為我正在暈眩？我不知道。但總之不能再待在這裡。

另一陣疼痛爆發。越來越糟了。

我被困住了嗎？該怎麼離開？

鍵盤。

我拖著自己走過牆邊，經過凍結的盧比，回到儲藏室。我站在儲藏室內，試圖想起密碼，但是大腦開始不斷閃爍，無法喚起任何線索。那感覺就像你想做某件事，卻忘記是哪件事，於是腦海一片空白。

更糟的是，此時身後傳來聲音，一陣窸窸窣窣，有東西正朝我而來。雖然我很想回頭去看，但是做不到。有種發自內心深處的原始本能告訴我：不能回頭，不要去看。

不可以。

密碼是多少？要是解除此刻狀態的密碼和開啟的密碼不一樣，我的下場會有多慘？專注。

1－1－0－4。

紅燈。不對。

那不知道是什麼的東西越來越近了，我幾乎可以感覺到氣流在身後流動，像是它正在找我。她們認識的那天。她們在哪天認識？

1－0－1－4。

鍵盤轉綠。

門開了，我幾乎跌進走廊。腦內的壓力立刻消解，像是從緊握的手中解脫。我抬起頭，看見盧比依然飄在空中，不過螺旋槳在轉動，可以聽見它們發出沉悶的電子嗡鳴。我低頭看錶，秒針抽搐，不過至少在動。

「簡諾瑞，發生了什麼事？」盧比問。

我深呼吸穩定心神，然後問：「我暈過去多久了？」

「沒暈。」盧比說。「妳踏進房間之後馬上就跌出來了，然後鼻子就開始流血。」

剛才的時間對我來說應該有三到四分鐘，或者更久一點。大腦才剛重獲新生，有點難以評斷。

「簡諾瑞，妳需要去找醫生。」盧比說。

「不用，我沒事，就讓我……」我用手撐起身體，還來不及意識到胃裡的翻騰是什麼意思，便吐在地毯上。

「妳剛才說什麼呢？」盧比問。

「好，隨便，叫清潔班過來，但別說是我吐的。」我說。「然後叫布蘭登到費爾班克斯的辦公室找我，現在就來。」

布蘭登出現時，我的胃和腦袋都已平靜下來。躲進廁所用水洗臉漱口讓我稍微乾淨了一點，不過嘴裡仍是一股垃圾桶深處的味道。我需要刷牙，或至少需要來顆薄荷糖。

布蘭登在桌子對面坐下，雙手交疊放在腿上看著我，一副不曉得我要抱他還是殺他的表情。

「我需要你幫忙。」

他有點被這句話嚇到，沒有回應。

「我應該要去找艾錐安．波帕才對，可是我目前不太能使用時安局的資源。」我說。「幸好，我認識有人擁有粒子物理學之類的學位。我發現了某個……奇怪的東西，我需要你幫忙搞清楚那是什麼。」

他點點頭，傾身向前，聽我盡最大能力解釋來龍去脈：有個嵌在牆上的裝置能夠凍結所有東西，從盧比到我的手錶都逃不過。他看著桌面仔細聽著，邊聽邊點頭，當我說完後，他向後靠上椅背，抬頭看著天花板。

「這真的是，瘋到有剩。」他說。

「呃，要這樣說也可以。」

「聽起來很像妳踏到了時間流外面，或者說是從時間中消失？這種現象有個專有名詞，叫『時間隱形』……」

「等一下。」我舉起手。

那和賈柏瓦基用的技術一樣。

布蘭登拉回眼神看著我，疑惑是什麼事讓我急踩剎車。考慮到賈柏瓦基的機密程度，我覺得自己應該別把事情告訴他，可是在如今的事況下，我已經不曉得保密的用意到底何在。我大致解釋了一下賈柏瓦基的運作原理，但是我也強調，艾嶺說這項技術只有辦法隱藏資料而已。

我說完後，布蘭登向後靠上椅背，看了看四周，然後說：「好希望這裡可以抽菸。」

我舉手示意他請便。他從口袋掏出一支電子菸，抽了一口，吐出一大團有著黑莓香氣的大麻菸霧。他將電子菸朝我舉來，不過我揮手拒絕。

「所以，」他說，「好，如我們所知，時間隱形技術顯然還沒成熟到能將實際物體藏在時間外面。」他用拿著雷射筆的手勢拿著電子菸，吸了另一口菸後吐出。「辛斯是百年一見的天才，時間旅行技術就是她的發明，所以我們要怎麼知道她沒有再發明出其他技術，卻把技術藏起來，沒讓任何人知道？」

聽起來有道理。我不曉得費爾班克斯的感情狀況，不過辛斯已經結婚，但是就連八卦之神坎米歐都不曉得她們兩個曾經交往，顯然兩人將這段關係藏得非常好。一間只有她們能夠出入、藏在時間之外的密室，還有什麼地方比那裡更適合密會呢？

「艾嶺說了某種汽車的譬喻，但我實在聽不懂。」我告訴布蘭登。「我就算想告訴你他說了什麼也沒辦法。」

「這東西就有點像隱形斗篷，對吧？」布蘭登揮舞著雙手，好像這些手勢有意義似的。「理論上來說隱形斗篷的確可行，只要彎曲物體周圍的光線，讓我們直接看到物體後面的東西即可，而時間隱形也是同樣道理，只不過彎曲的是事件周圍的時間。」布蘭登向前傾身，用雙手比劃出更多手勢，說實話沒什麼幫助，不過他似乎非常熱衷於為自己說的話提供視覺化元素。「妳把時間流想像成一條河，而妳正朝著下游航行，可以嗎？妳隨著河不斷往前移動，兩旁的河岸就是正在發生的事件，妳一邊前進，一邊看到事件的發展。妳找到的那扇門能讓妳在非常短暫的瞬間裡離開河流，站到岸上。妳離開的時候河流也會跟著停止流動，然後妳回來時就會回到同一個時間點，並繼續向前航行。」

我瞪著天花板。每件事都緩慢開始有了關聯。

「鬼魂。」我說。

「怎樣？」布蘭登問。

「飯店裡的鬼魂，就是那些奇怪的存在，有沒有可能就是穿過門之後四處走動的人？」

布蘭登清了清喉嚨，微笑著說：「嗯，的確有可能。那些人的時間停留在某個瞬間與下個瞬間之間，可以有無限的時間來來去去。而妳有異時症，這一點可能給了妳某種超越感官的感知能力。」

「盧比，」無人機聽到後便飛至我的肩膀。「你應該一直在看走廊的監視器畫面，有看出所以然嗎？」

「我查過了，」它說。「我們丟失的影像幾乎都是照著那扇門的片段。」

「那我要你接下來這麼做：列出每起已知事件：今天提勒的那件事、差點殺死寇藤的意外、我下令停用的那部電梯、恐龍攻擊那段時間前後——再加上每一次飯店發生電力不穩。我要你分析這些事件當下飯店其他位置的監視畫面，看看有誰沒被攝影機拍到。或是看有誰和其他人的移動方向不同，比方說去了愛特伍樓。」

「這需要一點時間。」它說。

「那就快開始吧。」

我站起身，拍了拍褲子，然後轉向布蘭登。「你的權限都還在吧？」

「呃，是還在……」

「很好。」我對他說。「闖空門的時候到了。」

艾嶺知道我不在拘留室了。他在大廳內到處奔走，切穿人群、攔人問話，一對眼睛四處張望。布蘭登和我貼著陰影處和凹室移動，我也盡量躲在物體之後，以此避開艾嶺的視線。這個方法頗為成功，我繞著大廳走了好大一圈都沒引來任何好奇的窺視。

我從提勒附近經過，他把自己塞在某個陰暗的角落，兩隻眼睛四處掃射，彷彿飯店裡其他地方擠滿活屍，而且它們馬上就要找到他，將他生吞活剝。

「叫人來就對了……誰都可以。」他用耳語的音量對著手機怒吼。「喔，管他的，隨便送個水果籃給他家人就好了，重點是趕快派人過來就對了……」

王八蛋。

不過，知道癸森有家人還是令我難受。

我讓布蘭登走在前方，去開老瑞的辦公室。他踏進辦公室裡並掩上門，留下一條縫隙。我再次往前推進，正要躲到一只巨大盆栽後面時，艾嶺突然轉頭朝我這裡看來——靠。

他朝我所在的方向看了看，然後停下動作。他看到我了嗎？還是看到了盧比？不對，它正飄在我後面。我從盆栽葉縫向外瞄，希望艾嶺沒有順從直覺朝這方向走來，正當我覺得他就要看到我時，有人引起了他的注意，他轉頭離開，往安全部辦公室走去。

「他在查監視器畫面有沒有拍到妳。」盧比說。「因為我們本來就受到很嚴重的干擾，所以我直接封鎖了那幾部監視器，所以他們應該覺得侵入系統的人還沒離開。」

「幹得好。」

我等著艾嶺關上門，然後匆忙跑進老瑞辦公室，布蘭登正坐在電腦旁，不斷敲擊鍵盤。

「我不知道密碼。」布蘭登說。

「我應該能幫上一點忙。」盧比說完便飛至桌面上方，在一大疊雜亂的文件上空盤旋，尋找安全的降落點。反正東西太整齊也沒什麼好處，我直接把所有文件推到地上，盧比便降落在主機旁。電腦螢幕轉紅，一陣閃動。盧比說：「怪了，安全等級被提高了。一般來說我應該能存取這裡所有的電腦，現在卻被擋在外面。」

「有辦法繞過限制嗎？」

「還是需要密碼才行，猜錯三次的話硬碟資料就會被刪除。我沒辦法強行破解，需要一點時間才能挖出繞過系統的暗道。」

「要多久？」我問。

「可能二十分鐘吧。」

「不要逼我脫鞋子。」

「這麼剛好？」布蘭登問。

「怎樣？」我說。

他聳了聳肩。「時間不夠是吧？也許妳應該去用那扇門。」

「除非必要，否則我不會再踏進那個地方。」我對他說。「而且誰知道電子產品在那裡面能不能運作？」

「也是，也是……啊，我有個辦法。」他突然跳了起來，衝出門去。

我一邊等待，一邊環視辦公室。到處凌亂不堪，滿是灰塵，那面西西里島拉子旗掛在這裡的時間之久，即使辦公室裡根本照不到任何陽光，也因歲月開始褪色。他覺得會改變自己人生命運的那張幸運樂透彩券依然用膠帶貼在螢幕下方，我撕下那張彩券，拿在手裡。

要是這張彩券中獎，應該會很有趣吧？好吧，不怎麼有趣，也許有點諷刺。這樣能算諷刺嗎？我該拿那些錢怎麼辦？老瑞有家人嗎？我應該去查一查，然後把錢交給他們。我正想問盧比知不知道老瑞有沒有任何親人，便看到布蘭登開門走了進來，身後跟著坎米歐。伊在門口停下腳步，對我挑了挑眉。「很多人在找妳。」

伊態度遲疑地走進辦公室，我起身對伊說：「我向姆巴耶道過歉了，也向布蘭登道了歉，現在我要向你道歉。我知道這麼做也沒辦法抹消自己以前做過的事，還有很多事情需要彌補，不過我會試著去做。」

坎米歐說：「還算可以接受。」

伊繞過我，將瘦長的身軀折進椅子裡，在鍵盤上打了幾個字便登入了系統。

「就這樣？」我問。

「妳有看過這男人怎麼打字嗎？他是用兩根手指頭在啄鍵盤欸。密碼就是『Sicily』，但是用數字『1』取代英文字母『l』。」

「天啊。」我說。

「開工囉。」盧比說完，螢幕上便開始交疊出現許多視窗，最後整個畫面停在一系列像是帳單的頁面上。「好，現在遇到幾個滿嚴重的問題。首先，我知道誰在破壞監視器系統了。」

這個消息彷彿重拳打在我肋骨上。「你認真？是老瑞？」

「不完全算是。他是經理，所以會有完整的管理員權限，而他把自己的安全金鑰給了別人。」

布蘭登和坎米歐雙雙看向我，好像我應該要開口回應，但此時的我無話可說。

「不只這樣。」盧比說。「我查了電費帳單，的確，我們總共多付了將近三倍的電費，但是除了電費外還有很多不合規的地方，其他帳單的金額也和正式紀錄不符。我們一直被告知飯店持續虧損，事實上卻是有在賺錢的。我認為老瑞一直在做假帳，營造出飯店陷入財務困難的假象。」

我坐在桌子一角，目光瞪著牆面。「為什麼他要讓飯店的帳面看起來像是陷入財務困難？」

「因為如果不這樣的話，就沒有東西可以拍賣了。」坎米歐說。

「老瑞在幫誰做事？」

「還看不出來。」盧比說。「我偵測到一些零碎的加密信件，但是找不到發送來源，也無法讀取內容。照他的個人財務記錄看來也不像收過任何大筆現金的樣子，相反地，他的個人支票帳戶和存款加起來連一千元都不到。」

沒收過現金。

但如果老瑞在幫某人欺騙體制，他一定會得到回報才對。

而這份回報來自某位已經證明自己有能耐玩弄時間的人。

我低頭看向手中的彩券，紙張邊緣因為掌心的汗而有些潮溼。我仔細檢查彩券上的日期，然後舉高了給盧比看。「這是一個星期前的。」

「這是中獎彩券。」盧比說。「這個獎池只有一人中獎，表示老瑞本來可以獲得大約稅前五億五千萬元的獎金。」

布蘭登輕吹口哨，表示讚嘆。

他一定一直在等這齣胡鬧劇落幕，好去領獎。想到這點就令我心痛。因為這表示老瑞參與了這場陰謀。我知道那傢伙有缺點，但是我喜歡他這個人。媽的，我以前甚至很尊敬他。經理的位子不好坐，而他沒有對人動刀動槍也就這樣撐過來了，那是我使盡全力也難以達到的目標。

就在這時，彷彿收到出場通知似的，老瑞走進了辦公室。

我知道那不是真的老瑞，而是時移現象，此刻我腦中正響著熟悉的嗡嗡聲，所以幾乎沒花心思在意。不過當我看向布蘭登和坎米歐，發現他們正瞠大了眼睛瞪著他，嘴巴都闔不攏。

老瑞沒看我們，逕自穿過房間走到一只檔案櫃前，開始東翻西找。坎米歐和布蘭登看向我，我也短暫瞥了他們一眼，然後轉頭便發現老瑞已經消失。

「天啊，」布蘭登說。「妳發作的時候就是這種感覺嗎？」

「一直都是這樣。」

布蘭登點了點頭，坎米歐則雙手合十。我想他們現在應該都懂了——無時無刻被死去的人圍繞，而那些人看起來就像是在跟你互動是什麼感覺。

如果機會送到了面前，怎麼可能放手呢？

我差點想將這句話說出口，但是我還沒準備好。還沒有。

現在最大的疑問是，為什麼會發生這些事？

「簡諾瑞，」盧比說。「妳得看看這個。」

螢幕上跳出一個瀏覽器視窗，開始播放新聞。這是某人的手機翻拍畫面，身穿舊時代制服的士兵躲在墓碑之間，舉著滑膛槍彼此射擊，空中煙霧繚繞。攝影鏡頭不斷搖晃，對焦失準，激烈的戰事持續了幾秒鐘，然後憑空消失。

「布魯克林的綠蔭公墓今天發生了一起讓人困惑的事件，來到此地的遊客似乎親眼目睹慘烈的布魯克林會戰在眼前上演。不過他們看到的並非模擬戰況，而是一七七六年八月的戰鬥場面在所有人的面前實際展開，隨後又消失不見。」

報導旁白的聲音隱去，盧比說道：「這不是唯一與時間飄移有關的報導。我正在瀏覽所有新聞，從紐約到相鄰的州都有類似報導，看起來發生範圍正在擴大。」

「嗯，這不太妙。」布蘭登說。

「就是這個。」我對他們說。「有人做出太大變動，所以漣漪向外擴散。」

「那要怎麼補救？」布蘭登問。

「有學位的是你欸。」

「噢，靠，學校根本沒教這種情況啊……」

我吐了口氣。「一件事一件事來，先解決最近的問題。有人付了老瑞錢，讓他營造飯店經營不善的假象，而卓客也有某種程度的牽連。這些都是我們已經知道的事。」

還有件事讓我覺得心煩，正在我的腦袋深處不斷抓撓：我一直想到那間儲藏室，以及儲藏室後面的世界。

還有隔壁的房間。

魏斯汀。

那具薛丁格的屍體。

只有我看得見，其他人卻看不見的屍體。

的確，飯店裡的時移狀態正在加劇，但是如果我之所以比別人更容易看到鬼魂是有原因的呢？為什麼只有我能看見魏斯汀的屍體呢？

我知道答案就在這裡。我知道答案，但不想說出口。我搖了搖口袋裡的時妥寧瓶，掏出瓶子，從裡頭拿出一顆，將藥剁成兩半，然後碰了碰舌尖。嘗起來像阿斯匹靈，而不是糖。

「我們接下來要怎麼做？」布蘭登問。

他和坎米歐都睜大了眼睛看我，整張臉被恐懼占滿。我確實知道答案，可以感覺得到它正在我的心中跳動。我本來以為自己心裡已經什麼都不剩了。

沒有什麼「我們」。

「布蘭登，你去找艾錐安．波帕，然後和他一起合作找出彌補的方法。」我說。「盧比，我需要你發出廣播，下令疏散。艾嶺早就應該這麼做了，我不知道他在拖什麼，不過我猜應該是因為卓客不想嚇到住客。不用管他們了，那兩個傢伙都可以去死一死。」我轉向坎米歐。「你得去集合員工，把他們帶到安全的地方。有些人可能會想留下來，務必讓他們知道所謂的疏散對象也包含他們。」

我沒把剩下的計畫告訴他們。太危險了。我再次拍了拍口袋裡的藥瓶，試著回想坦沃斯說我一天能夠吃多少顆。明明是昨天說的，卻感覺像上輩子。是三顆嗎？最多四顆？

「準備好廣播了。」盧比說。

「很好。」我拍了拍手。「解散。」

我往門口走去，感覺全身是勁，準備把這樁鳥事一次解決，而當我一拉開辦公室的門，就看到艾嶺站在眼前，手正舉在門把的高度。我毫不猶豫彎腰從旁邊閃過，直接往愛特伍樓跑去。

「媽的，簡諾瑞！」他在身後喊我。我知道他肯定氣急敗壞，因為他以前最不喜歡被逼著要去追犯人。可惜囉。我在四散群聚、拖著行李的群眾之間穿梭，聽見喇叭裡傳出盧比的廣播公告。

請注意，懇請所有人員盡速離開飯店，前往愛因斯坦等待接駁。請保持冷靜。這並非緊急情況，但為維護顧客與工作人員的權益，飯店將暫時關閉。謝謝您的合作。

請保持冷靜。

盧比這句話也太可愛，好像大家會照做一樣。

廣播點燃了恐慌，讓群眾如無頭蒼蠅似的打轉。我差點撞上一名闖入我行進路線的老人，不過及時偏轉了角度，讓跌翻在地的是我而不是他。我重重撞上地板，滑行一段距離，最後被一張桌子擋了下來。

這裡本來不應該有桌子的。我定睛一看才發現是接待臺，但是尚未完工，仍然裸露著木頭表面，彷彿才剛搬進來似的。我轉頭看向後方，艾嶺帶著一名時安局探員正要追來，而當我回頭看向前方時就發現桌子已經消失。

我再度跑了起來，並且更加留意前方可能闖入的事物。當我抵達愛特伍樓，沒有可坐的空電梯，所有燈號都表示電梯目前在高樓層。我推門進入樓梯間，開始向上爬。

跑著跑著，我便遇見了在樓梯間悠閒漫步的梅娜。她穿著工作制服——黑色休閒褲與白色上衣。我停下腳步，她也停了下來，雙雙看著彼此。

她說：「親愛的，就快到了。」

什麼？

我身後傳來「砰」的一聲。門被打開，腳步急促。

再次抬頭時梅娜已經消失。

我邊爬樓梯，邊倒一把藥丸在掌心。懶得數了，應該幾顆都無所謂。我用牙齒將藥咬碎，破壞緩釋膜衣，差點因為藥味而全部吐出來。我讓口中充滿唾液，盡最大努力把那一大團粉筆似的原始物質吞進胃裡。

五樓的走廊塞滿了人，我左閃右避終於來到儲藏室前。就在我輸入密碼時，我聽見艾嶺衝出樓梯間安全門的聲音，然後這時我才想到，靠，盧比不在這裡。它八成在剛才的混亂中跟丟了。我轉頭看見走廊上的艾嶺，同時間門鎖剛好亮起綠燈。我躲了進去，用力將門關上。

當我再次打開門，彎腰踏入走廊時，就彷彿踏進了一幀電影暫停畫面。

艾嶺比我以為的更近，再過幾秒就會趕上。他和那個時安局的傢伙此刻都停在原地。我碰了碰艾嶺的手臂。因為不曉得會發生什麼事，所以一開始力道很輕，不過我感覺到了些微阻力，接著便試著將他的手移開幾英寸。他沒有任何反應。

我的頭似乎沒事，沒有要爆開的感覺。這是好事，表示藥效正在發揮作用。我試著回想坦沃斯警告會有哪些副作用。易怒嗎？嗯哼，之類的。還有腎功能。

我往五二六號房走去，提起手錶感應，門打開了。看來電子產品在這裡也能運作，而且我猜盧比大概恢復了我的通行權限。即使如此，這裡還是很詭異。這個世界到底有哪些規則？人在這裡能夠受傷或死亡。機械裝置還能用嗎？如果叫了電梯，裡面卻已經有人的話會怎麼樣？

不是現在該想的問題。

第一個朝我襲來的是氣味。死亡的氣味，而不是腐臭。我曾經聞過屍臭，不是這個味道。這個味道比較接近身體被剖開時的氣味，就像剛打開一袋生牛肉時聞到的氣息，屬於血液以及被剖開的皮膚。

魏斯汀躺在床上，喉頭割破，血還很新。從我發現他之後過多久了？超過一天了吧？至少他**現在**是真的。當我來到床邊，小心翼翼不要踩進地毯上的血泊，並伸手去碰他的肩膀時，可以確實摸到他的身體，指尖沒有穿透過去直撲床單。

這表示我終於可以檢視這個現場了。

不過勘驗現場真的不是我的強項。我懂一些基本知識，同時也知道此時的我不必顧慮保持現場完整之類的問題，所以靴子和防護衣都可以免了。第一件事是仔細檢查房間，看之前是否漏掉了任何細節，或者這裡有無任何我在門的另一邊看不到的東西。一陣來回查看之後，我沒找到任何線索。

嘴裡的藥味令我噁心，於是我走到廁所的洗手臺前，扭開水龍頭，但是沒有任何東西流出。

我突然想到一件好笑的事。我應該趕快完成該做的事並離開這裡，不過撇除可能用藥過量之外，身在這裡的確有用不完的時間。既然如此，我不如好好利用這一點，對屍體做一些大不敬的事。

魏斯汀的身體尚未僵直，所以我移動他的四肢，試著尋找可供辨識的印記或刺青。要搬動他其實挺容易的。如果這裡的時間真的暫停流動，我覺得他有可能是在外面被殺之後才被拖進這裡。很小的線索，不過這就夠了。不斷堆疊所有細小的碎片，直到看見整幅景象。

接下來我掏出他的皮夾，翻看裡面的內容物。他的東西稀少到令我訝異，皮夾裡只有一點錢、一張身分證件、一張信用卡，就這樣。沒有健康資訊卡，沒有咖啡折扣卡，也不像其他人會在皮夾裡塞些奇怪的個人物品。他的確有可能是個愛好整潔的極簡主義者，不過那頭略微凌亂的髮型、破牛仔褲和刺青似乎都在反駁這種可能。

我拿起身分證，反覆查看數次。

假的。

做工非常精細，幾乎每個細節都到位了，只差在證件上方的反光條。如果是真正的紐約身分證，傾斜至特定角度時反光條會閃爍彩虹光澤。這張卡片的反光不夠明亮，反光色澤也不夠鮮豔。差別非常細微，如果不是因為工作需要，我對身分證件產生痴迷，還真的分不出來。

可是證件上寫著約翰．魏斯汀。

他在系統裡的名字也是約翰．魏斯汀。

為什麼要帶一張寫著本名的假證件呢？

他不會這麼做。所以約翰．魏斯汀不是他的本名。

好，又是一塊碎片。

天啊，好希望盧比在這裡。有說話的對象時思考起來真的容易多了。

我再次搜身，從褲子開始一路向上，想要尋找武器或者他藏在身上的任何東西。我考慮採集指紋去進行比對，不過我認為自己必須在離開這個房間前就找到足夠明確的答案，包括他的身分以及他為誰工作，否則艾嶺不會給我任何機會。他不可能耐心等我慢慢調查。

檢查至皮夾克時，我為了把整件夾克脫下來而將魏斯汀翻來覆去，差點讓他滾下床。夾克帶有許多拉鏈迷你口袋，於是我逐一檢查，發現每個口袋都是空的——直到我翻找至胸口的內袋。裡頭有另一個比較小的口袋，裝著某種圓型的堅硬物體。我將那東西拔出來。

是一只錶。錶帶已經取下，所有的指針都已凍結。

這夠讓我知道約翰．魏斯汀是誰了。

好吧，也許還不知道他是誰，但至少知道他是什麼身分。

艾嶺來到儲藏室外停下腳步，臉上的表情因為困惑而扭曲。這很合理，因為在他的感知裡，我才剛踏進門就又馬上走出來。

「簡諾瑞，到底是怎麼回事？」他問。

我舉起魏斯汀口袋裡的錶。它和我手腕上戴的完全一樣，是時安局在畢業典禮上發給探員的錶。

「這樣你才永遠不會忘記時間的重要性。」我對他說。

「這句話是什麼意思？」

「不管他真正的名字到底叫什麼——那個魏斯汀是我們的人，對不對？」

艾嶺轉向那名時安局探員，說：「去別的地方走走。」

那名探員露出疑惑的表情，隨後便認命地聳了聳肩，往走廊另一端走去。艾嶺轉頭對我說：

「妳從哪裡拿到的？」

「從他的屍體上。」我說。「就是我之前說過只有我看得到的那具屍體。好啦，我也知道，聽到這種話誰都會起疑心，不過我想辦法碰到屍體，也檢查過了，然後就在他口袋裡發現這只錶。老哥，你該說實話了。」

艾嶺緊張地四處張望，然後朝著儲藏室點了點頭。我輸入密碼，帶他進門。我用的是普通密碼，能把我們帶到有床的地方，而不是某個時間暫停的奇怪維度。關上門後，我們頓時陷入黑暗，而他嘆了口氣，接著便掏出手機，用手電筒找到電燈開關。

他打開電燈，然後說道：「魏斯汀的本名是法蘭克．歐森。對，他是時安局的人，是深度臥底。我們發現跡象顯示有人試圖玩弄時間，然後，對，整件事跟賈柏瓦基有關。」

「你其實可以直接告訴我就好。」我對他說。「所以有人跑回過去了？」

「問題就在這裡：我們沒有證據。但是從阿茲提克事件之後，我們就一直看到特定的漣漪現象，代表過去已經被改變。這些漣漪現在變得越來越多，表示一定有事情被改變了，而且無論對方更改了什麼，都是大事。」

「韓德森怎麼說？」

「我最後一次跟他聯絡的時候，他正在調查。」艾嶺說。「我已經打了半個小時的電話，一直想辦法找到他的人……」

韓德森。

為什麼那個人不在這裡？

為什麼我那麼難想起他到底長什麼樣子？

我們以前一定有過交集，而且不只一次。我想到之前在安創頁面上找到的聖誕節卡片，可是卻連他的臉都想不起來。我知道他很沒存在感，不過這也太過誇張。感覺就好像試圖在腦海中想起他這個人時，我的記憶和他應該要有的樣子有著一段落差。

不對，不是落差。

更像是多張照片重疊。

我開始有種進入時移狀態的感覺。同樣的嗡鳴，但是更加深層，從腦幹傳出。我的腦海裡有一幅畫面，斷斷續續、拼貼重組，彷彿在看訊號差勁的視訊會議。不過我越專注，畫面便越流暢。

還是菜鳥探員的我坐在簡報室裡，正在聽取新設通訊系統的介紹，而站在臺上的那個男人……

「靠。」我說。「靠靠靠。」

我抓住艾嶺的手臂，將他拖到樓下大廳。我的腦袋正將每個細節縫合起來，彷彿重新拼湊一塊粉碎的玻璃。

我們來到安全部辦公室，我將他推進去，然後轉身關門。我深呼吸。畫面開始不斷浮現。現在我知道真相了，被集體無意識覆蓋的部分記憶重新回流進腦中。

站在講臺上的人是奧斯古·戴維斯。

在走廊上遇到他時，我們對彼此親切點頭。

當我弄壞自己的平板電腦時，還到過他在時安局大樓三樓的辦公室裡領取新的平板。

就是因為這樣，當我遇見他時才會覺得這人有種熟悉感。

因為我早就認識他了。

「就是戴維斯。」我說。「他就是我們的數位營運。」

「簡諾瑞，妳在……」

「我現在想起來了。我不知道為什麼，也許是因為我有異時症，所以還能觸碰那些記憶。不過，我們之所以不曉得有人侵入賈柏瓦基，是因為戴維斯就是那個人。他就是我們的數位營運，當然知道怎麼操控系統。」

「可是這樣……但是我認識韓德森，我真的認識他。」

「或許你其實不認識，或許他也參與了入侵計畫。有人看上了奧斯古，讓他成為計畫的一分子，然後那個集體無意識的效果就自動產生了。」

艾嶺舉起雙手摀著臉。「我有猜到這可能是自己人做的案子，猜到有時安局探員倒戈，所以我才對這件事保密到家。要是當初妳狀態好，妳就會是負責調查的人。歐森是我的第二人選。」

「有人先對他出手了。」

「簡諾瑞，解釋一下到底是怎麼回事。」

於是我試著解釋，不過應該還是很像瘋子在胡言亂語，因為中途發現他聽得一臉茫然，眼裡充滿各種糾結。不過當我說得越多，他聽得越多，最後他也開始邊聽邊點頭，彷彿在說，對，這麼看來似乎有點道理。

「妳說的那道門或通道——不管到底是什麼形狀——那東西在哪裡？」他問。

「它被嵌進儲藏室的牆裡。辛斯一定是獨自開發了這項技術，沒有告訴任何人，我猜那應該是只屬於她們的小祕密。而且我開始覺得，那個地方本來就只該讓她們兩個知道。」

「安全嗎？」

我聳了聳肩。「我被搞得七暈八素，必須吞一大堆時妥寧才有辦法承受。不過，畢竟那是因為我有二期異時症，我可以帶你進去，也許你會沒事。」

他露出猶豫的神色，開了話頭卻又停下，然後別開視線。

「媽的，艾嶺，」我說。「什麼時候開始的？」

「幾個星期之前。我看見祕書走進我辦公室，然後過了幾分鐘真正的她才走進來。」

「瞭解。好。也許我們可以快進快出，這樣你至少能看到屍體……」

「還是不要了。」

「為什麼？」

他嘆口氣，用手揉了揉臉。「我快退休了，不想冒險讓狀況變糟。」

我想罵他是膽小鬼，想告訴他我認識的那個艾嶺會說管他有什麼後果，先把事情解決再談。但同時我也看到自己做了怎樣糟糕的示範。我看到了自己為什麼會變成這個樣子，以及得知未來進展這件事能有多不愉快。

於是我懂了，為什麼他那麼拚命要趕我走，為什麼那麼想要我離開這裡，為什麼那麼想讓我安全下庄。我的怒氣消散了些許。無論他說了多少次，我都沒信過，但他其實真的是想保護我。

「你的德文在哪裡學的？」我問。

他聳了聳肩，一臉精疲力盡。「我就是很喜歡這個語言而已。我找到一個可以學德語的手機程式。」

「就這樣？」

「就這樣。」

「抱歉我以前一直跟你作對。」我對他說。

他露出微笑。「妳以為一句簡單的道歉就能把所有事情一筆勾銷嗎？才沒那麼簡單，至少要一頓晚餐和一輪酒水才可以。」

「說定了，等這些事結束了我們就去。」我對他說。「我知道波帕說輻射的源頭來自飯店內部，我假設指的就是那扇門。我們知道入侵者就是戴維斯，而卓客是他的同夥。我們必須搞清楚還有誰也倒戈，因為還有一個人假裝攻擊戴維斯，藉此擺脫戴維斯的嫌疑，所以戴維斯顯然不是一個人行動。」

「我們動作得快點。波帕剛才告訴我時間扭曲開始向外擴散了……」

「我知道，布魯克林會戰。」我說。

「俄亥俄出現了一隻猛瑪象，殺了三個人之後才消失。這情況不太妙，而且我們不知道該怎麼解決。」

「嗯，先確定不會有其他人出來擋路吧。還有誰可能有鬼？說真的，我一度覺得你可能有問題。還有誰不是我們這邊的人？」

時間點。快想時間點。快想誰一直在這些事件的不遠處徘徊。

以及，當大把的狗屎屁事擊中電扇葉片時，誰都剛好不在場。

我腦中的燈泡閃爍，然後亮了起來。

「尼克這人是什麼來歷？」我問。「你真的在培訓他嗎？」

艾嶺皺起眉頭。「我不會這麼說。我猜他應該有點後臺，之前卓客的辦公室推薦過這個人，幫他說了些好話，後來這場投標會需要人手，我就抽了他的人事檔案……」

他停了下來。根本不必說出口，我們只看了彼此一眼就知道是怎麼回事。

接著艾嶺的身體突然一陣僵直，他痛得大叫。

尼克站在辦公室底端，手裡拿著電擊槍，對著艾嶺的背放送電力。他手裡還有另一把電擊槍，正要朝我的方向舉起，於是我隨手抓過桌上的馬克杯朝他的臉砸去。他低身躲開杯子，不過這給了我時間在他擊發之前跑過房間，用腳踹中他的腹部。他趴倒在地，手指鬆開板機，艾嶺立刻倒下。

我從艾嶺的皮膚上拔下探針，檢查他的脈搏。他沒事。我將注意力轉回尼克身上，但是沒看見他人，只見到一張辦公椅朝我的腦袋甩來。我及時舉起雙臂並稍微扭轉身體，藉此減輕承受的力道，不過還是很痛。

尼克試圖繞過我，但是被我踢中雙腳，整個人臉朝下摔在門邊。我起身抓過剛才的椅子朝他扔去，想拖慢他的速度。可是椅子沒砸中，他成功逃出了辦公室。我追在他身後，衝進一座與我認知中模樣截然不同的飯店大廳。眼前的大廳破舊老朽，藍色地毯褪色破損、急需清理，大廳中央的天文鐘也已停止運作，且似乎覆蓋了一層灰。所有的桌面也都積滿灰塵，而且坑坑疤疤，整個地方充滿霉味。

我追著尼克進了愛特伍樓的走廊，他朝電梯區跑去，等到我們來到電梯前，周圍的景觀又恢復了正常。他掠過電梯，跑進了樓梯間，我很清楚他到底要去哪裡，於是跟了上去，兩人之間差了幾座轉折平臺的距離。我聽見他大聲咒罵，接著便響起猛烈的關門聲。

上樓之後我看見一大群人拖著行李下樓，沒有辦法輕易繞過，所以尼克一定是改道三樓走廊。他會繞至另一端，爬上另一道樓梯，再從反方向折回儲藏室。

我踏進三樓走廊，剛好瞄到他的背影消失在走廊的弧線之中，於是我急踩油門，試圖趕上。

接著整座飯店便消失無蹤。

我呈自由落體下墜，在空中翻滾。在我前方約一百碼位置的尼克也是。我們在一大片草原的上空，是無人踏足過的處女地。隨著草地迅速逼近，我的胃也一陣痙攣。

接著飯店又回來了。

我重重摔在二樓走廊上，跌一個狗吃地毯。我翻過身，用力喘氣，差點被剛才的風勢擊垮。好極了，現在連整棟建物都在時間中飄移。

我再度起身，正好看到尼克進入樓梯間，隨後我們沒再受到任何干擾，一前一後來到五樓。跑向時間通道的途中，我伸手去拿口袋裡的時妥寧，卻發現瓶子不見。一定是剛才掉了。我只能希望最後吃的那些藥足以讓我在另一邊支撐下去。

當我來到儲藏室前，尼克的身影正好消失在其中。我在門關上時趕到，輸入密碼，然後踏了進去。

我一踏進裡頭便感覺雙眼後方爆出一陣燒灼的疼痛。

我跌跌撞撞走出儲藏室，走廊上空無一人。誰知道他在這裡待了多久？他幾秒鐘前從我的視線裡消失，但可能已經在這裡晃蕩了好幾個小時。

我往大廳的方向走，卻腳軟倒地。我深呼吸，試圖集中注意力，卻整個人蜷縮成了一團。血滴在藍色地毯上，向下滲入纖維，由紅轉黑。起先滴速緩慢，後來因為我的頭骨向內擠壓，便成為涓涓細流，彷彿有一隻手捏緊了我的大腦。我的身體渴望放鬆緊繃的肩膀、釋放膝蓋的壓力，想要躺下入睡。

只不過等待我的不會是睡眠。

也不會是死亡，而是介於兩者之間的狀態。

一種永恆的失神。

這一刻已追逐我多年，亦即所謂的第三期。我的知覺終於鬆脫，終於失去抓牢線性時間的能力。

鼻血停了，但是地毯上仍傳來敲擊聲。

比血滴更重，來自走廊另一頭，逐漸靠近。

是腳步。

也許我還是有辦法抵抗。要是此刻能有一把時妥寧，或者一根櫻桃棒棒糖就好了。還是我該放聲大叫？我張開嘴巴，但是發不出聲音，只有更多的血。

腳步聲越來越近。

這就是我的大腦即將短路的瞬間，異時症的第三階段。沒有人知道為什麼會這樣，主流的觀點是我們的腦袋意識到自己處於量子狀態，頓時無法負荷，另外有些人則認為我們目睹了自己死亡的瞬間。說真的我不在乎原因，只知道結果不怎麼討喜：只要身體還活著，我便會永遠處於眼神呆滯的昏迷狀態。

壓力增加了，更多血液湧出。也許我會先失血過多而死。一點點小確幸。

我很快就會消失了，或許在現實世界中也是。時間流已經破碎，我是唯一能修復的人，現在卻躺在地板上等死。抱歉了宇宙，救不了你囉。

我再次時移，記憶在腦中咯噠作響，彷彿錫罐中的石子。我坐在自己床上，廚房裡爆炒大蒜和辣椒醬的香氣飄上樓來，而我翻動著手裡某個不知名的東西。

不過我現在知道那是什麼了。

我感覺得到，被迫位移的空氣、另一個人體的引力，對方就站在那裡，看著我在藍色地毯上蠕動。現在做什麼都來不及，已經結束了。但我不會躺在地上等死。

面對自我的時候已至，還有什麼比這更糟的嗎？

我現在懂了，這就是第三期，我將會與自己的時間線交叉。當我看見自己，不是大腦會承受不住精神負荷，而是我們會承受不住看見自己真正的模樣。

還有什麼比承認自己是誰、以及自己過往作為更糟的？我已經看過四名做好了準備的男人，全都打算點燃那根能將現實燃燒殆盡的火柴，因為他們並不瞭解，自己行為的影響力其實遠超過自身範圍。

可是我和他們真的那麼不一樣嗎？我拆毀了自己身邊的世界，只因為覺得這麼做能夠減緩尖銳碎片的衝擊力道，但其實只是製造更多破碎的彈片。

我憑著最後一絲力氣撐起身體。

我以為會看見自己。

卻發現那不是我。

而是梅娜。

僧伽

霎那之間——這是最短暫、也最美麗的一霎那——折磨著我身體的疼痛消散了，而且我知道眼前的景象不是時移。

梅娜真的站在我面前。

她的愛如同太陽一樣溫暖。

她看起來與以前截然不同，卻又如此相似。她的五官散發光芒，由於邊緣模糊，所以我能同時看見她從前的模樣以及一直以來真正的模樣。我從沒見過她這麼美麗。

疼痛悄悄折返，我想要說話，可是嘴裡都是血。她伸出一隻手，而我也伸手握住。當她觸碰到我，我便感覺自己變得更加強壯，彷彿她正透過皮膚遞送能量，給予、提供我站立所需的力氣。

她始終面帶微笑，像是她一直在等我，而我遲到了。

「妳已經死了。」我的雙眼逐漸溼潤，喉嚨逐漸啞掉。「妳死了。」

她拉過我的手，轉動手腕，讓我的掌心能貼上她的胸口，於是我感覺到了。在輾轉難眠的夜裡，我會伸手去找那陣撲通撲通的心跳，越過她沉睡的臀部，來到胸前，那陣跳動會透過她傳遞到我身上，使我平靜，引我入眠。

「如果妳一直像那樣把我帶在心上，我又怎麼會死呢？」她問。

「我不……」

疼痛回來，這次更是加劇。我頭痛欲裂。

此時我再次聽見來自身後的腳步聲。我可以感覺到自己就在站那裡，感覺到自己心裡所背負的痛楚、憤怒與狂暴。那東西潮溼，帶有氣味，經年累月而且潰爛。

不過梅娜定定注視著我。

她說：「我有東西要給妳看。」

她轉動我的手腕，讓我們兩人的手都貼著她的心臟。

我發生時移。

腦中嗡嗡作響，電流使我繃緊了肌肉。

一片黑暗。我可以看到某個人的輪廓。也許我正站在鏡子前？有股味道，像是肥皂，而我腳下是又冷又硬的磁磚。我伸手撥動電燈開關。

我在鏡中看到的人並不是自己。

而是梅娜。

但那不是我所認識的梅娜，也不是我曾見過的任何一個她。這個梅娜只是個孩子，頭髮剃得短短，可是手法敷衍，像是有人故意將她剃成這樣。我能在孩子身上看見她，那對眼睛、那顆心，光芒黯淡，彷彿正在消逝的星辰。

看見自己這個樣子，我心中瞬間湧入一股懊悔和哀傷的感覺。眼前鏡子中的人影完全無法反映我心裡是個怎樣的人，感覺就像在活埋的棺材裡慢慢窒息，想要挖掘出路，卻不知該怎麼做。

我看著梅娜舉起手指撫摸自己的臉。

浴室外傳來拍門的聲音，有個女人吼著西班牙語。

梅娜的雙眼盈滿淚水。她將指甲掐進手臂的肉裡，用力耙抓，彷彿要將肉都撕下，在皮膚上留下長長的紅印。

接著我便聽見她的聲音。不是眼前的梅娜在說話，而是她。聲音從另一個地方傳來。

妳不知道那是什麼感覺，就像是自己沒有未來一樣。妳對自己的身體如此陌生，根本不曉得自己會長成什麼模樣、成為怎樣的人。「在一具不屬於妳的軀體裡長大變老」是多麼可怖的想法，感覺就像為妳從未犯下的罪行服無期徒刑。

梅娜伸手從藥櫃裡拿出一罐橘色藥瓶。

更糟的是，妳不過是想做自己，就被自己的母親視為怪物。

梅娜輕輕晃動藥瓶，瓶子聽起來很滿。門外傳來更多尖叫，更多拍打聲。

妳認識我的時候，我看起來不是這個樣子，對吧？但如果妳認識的那個梅娜可以回到這一刻，這個驚嚇受怕的小女孩也認得出自己。她會知道自己確實有未來，並會在那一刻第一次看見真正的自己。

梅娜邊哭邊在掌中倒出一把藥丸。

如果我知道能擁有自己的未來，那一天的我就不會想要殺死自己，在能夠安全逃走之前的其他日子裡也都不會那麼做。

房間再次變暗。

也許是讓我不必目睹接下來發生的事。

可能也讓梅娜不必再看一次。

接著我們便身在芝加哥藝術學院。

不過和我們上次來的時候不一樣，現在這裡空蕩無人，只有許多漫長、荒涼的空白廊道。這裡唯一的東西是那幅畫，《大碗島的星期日下午》，懸掛在無邊無際的空曠之中。

那些細小的彩點，那些站在河畔望向遠處的人們。

我可以感覺到身後的那個存在，但是站在這個空間在某種程度上令我的腦袋清醒了一些。

「妳有異時症。」我說。

她點點頭，因為我終於理解感到欣慰。「記得嗎，我搬進悖論以前曾在愛因斯坦當過空服員，那是早在他們改善保護措施以前。後來我才發現——」她拍了拍自己的頭。「——原來自己對輻射非常敏感。這都是我遇見妳以前的事了。」她大笑。「說來好笑，當初我差點說溜嘴。我們第一次碰面的時候，妳都沒提到自己收到工作邀約，我就要妳接下那份工作。妳平常很敏銳的，那天應該是被我的美貌震懾住了吧。」

「但如果妳看得到未來，為什麼那天不直接避開廚房就好了？」

她嘆了口氣。「就算我知道怎麼解釋，妳可能也不會明白，有時候連我自己也不懂。我只知道，某些事情也不是『非得發生』，而是『應該要發生』。有時候，我們得順從宇宙的決定。」

「那我真得和這個宇宙談一談了。」

「會的。」她說。「在一切結束之前，會的。」

「為什麼妳現在會在這裡？妳怎麼有辦法讓我看到這些畫面？」

她靠上我的耳邊，將身體貼著我，在我還沒意識到之前便撐住我，沒讓我倒下。「異時不是病，我的皇后，而是進化。」她將我抱得更緊，幾乎像要將我拉進體內。「我是由自我接納的火焰淬煉而成，用盡一切努力才成為自己的樣子。面對自我？我早就過了那個階段。」

「可是妳為什麼能出現在這裡？在這個時間？……這裡到底是什麼地方？」

「像這樣的地方——」她微笑，環視四周。「——能夠留住能量。對，我的確已經死了，而且那是場意外，不是妳的錯。在那之後，一部分的我留在了這裡。這裡很適合我。還記得大乘戒嗎？即使接受了自己的命運，我也知道還有其他方法能夠幫助其他人。」

梅娜拉起我的雙手，在我們身前握緊。她朝那幅畫點點頭。「那些細小的圓點終將成就更大的景觀，這是我所能想到最適合解釋時間的方式。時間是許多片刻的集合體，把那些片刻湊在一起，就組合出了妳，成為妳的畫像。完全成為的異時者意味著能夠後退一步，看到更廣大的景象。」她轉過身，向我展示廣闊的走廊。我隨著她的視線一同轉頭，可以感覺到身後的存在也跟著移動，以避開我的視線範圍。

「我用糟糕的態度對待非常多人。」我對她說。「他們那麼關心我，努力想接近我，我卻只是將他們推開，不斷推開，然後……」

「嘿，」她將我拉近，再次擁抱。「妳愛的時候很用力，失去的時候也很痛苦。不過，親愛的，妳確實沒有好好對待那些人，妳是個非常糟糕的混蛋。」

聽到這句話，我忍不住微微笑出來。

此時我注意到，隨著我們越聊越久，我的感覺也越來越舒服。

她牽起我的手，我們往前漫步。我身後的存在跟著前進，但是給了我們一點距離。現在牆上多了許多幅畫，或者也可能是照片。年輕的簡諾瑞坐在床上，相對於她嬌小的身形，房間顯得如此巨大、空曠。比例並不真實，不過感覺倒很貼切。

簡諾瑞正穿過時安局畢業典禮的舞臺，不過不只她父母的座位上沒有人，所有的座位都沒有人坐。

簡諾瑞站在空無一人的飯店大廳。

「我知道妳吸取了小時候感受到的寂寞，並把它轉化成保護自己的方法。」梅娜說。「想想以前的妳有多掙扎、拒絕了多少聯繫，尤其是在我離開之後。生氣其實很花力氣。」

她在一幅照片前停了下來。我們兩人站在欄杆前眺望大廳，她正吻著我的脖子，而我面露微笑。

「我在這個地方找到了一個家。」她說。「我找到了妳。而且我知道，在我離開之後妳也會受到妥善的照顧，因為這些人也是妳的家人，悖論飯店就是我們的僧伽。」

就這樣，我們回到了飯店，站在滴有我的血的藍色地毯上。那個存在依然還在我身後，那種注視自己的感覺依然存在，不過已不會讓我寒毛直豎，不會再讓我那麼焦慮。

「我們並不在時間之外，」梅娜撫摸著我的鎖骨。「而是超越了它，來到我們可以面對需要面對之事的地方。我會在這裡陪妳一起去做。」

她將雙手放上我的肩膀，將我轉向後方。

我面前有個小女孩。

記憶是非常有趣的東西。我們可以把某些事埋起來，視之無物，但它們就在那裡。也許我們真的能完全遺忘，不過它們總會回來，彷彿從未離開。

那雙被我穿到解體的最愛的球鞋；那件綠色的運動衫，雖然顏色我不喜歡，可是穿起來好舒服，就像溫柔而綿長的擁抱。

我居然認不出自己，現在想想，多麼可笑。

我向前一步，單膝跪下。小女孩一時畏縮，我出聲安撫，告訴她一切都會沒事，然後將她的頭髮撥攏至一旁，露出那張滿是淚痕的臉。在那張臉上，我看見了過去定義我這個人的憤怒與恐懼。我曾堅決認為自己所處的世界充滿敵意，最安全的生存之道便是避開整個世界，我在那張臉上看見當時的自己。

我抱起小女孩，將她的臉靠在我的頸窩，並告訴她。「對不起。」

當我這麼做時，腦中的所有嗡鳴、身體裡的所有疼痛，突然間全數消失。彷彿我緊繃著身上每一寸肌肉活了這麼多年，現在突然決定不再那麼做。在這一刻，我看見了自己生命的畫像。簡諾瑞．柯爾，如此渴望觸碰與被觸碰，卻相信那是人性弱點，但在實際上，我們的脆弱就是自己所能擁有最強大的力量。

「我們的家人有危險了。」梅娜說。「過往存在過的所有人，以及未來將會存在的所有人都面臨同樣的危險。」

我懷中空了下來。我站起身，轉向她：「時間流正在崩潰。」

「嗯，」梅娜說。「的確是。」

「會發生什麼事？」我問。「如果妳可以看到全景，告訴我，我真的能修正這件事。還是妳要說宇宙已經決定好了結局？」

「那天在博物館，我問妳關於那幅畫的另一個問題是什麼？」

我花了一點時間回想，現在有好多事需要消化。「妳問我畫中的那些人在看什麼。他們看著水中，看著畫框之外。」

梅娜大笑。「時間不是畫，那個說法只是一種方式，用來解釋我們的大腦無法理解的複雜概念。的確，我看到的比妳更多，不過也只是無垠浩瀚的一小部分，足以瞭解自己應當保有敬畏。那些人在看的事物、位在邊緣以外的事物，就是我看不見的部分。」

「所以永恆論只是胡扯嗎？」我問。

梅娜聳了聳肩。「那又是另一樁公案了。過去已經底定，那麼未來呢？未來是以鉛筆寫就，不是鋼筆。而且，宇宙並不傾向毀滅。我們應該這麼想：熵是成長與新生的一部分，是循環的一部分。嘿，我可以這樣一路討論下去，不過妳現在還有工作要做。」

「所以還有機會。」我說。

梅娜露出微笑。「不會機會，而是選擇。」

「我是指對我而言，我來說還有機會。」

梅娜定睛凝視著我。「簡諾瑞，妳是我所認識最善良、最有愛心的人了。」

「妳怎麼有辦法說出這麼荒謬的話？」

「因為妳接下來將要做出的選擇。」

我的脊椎重獲力量，當初在時間流中的感覺又回來了。當時的我對人伸出援手、導正錯誤，做我一直以來想做的事：給予他人自己從未真正感受過的安全感和保護。

「我好愛妳。」我對她說

「我的皇后。」她說，然後覆上我的唇，我頓時感到一陣櫻桃氣味，也同時瞭解，她實現了她的誓言。

只剩下我了，但我並不孤單。

我從來就沒真的孤單過。

疼痛已經消失，前方只有一件事等著我。

我按下電梯按鈕，沒有反應。好吧，想想也非常合理，於是改為走向樓梯。我前往大廳，為自己的感覺如此舒暢感到訝異。

輕盈、新生、充滿活力。我不確定這到底是因為我的身體卸下了身為異時者的緊繃感，或者純粹只是放下當個混帳的壓力，但是無論如何，我都該早點這麼做才是。

大廳依舊擠滿了人，全都凍結在原地。一方面來說這是好事，因為表示整個地方的時間都停止流動，不會再突然消失。不過我不喜歡的是，這些人有受到波及的可能。尼克——甚至是我自己——都仍有可能傷害到這些人。我稍微放慢速度，希望能出其不意抓住尼克。

毫無動靜。我聽不見任何聲音。我往大廳邊緣移動，緩慢地繞著外圍前進，想弄清楚他可能有什麼打算。我想他應該已經知道我們在追他，他有可能折回去找艾嶺嗎？

不對，艾嶺正跑向樓梯間，大概想去通道。

也許尼克在樓下。那些大富翁們還在樓下嗎？他是不是正在追其中一人？我朝通向樓下的坡道移動，穿過人群，小心翼翼不觸碰到任何人。此刻沒有必要讓誰因為被鬼推了一下而心臟病發。

不過這場面還是很詭異，這麼多呆滯的無神雙眼。有的人正在跨步，所以單腳踩在了空中。坎米歐正在和一名女人爭執，伊單手劈出，跟著話語比劃到一半。有位上了年紀的女人正從保溫桶裡倒咖啡，不過沒拿穩杯子，杯子在空中翻騰，正在往大理石地板摔碎的路上，水珠狀的咖啡凝結在空中。我想走過去，抓住杯子移往安全處，省得布蘭登事後還得清理。

不過一旁突然有了動靜。

尼克朝我衝來、將我撞飛。

我們在倒地的過程中撞倒了幾個人。我做出受身動作，試著減輕衝擊力，並在他靠近之前重新爬起。他推開身邊的人，他們的身體微微移動，沒有太大反應。我擺正自己的姿勢，旁邊是一名拉著昂貴結實的滾輪登機箱的男人。

「真的非這樣不可嗎？」我問。

尼克停下動作。「拜託，妳很清楚那份薪水有多糟糕。」

我抓過登機箱，弓起身體，利用體重將箱子朝他甩去，箱子撞上他，分散了他的注意力，讓我有時間衝過去踢向他的身體。不過他及時改變角度，我的腳便滑開了。我跌向一名老婦人，她像抱嬰兒似的抱著一隻體型迷你，外表長得像除塵拖把的小狗。小狗從她手中被撞飛，當時間重新流動時可能會在空中飛。

尼克擊中我的背，我順勢向前，試著站穩，整個人落在一名年輕的大學鮮肉身上，彷彿撞上一堵牆。他沒有倒下，也沒有像正常人那樣移動，給了我些許優勢，有辦法找回平衡並且轉身。

正好迎向再次衝來的尼克。

我們倒在地上，他壓在我上方，朝我的臉揮拳。我舉起雙臂試圖防禦，不過他整個人跨坐在我身上，所有體重都壓在我的臀部。他不斷出拳攻擊，我唯一能做的便是保護自己的臉，但是成果差強人意。

我繃緊身體向上撐起，臀部猛然上頂，設法將他轉至一邊，並且順勢翻轉，改將他壓在身下。接下來輪到我展開攻擊。

我等待空檔，謹慎出手，隨後便朝他前額砸出拳頭。我某根手指的骨頭斷了。他的後腦杓在地板上發出撞擊聲，雙眼微微失焦。我猜他的巴西柔術沒有他自己以為的那麼好。

在毆打他的過程中，有東西掉到地板上，聲音鏗鏘。我有聽見，但不曉得是什麼，也並不在意，滿腦子只想著現在是我令他喪失行動能力的好機會。他放下一隻手，令臉部防禦更加鬆懈，於是我抓緊機會，全力攻擊，很想將他的頭骨砸出裂痕。

但是接著身側便發出劇烈疼痛。

我從他身上滾下來，伸手去摸疼痛的來源。

我找到了我的刀。

我的幸運小刀背叛了我，現在正插在我的脅腹上。疼痛遮蔽一切。我將刀子拔出，但心裡很清楚自己其實不該這麼做，因為卡在肌肉之間的刀刃能將身體裡的東西擋在原處，一但拔出，水閘也會跟著開啟。不過疼痛時人總會蠢一些。沾滿血跡的刀子掉在地上，我等著生命力開始從體內流出，但什麼都沒等到。傷口有血，但沒有噴濺。我一定是終於走運了。

尼克再次展開攻擊。他的行動變得遲緩，可以感覺得出我確實對他施加了傷害，而我的注意力則因為疼痛——或者其他原因變得更加集中。我感覺自己彷彿吞了某種強化藥劑，當他朝我出手，似乎整個人的速度都放慢了下來。我側過身，抓住他的手腕往手臂下方折，他便因為動能與扭轉的角度而躺到地上。我用空出來的手直拳猛擊他的臉，一下、兩下，到第三下，終於令他躺平。

我放開他的手，迅速抓過旁邊某位年輕女子的披肩，讓尼克翻面朝下，將他的雙手反綁在背後。我用力將披肩紮緊，並綁了兩、三次結，確定他難以逃脫之後，我才終於容許自己垮下身體。我再次摸向身側，還是沒流多少血。我將他拖至接待臺旁，一起坐在地上喘著粗氣，我們精疲力盡的肺是在場人群中唯一發出聲音的器官。

「好，」我說。「聽聽看我的推測對不對。」

他完全沒意識到我在說話。

我試著讓自己坐得舒服一點，但是找不到真能舒服的姿勢，最後只好直接躺下。「戴維斯找到了能夠更動賈伯沃基的方法，並與你合作。為了讓他能夠富到流油並參與投標，你回到過去做出各種改變。他掩蓋了你的足跡，所以沒有人發現異狀。你們需要第三個人——韓德森，就是那個長久以來被大家當成時安局團隊成員的人。你們需要塞一個人在那個位子，否則沒辦法繼續保有賈伯沃基的控制權。你們什麼時候開始行動的？應該在阿茲提克事件前後吧？那不就是幾天前而已嗎？嗚哇，光想就覺得不可思議。就是因為你們，那次航行才會發生偏差，也是為什麼從那之後時間的問題就開始越來越多。艾嶺察覺到有事情不對勁，便派了魏斯汀——或者說歐森去追查。當歐森追得太近，你就殺了他，並透過通道把他藏在這裡。」

他一語不發，不過我倒是正在勢頭上停不下來。說話讓我能夠專注。

「你想辦法讓自己混進飯店，搞點小場面，想要製造一點混亂，希望會有投標者自行放棄。照我推測，你在前置階段改變了過去那麼多事，又給了老瑞那張樂透彩券，你應該也不想再冒險回到過去破壞投標會了吧？總之呢，你開始加快腳步，甚至不惜對寇藤下毒。隨著事態發展，你意識到應該也要營造出有人想謀害戴維斯的樣子。你在那次行動的手段很草率，不過卻草率到讓人會懷疑是提勒下的手，我猜也算是聰明。」

「妳一直看到即將發生的事。」他開口抱怨。

「如果你只是想把所有人嚇走，為什麼要放恐龍出來？」

「被疾管中心的隔離政策攪了局，我必須臨機應變。」

「對，因為你知道卓客不會取消會議，那個決定滿蠢的，不過另外還是有件事要稱讚你。你在一開始下了一步非常聰明的棋：你換掉了我的藥，讓我的狀態變得不穩定，想讓每個人都覺得我是瘋子，藉此把我趕走。」

一陣沉默，看來我說對了。

「另外，我猜外頭也有人在謠傳通道的消息，所以寇藤才知道飯店裡有密室，你也是因為這樣才把那本書偷走，確保不會有更多人發現。」

更長的沉默。

「卓客參與計畫多久了？」

尼克翻至側身，開始大笑。「事實上，是我先發現她和每個人都有私下協議。她根本不在乎誰贏，只想確保每個人都答應支持她當選。卑劣的女人。」他聳了聳肩。「最後我們說服她，讓她相信我們才是最佳人選——我才是那個最佳人選。」

「但是為什麼呢？像奧斯古這樣，他到底還想要什麼呢？他在幾天之內就把自己變成了兆萬富翁，這樣還不夠嗎？」

「簡諾瑞，擁有權力的人想要什麼？」

終於有一題是簡單的了。

「想要更多。」我對他說。

沉默。又說對了。

「很高興看到你在這份工作上看清了一點什麼。可是，王八蛋，你很清楚規則不……」

「去他媽的規則。那些科學家全都是一個樣，噢我們覺得這樣噢我們覺得那樣。如果那些『旁觀而不介入』的狗屁規則有任何一點真實性，時間流早就碎成不知道幾百片了。」

「你有沒有看到外面發生什麼事？」我問。「整個星球上到處都是異常現象。」

尼克被綁住的手不斷掙扎，像是試圖起身似的扭動身體。「時間流會自我修復，最終都會穩定下來的。」

「你要怎麼確定？」我問。

他沒有回答。

這反應就跟其他笨蛋一樣。

如果那是真的，就會牴觸他想要達成的目標，所以怎麼可能是真的呢？

我撐著自己站起來，蹣跚走向我的刀，刀鋒上仍沾著我的血。我扯著披肩，強迫他站起來，並將刀子舉近，確保他能看見，然後帶他走向愛特伍樓的樓梯。

就在爬樓梯時，他開口問：「妳都不會生氣嗎？」

「很多事情都會讓我生氣。」

「我們一天到晚拚死拚活，最後得到了什麼？我們到底為了誰在做這份工作？我們喜歡覺得自己是守規矩的人，但與此同時，那些規則都是別人定的。」

「不必在這種時刻擺出那種傲慢的態度，」我對他說。「你已經選好自己要站在哪邊了。」

「對，或許那就是我犯的錯。」

「怎麼說？因為被我修理了嗎？」

「不是，因為我終於懂了，我的夢做得還不夠大。」

「對啦，希望你準備好做惡夢了。」

「這句話也太中二。」

「閉嘴，我現在在流血。」

「不過我是認真的。」他說，語氣近乎懇求。「那臺機器離我們這麼近，能讓我們去任何地方、做任何事，想想我們能用它達成什麼。我們可以現在就過去，根本不用管門對面怎麼樣。我們有無限的時間可以用，我可以現在就解決這些問題，我們兩個甚至可以一起負責決定事情的發展。難道妳要說自己從來沒動心過嗎？」

我們抵達五樓，我將他推進走廊。「我每天都會受到誘惑，每一天耶，但是從來沒有因此屈服。」

「也許妳只是缺少勇氣。」

我很想踹他膝蓋後方，把他的頭放在地毯上面踩，但是想到自己應該終結苦難，就沒動手了。我們來到儲藏室前，我將他推進去，一邊把刀架在他脖子上一邊輸入密碼。我打開門，推他出去，時間再次開始流動。剎那間，我感到側身發出一陣撕裂的疼痛，立刻癱倒在地。我用手壓了壓傷口又抽回來，手掌又溼又亮，滿滿是血。

一陣混亂爆發。許多隻手朝我抓來。尼克逃走。有人被撞倒。我甚至不曉得現在有誰在場，心裡只想到一件事：原來傷口在剛才一直被某個東西抑制住。

時間。

或者該說是缺乏時間。

然後艾嶺來了，他跪了下來，一手壓住我的側邊，試圖阻止鮮血潰堤。

「簡諾瑞，裡頭發生了什麼事？」他問。

「就是，我……」我掙扎著想說話。

他的手錶不斷傳來大廳發生騷動的通知。群眾因為不明原因被撞倒，有隻狗飛到空中，接著有一句話淩駕在其他之上。

丹比居，丹比居，聽到請回答。我們在宴會廳找到奧斯古．戴維斯，已經遭到殺害，你……

「簡諾瑞，這是怎麼回事……」艾嶺說著，接著便向後弓背並大叫出聲，然後向外倒去，我的刀從他的背上伸出。他摔在地上，發出重擊，在他身體停止動作之前，我就看見光芒從他眼中消逝。我試著將手朝他伸去，好像自己還能挽救什麼似的，但是我實在失去太多血了。

一陣撕裂聲，接著便有手摸上我的軀幹。有東西在我身上繞啊繞，然後綁緊。我大叫著，同一時間聽見門板猛然關上的聲音。我抬起頭，奮力拋開疼痛、讓自己專注，接著便看見俯身在我上方的布蘭登。

「簡諾瑞，」他說。「那個人剛才又進去了。」

「要怎麼把時間復原？」我問。「你找波帕談過了嗎？」

布蘭登朝通道點了點頭。「如果戴維斯死了，那事情就已經解決一半，因為他就是最大的變動來源。現在我們要做的就是關閉愛因斯坦、並摧毀那個東西。因為過去發生很多變動，再加上那個東西的使用頻率，兩者相加之下開始產生反彈效應。一旦毀了那個東西，就只要去填補那個空洞，讓一切重新恢復平衡——至少我們是這麼希望啦。」

「媽的。」我拖著身體往那道門過去。「媽的。尼克說……說過要去愛因斯坦之類的，說他要從另一邊時空穿梭到某個地方……」

布蘭登的表情突然一陣呆滯。「簡諾瑞，如果他真的那麼做……從時間流『外面』進行時空旅行？那就像是從氣匣離開太空艙之後，又在艙體上打個洞，從洞裡鑽回來。那麼做有可能徹底破壞所有的結構。」

「幫我。」我對他說。

「沒有時間了……」

「時間還很多。拉我起來，我要回去裡面。」

「不行。」布蘭登的雙眼開始溼潤。「妳快死了。」

「那就更要把握時間了。」我對他說。如果他不幫我，我也會自己爬進去。不過當他看到我不願放棄，便撐著我的肩膀將我拉起。我來到門前，看見飄在半空中的盧比。

「我跟妳去。」它說。

「你待在這裡。」我告訴它。「你要負責確定卓客會為這件事付出代價。用你那些豪華資料矩陣想一下，我相信你會知道要怎麼做。」

「妳不能一個人進去裡面。」

「當然可以。」我舉起手，開始輸入密碼。

「簡諾瑞，我明白身為人工智慧體的自己不像人類那樣擁有情感，也知道我們兩個在過往相處時偶爾會經歷氣氛緊繃的時刻，不過說句公道話，我認為自己已對妳發展出一定程度的喜愛，而且……」

「好，好，知道了，」我歪嘴對它一笑。「拜託不要現在跟我哭哭啼啼，你會生鏽。」

我朝地板上已經死去的艾嶺看了最後一眼，利用那股憤怒激勵自己按完密碼。布蘭登退開，並說：「我們會在這裡等。」

「謝了。」我對他說。

就在打開門時，我突然感覺到旁邊衝出一個人影，接著我就被推至一邊。我朝後方摔倒，與門之間的距離變得更遠。此時，某人一個箭步闖入。

是寇藤。

沃瑞克正高聲大喊，希望能阻止他。我努力抬頭向前，門還開著，可以看到門後的儲藏室，但是我眼中所見的卻不是儲藏室，我彷彿同時間看見兩種東西：既看見裝滿備品的房間，也看見空無一物的房間。

我向後倒下，身體也無力了，我知道自己一旦撞上地板後就會再也爬不起來。不過就在這時，我感覺一雙強而有力的手扣住我的肩膀，坎米歐向我輕聲說道：「親愛的，有我在。」

接著伊便將我往前推進門裡。

我跌倒在地，門在身後關上。我立刻感覺得到：血液停止湧出。傷口雖然疼痛，而且腦袋昏昏沉沉，不過生命力不再流失。我翻至側身，花了點時間冷靜，然後便看見背朝向我的寇藤。

他站在原地，好像看到了什麼東西，但是前方什麼都沒有。

至少在我看來空無一物。

不過接著他的身體深處發出一陣呻吟，雙手自身體兩側飄起，往臉部匯集。他轉過頭，似乎想要逃跑，而血液正從他的鼻孔汩汩湧出。一瞬間，我似乎看見了年輕時候的寇藤，不過形體較暗，渾身散發著可怕的能量。正當我試著將視線對焦在他身上，我認識的那個寇藤雙膝跪倒、雙眼空洞，接著便整個人癱在地上。

有些人比其他人更容易受到影響。

我讓寇藤躺在原地。都到這地步了，我也幫不了他。不過在出發去找尼克之前，我脫下一只靴子。

家人。

那曾是我的夢想。後來我告訴自己，我永遠也得不到那種東西。也許是因為我不配，或者世界上根本沒有那種東西，那都只是為了販售電影、賀卡和其他狗屁商品而捏造出來幻想。梅娜向我證明，事實並非如此，我只是還沒到達那個地方。我走了半途，但那是不夠的，我需要靠自己的努力抵達終點。

若要說我有遺憾，就是沒辦法完整地向所有人道歉。我突然間很希望自己能有機會好好道別，但是已經來不及了。

我用靴子鞋跟砸向鍵盤。

鍵盤碎裂噴濺，然後黯淡下來。

我檢查傷口，確定血已經完全止住，接著便半瘸半拐地走向大廳。

我在飯店底下的電車站找到尼克，他正試圖搞懂怎麼操縱控制面板，好把車廂開往愛因斯坦。我朝他走去時，看見他決定放棄，剛從車上跳下軌道。我彷彿喪屍，幾乎是硬拖著自己朝他的方向前進。他還沒看見我便已聽見腳步聲。

此時的他不只有十足的準備，更糟的是還趾高氣揚。因為我先前對他一陣暴打，他的臉滿是割口和瘀青。不過他應該也看得出我身負重傷，即使這個世界有著時間暫停的特性，現在的我也幾乎僅靠腎上腺素在運作。

「還以為妳已經死了。」他說。「我應該花時間好好收拾完的。」

「我把它弄壞了。」我對他說

他的表情開始扭曲。「什麼東西？」

「通道的面板，整個被我砸壞了。所以不管你接下來做了什麼，我們都會被困在這裡。」

他大笑起來，笑得非常令人不安。笑聲在隧道內產生回音，越來越低沉。

「我可以前往任何一個時間點，我很確定自己會想出辦法來。」他說。「等到那時候，這整個地方都會是我的。」

「所以你打算怎麼做？你之前還會為了有人被迫睡在折疊床上覺得不甘心，會對那些把人趕出房間的有錢混蛋生氣，現在呢？」

他的肩膀稍微下垂，嘆了口氣。「這個世界就是這樣，所有的制度都是為了讓上位的人繼續待在上位，已經沒有所謂努力奮鬥的空間。我們想要什麼，就得自己去拿。我已經受夠我那間破爛公寓、那份破爛薪水和這場破爛人生。我決定要向上爬，如果得照他們的規則玩遊戲，那就來吧。」

「很可惜，我會阻止你。」我這句話其實不太有說服力，不過至少讓他暫且露出擔心的神色。

於是他朝我衝來。

當他這麼做時，時間似乎再次慢了下來，就像之前發生過的那樣。我在腦中聽見了梅娜的聲音，她告訴我什麼是涅槃，解釋為什麼放下涅槃才能進入涅槃。我們必須放下。

於是我便放下。

知道自己將會葬身於此，也覺得很好。

因為我已救了我的家人，也找到屬於我的僧伽。

萬有理論

悖論飯店曾經是個輝煌之地。

而現在，藍色地毯磨損陳舊，亟需更換，或者至少吸塵、清洗。大廳中央的天文鐘已經不再運轉，上頭覆蓋了一層灰，連帶所有桌面也都積滿灰塵，而且坑坑疤疤，空氣裡有種揮之不去的潮溼氣味。

坎米歐站在桌前查看自己的指甲。現在無論任何時候發生任何事情，幾乎都由伊負責決策，不過一直以來不都是如此嗎？伊管理著這片屬於自己的小小領地，看起來窮極無聊，卻也頗為心滿意足。

布蘭登正將新的咖啡倒入保溫桶，他的口袋塞滿了糖果的包裝紙，不過全都仔細壓實，不會掉出來。克里斯神情焦急地穿過大廳，彷彿時間太少，卻有太多事要完成。坦沃斯站在辦公室外的欄杆俯瞰底下大廳。現在的他已經沒有太多工作，於是便將自己的辦公室改成一般家醫，並替附近城鎮的居民看診。不過大多時候都無人上門。

老瑞的辦公室旁掛了一張他的相片，是某次在時時刻刻的員工派對上拍的，裱了框，照片中的他手裡握著酒，肩上掛著某個人的手臂。站在他身旁的女人已被剪掉，不過那條手臂纖長，塗著裸色指甲油。

他依然照看著大廳的一切。畢竟，到頭來，某些事情放下好過糾結。大部分的商店都已倒閉。雖然坡道也需要清理，它們依然不斷向上挺進、攀升，直到頂端，將人帶向頂樓的那一小塊地方。若是有人站到這裡的欄杆前瞇起眼、向下望，幾乎分不出一切有何改變，可能覺得只不過是今天的生意清淡了些。

時時刻刻的外表依然光采奪目。今天整間餐廳只有兩名客人：一對年輕白人情侶坐在吧檯邊，因為炎炎夏日而身穿短褲、T恤和涼鞋。若是在以前，這樣的裝扮是進不了這間餐廳的。他們兩人環顧著此處的偌大空間，一臉驚奇與讚嘆。

姆巴耶端著一對沉重的餐盤從廚房裡走出。他放下盤子，在昂貴的大理石吧檯檯面上發出敲擊聲。簡單的漢堡和薯條，雙雙襯著一條泡了太久的醃黃瓜。這樣的餐點應該要出現在全是霓虹與鉻合金配色的路邊餐館裡，而不是姆巴耶的理想——同時也是無預算上限菜單中。不過此時的他也是用不起伊比利火腿了，客人也吃不起。

「那個，」男孩傾身向前，彷彿他和姆巴耶馬上就要成為至交好友。「這個地方真的有鬼嗎？」

姆巴耶露出微笑。他身上的堅硬肌肉已經軟化了些，灰髮也變得更多，不過眼神依舊閃耀著無盡的耐心。

「可以這麼說。」

「愛因斯坦關閉的時候發生了什麼事？」女孩問道。「在那之前沒多久，這裡不是有幾個人被

——」她四處張望，然後壓低了聲音。「——殺死？然後有個參議員被逮捕？醜聞鬧得很大。你當時人在這裡嗎？」

姆巴耶以聳肩做為回應，拿起表面汗涔涔的金屬水壺，將兩人的水杯加滿。

女孩面露憂慮，覺得自己的話可能冒犯了他。「如果可以的話，」她說。「我想去看強尼．凱許的演唱會。一次就好。」

「我會回到巨石陣建造的時候，去問他們為什麼要蓋那個東西。」男孩說。他轉頭問姆巴耶。「你會想去哪裡？」

「我覺得待在這裡滿好的。」他說。「事實證明，有些東西是人類不該碰的，時間旅行就是其中之一。」

「我們有試著要去愛因斯坦，人都還沒靠近就被警衛盯上了。」男孩提高聲音說道。「我知道他們的工作就是要把人趕走，但這樣還是很誇張欸。你去過嗎？」

「沒有。」姆巴耶說。「不是我能去的地方。」

「不過回到剛才鬧鬼的話題……」女孩說。

姆巴耶挑起一邊眉毛。「讓我猜：妳看到他們了？五樓嗎？」

年輕的情侶頓時呆住，互看了彼此一眼。

「就是那裡。」女孩點著頭。「那是我這輩子遇過最瘋狂的事。兩個女人，其中一個在流血。」她說這句話時比著自己身體側邊。「但是她在笑欸？我們只看到她們一下下。」

姆巴耶點了點頭。「這裡有很多鬼，不過我最喜歡的就是那兩個。我們都叫她們『小倆口』。」

聽見他這麼說，男孩和女孩神色嚴肅地看向彼此。

「她們是誰？」男孩問。

姆巴耶拿起一只乾淨的玻璃杯，拉下塞在腰帶上的布，將杯子擦亮。「她們在很久以前經過這裡，兩個人一起在這兒找到了很特別的東西。」他放下玻璃杯。「這樣的地方就是這樣。封閉空間的特質就是會留住能量，而這裡因為許多人來來去去，便會獲得非常多能量。因為不論只住一晚，或一週，或者因為工作而大部分時間都待在這裡，」他指向大廳。「每個從大門走進來的人都在尋找同樣的東西。你們知道是什麼嗎？」

男孩和女孩看向彼此，搖了搖頭，臉上的神色著迷多於苦惱。

「慰藉。」姆巴耶說。「就是這樣而已。一點點慰藉，一點點像家的感覺。有了家就會有家人，有了家人就會有情感，那就是這種地方所吸收的能量。情感是我們的心呼喚彼此的方式，在我們走了以後，那些呼喚的回音會繼續留下來。而一個像是這樣的地方——」他張開雙手指向天花板，幾乎像在祈禱「——會留住許多種不同的能量。至於要回應其中的哪種能量，就取決於我們了。」

他們多等了片刻，彷彿姆巴耶還有其他話要說，不過他已經說完了。他問他們是否需要別的東西，他們回答沒有，然後就以緩慢的速度吃著漢堡，並以更緩慢的速度咀嚼著他的話。姆巴耶微微點頭，繼續清理早就很整齊的酒吧。當那兩人用完餐、簽完帳單，準備離開時，他們的目光在餐廳裡四處掃射，彷彿只要看得夠快，就能在眼角的視線中看見閃閃微光。

又或者他們的確看見了。

他們離開後，姆巴耶走出吧檯收拾餐盤，然後將盤子放進吧檯下的水槽。他環顧四週，確定沒有人後，便走入了廚房。他端著一碗熱騰騰的番茄燉魚飯出來，放在吧檯上，在一旁擺上餐巾和餐具，然後是一杯水。擺設完成後，他將雙手放上吧檯，放在碗的兩邊，閉上雙眼，透過鼻子緩緩吸氣，然後透過嘴巴吐氣。

重新睜開眼睛時，他露出微笑。

然後又返回廚房。

而我坐在吧檯另一端，伸手握住梅娜的手。

致謝

感謝 Alina Boyden、Emma Johnson、Blake Crouch、Elizabeth Little、Chantelle Aimee Osman、Alex Segura、John Vercher、Amanda Straniere 和 Todd Robinson。也要謝謝：甘迺迪機場環球航空飯店的 Chris Betz；Tim Bevan、Eric Fellner、Katy Rozelle、Dylan Harris、Jordan Gustafon 和 Jacob Chase；Lucy Stille；Josh Getzler，以及 Jon Cobb、Soumeya Roberts、Ellen Goff 和 HG Literary 文學經紀公司的全體團隊；Julian Pavia、Caroline Weishuhn，以及企鵝藍燈書屋出版集團 Ballantine 出版社的全體團隊。

解說　暴風雪中的時間旅行

推理作家　林斯諺

羅柏．哈特的《時空錯亂大飯店》是一本類型融合的小說，主要是將科幻小說與推理小說這兩個類型結合在一起，兩邊的比重可說是旗鼓相當，不會有「推理只是科幻的調味料（或反過來）」這種感覺。在強調科幻設定的背景還有主題下，仍然可以保有一般推理小說的閱讀趣味與謎團設計，這可說是本書一個滿亮眼的特徵。本文就從推理與科幻兩個角度分別評論本書。

「不完全」暴風雪山莊

以飯店為場景的作品不少（不一定是推理作品）。飯店是人群聚集之處，來自各地不同的人，自然可以帶來不同的故事。以推理小說的角度來看，飯店是一個絕佳的犯案場所，因為有特定地點，有大量嫌犯，有潛在與建物相關的機關設計（這些條件本書剛好都滿足了）。此外，飯店在特定條件下容易成為一個封閉場所，也就是推理小說中常見的「暴風雨（雪）山莊」。這個術語的意思指的是故事中的案發地點對外交通中斷，發生在封閉空間內，往往是因為暴風雨或暴風雪（在本書中是暴風雪）所造成。

然而，本書在暴風雪山莊的設定上有三點非常不同。第一，通常這類作品的登場人物不會太多，人物少可以利用封閉空間塑造緊張感（參考一下阿嘉莎．克莉絲蒂的《一個都不留》）。然而，本書中的悖論飯店是大型飯店，人潮眾多，登場人物也相當多。作者無意營造封閉空間的窒息感，轉而利用飯店本身的旅遊特性來創造一個充滿娛樂感的場景，相當貼合本書為影視化量身打造的寫法。

第二，暴風雪山莊的設定通常是要阻隔官方調查人員的介入，但在本書中，時安局探員們就已經直接介入調查。也就是說，官方調查人員已經「內建」在暴風雪山莊之中。這樣的設定可以讓（廣義的）警察成為主角，不但更加適合影像化改編，某種程度也很符合現代犯罪推理小說的創作方向。

第三，也是最特別的一點，嚴格來說悖論飯店不算對外交通中斷，因為故事有提到，因為積雪的緣故，只是出入比較不易而已（女主角本來因病要被送到別的飯店，疾管中心的人也有來到飯店）。然而，故事自始至終都是在飯店發生，角色們都因故沒有離開（時移的場景當然不算），暴風雪也發揮了相當大程度的阻困性。這種在形式上為暴風雪山莊、實際上卻不是的設定，我稱之為「不完全暴風雪山莊」。這種設定替故事角色出入案發地點增加很大的不確定性。例如，讀者很難預料到女主角會被安置要離開飯店，也很難預料到會有疾管中心團隊來到飯店，使得案情變得更複雜。這種因為不完全封閉性帶來的不確定性都增添了閱讀樂趣。

物理學與哲學

中世紀知名哲學家聖奧古斯丁（Saint Augustine）曾說過：「什麼是時間呢？沒人問我時，我知道；但如果有人問我，我就完全不知道了。」這說明了要解釋時間的本質是很困難的，但本書的核心題材正是關於時間。讓我們從書名談起。

本書中譯名雖為《時空錯亂大飯店》，英文書名其實是《悖論大飯店》（*The Paradox Hotel*），也就是書中的悖論飯店。由於本書是以時間旅行（time travel）為題材的小說（這裡的「旅行」是廣義而言，不必然帶有旅遊意味），自然會涉及悖論。所謂的悖論在哲學上自有嚴格定義，但以一般的意義而言，指的是某種乍看合理、實則矛盾的情況。在物理學或時間哲學（philosophy of time）中的一個重要議題就是我們是否有可能回到過去，也就是所謂的「後向時間旅行」（backward time travel）是否可能。對於虛構故事而言，後向時間旅行是很常出現的情節。就如同本書，回到過去被視為理所當然。實際的狀況是，回到過去的確是可設想的一種情境，但在邏輯上卻會遇到悖論。最有名的悖論大概就是「祖父悖論」（the grandfather paradox）。這個悖論一般被認為是法國科幻作家巴雅維爾（René Barjavel）在一九四三年的小說《不小心的旅遊者》（*Le Voyageur Imprudent*）所提出；美國哲學家路易斯（David Lewis）在一九七六的論文〈時間旅行的悖論〉（The Paradoxes of Time Travel）詳細討論了這個悖論。簡單說，如果回到過去是可能的，那你就可以回到過去殺掉你的祖父；可是一旦你殺掉祖父，你就不會出生；既然你的確出生了，你就不可能回到過去殺掉祖父，結論就是回到過去是不可能的。

《時空錯亂大飯店》還觸及一個重要的議題，就是兩種關於時間的不同看法，在時間哲學的討論中被稱為A理論（the A-theory）與B理論（the B-theory）。A理論認為過去、現在、未來有根本上的不同。例如，A理論中的「現在論」（presentism）主張只有現在的事物存在，而過去與未來的事物並不存在。另外一種A理論稱為「增長論」（the growing block theory），以塊狀宇宙（block universe）為基礎，主張未來並不存在，真正存在的只有過去和現在的事物。依照這種看法，現在的事物是塊狀宇宙正在增長的邊界。

B理論與A理論的核心主張相反，認為過去、現在與未來的事物之間沒有根本上的不同，它們都同樣存在，因此在塊狀宇宙中包含過去、現在以及未來的事物。這種看法又稱為「永恆論」（eternalism），也是《時空錯亂大飯店》反覆有提到的一個理論。除了這兩種理論，也有一種折衷看法叫做「移動聚光燈理論」（the moving spotlight theory），它雖然是A理論的一種，但結合了永恆論的主張。根據這種看法，過去、現在以及未來的確如A理論所說，有著根本上的不同，但也如同永恆論所說，它們在塊狀宇宙中都同樣存在。所謂的聚光燈是個比喻，主要是將動態特性導入塊狀宇宙。聚光燈沿著時間維度移動，在聚光燈內的事物（現在）有著聚光燈外的事物（過去與未來）所沒有的性質（因此導致根本上的不同），但這不代表聚光燈外的事物不存在。

這些環繞在時間的困難議題只能在此淺嚐即止，本書作者似乎也不打算深究。雖然從書籍目錄可以看出作者想用物理學包裝這本科幻小說，但他其實也花了同等心力把重心放在女主角的內心描寫。為了做好這件事，他引入了佛教思想。這也是本書相當有趣的一點，結合了東西方的思想結晶以及各自的強項來讓小說更加豐富。即便都只是點到為止，也已經足夠打造出一本具有高度娛樂性與商業價值的科幻推理小說。

國家圖書館出版品預行編目 (CIP) 資料

時空錯亂大飯店／羅柏・哈特（Rob Hart）著；
黃彥霖譯 . -- 初版 . -- 臺北市：小異出版：大塊
文化出版股份有限公司發行 , 2023.09
面；　公分 . --（SM；38）
譯自：The parados hotel.
ISBN 978-626-97363-4-8（平裝）

874.57　　112011466

Trans+

Trans+